輝く日の宮

丸谷才一

講談社

輝く日の宮

装画装丁　和田誠

0

花は落花、春は微風《そよかぜ》の婀娜《あだ》めく午後《ひるから》、純白の水兵服の上衣《うはぎ》に紺の衿《えり》、繻子《しゆす》のタイふうはりと結んで、プリーツ寛《ゆた》けくつけた紺のスカートの娘、三番町の路すた〱と歩み来《きた》つて、小ぶりの門に松寓《まつぐう》と表札のある二階家へ。迎《むか》へ出た婆やが、制服の肩の花びら二つ三つ摘《つま》み、ちら〱と宙《ちゆう》に舞はせ、

「まるでお芝居の雪。」

と呟《つぶや》いてから、

「お帰りなさい、真佐子様。図書館はお目あての本、ございました？」

と問ひ掛け、答へる暇《いとま》もあらばこそ、

「さう〳〵、さつきお使ひが……。」

と差出せば広やかな玄関の薄闇《くらがり》に角封筒の白ほのか。

「郵便屋さんぢやなくて？」

「はい、小さな男の子。片眼に黒い眼帯をしてましてね。飛んだ海賊気取り。」

「おや、誰かさんと同じ好み。」

と調戯《からか》つたのは婆やの宝物が真佐子の読み古しを拝領の『宝島』で、就中《なかんづく》、片足のシルヴァーが大のお気に入りだからである。

受取つた封筒の所書《ところがき》と宛名をちらと見たきりで、娘が仄暗い階段を昇り、天窓から四角く、しかし欅《けやき》の葉叢《はむら》に妨げられつつ滴《したゝ》り落ちる乏しい光で確かめると、やはりその涼しい筆蹟《て》は中橋一馬のもの。すらりと丈《せい》の高い男の面影思ひ浮べながら六畳の部屋に入り、封を切ればザラ紙に、

真佐子様
漸《やうや》く時間が取れました。
この世の名残《なごり》に一度お目にかかりたい。ぜひいらして下さい。
五時、麹町郵便局の奥の方テレビのある辺。簡易保険、年金の前の椅子。
屹度《きつと》出向きますからお待ち下さい。

中橋一馬

と凶々《まがまが》しい言葉まじへて、胸の痛くなる走り書。しかも先日書き送つた便りのことは一言も触れてゐない。母なる人に電話をかけたときのおろおろ声の応答《いらへ》では、

「戻りましたら渡しませう。」

とのことだつたのに。とすれば己《おのれ》の家に久しく立ち寄らぬ日々なのか。

抑《そもそも》この若者は父の親友の息子で、幼いころから顔見知りの間柄。とりわけ去年は一度は音楽会に一度は歌舞伎へ、二人で行き、これはもちろん嫌ひではない暗標《しるし》だけれど、口づけ一つしたことのない仲なのに、去る正月、唐突《だしぬけ》に便りがあつて、婚約を破棄したいと寝耳に水の文面。真佐子が驚いて母に質問《たづね》ると、

「お前に言はずにそんな約束をするものですか。江戸時代ではあるまいし。」

とのことだつたし、父に問へば婚約話のことに無言のまゝ大きく頭《かぶり》を振つた上《うへ》、暗然たる面持《おもゝち》で、

「赤くなつたので心配だと言つてゐたが……叛徒《はんと》とかいふ仲間と聞いた。」

と長大息し、

「許嫁《いひなづけ》の件は何かのせいでの妄想だが、それを取消さうといふのは何か物騒なことを企てゝゐるために相違ない。」

と憂ひ顔で臆測するのであつた。

すなはち某大学の学生中橋一馬は極左の一員として活躍中の身で、叛徒は一方ではアヴァン

ティなる組織と血で血を洗ふ抗争《あらそひ》をつゞけながら、言ふまでもなく国権と闘ふ立場である。危《あや》ふい日々の連続であらうし、これを逃《のが》せば再度の機会はないかもしれぬ。婚約話の思ひ違へはともかく、親しい仲で、心の底では恋しい男。可笑《をかし》な比喩《たとへ》と我ながら思ふがトーストのやうに旨《うま》さうな男くさい匂ひの仄かにする若者で、上野文化会館でも歌舞伎座でもその匂ひに包まれたことの幸福《しあはせ》を懐しく思ひ出す。その者が一期《いちご》の願ひとあればどうしてこれを否めよう。然《しか》も指定の場所はごく近間《ちかま》。少女は瞬時にして心を決め、衣裳を改め、想ふ男と逢ふのだもの、生徒心得では御法度《ごはつと》の化粧念入りにすませ、母のお下《さが》りのハンドバッグ、赤い布の小意気な品を取出した。

そして本棚の一番上、文庫本の前にずらりと並ぶ、木製三輛連結の列車、紫のスカートのカンガルー、白い陶器の仔象、銅細工の茸と栗、コカコーラの広告横にめぐらす赤い二階建てのバスなど、玩具《おもちや》類の端にある赤いポストの貯金箱の底をあけて、硬貨いくばくと紙幣の悉皆《ことごとく》をこれもお下りの財布に収め、ハンドバッグの仕切りの一方へ。他方にはハンカチとごく薄い文庫本『高野聖《かうやひじり》』。さらに考へ直して口紅一本とコンパクトをもその横に添へる。

階段を降りると婆やが、

「おや、お出掛けですか？」

「ええ、ちよつとそこまで。」

「お三時《やつ》も食《あが》らないで……、」

「すぐに帰るもの。でも、ひよつとすると遅くなるかもしれない……、」

「お父様とお母様は芝居にお招ばれですから、なるべくならお二人より早くお帰り下さいませ。」

とやんはり釘をさしてから、

「まあ、おめかしをなさつて……、」

と婆やは驚く。真佐子は笑つて、

「お化粧の真似事《まねごと》ね。」

「お気をつけて。」

「はい。有難う。」

紺のジーパンに黄色いセーター、白いスニーカーの十五の娘は、右手に華奢《きやしや》なバッグを下げて黄昏《たそがれ》の間近い街へ、千鳥ケ淵の染井吉野の花びらが微風《そよかぜ》に舞ひ、風に運ばれた揚句《あげく》、天からしきりに零《こぼ》れつゞける路へと歩み入る。

春、午後五時の麴町の本局は、入口に近い切手、葉書など郵便事務のいくつかの窓口には少しく客があつて、大小さまぐ\の小包を出したり、色とりぐ\の切手を買ひ求めたりしてゐるが、貯金、為替《かはせ》、振替《ふりかへ》の窓口五つ、そして真佐子が行き着く果ての簡易保険、年金の窓口一つには局員もゐず客も見えず、閑散の極み。突き当りのテレビが音を消して映しつゞけてゐる画面を横に見て、娘は二列並ぶ水色の椅子の一つに腰掛け、バッグから取出した鏡花の作は膝に載《の》せたまま、四囲《あたり》を見廻して、窓口の向う遥か彼方で二三人が薄暗く働くのは何をしてゐるのかしら、これは京都府、これは湖のある滋賀県、これは神戸と明石の兵庫県などと郵便物の仕分をしてゐるのかしらなどと考へたが、やがて左手手前の小さな扉と左手遠くの大扉とにちら〳〵と視線を送る。そのいづれかから待ち人は忽然《こつぜん》として現れる筈と思ひ込んだ故である。

然し、予《かね》て定めた五時を過ぎても五時半になつても中橋一馬はあの容子《ようす》のいい姿を見せない。四十分近い頃、手前の扉から中年女がはいつて来て、花見酒に浮かれてか、何か鼻歌を口ずさんで、こちらを窺《うかが》ひ、いきなり身を翻《ひるがへ》して出て行つた。五十分頃、背広にネクタイの老人が大扉のほうから歩んで来て、テレビのチャンネルをあちこちと忙しく廻し、音を消して立ち去つた。

六時すこし過ぎ、真前の13番簡易保険と年金の窓口の奥に肥つた中年者が影の如くに暗く来《き》て、うつむき、書類をひろげて調べ物に余念がない。それを淡く意識しながら、真佐子は文庫本の頁《ページ》を繰《く》る。汽車は北国空の下を、薄曇《うすぐもり》の米原《まいばら》、雨の長浜、柳ケ瀬と進み、白いものがちら〳〵と落ちて来て……やがて小止《をやみ》なく降る雪の敦賀《つるが》に着かうかといふ時分《ころあひ》、どこかで遠く、

「松真佐子さん……」

と呼ぶ声がする。車中の身が、思はず、

「はい。」

と答へて見廻しても誰もゐない。怪訝《けげん》な顔で文庫本を持つたまま腰を浮かすと、なほも、

「松真佐子さん……」

と呼び掛けたのはすぐ前の窓口の男で、その手には何やら茶色い紙がある。近寄つて行つて、無表情のまつたく事務的なその者から、右肩に小さく鉛筆で汚点《しみ》の如くに娘の名を記した封筒を受取り、席に戻つて中を改めれば、

松真佐子様

申し訳ありません。事情があって変更しなければならなくなりました。7時、上野の寄席《よせ》鈴本。落語は聞かずに客席横のロビーで待っていて。

中橋一馬代筆

と本人の筆蹟《て》とは似ても似つかぬ悪筆の擲《なぐ》り書《がき》。

真佐子は、彼の属する組織はこんな所にまで喰ひ入つてゐるのかと驚くよりも寧ろ誇らしく感じ、然し一方、数多《あまた》の障害にも屈せずに別れの言葉を告げるため逢ひたいといふ男心にほつと吐息をついた。この十年、新左翼の活動によつて血なまぐさい事件がつゞいてゐるのに、不思議なことに今、彼女の心には恐れも怯《おび》えも疑ひもなく、たゞ、恋しさとそれから男の願ひを叶《かな》へてやりたいといふ思ひがあるばかり。黄色いセーターの娘は指定の地点へ赴かうとして、まさに宵闇の訪れようとする市ケ谷の巷へ寂然《ひつそり》と溶け込んで行つた。

上野の駅から某《なにがし》横町の雑踏目近《まぢか》く見て少しく先、左に折れて暫《しばら》く進めば鈴本演藝場と大書したのが眼に跳込《とびこ》んだ。その真下には入口の両脇に、一つは水色、一つは柿色の幟《のぼり》を立

てゝ客を迎へる。真佐子が黙つて金を出すと、窓口の女は、

「娘さん、学生さんでしよ?」

「えゝ。」

と点頭《うなづ》けば、学生證を見せてなんて野暮《やぼ》は口にせず、学割にしてお釣りを差出す。

「有難う。」

「いゝえ、どう致しまして。」

と、にっと微笑《ほほゑ》むのが下町気質《かたぎ》。

セーターとジーパンの少女はまづ二階の売店で稲荷《いなり》ずしと海苔《のり》巻の折詰、それにお茶を求め、思ひ直して、

「あの、もう一箱。」

と含羞《はぢら》ひながら言へば、これは五十がらみの和服の女が、

「若いんですもの、ねえ。」

と優しく慰撫《いたは》つてくれる。

三階の狭いロビー、指定通り客席の横の、誰もゐない椅子に腰かけて弁当を使ひ、時計を見るとまだ七時までには少許《すこし》あるので、端の席で聞くことにした。円馬といふ胸元をはだけた着こなしの粋な年寄りが、上手《うま》いやうな下手《へた》なやうな口調で質屋の伜と船宿の娘の咄《はなし》を語つてゐたが、佳境に入り掛ける所で、ここで聞き惚れてはいけないと用心し、ロビーに戻る。落語

のつゞきと客の笑ひ声を耳にしながら、がらんとしてゐる四囲《あたり》を見廻し、早く一馬が来て、並んで聞きたいなどと思つてゐるのに、円馬が下《さが》つても待ち人は来《きた》らず。次の落語家《はなしか》が終《をは》つても姿を見せない。叛徒の会議がもめてゐるのか、アヴァンティに襲はれたのか、それとも公安警察の待伏せかと案じてゐるうちに時は経つて、八時ごろに中入り。どや〳〵と出て来た客のうち何人かが煙草を吹かすのに囲まれながら、このなかの誰かが耳許に口を寄せて何か囁《ささや》きはせぬかと思つたが、期待は虚しく、暫《しばら》くすると皆ゐなくなつた。万才が始まり、藝人の機嫌を取るやうに笑ふ客席のどよめきが海鳴りめいて遠く聞える。娘がバッグから文庫本を取出しかけたとき、案内係の女が突然脇に立つてゐて、

「松真佐子さん。あなた松真佐子さんですね。」

　と話し掛け、

「今、事務所に電話ありましてね、これですつて。」

　と渡されたメモ用紙には、「9時　テプテプ麻布十番」とあつて電話番号と所書を記し、追《おひ》書《がき》の態にて、「下に迎車」とあるのは何のことやら。少女はこのとき初めて、全《すべ》ては何か性《たち》の悪い悪戯《いたづら》ぢやないかしらと疑つたが、それは一瞬のことに過ぎず、直ちに打消して、何しろ彼は危険の渦中にある身、奇異《をかし》なことの起るのは寧ろ当然だし、それに近頃は若い女が指揮して仲間を大勢殺《あや》めたり、大学教授が大学解体を主張したりする時世だもの、事が順調に運んではかへつて変、是式《これしき》のことに怯《ひる》んでなるものかと己《おのれ》を励ましたが、念のため赤電話を探して、

テプテプ麻布十番に、どう行けばいいのか教はつたのは、様子を探らうといふ下心。然し店の者の受け答へも、その背後のざわめきも、何の変哲もない喫茶店の趣である。

迎《むかひ》の者は直《すぐ》に知れた。演藝場の入口、真中に立つ男の子、父か兄かのお下がりらしい革のジャンパーにジーパン、そして何よりも黒い眼帯の目立つ奴、あの急ぎの文の使ひだつたに相違ない者が、こちらを見張つてゐる。

「松真佐子さんですね。」

とまだ声変り前の声で語り掛け、

「はい。」

と言ふと、

「さあ出かけませう。」

と先に立つて、道に駐めてある時代物の、然し手入れのよい飴《あめ》色のルノーの扉を開けてくれる。その子供がハンドルの前の席に腰掛けるのを見て、真佐子が驚き、

「まあ、あなたが運転するの？」

と質問《たづね》ると、

「できますよ、男のすることなら何でも。」

と小癪にして且つ意味ありげな返事。尚々書《なほなほがき》のやうにして、

「今日は修羅場《しゆらば》だから運転しかしないけれど。」

と言ひ添へた。

真佐子も負けるものかと許《ばか》り、

「あら、いつぱし言ふぢやない。」

「一丁前のことを？　うふゝ。」

と笑つて坊やが車をスタートさせれば、古物《おんぼろ》とは言ひながら出足すばらしく、八時を廻つた東京の街の藍色を、走る、走る。怖い物知らずの速さで駈けて行き、信号が変る一呼吸も二呼吸も前に飛び出す。横に入り斜めに渡つて近道を行く。宛然《さながら》、奔馬の鞍上にある心地だが、胸の動悸《どうき》にもかゝはらず、この無鉄砲な操縦者《のりて》に向つてとき〴〵、中橋一馬の安否を訊ねるのは娘心。然し応答《いらへ》がたゞ一つ、

「大丈夫です。」

とうなづくのみなのは、きびしい規律の故か、危難を隠さうといふ思ひやりか。

そのくせ本気か串戯《じょうだん》か、

「お嬢さん、電話番号教へてよ。」

とか、

「卒業のとき制服下さらない？　スカートも添へて。」

とか、端手《はした》ないことしきりに話しかけ、取合つてもらへぬとわかると、

「ちえつ。」

とつぶやく。勿論《もちろん》その間《かん》も荒《あら》くれて駈けつゞけた車は、大小さまざまの燈火《ともしび》に斑らに染まる夜陰の町の、とある店の前にぴたりと停止《とま》り、眼帯の少年は反対側に出てドアを開けてくれてから、

「逢引はこの店です。でもね、君と僕は必ずどこかで逢へる。ぢやあね。」

「有難う。またいつかね。」

　と真佐子も礼を述べて、

「一寸《ちよつと》、待つて。」

　と呼び止め、先程から心に蟠《わだかま》つてゐた疑惑を糺《たゞ》す。

「ねえ、教へて。あなたも叛徒のメンバーなの？」

　すると男の子は、それには直《ぢか》に答へずに、

「お嬢さん、知らないの？　近頃は全国の幼稚園に叛徒の組織あるんだよ。アヴァンティは小学校どまり。」

　と洒落《しやれ》たはぐらかし方。

　真佐子は明るい笑ひ声をあげて、

「車賃、いゝのかしら？」

　子供は片頰に微笑を浮べながら、

「制服をいただきに参上《あが》ります。もし生きてゐれば。」

と言つて乗り込むと、その途端、車を勢猛《いきほひもう》に、ダービーの馬の如くに発進させた。

テプテプ麻布十番は大通りに面するひつそりした店で、明るい店内にテーブルが四つ五つ、それぞれの周囲《まはり》に椅子がこれも四つ五つ。怪しげな風態の客はなく、若い男女が二人で話し合つたり、中年者が酒杯を前にして一人でつくねんと雑誌を読んだり物思ひに耽つたり。正面の時計を見ると指定された時刻まで二十分ほどある。真佐子はドアの方にとき〴〵視線を送りながらケーキをゆつくりと食べ、もつと時間を掛けてコーヒーを飲んだのに、九時になつても中橋一馬は現れない。落胆しないでもう少許《すこし》待たうと思ひながら文庫本で紛《まぎ》らはさうとすると、やがて旅の僧は蛇、蛇、蛇の山道を行く。その道にしても、大蛇《をろち》の蜿《うね》るやうな坂と比喩《たとへ》られる長いもの盡《づ》くし。

と、このとき、昔気質《むかしかたぎ》に帽子を被《かぶ》つた年寄りが這入つて来て、

「ごめんなさいよ。」

と律義《りちぎ》に挨拶して真佐子の隣りに席を占め、帽子を脱いで膝に載《の》せ、ビールをすゝりながら持参の新聞を仔細《しさい》らしく読んだ揚句《あげく》、また会釈《えしやく》して出て行く。少女はその後姿《うしろすがた》をぼんやり見送つてゐたが、ひよつとすると置いて行つたこの新聞が仕掛けなのかも知れぬと気付き、急いで改めて見たものゝ、どこにも紙切れなど挟《はさ》んでないし、書込みもなく、朱線も引いてない。

そこで文庫本に立帰ると、旅僧は樹の枝から笠へ落ちて来た山蛭《やまびる》の群れで苦労する。痒《かゆ》くて耐《たま》らず、づき〳〵痛む。いや、それとも擽《くすぐ》つたいのか。その筆力に翻弄されて思はず読み進

むうち、ちらと時計に眼をやると九時四十分。

不安と思慕とを二つながら募《つの》らせる一方、もう疾《と》うに両親は帰宅して、机の上に残した男の呼出し状を読んだ頃か、孰《いづ》れにせよ大変なお小言を頂戴するのは明らか故、いつそもう暫《しばら》くこゝにゐて、十時になつたら引上げようと決め、でもそれまでには屹度《きつと》来てくれる筈と儚《はか》ない望みを抱いてまた本に戻ると、山中の婦人《をんな》が旅の僧に都の話だけは聞かしてくれるなと念を押し、水を浴びに清流へと案内する、何度読んでも心が躍《をど》る佳処《いゝところ》。

その美女が裸になり、あたしが川へ落ちて川下へ流れて行つたら村里の者はどう言ひますかしらと呟くと、白桃の花と思ふでせうと僧が答へるあたりは半ば暗《そら》んじてゐるが、もはや十時。ここで栞《しをり》を挟《はさ》まなければならぬ。勘定をすませて店を出た真佐子は丁度《ちやうど》来合せた車に乗り、住ひの所《ところ》を告げた。

ふと目覚めると、渋滞で動けぬ車は墓地の横にあつて、卒塔婆《そとば》の乱立する彼方には高い樹が二本黒く、葉叢《はむら》に遠い街の灯《ひ》を透かしてゐるし、その墓地を背景にして道の片側を今しも二十人ばかりの健児《わかいの》が不思議にしづ〳〵と通り抜ける。先頭の男は長い棒を杖のやうに突き、和服の巨漢は首領然たる恰幅《かつぷく》。次は白つぽいワンピースの若い女で、左右に付添ふ男二人は、歴然《みるから》に、遁《に》げられぬやう見張る役。棒を手にした小男を一人置いて、また一人、幼さの抜けぬ娘《の》が両脇から見張られながら歩く。そのあとにはぞろ〳〵とつゞくさま〴〵な服装《みなり》の若い徒輩《やから》、悉皆《ことごと》く影のやう。

「申し訳ありません、お客様。近道をしようとしてこんな所に突込《つっこ》んでしまひました。」

と年老いた運転手が詫びるのへ、真佐子は怯《おび》えた声で、

「あの人たち、何です？　新左翼？」

「八九三《やくざ》でさあ。」

「女の人も？」

「夜桜に浮かれて、飲まされたんでせう。悪い薬かもしれません。」

「変な行列。」

「連れて行かれて廻りを取られるんでさあ、一晩中。」

としめやかに憐れむ声を聞いて、何とはなしに口調で見当がつき、慄《ふる》へ上る思ひでゐると、その葬列じみた一行は蜃気楼《しんきろう》の如くに失せ、やがて前の車が動き出した。

「本当にようございました。まだなんですよ。」

と玄関に待ち構へてゐた婆やが胸撫でおろす身振りをしたのは、両親が歌舞伎が終演《はね》てから銀座の鮨屋に誘はれてまだ戻らず、先刻電話があつたときに吐《つ》いた自分の嘘が発露《ばれ》ずにすんだ故。

「とにかく御無事でほつとしました。もしも万一のことがあつたら、千鳥ケ淵に身投げしてお詫びしようと……。」

「何をそんなに大袈裟《おほげさ》な……。」

「何か召上ります？」

「それが、あんまり疲れて胸が一杯。」

と答へて婆やを引取らせ、自室に向ふ。昔からごく小さな電燈しか点《つ》けてない暗い階段を昇り切る寸前、天窓の下に、無月の夜の光を浴びてシャツ姿の若い男が立つてゐた。

「一馬さん。」

と呼び掛けるとその人影はすつと動いて部屋に這入《はい》り、真佐子が追へば、たしかに閉めた筈の窓が大きく開いてゐて、男はそこから春の闇へ、中空へ、一足《ひとあし》々《く》々前に運んで、宙乗りの忠信の如くに去つて行く。

「あ。」

と窓辺で真佐子は声をあげたか、あげなかつたか。気がつくと部屋には仄かにあのトーストのやうな美味《おい》しい匂ひが立《た》ち籠《こ》めてゐる。許嫁《いひなづけ》だと言ひ張る青年が虐殺され、別れを告げに訪れたと娘が悟つたのは、そのときであつた。

武林弘子様
先週のお手紙で、いいなずけがいらっしゃることを知り、うらやましくなって

（?）ついこんなもの書きました。大作よ。週末はこれ一つにかかりっきり。番町の先生を記念していろんな細工をしました。かなづかいがまちがっていたら、教えてね。

杉安佐子

1

十四年前に杉安佐子が書いた、短篇小説といふか、スケッチといふか、それともいつそ、いたづら書きと呼ぶほうがいいのかもしれない、あの奇妙な一篇の女主人公、松真佐子の家は千代田区三番町にあることになつてゐたが、この邸の様子は、安佐子がそのころ住んでゐた中野桃園町のはづれの家と、概して言へばまるで違つてゐて、ところどころほんのすこしが共通してゐた。安佐子の住ひには門などなく、道路からこころもち引込んだ戸口に杉寓《すぎぐう》といふ表札が出てゐた。暗い階段を昇つてゆくと天窓があるのは同じだが、天窓の上には欅《けやき》の大樹の葉叢《はむら》はなく、いきなり空だつたし、仄暗くて広い玄関といふのは遠縁に当る会社社長の邸から借りたものである。安佐子の家は戸を開けるとすぐ廊下の端で、その狭い廊下の片側は作りつけの本棚が天井まで達してゐた。靴箱の上も本棚になつてゐて、ここには古びた「史籍雑纂《しせきざつさん》」「史籍総覧」などが並び、そして蛍光燈が本の背や、上り口の隅に寄せたサンダルを照らしてゐた。もちろん婆やはゐない。両親と兄と安佐子との四人暮しだつた。花時《はなどき》の夕刻から夜までを叙したあの物語は、つつましい大学教授の娘である中学三年生が実業家の娘の贅沢で自由な生活を幼く夢みたものにすぎなくて、生活と夢とは、ポジとネガか、あるいはその逆か、そんな具合になつてゐた。さういふ関係が一番あらはに出てゐるのは、松真佐子の純白のセーラー服である。杉安佐子の制服は紺のスーツで、入学前から気に入らなかつた。それを言つたら母にやんはりとたしなめられ、あとはもう心に秘めて置くだけにしたけれど。

しかし今日、父親の誕生日に安佐子が訪ねて来たのはその家ではなく、阿佐谷のマンションの三階にある住《すま》ひだつた。九年前に家を売つてここに越したのである。ついでに言へば、このマンションには安佐子は二年とすこししかゐなかつた。兄の結婚が迫つたので、父が郷里の静岡に持つてゐた（残つてゐた）わづかな土地を処分し、品川のマンションの2LDKを買つてくれたのだ。今はそこに独《ひとり》住《ずま》ひをして、母校である女子大の専任講師を勤めてゐる。

父、杉玄太郎は静岡の士族の息子で、国史学科を出、戦前は中学で、戦後は大学で教へた。もともとは皇国史観で有名な和泉錠《いづみたかね》（たいていの人はイヅミ・ジヨウと呼ぶ）の門下であつたが、あまり激しいほうではなかつた。穏健だつたことが、戦前に官立の高等学校の教授になれなかつた一因だといふのは、彼が内心思つてゐることだが、果してどうか。戦後いちはやく生活史研究の重要性に注目し、それがたまたまフランスのアナール学派の学風と符合（？）したため、先見性を認められた形で、その方面では重きをなしてゐる。日本生活史研究学会の初代会長を長く勤め、今はその名誉会長である。

家族の祝宴は七時からはじまつた。玄太郎は結城紬《ゆふきつむぎ》の細かい十の字絣に対《つい》の羽織で、かういふとき男はやはり羽織を着るのがいいといふのは生活史の権威の説だから重みがある。袴はつけない。安佐子はスーツにブローチで、ほんのすこし晴着めかしてゐるが、由紀も子供たちも普段着である。日銀に勤めてゐる兄の春彦は遅れて来ることになつてゐるが、もちろん平服だらう。抜けられない会合があるとかで、そちらをすませてから「二次会に出る」ことになつてゐる。兄嫁の由紀、子供二人、そして安佐子が、上機嫌な玄太郎のために祝杯をあげた。大人三人は日本酒で、小学一年生の由美と三歳の健太郎はジンジャー・エールで。

料理は玄太郎の好物づくしで、筍の含め煮、アスパラガスのポタージュ、シューマイ、渡り蟹、ローストビーフ、蚕豆《そらまめ》ごはん。デザートは苺。由紀は料理が得意で、玄太郎はにぎやかに褒めちぎつた。和洋中をとりまぜたのも玄太郎の好みで、日本人の雑食性といふのは彼の生活史の眼目の一つだつたから（『戦後日本人の食事の和洋中的性格』といふ論文がある）、それに合せてデパートで買つて来たシューマイ（めいめい一箇）を入れた。この趣向が玄太郎を喜ばせたことは言ふまでもない。食事が終ると窓際の低いテーブルに移つて、ソファの真中には玄太郎、その左右に子供たち、安佐子は父と向ひ合ふ形に椅子に腰かけ、そして兄嫁の由紀は健太郎のそばの椅子に。

祝ひの品の贈呈はまづ由美からである。女の子がはにかみながら差出したのは祖父の肖像のクレヨン画で、母親が台紙兼額縁といふ気持で和菓子屋の包装の若竹いろの和紙に貼つてくれたもの。それで映えるせいもあつて、なかなかいい。児童画らしいおもしろさが横溢してゐて、年寄りの面長《おもなが》な顔の上半分はオレンジいろで塗りつぶし、それに厚く白をかけてゐる。顔の下半分は薄い茶いろである。顔の輪廓《りんかく》、眼や鼻や耳の線は緑いろで描き、瞳は黒、唇はやや濃い目の茶いろ。まばらな短い髪と口ひげは、黒の線を縦にいくつも引いた上に白いクレヨンをごしごし塗つて、胡麻塩の感じをうまく出した。山が二つ並んだやうな太い眉は鼠いろに引いた横の線何本かで。青い背広は空いろと藍いろとをまぜて。これは今の季節に玄太郎がよく着る服である。ベージュのシャツが引立ててゐる細い赤いタイは途中までは一本、それから白い四角があつて、その下は二本が左右に分れるが、画用紙が足りなくなつたため、タイは極端に短い。そして背景は灰いろの壁。

「上手《じようず》に描けたね、由美ちやん。お祖父《ぢい》さんをいい男に描いてくれて嬉しい。有難う、有難う」と玄太郎が礼を言ふと、嫁の由紀が、

「七十二には見えない若々しさ、よく出てますでしよ」

「なるほど、それもいい批評」と玄太郎が喜んでうなづいたとき、安佐子が言つた。

「お父さん、前はループ・タイ大嫌ひだつたぢやない?」

「ええ、悪口おつしやつてましたね」と由紀が言つた。「どなたかのことを、あいつもとうとうループ・タイするやうになつたか、なんて」

「だらしないとか、あれならいつそノーネクタイがいいとか言つてたのに」

「ほう、さうだつたか」

「あ」と安佐子が叫ぶやうに言つた。「女の人でせう。ガール・フレンドの贈り物でせう」

「アハハ、君子は豹変す」と玄太郎は笑つた。

この「君子豹変」といふのは彼がよく使ふ言ひまはしで、これには和泉錠の門下だつたのに皇国史観から離れたことと関係がある、と安佐子が思つたのは、中学三年生、あの春の夜の冒険譚を書いたころだつた。明るい午後のこと、母に言ひつけられて父親の部屋を掃除してゐて、古雑誌を覗いたら、父が「皇国史観への裏切り者」としてさんざん罵られてゐたのだ。それは右翼ではなく左翼からの非難だつた。父が夕食のときに、母や兄を相手に他愛のないゴシップ（誰それが泥酔して講義したので問題になつた、とか、甲が乙の剽窃《ひようせつ》を咎めたが実は甲のその説も故人丙の説の焼き直しにすぎない、とか）を語ることがあつて、学界といふものをかなり意識してゐたのだが、父が非難されるのを読むのははじめての体験で、学者の世界つて厭だな、と子供心にしみじみ思つた。それなのにやがて自分も、日本史ではないけれどその方向に進んだし、それに父の後輩である研究者と二年ばかり結婚してゐたのだから不思議な話。やはり蛙の子は蛙なのかしら。

「カルチャー・スクールの教へ子のプレゼント」と由紀がつづけた。「きつとファンなのね」

「二人とも鋭いな」と玄太郎が認めた。

七十歳で大学を退職してからは週に二回、カルチャー・スクールで教へるだけが仕事で、その日は夕食を外で取ることも、そしてさらに遅くなることもあつた。

次に贈り物を渡すのはどちらにするかは、譲りあひになつたが、春彦＝由紀共同の品は春彦が戻つてから贈ることにした。

「あたしのはこれ」と言つて安佐子が差出したのはCDである。

「ほう、淡谷のり子。有難う、有難う。何度も実演、聴いたなあ、最初は邦楽座で。『ルンバ・タンバ』がはいつてる」とつぶやいてから小声で歌ふ。「風にそよぐ　椰子の葉蔭　マラカスに合せて　歌ほよルンバ。オウ　オ　オ　オ、オウ　オ　オ　オ」

節まはしはわりにしつかりしてゐる。そして安佐子は、かういふ人がかつては和泉錠の弟子だつたのだから不思議だなあ、と思ふ。楠木正成の忠節なんて話を鹿爪らしく聞いてゐたわけだ。オウ　オ　オ　オ。孫たち二人がたどたどしくその真似《まね》をするので座が盛りあがる。

安佐子と由紀はここで台所へゆき、皿小鉢を洗ひはじめた。玄太郎は夕刊の学藝欄を読まうとするが、孫たちに邪魔をされて論旨が頭にはいらない。さうかうしてゐるうちに春彦が帰つて来たので、安佐子と由紀がまた居間に戻ることになる。由美が絵を褒められたといふ話をする。男たち二人はウィスキーの水割りを飲み出し、お祝ひの品（菫いろのシャツ）の贈呈がある。

り、受取つた玄太郎がそれを大きくひろげて喜び、嫁の見立てのよさを褒めた。

健太郎が眠くなつてグズり出したので、由紀が子供たちを連れて引下がると、春彦が、すこし改まつた口調で、

「安佐子もゐるからちようどいいな」と言ひかけた。そのとき安佐子が言つた。

「お兄さん、あれでせう」

「うん、あれね」と玄太郎が引取つた。「新聞で読んで、あ、と思つたが、なにぶん春彦が忙しくて話をする暇もない」

「あたしもいろいろあつて……」

「ええ、あれなんです。盗聴問題。しかも昨夜、それが思ひがけない展開を見せまして……」

と日銀の係長は職業的な言ひまはしをした。

「あれ」といふのは、最近、新聞やテレビでしきりに報じられてゐる共産党幹部宅への盗聴事件のこと。調布にある共産党国際部長の家の電話線が枝分れして、近くのアパートの一室へゆく線に接続されてゐた。その部屋を借りる際の名義人は警官の父親である。それについて警察庁長官がつい先日、参議院の予算委員会で「警察は過去も現在も絶対に盗聴をおこなつてをりません」と述べたけれど、もちろん誰も信用しない。そしてこの問題については、国民全体の関心はすこぶる低い。共産党が騒いでゐるだけである。それなのにこの一家が「あれ」だけで通じるくらゐ敏感になつてゐるのは、同じ被害を受けた不思議な体験があるからだつた。

安佐子が中学三年の年の初夏、どうも電話の具合がをかしいと母が言ひ出し、子供たちもそれに賛成して変だと言つたのに、玄太郎だけは認めなかつたが、そのうちとつぜん、おれは盗聴されてゐる、文部省の謀略だと騒ぎ出した。数年前、教科書検定委員を断つたせいで怨まれてゐる、それにもともと文部省には和泉錠門下や心酔者が大勢ゐるので、彼らが自分を倒さうとして材料を集めにかかつてゐる、といふのである。生活史の方法がイデオロギー中心の史観を脅かすので、それで自分が憎まれることになつた、などとも口走つた。これは客観的に見れば薄弱な論拠だつたし、玄太郎がそれほどの大物とも言ひがたいのだが、しかし電話の具合は明らかにをかしい。話をしてゐる途中に音量が落ちたり、雑音がはいつたりする。と思ふと、とつぜん正常に戻ることもある。そして、もし盗聴されてゐるとすれば、それは家族四人のうち玄太郎の関係しか考へられないから、話はどうしても文部省の仕業といふことになるのだつた。

玄太郎はあれこれ思案したあげく、同級生である弁護士の島田に相談したのだが、その際、面談の約束を取りつけるにも公衆電話しか使はなかつた。大学の研究室から電話をかけるのもあぶないと思ふほど、疑心暗鬼になつてゐたのだ。弁護士は、歴史の教授が盗聴なんかされるはずはない、ノイローゼのせいの思ひ込みだと取つて、柳に風と受け流すつもりでゐたらしいが、どう言つても納得しないので、困り果て、電電公社にゐる知人に声をかけようかと提案した。玄太郎はもちろんそれに飛びつく。ところが、その結果、気の迷ひではなかつたことが判明したのである。

父親が弁護士事務所へ行つた翌日、安佐子が学校から帰つて母といつしよに豆大福を食べてゐると、例の杉寓といふ表札のかけてある戸口のブザーが鳴つた。出てみると、背広の男がゐて、

「電電公社の者ですが、ちよつとお願ひがございまして……」と丁重に挨拶する。

一つには向うの説明がまはりくどいし、それに島田弁護士が電電公社に頼んだことなど聞いてないので、どうも事情が呑込めない。母親が代りに出て、次に父親が二階から降りて来て、やうやく話が通じた。そこで向うの言ふ通り（「どこへでもいいから電話を」とのことだつた）、玄太郎が大学の研究室へ電話をかけ、助手を相手に、痔の手術で入院中の誰それの様子はどうか、などと訊く。それが終ると、

「さうか、やはり思つた通りだつた」と玄太郎はつぶやいてサンダルを履く。安佐子もそれにつづいた。

すこしさきの、「中野眼科」といふ広告のある電柱の下に、車がとまつてゐる。車のそばに作業服を着てヘルメットをかぶり腰に袋を吊した人がゐて、背広の男に向つて、右手の親指と人さし指で○を作り、

「でした」と言つた。

「でしたか」と玄太郎も言つて、大きくうなづいた。

上には作業服その他まつたく同じなりの人が二人ゐて、写真を撮つたりしてゐる。さう言へば安佐子は帰宅するとき、ここを通り過ぎて、何かしてゐることは気がついたけれど、自分の家に関係があるとは思はなかつたのだ。

作業服の男と背広の男の説明によれば、杉家の電話線は枝分れして、百メートルほど離れたハイム中野といふ木造アパートの二〇五号室へゆく仕掛けになつてゐる。ここで盗聴してゐるわけだ。背広の男が今度はハイム中野に向ふ。作業服の男がノートを広げて図を書き、枝分れの具合を説明してくれたが、横向きにした饂飩《うどん》の束のやうなものを描き、そこから素麺《そうめん》のやうな二本を垂れ下がらせて輪を作り、その下に呼子のやうなものを二つ描かれても、玄太郎にも安佐子にもさつぱりわからない。

「いや、なるほど、さうでしたか」と玄太郎は、出来ない学生が理解したふりをするときのやうな口調で言つた。安佐子が質問したが、また同じ説明がくりかへされるだけで、うまく呑込めない。

背広の男が帰つて来て、

「二〇五号室は返事がありません。管理人に開けてくれと頼んでも、警察の立会ひがなくちや駄目だとがんばるんです。電話かけさせたんですが、何しろ向うの応対が煮え切らなくて」と報告する。

電電公社側はそれが当然だといふ態度でゐるし、玄太郎と安佐子にはなぜすぐに来てくれないのか、不思議でたまらない。これは一つには、文部省の盗聴といふ父親の解釈が娘にも影響を与へてゐたせいか。もちろん借り主の名前は玄太郎にも安佐子にも心当りのないものだつた。背広の男が写して来た図面を見せて、どの部屋が二〇五号室なのかを指さす。四人でぞろぞろその下まで行つた。それは端から二番目の部屋で、白いカーテンを引いた窓の様子は他の部屋と何の違ひもない。

安佐子がよく見かける無愛想な顔の管理人が出て来て、警察が来てくれるさうだと告げた。四人は元の位置に戻り、背広の男が上に向けてどなつた。

「一つ煙草にするか」

作業服の男たちが降りて来る。父と娘は家に帰つた。夕刻、また背広の男が来て、警察から今日は来られないといふ通知があつたので引上げる、と伝へた。

それ以後は何の連絡もなく、ただし電話の具合も変でなくなり、それつきりみんなが忘れてゐて……新聞の記事で思ひ出したのだ。

「それで昨夜《ゆふべ》どうしたんだ？」と父親がせかすと、息子は気を持たせるやうにゆつくりと水わりを飲んでから話をはじめた。

彼は昨夜、課長、調査役と三人で、ＮＴＴの寮で接待を受けたのだが、座が乱れて世間話になつたとき、共産党幹部への盗聴問題のことを課長が口にした。スパイ小説の愛読者で、かういふことが大好きなのである。

ＮＴＴの課長が、ああいふことはもちろん不法行為で、決してあつてはならないことだが、しかし捜査の都合上必要だからＮＴＴの制服や自動車を拝借したいと求められると、迷惑この上ない話ではあるけれど、法治国家の国民として断るわけにゆかない、と語つた。つまりいつも協力してゐると認めたわけだが、春彦の上司は課長も調査役も大きくうなづいたし、彼もさうした。人権は大切だが犯罪捜査もゆるがせにしてはならないといふことで、みんなの意見は一致した。ただし春彦は、大学生だつたころの事件を思ひ出し、うちの電話が盗聴されてゐたことはしやべらないほうがいいな、と自分に言ひ聞かせた。

そのときＮＴＴの課長補佐がこんなことを口にした。

「共産党だけぢやありません。新左翼のこともあります」

「なるほど。今はこつちのほうが危いでせう」

「さうです、ずつと危険」と課長が大きくうなづいてから、「その危険なところがいいんでせうか、女にもてるんですな。こんなことがありました」と上機嫌で打明け話をはじめた。「ずいぶん以前、変な事件がありましてね。女子高校生に新左翼の恋人がゐたんです。そのテロリストとの恋愛を告白したものを書いて、同級生の女の子に読ませたんです。すると同級生の父親が警察に届け出て……それでこれは大変だと盗聴したんですな、警察が。それが娘の父親に勘づかれて、うちに言つて来て、あつさりとバレて……結局、警察は迷宮入りに持込んだやうです。大学教授の娘だと聞きましたよ、その女子高校生」

「ほう、それは左翼の教授の娘ですか？」と日銀の調査役が訊ねた。

「いや、そこまでは存じません。直接手がけたことではなく、部内情報で知つた程度ですから」

「ははあ、部内情報」と日銀の調査役はうなづいた。「今どきの女子高校生なら、さういふ恋愛、いかにもありさうなことですな」

「あ、その話ならわたしも検察の人から聞いたことがあります」とNTTの課長補佐が言つた。「アヴァンティかな？　叛徒《はんと》かな？　とにかくテロリストの愛人。それで尾行をつけたりしたさうで……」

「え、尾行ですつて？」と思はず春彦が口をはさんだ。

「はい、たしかさう聞きました」

「そこまでやるものですか？」と日銀の課長が訊ねた。

「はい、そのやうです」とNTTの課長補佐が答へた。「何しろ必死ですから」

といふやうなやりとりがあつたと兄は報告して、

「何だか、うちの件に似てる。かなり違ふけれど、似てるところもある。もつと詳しく教へて下さいと頼むわけにもゆかないから黙つてゐたが、うちのことぢやないかと思つて。安佐子、さういふもの書いた？」

兄に問はれて妹は答へた。

「うん、書いた」

「書いた！」

「でも、フィクションよ」

「フィクション！」

　それはくしやみのハクションのやうに聞えて滑稽だつた。安佐子は笑ひ、四つ年上の兄は不謹慎な態度だと咎める目つきをし、父親は複雑きはまる表情になつた。

　安佐子は、

「あたしも飲む」と言つて水わりを作つた。

「さうすると文部省ではなかつたのか」と父親が独言《ひとりごと》のやうに言つた。

　安佐子は水わりをすこしづつ飲みながら語つた。

「高校生のときぢやなくて中学三年のときよ。何といふ同級生だつたかな、仲がよかつたの。たしか武林さんといふ人。それであの年ごろの女の子は、学校で、手紙の交換なんてことするものなんです。あたしと武林さんもそれをしてたの。その武林さんから金曜日に受取つた手紙のなかに、実はあたしには許婚者《いひなづけ》があるとあつたのね。それを読んであたし、ロマンチックだなあ、すてきだなあと思つて、羨しくなつて、小説みたいなもの書いたの。女の子に新左翼の許婚者がゐて、それが大学生で、その許婚者から、自分は敵のセクトから狙はれてゐて命が危い、今生の別れを惜しむため一度会ひたいみたいな呼び出しがかかつて出かけてゆく、でも会へなくて帰つて来ると、その大学生の亡霊が現れて……といふ小説の真似ごとを書いて、それを翌週、渡したのよ。そしたら、翌日も翌々日も何も言はなくて、何かちよつと言つたかもしれないけれど、それからよそよそしくなつて、うーん、そのさきはよく覚えてないな、さういふことだつたの」

「さうか」と父が唸つた。

「話が合ふみたいだな」と兄が言つた。「ほら、尾行の件にしたつて」

尾行に気がついたのは兄だつた。安佐子が駅から家に帰る途中、坂の上の本屋に寄つて出て来るのを電柱のかげで待つてゐて、またあとをつける男がゐる。それを春彦が見てゐたのだ。その男は、春彦の気配に勘づいたらしく、次の坂でいかにもさりげないふうに降りて行つたけれど。でも、どうも怪しい。父はその話を聞くと、「安佐子はお母さんに似て器量よしだから」と呑気なことを言つた。

しかもその数日後、安佐子は家の近くで、買物籠を下げた中年女と二へん顔を合せたので、変な顔をしたところ、「何十何番地はどのへんでせう？」と訊かれた。そこへ案内して行つたら、丁寧にお辞儀をしてお礼を言つたくせに、安佐子が振返るともう姿が見えなかつた。そのときはただをかしな人だなあと思つた程度だつたが、今にして思へばあれも尾行だつたかもしれない。そのことを思ひ出して言ふと、

「うん、さうだつた。変ねえと安佐子が、いかにも変だといふ顔で言つた。覚えてる」と春彦

はつぶやいて、「二人も張りつけたわけか」

「ひよつとすると、その線かもしれないな」と父は独言のやうに言つてから、すこし間を置いて訊ねた。「その、新左翼の若い男とのつきあひ、本当になかつたのかい？」

「ないに決つてるでしよ」と安佐子は言つた。「フィクションだもの」

「それはわかつてるが、フィクションと言つたつて、根も葉もないのから、葉ぐらゐあるのまで、いろいろだから……」

「根も葉もないのよ、お父さん」

「学校の先生から何か言はれやしなかつた？」と兄が訊ねた。「つまり警察から学校に何か言つて来て、その結果……」

「なーんにも」と安佐子は答へた。「婉曲に何か注意されたりしたのかもしれないけど、あたし鈍感だから、気にしなかつたのかも……」

「いや、鈍感なんてことない」と兄があわてて打消した。「そんな感じ、まつたくない。警察が秘密にしてたんだ」

そこへ由紀が戻つて来て、これも水わりを作る。安佐子が手みじかに事情を説明した。兄嫁は、

「まあ」と言つて黙り込み、薄い水わりを一口飲んだ。その表情は明らかに、自分がお嫁入りした家にかういふ特殊な過去があつたのかと驚いて、気味わるがつてゐる。

「それは安佐子、一人称で書いたのかい?」と父が訊ねた。

「ぢやなくて三人称。ヒロインはあたしにわりかし似てゐる名前だつた。思ひ出せないけれど。かなりのお金持の娘にしたのよ。婆やがゐたりして。三番町のお邸で、うちとはずいぶん違ふのになあ」

「ふーん」

「武林つて子、父兄の職業は?」と兄が訊ねた。

「何だつたかしら、たぶん会社員ね。外交官だつたかもしれない。忘れた」

「あ、松真佐子だつたかも、ヒロインの名前」

「セクトの名前は実在のにしたんだね」

「さうだつたと思ふ」

「それがまづかつたな」

「別の名前にしてもやはり同じだつたでせう。向うはリアリズム中毒になつてるもの」

「うん、先入観があつて読むから」と父が言つた。

「出かけて行つて会へなくて、帰るつてだけの筋?」と兄が訊ねた。

「さうぢやなくて、次々に連絡がはいつて移動する。でも会へない。だつたと思ふけど」

「ふーむ」

「上野とか六本木とか。泉鏡花の真似のつもり……だつたの。文章も筋も」

「お母さんが全集持つてたから」

「ええ、あれを読んで。そりやあ下手《へた》つぴーよ。でも夢中になつて書いた」

「しかし新左翼とは突拍子もないな。よりによつて。テロが好きだなんて傾向、なかつたのに。内ゲバだつて別に関心……」と兄が、非難するといふよりもむしろ呆れ果てたといふ口調で言つた。「それとも内心、何かあつたのかな？」

「心の底のこと訊かれても困るけど。もう思ひ出せない」

「小説の趣向だもの、何でもないさ」と父がかばつてくれた。「『婦系図《をんなけいづ》』の早瀬主税《ちから》、あれだつて掏摸《すり》だつた。同じことさ」

それから父と兄とが二人で、警察に密告しなければならないと考へたのは同級生ではなくて父親だらうとか、母親が娘の部屋で読んで父親に話をしたのぢやないかとか、あれこれと臆測したり空想したりする横で、安佐子は十年以上も前のことを思ひ出してゐた。本当はあれには題をつけたかつたのに何か恥しくてつけられなかつたこと。さう言へば、あの原稿を返してと頼むのも恥しくて口に出せず、催促できなくてゐたつけ。あれはずいぶん嵩《かさ》ばつて、普通の封筒にははいらないので、お父さんから学会の雑誌が送つて来る封筒を貰つてそれに入れて、それでも一杯に膨《ふく》らんだのを渡した。渡されたのを武林さんは不審さうに受取つた。「早くしまつて。あとでゆつくり読んでね。おうちで」とあたしは小声で言つた。晝休《ひるやすみ》になつて、今までひつそりしてゐた全校がわーんわーんと騒がしくなる、あの女子中学校特有の賑やかさの、そのほんのちよつと前のこと。あれは下手なものを見せるのが困るといふ気持よりも、自分の心のなかを全部さらけ出してある、それが恥しいといふきまり悪さ。題がつけにくいのもこれと関係あるのかしら。でも、なぜか見せたくて。上野の寄席《よせ》はいつかお父さんが美術館の帰り、「ちよつと寄らうか」と言つてはいつたときのことを使つて、想像でふくらまして書いた。書席を夜に直して。お母さんが落語をおもしろがつてよく笑つた。麻布十番の喫茶店のことは兄さんの話から。墓地の横のヤクザの行列はその前の年、家族四人で夜桜を見に行つたとき出会つた異様な情景から。どうしてあんな所へわざわざ出かけたんだらう？　「何だあの連中は？」とお父さんが独言みたいに言ふと運転手が「ヤクザですね」と言つたきり黙つてゐた。お母さんが「まあ、あの女の子たち」と言つた。輪姦の意味の「廻りを取る」といふ隠語は何で知つてたのかしら……わからない。何かで読んだ。まさか鏡花は使はないと思ふ。でも、ひよつとすると。あそこのところ武林さんの父親も、警察も、読んでどう思つたかしら？　そして眼帯をした男の子はどこから？　たぶん『宝島』から。しかしいつか地下鉄のなかで見かけた、ヌード写真集を大つぴらにひろげて見入つてゐる男の子の面影がよみがへつたものかもしれない。黒い眼帯が似合ひさうだつた。精悍《せいかん》さうな、泥くさくて意地の悪さうな、セーラー服を平気でねだりさうな顔立ち。武林さんは何て名前だつたらう。鼻筋が通つてゐて眼が切れ長で、化粧映えしさうな顔だつた。和服が似合ひさう。九州へお嫁に行つたといふ噂を誰かから聞いたやうな気がするけれど、あれは別の人のことかもしれない。しかしそれにしてもそそつかしい読み違へ。親子そろつて非文学的ねえ。ひよつとすると武林さんが父親に言ひつけたのかも。案外さういふことをする意地わるなたち。さういふ所あつた。匂ひのことに敏感で、誰それさんはしよつちゆう納豆《なつとう》の匂ひがするなんて批評して。あたしは何の匂ひ？　たぶんあたしによくなついてゐたお隣りの歯医者さんのビーグルの匂ひ。何といふ名前だつたらう？　ボブ。ああいふのも批評ね、一種の。人に綽名《あだな》をつけるのが上手で。あ、これは文学的才能かもしれない。修士論文のとき鏡花を扱つて、そのときふと題のないあの習作、といふのかしら変なもののことを思ひ出し、鏡花のものは『高野聖《こうやひじり》』が典型的だけれど作中人物が誰かに体験談とか綺譚とか語るといふ枠入り形式になつてゐるのが多くて、そのせいで怪異にしろ恋にしろロマンチックな効果があがる、奥行が出るつてことを書きながら、あたしのあの習作は枠入りにしなかつたのが決定的にまづかつたなと反省したことがあつた。今ならもうすこしうまく書けるかも、なんて。それからこんなことも。鏡花の小説は一体に和服の衣裳づくしになつてゐて、それで花やかに調子を取つてゐるのに現代を舞台にしてはそれができないので損だ、あのときのあれみたいに、と気がついた。今の服装つてどうしても風情《ふぜい》がないのね。着物の名前はいちいち凝つてゐて、しやれてゐる。よろけ縞《じま》のお召《めし》の袷《あはせ》、紅《べに》なし友禅《ゆうぜん》の長襦袢《じゆばん》は絞《しぼり》の菖蒲《あやめ》、なんて。男物にしたつて、黒地に茶の千筋《せんすぢ》、平《ひら》お召《めし》の一枚小袖。黒斜子《ななこ》に丁子巴《ちようじともゑ》の三つ紋の羽織、なんて。セーターにジーンズぢやあ、とても。それに片仮名のブランド名ぢやあ大して喚起力がないし。

「ヨコメシつていふでしよ、食事しながらの会話」と兄がしやべつてゐた。「あれが厄介だし、殊に向うの話の合間に口を出す、インターヴィーン、むづかしい。ぼくにはできない」

「まあ何とかなるさ」と父が言つた。「由紀さんはペラペラだらう」

「とんでもございません。ジス・イズ・ア・ペン。イッツ・ファイン・トゥデイ」

それは来年あたり春彦がロンドンかそれともニュー・ヨーク勤務になる、三年はゐることになる、といふ話だつた。

「パリとかローマにはないのか?」と父が質問した。

「ええ、ロンドンとニュー・ヨークだけね、ずうつと」

「日本経済はさういふものなんだな。ポンドとドル……」

「さうです。英米中心」と兄が大きくうなづく。

「大丈夫。おれが留守を守る」と父が笑つて言つた。「まだまだ達者だし、それに自炊は昔とつた杵づかだからな」

玄太郎が、結婚するまでのあひだ自炊をしたことは、いつも自慢の種であつた。彼の母の病中と死後、かなりのあひだ何とかしのいだのである。

「あのころは大変だつたが、今は弁当もお惣菜もいくらでも買へる」と何十年前と現在とを比較した。「それに安い。一身にして二世を経るといふあれだ」

「あたしもときどき顔を出しますから」と安佐子が請合ふと、

「お願ひします」と由紀が言つた。

「あら、そんな水くさいこと」

「遊びにいらしてね、ロンドン、ニュー・ヨーク」

「ぜひ伺はなくちや」と安佐子は言つて、「でも、お父さん一人きりになるわね」

「平気だよ。留守番《るすばん》するよ」

「お母さん、今夜の話、びつくりしたらうな」と春彦が言つた。

「怖がつたでしよ」と安佐子が受けた。「臆病だつたもの。電電公社の人が来たときも、見にゆかなかつた」

「うん、臆病だから盗聴にも気がついた」と春彦が批評した。

「さうなのね」と安佐子が同意した。

「どうも安佐子の線だつたらしいな」と父がしぶしぶ認めて、「文部省がそんなにせつせと働くかしら、なんて言つてたな」と亡くなつた妻の説を紹介した。

「賛成」と日銀の係長が、杯を持つてないほうの手をあげた。

「あたしも」と女子大の講師が言つた。「頭いいわね、お母さん」

「何だかおれが頭わるいみたい」と日本史学者が笑つた。

「それはいろいろ事情がおありでしたから」と由紀がいたはる。「教科書委員のこととか……」

「ダンケ、ダンケ」と玄太郎が嫁に感謝した。

安佐子の母は、たしかにかなり頭がよくてかなり美人で、それで杉教授は二十近く年下のこの学生に夢中になつたのだつた。結婚したのは妊娠させたからだが、玄太郎は独身だつたからその意味では何の支障もなかつた。三十年ほど後、春彦が結婚すると間もなく、玄太郎が妻に死なれたのは不しあはせなことだつたけれど、これはまあ仕方がない。二人の子供が成人した後だから、まだしもよかつたとも言へる。

「お父さん、質問してもいい？」と安佐子が訊ねた。

「何だい？　改まつて」

「どうしてあんなに晩婚だつたの？」

「それはまあ、いろいろ……」と玄太郎はいささか狼狽《ろうばい》して、「戦争もあつたし……」

「あたしみたいに早く結婚して、すぐ離婚した者としては、あまり違ひすぎて……」

「お母さんを看護するのも何だつたし……」と父は言つたが、娘は納得しない。

「何かあるのね」

「あら、それはお父様のプライヴァシー」と由紀がおどけた口調で言つた。

「晩婚でよかつたぢやないか」と春彦が笑ひながら言つた。「でなきやあ、ぼくたち存在してゐない。由美も、健太郎も」

「ぢやあ、あたしは今、どこにゐるのかしら？」と由紀が言ふ。

「ここでない別のどこか」と春彦が言ふ。

「不思議ねえ、さういふこと」と由紀が感慨に耽つた。「世界の謎……」

　さう言へばあたしの結婚だつて離婚だつて、と安佐子は思つた。不思議と言へば不思議、振り返つてみると。

　父と兄と兄嫁は子供たちの話をしてゐる。まるでペットの噂をするやうにして。そして安佐子は二宮と結婚して二年近く経つたころの、あの唐突な別れ方のことを思ひ出してゐた。

　六月の末、よく晴れた土曜の午後、おやつを食べてから夫と二人で散歩に出て、たしか幣《みてぐら》のことを話しあつてゐた。小公園へゆく、小学校の横の道を歩きながら。あたしがふと、日本の神事みたいに白い紙を切つて使ふ宗教といふのか呪術、外国にもあるのかしらと、訊ねるといふよりもむしろ独言と質問のあひだくらゐの声で。すると二宮はそれが地声のちよつと野太い声で、中国では幣《へい》といふのは神に献げる財貨のことで日本の幣《みてぐら》とは違ふといふのは読んだことがある、と言つた。あたしが、あ、貨幣とか紙幣とかの幣《へい》、と言つて、それから二人で何かいろいろのことをしやべつて、紙《かみ》の語原は簡《かん》だとか、空海と最澄が中国へゆくとき黄金と紙を持つて行つて紙のほうがうんと喜ばれたとか、そんな話を二宮はした。十五世紀に李朝の王様の命令で誰とかが日本へ紙の作り方を習ひに来たといふ話も。それから二宮は、紙のことは杉さんはやつてないな、あの先生は領域を守つて近世以降しか手がけないけれど、生活史はもつとさかのぼるとおもしろいのに、とお父さんのことを批評した。いつも、あの先生とか杉さんとか言ふ人だつた。そのときあたしたちは小公園に沿つた木洩れ日の道を歩いてゐた。道が細いのに、二人ほぼ並ぶやうにして。そのときあたしは、たぶん幣からの連想だと思ふ、桐子さんの話をした……桐子さんの婚礼は古風なお宮でしたので、風情があつてとてもよかつたといふ噂を聞いたことがある。あたしは出なかつた。そんなに親しい友達ぢやないから。それなのに研究室へ訪ねて来て身上相談みたいなことをされた。離婚のとき子供を父親のほうに取られて辛《つら》くて仕方がないといふ相談。どうしたらいいのかしら、あたし。その話と今の御亭主と知合ひになつて恋仲になり結婚するまでの話とがごちやごちやになつてとても入組んでゐた。今の御亭主と出会つたのは先《せん》の人の会社の社長夫人が料理自慢で年に何回かパーティをする、それに招かれて。そのとき御主人は急にどこかへ出張になり、それなら奥さん一人でいらつしやいよと言はれて、お酒のせいと人いきれで疲れて廊下で風に吹かれてゐると話しかけられた。話し込んでゐるうち、気がついたのは、こちらの言ふ冗談にすぐに笑つてもらへること。自分の言つたことで男がこんなにいい気合で笑つてくれる、それは何かすばらしい初体験のやうな気がした、なんて言つてゐた。御亭主のほうは冗談のわからない人だつた。新聞の漫画もわからなくて、桐子さんが一人でくすくす笑つてると説明してくれと頼んだりする人。それで一時間ばかりとても楽しくおしやべりして別れたのだが、翌週か翌々週デパートのパンの売場で出会つていつしよにお茶を飲んで……それでまたパンの売場で会つて……さういふ仲。その桐子さんの相談に上手に答へられず困つた話をすると、二宮は急に怒り出して桐子さんの悪口を言ふのでびつくりした。「子供のことを考へたら離婚なんかできないはずだ」と言ふのだつた。「母親なのに」なんて。あたしは桐子さんに同情してゐたので彼のものの言ひ方に憐れみとか優しさがなく倫理……といふよりあれは道義ね、道義で咎めるだけなのに当惑しておろおろしてゐた。いつの間にか広い道に出てゐて、あたしは二三歩、もつとかしら、おくれて歩いてゐた。しかし夕食のとき、あたしが食べ残した鰺の干物を、それ貰ふと言つて彼が食べ、小鉢の三分の一くらゐ残した豌豆《えんどう》の薄甘く煮たのを、食べないのかい？　貰ふよと言つて食べるのを見てゐると、何か不意に訪れた、認識といふか、むしろ啓示、否定形の啓示ねあれは、があつて、あたしはもうこの人を愛してゐない、嫌つてゐると思つた。以前はこんなふうにあたしの食べ残しを平らげる彼を見ると嬉しかつたのに。それが反対にうとましくなつて。それから一時間ばかり、もつとかもしれない、一人きりにしてと頼んで引きこもつて、この半年ばかりのあれこれのことを思ひ出して、いや、その前からのことも暦を逆にめくるやうにして、じつと考へて、とうとう決心した。ここまではまだしもわかる。変なのはそのさき。お風呂にはいつて、湯上りの爪を切つてあげて、こんなことしてもらふのは子供のとき以来と言つて二宮は喜んで、あたしはとても興奮して、彼も喜んで、これまで彼がしたがつてもあたしがさせなかつたこと、足の指を使ふ遊びもさせて、夜中にもう一ぺん。あれはまるで別れの儀式のやう。左足の指のほうが右足の指よりよくて。そして翌朝の朝ごはんのときも、彼があたしの食べ残しのハム二枚と胡瓜のピクルズについて、貰つてもいいかい？　ええ、どうぞ。何だかこの男はとてもかはいさうだといふ気持で見てゐた。何がかはいさうなのかしら。そのあとで皿やなんかを台所に下げて、トースターもしまつて、お茶を飲みながらあたしは言つた。ねえ、あたし出戻りになることにした。

「どうした？　安佐子」と兄が声をかけた。

「ええ、ちよつと」

「無理もないな」と兄が言つた。「やはりショック。どのセクトの男が出て来るんだい？」

「忘れたけど、叛徒かアヴァンティか、どつちか」

「叛徒のほうが女にもてるつて話、聞いたことがある」と兄が言つた。

「ほう、それはどうして？」と父が訊ねた。

「さあ、どうでせう。お答になるかどうかあやしいけれど」と兄は言つた。「情感的でむしろ右翼的なんだつて」

「ほう」

「今でも対立してるつて」と兄が言つた。

「ずいぶん執念深いのね」と兄嫁が批評した。

「どちらにも分派があつて」と兄がつづけた。「三つ巴、四つ巴」

あれから十四年ほど経つ、さうしてあたしが二宮と別れて、二人の本の書庫みたいにしてゐたあたしのマンションへ帰つてから四年、と安佐子は心のなかで数へた。

「いつ助教授にしてくれるんだ？」と父が訊ねた。

「ちよつともめてるのね。一年上の人が講師でゐて、その人、業績がないから助教授にできない」

「さういふのが悩みの種」と父が言つた。「よくあることでね」

「人事つて厄介だから」と兄が嘆いた。「ぼくの友達にもね」

しかしそのもつれの話はややこしくて頭にはいりにくく、兄も途中でやめた。

「でも主任教授はあたしのこと認めてるの」と安佐子は説明した。「今度、自分が元禄文学学会の副会長になつたものだから、あたしに研究発表してくれと頼んだの。一級上のその先輩は新井白石専門でぴつたしなのに、そつちには声かけない」

「それで何やるんだ？」と父が訊ねた。

「芭蕉」

「芭蕉？　あれは十九世紀ぢやないだらう」と兄が言つた。

これからの日本文学史は世紀別に考へるほうがいい、さうすれば明治維新で国文学史と近代日本文学史とに分れ分れになることもなくなるし、たとへば曲亭馬琴と為永春水と尾崎紅葉が同じ十九世紀作家として一くくりにされるといふのは安佐子とその仲間（19世紀文学研究グループといふ名称）の主張で、これは兄にも前にしやべつたことがある。

「うん、亡くなつたのが一六九四年」と安佐子が答へた。

「ほう、そんなものか」と父がつぶやく。「赤穂浪士の討入りが一七〇二だつたな」

「ねえ」と安佐子が父に相談した。「学会の発表で、今までの説の批判するとき、相手の名前、出すほうがいいの？　隠すほうがいい？」

「故人？　生きてる？」

「生きてる」

「学会に来る？」

「わからない。来ないかもしれない。元禄文学学会の会員ぢやない、すくなくとも」

「出すほうがいいんだな、原則として。名ざしでやるほうが後くされないし。フェアだと思はれる、みんなから」

「ぢやあ、さうします」

「学説はきちんと批判してかまはないんだ。ただし個人攻撃はしない。きたない言葉使ふの駄目。馬鹿にした言ひ方、駄目」

「はい」

「枯枝《かれえだ》に烏《からす》のとまりけり秋の暮の烏、何羽でもいいんだつて？」と春彦が口を出した。

「ええ、近頃はさうなのよね」と安佐子が答へた。「一羽でもいいし、二羽でもいいし……。さういふことは読者が決めることなの、受容理論と言つて」

「十羽でも？」と由紀がおづおづと質問した。

「ええ、かまはないの」と安佐子が言つた。「このところ、文学の一般論として読者の役割が大事にされるやうになつた。そこへ持つて来て、短詩形文学だと話がはつきりするでせう、テクストがうんと短いから」

「三十一字とか十七字とか」

「それに日本語、単数複数ないし」

「つまり、作者が決めるのぢやないわけか」と日本史学者は呑み込みが早かつた。

「さうなの」と安佐子が答へた。「さういふ作者主義を排す、なーんちやつて」

「古池の蛙《かはづ》も？」と由紀が頓狂な声をあげた。「何匹でもいいの？」

「さうよ。一匹でも、二匹でも、三匹でも」

「なるほど」と父がうなづいた。「さういふことになる。おれは一匹だと思つてたな」

「それはそれでいいの。そのさきは読者めいめいの趣味の問題」

「何匹もゐると閑寂の気分が壊れる」

「さうだけど、でも、理論から言ふと、いいの」

「何匹もの蛙が古池に跳《と》びこむなんて」と由紀が言つた。「考へたことなかつた」

「第3のコース、松尾君、伊賀大学」と春彦がアナウンスの声色を使ひ、みんなが笑つたので得意になつてつづけた。「第4のコース……蛙《かへる》の有名な句、も一つあつたな。えーと」

「ほら、あれ」と安佐子が言ひかけたが、由紀のほうが早かつた。

「痩蛙《やせがへる》まけるな一茶これに有り」

「第4のコース、小林君、信州大学」

笑ふ四人の頭のなかで蛙たちが競泳した。もちろん平泳ぎで。

冗談が好評だつたのに気をよくしてか、春彦は貰ひ物の焼酎を持ち出し、これも遠方の知人から贈られた塩辛を出させた。玄太郎と春彦が焼酎と塩辛を批評し、女二人も口を出した。

「ねえ、お父さんの先生は」と安佐子が訊ねた。和泉錠のことはかう呼ぶきまりになつてゐた。「芭蕉のこと、褒めてた?」

「褒めてたな。ほら、何とかの辞……」

「『柴門《さいもん》の辞』?」

「うん、あれに『後鳥羽上皇の書かせたまひしものにも』とかあるだらう。あれが尊皇の志の證拠……」

「え? 芭蕉が尊皇?」と春彦が意外さうな声を出した。

「まあ、さういふことにしてゐた。でも、呼び捨てだつたな。俳聖松尾芭蕉なんて言つたこともあつたか」

「どういふ人が呼び捨てでないの?」と安佐子が訊ねた。

「楠木正成は大楠公。北畠親房は卿《きょう》がつく。北畠親房卿」

「『神皇正統記』書いたから」と春彦が注をつけ、それにまた由紀が、

「大日本は神国なり」と注をつけた。

「新田義貞は?」

「あれは呼び捨て」

「伊藤博文は?」と春彦は訊ねた。

「伊藤春畝《しゅんぽ》公。雅号で呼んでしかも公をつける。かなりの待遇だな」

「徳川慶喜は?」

「徳川慶喜公」

「大がつくのは正成だけね」

「うん」と玄太郎は認めてから、「いや、西郷隆盛もさうだつたな。大西郷」

「逆賊なのに、いいの?」と安佐子が訊ねた。

「『大西郷が晩年に順逆を誤りましたことはまことに惜しむべき汚点でありますが……』なんて言つてる。とにかくこの二人が別格だつた」

「吉田松陰は?」

「先生をつける。山崎闇斎先生、藤田東湖先生、山鹿素行先生」

「荻生《をぎふ》徂徠《そらい》は?」

「あれは呼び捨て」

「中国崇拝だから」

「さう」

「まるで番付。東西に横綱がゐて」と春彦が冷かした。「でも、むづかしいな。間違へたら叱られさうだもの」

「叱られた話。聞いたな。ちよつと眉をひそめるのは見たことある。だからアンチヨコがあつた」と玄太郎がくすくす笑ひながら言つた。

「アンチヨコ?」

「まあ!」と由紀が叫んだ。

「誰が作つたのかな。四ページか五ページのガリ版刷り。薄いやつ。それを借りて写した。最初に大楠公(楠公)、大西郷(西郷南洲先生)の二人が書いてあつて、その次に吉田松陰先生、谷秦山《じんざん》先生、橋本景岳先生、橘曙覧《あけみ》先生、本居宣長先生……重野安繹は博士だつたな。微妙な言ひまはし」

「どういふこと?」と春彦が説明を求めた。

「文科大学教授で史学会初代会長だから敬意を表さないわけにゆかないし、ところが児島高徳は実在せずといふ説を立てた人で、南朝正統に批判的だつたし……」

「あ、さうか。苦心してる」

「すごい記憶力、お父さん」と安佐子がからかふと、玄太郎は、

「若いころ覚えたことは忘れない」と照れくささうにつぶやき、そして春彦は父を弁護した。

「主任教授が人事権持つてるから、学生だつて大変なんでせう」

「今にして思へば、その通りだな。でも、そのことはあまり意識してゐなかつた。むしろ先生の顔を立てる、まあ社交のやうな気持だつた」

「なるほどな」

「人事権と言つたつて和泉先生ひとりで決るわけぢやないし……」と玄太郎は言つて、「それに、あの先生に近づかなくたつて、うんと優秀なやつは官立高校の教員になれた。はつきりした左翼は駄目だが。運不運もあつた」

そこでとつぜん微笑を浮べて、

「大楠公のおかげで、兵隊検査うまく行つた」

「どういふこと？」と安佐子が訊ねた。

「大学を出て、中学の教員やつてたときだ。徴兵猶予が切れるから、兵隊検査を受けなきやならない。あれは昭和何年かな？　静岡の町はどこへ行つても『清水港の名物は　お茶の香りと男伊達』といふ唄を流してた」

その思ひ出話ではかうだつた。

そのとき軍医が、「ほう国史科か。和泉錠先生のところだな」と嬉しさうに言つたので、パツとひらめいて、「はい、大楠公の研究をしてをります」と嘘をついた。本当のことを言ふと、卒論は排仏棄釈の研究だつたのだが。すると軍医は、すこし考へてから、「よろしい。体を鍛へながら、中学生に大楠公の精神を注入せよ」と張つた口調で述べた。玄太郎は助かつた、と思つた。

「本当は甲種合格の体なのに第二乙になつたのは軍医の匙《さじ》かげんだよ、確実に」

「まあ、呆れた」と安佐子が笑つた。「正成なら湊川へゆくべきぢやない？」

「さういふこと多かつたらうな、あの時代」と春彦が達観したことを言つた。

「あの先生の愛読者、思ひがけない所にゐたからな」と玄太郎が説明した。

「『中世に於ける社寺と社会との関係』つて本、今でも書棚にあるのね」と安佐子が言つた。

「いつだつたか見た。大事に取つてある感じ」

「その教授の本？」と春彦が訊ねた。

「ええ」

「ほかの本はともかく、初期のあれはいいな」と玄太郎が褒めた。「殊にアジール論。感激したなあ」

「アジール論、いいんですつてね」と安佐子が言つた。「まだ読んでないけど。近頃評判なのよね」

「何ですかそのアジールといふのは？」と春彦が質問した。

「犯罪者とか奴隷とかが逃げてゆくと保護される聖域、とでも言ふのかな」と玄太郎が解説した。「ギリシア語でね、神聖不可侵といふ意味。古代ギリシアでも、古代ローマでも、ユダヤでもあつた。神殿とか教会へ逃げ込むと、かくまつてもらへる。近代国家になると、なくなる。日本でもさうでね。織田信長や秀吉以前はあつた」

「戦争で敗けた武将が高野山に逃げたりするやつ？」と春彦が訊ねた。

「あれもさう。それから、縁切り寺なんてのはその名残り」

「あ、鎌倉の東慶寺」と由紀が言つた。

「変なこと知つてる」と春彦が冷かした。

「意外に教養あるのよ」と由紀が受け流した。

「あの線で進めばよかつたのにな」と玄太郎が吐息をついて、「あれでゆけば、王朝の興廃や戦争の勝敗よりも衣食住その他の移り変りが大事、といふ考へ方に近づいたかもしれない。それが、王朝の存続が一番の眼目といふほうへ突つ走つてしまつた。フランス留学のせいかな？」

「フランス？　まさか」

「いや、フランスの王政主義者にかぶれたといふ見方もある。まあ、もともとその気《け》はあつたんだらうが。何しろ天子様が好きだつた。それに宮様が好きで好きで」

「あのころの日本史の先生は一体にさうなんぢやない？」と春彦が言つた。

「まあ、さういふ面もある。実證主義と尊皇とを適当に抱き合せる学者が多かつた。これなら安全だし。それにしても先生のは猛烈だつたな。まるで違ふ」

「お父さんはあまり深入りしなかつたんでせう」と安佐子が言つた。

「うん。おうちにも伺つたことないしね。朱明会にもはいつてないし」

「何それ？」と安佐子が訊ねた。

「熱烈な学生の会だね。吉田松陰『講孟余話』の輪読なんかする。朱明といふのは太陽のことらしい」

「ふーん」

「小柄な人でね。甲高い声で、アジテーションがうまい。何となく感動する」

「お父さんが？」

「うん、興奮といふか」

「さうですか」と春彦が言つた。「よほど話がうまいんだな」

「あれでなかなか文学的な人でね」と玄太郎が言つた。「長柄《ながら》の橋についての説なんか、文学と史学との、まあ今で言へば学際的な研究で、感心した」

「どういふ説？」と安佐子に促されて、何十年も前に読んだ意見をきれいに祖述したから、これは何度もしやべつてゐることがわかる。

それは『古今集』巻第十九にある、

難波《なには》なる長柄の橋もつくるなり今はわが身を何にたとへん　伊勢

といふ和歌についての考證である。問題なのは、第三句「つくるなり」は古来「作るなり」と「盡《つ》くるなり」と二つ解釈があるけれど、どちらが正しいかといふことだつた。「作るなり」でゆけば、意味はかうなる。

難波（摂津国の淀川の河口周辺）にある長柄の橋は朽ち崩れて橋柱だけが残つてゐることで有名だが、その橋も今度、再建するといふ噂。さうなればこの古びた身のあたしをあの橋に喩《たと》へることができなくなる。何に喩へようかしら。

そして「盡くるなり」でゆけば、

朽ち崩れた長柄の橋もまつたく亡ぶ。橋柱も失せてしまふと聞いた。とすれば、古びた身のこのあたしを何に喩へようかしら。

前者を取るのが顕昭、契沖、本居宣長、香川景樹など。後者が北畠親房、賀茂真淵。そして和泉錠は「盡くる」が正しいと主張して、史実のほうから立證してゆく。『文徳実録』仁寿三年（八五三）十月の項に、長柄の橋は「このごろ橋梁断絶、人馬通はず、二隻の船を置いて渡らしむ」とあるから一両年前に損壊したのだらう。ところが『古今集』が成つた延喜五年（九〇五）には伊勢は三十代と推定される。これは身の衰へを嘆くのにちようどいい年だから、約五十年後のこのころ橋は再建されてなかつたと判断してかまはない。さらに『拾遺集』の藤原清正（十世紀半ばまで生存）の詠に「蘆間より見ゆる長柄の橋ばしら昔の跡のしるべなりけり」、和泉式部（十一世紀初頭に活躍）の家集に長柄の橋を見て詠んだ「ありけりと橋は見れどもかひぞなき船ながらにて渡ると思へば」とあるのを引いて、相変らず橋は建造されなかつたことを確認する。ところが例の伊勢の和歌は『古今集』の序に引用してあるせいもあつて人気が高く、そのため能因（十一世紀半ばまで存命）は長柄の橋の鉋《かんなくづ》屑を珍重してゐたと言はれるし、後鳥羽院（一一八〇—一二三九）には長柄の橋柱で文台を作らせたといふ逸話がある。もしも橋が新造されてゐたら、こんなことはあり得ない。橋は断絶した後、造り替へられなかつたのである。そこで親房、真淵の説が正しいといふことになるのだつた。

「先生としては北畠親房、それこそ親房卿だな、この親房卿の説がいいと證明できて、嬉しくてたまらないんだ。その気持ははつきりしてるが、でも、作るか盡くるかといふ和歌の意味をめぐる古来の論争に歴史研究の方法で結着をつける。盡くるだと断定する。それが新しかつたな。忘れられない」と玄太郎は語つた。

「さういふことをする学者だつたのか」と春彦が感心した。「忠君愛国だけの人と思つてゐた」

「三十代でおんぼろの橋なんて、ひどい」と由紀が憤慨した。

「今とは違ふ」と玄太郎があわてて言つた。「平安朝だからね。千年前の話だから。今は四十代でも、五十代でも」

そこで三人は女優たちについて、誰それは五十代とか、誰それは六十代とか、噂に熱中したのだが、とつぜん安佐子が、

「お父さん、その先生の説をかしい。その解釈、間違つてる」と言つた。

「え、駄目なの？」と歴史学者は前よりももつとうろたへた声を出した。

「おいおい」と春彦が言つたのは、せつかく自分が感嘆の声をあげたのに、といふ気持なのか、それとも、父親が喜んで師説を受売りしてるのに反対するなんて、といふ気持なのか、間投詞は意味が曖昧なので、わからない。多分、本人にもはつきりしないのぢやないか。

安佐子はそれを無視して、バッグから大学ノートを出し、新しいページに問題の和歌を書きつけ、傍線を引いた。


なにはなる‖ながらのはしもつくる‖なりいまはわがみをなににたとへん

そして説明をはじめる。

「文法の復習よ。『なにはなる』のナルは助動詞ナリの連体形で、『つくるなり』のナリは助動詞ナリの終止形。でも、前のナリと後のナリはぜんぜん違ふの。前のナリは用言・助動詞の連

体形、名詞・副詞などにつく。ニアリから来たもので、この『難波なる』は難波にあり、ね。難波にある長柄橋。ぴつたりでせう。それでそのニアリからデアルといふ意味が派生したの。『神皇正統記』……さつきからよく出て来る……の『大日本は神国なり』、あれがさうね。神国である。断定の助動詞と言ひます。ところがもう一つのナリは動詞を受ける。これは伝聞のナリで、さういふ音が聞えるといふ意味の助動詞なんです。『うつりゆく雲に嵐の声すなり』とかね。『蘆の枯葉に風わたるなり』とか。これは、枯葉を渡る風の音が聞えます。風が渡るのである、ぢやないのよ。これは動詞の『鳴る』から出たのかもしれないなんて言はれてるけど、案外さうかも。そしてここから推定の意味も出て来ました。人の噂によると、どうもこれこれしかじからしいぞ、なんて気持。長柄の橋の評判なんか典型的にさう」

「あ、さうか」と玄太郎が大きな声を出した。「断定のナリと伝聞のナリ。ナリが二つある」

「長いあひだ変だと思つてた?」

「思つてた」

「さういふ人、多いの」と安佐子はほほゑんで、「大事なのは、この伝聞・推定のナリは動詞の終止形を受けるつてことなんです。『声すなり』がさうでせう。スは終止形。『風わたるなり』だつてワタルは終止形。ところが……」とまた大学ノートに安佐子は書いた。

作る　四段活用

未然　連用　終止　連体　已然　命令
ラ／　リ／　ル／　ル／　レ／　レ

盡く　上二段活用
未　用　終　体　已　命
キ／キ／ク／クル／クレ／キヨ

そしてこれを三人に見せてから、

「ね、ツクル（作ル）の終止形はツクルだから伝聞の助動詞ナリをつければツクルナリになるでせう。でもツク（盡ク）の終止形はツクだから、ツクナリになる。恰好《かつこう》つかないでせう。そんなこと、王朝のお女中がミスするはずないぢやない。普段、使つてるんだもの。藤原時平が夢中になつて言ひ寄つたり、宇多天皇の寵愛を受けたりした才色兼備の女で、娘があの歌人中務。さういふ人ですから、あたしたちとは違ふ。文法間違へるなんて不可能。ですからこれは『作るなり』……新しく作るといふ噂を耳にした、なんです」

みんなが黙つてゐる。安佐子も黙つてゐる。しばらくしてから、

「これは明快だな」と玄太郎がつぶやいた。「文法の規則だから有無を言はせない。つまり真淵は勘違ひした……」

「真淵より宣長のほうがずつと出来るんです」と安佐子が言つた。「文法だつて、何だつて。

比較にならない。歌を詠むとなると真淵にかなはないけど」

「和泉先生も筆の誤りか」と玄太郎が嬉しさうにつぶやいた。

「安佐子はいい学者になると思ってたよ」と春彦が結論のやうに言つた。「小説家になんかならなくてよかつた。本当だぜ。大学は早く教授にすべきだな。飛び級で」

「ちよつとー、外野うるさい」と兄の冗談を妹がたしなめた。この台詞《せりふ》は男の学生のゐる大学へ行つたとき、彼女がよく使ふのだ。学生たちと同じやうに、ざわざわと兄が笑つた。

「でも、真淵のほうが先生でしよ?」と由紀が訊ねた。

「ええ。さうだけど、ときどき弟子のほうが上つてケースあるんです」と安佐子は言つてから、おどけた口調で、「うちのお父さんと先生の場合もさうかも」

「ほう、これは豪勢な誕生日のプレゼント」と言つて笑ふ玄太郎の顔は、由美の描いたクレヨン画にそつくりである。

2

中学国語教科書にはたいてい、いや、必ずと言つていいか、芭蕉の『奥の細道』の出だしのところが載《の》つてゐる。ほら、「月日は百代の過客にして、行きかふ年もまた旅人なり」といふあれです。この「百代」は全部が全部「百代《はくたい》」となつてゐる。あれがわからないんだな。どうしてハクタイなんて仮名を振るんだ。普通にヒヤクダイでいいぢやないか。「月日は百代《ひやくだい》の過客にして」で充分いい気持になれるのに。わたしなんか昔の教科書でヒヤクダイと教はつて、それで別に問題なかつた。芭蕉の格も、『奥の細道』の値打も、ちつとも下《さ》がらなかつた。何もそんな、ハクタイなんて、変に恰好《かつこう》つけて、むづかしくしなくたつていいぢやないか。

わたしの使つてゐる『大漢語林』といふ一冊本の漢和辞典には、

百代《ヒャクダイ》　いく代も後の世。多くの年月。永久。
百代之過客《ヒャクダイのカ（クワ）カク》　永久に過ぎ去って行く旅人。光陰（時）が流れてもどらないことのたとえ。百代は「ハクタイ」とも読む。

とある。「とも読む」だから、読まなくてもいいんです。いや、ヒャクダイがむしろ本筋《ほんすぢ》だからこそ、前に立ててある。どうして本筋の読み方を教へないのか。教科書でハクタイと読めと強制するのはなぜなのか。調べてみると、これには事情がありました。

まづ『奥の細道』開巻の名文句は李白『春夜桃李園に宴するの序』の「それ天地は万物の逆旅にして、光陰は百代の過客なり」を引用してゐる。もちろん李白は漢文で書いた。わたしのは書き下し。これは『古文真宝』といふ名文集といふかアンソロジーに載つてゐるのですが、この本を芭蕉はどういふエディションで読んだか。たぶん和刻本で、しかも『古文真宝後集』正保三年板《ばん》かそれとも貞享《ぢようきよう》五年板で読んだらうといふのですね。正保三年は一六四六、貞享五年は一六八八。これはまあ納得がゆく。まさか唐本で読んでたとは思へない。そしてこの正保板と貞享板のどちらも「百《ハク》代」と仮名が振つてある。ハクは漢音です（ヒャクは呉音）。「百」を漢音でハクと読んだ以上、下の「代」の字も漢音でタイと読んだらう、呉音でダイとは読まなかつたらうといふ考へ方なのですね。これは戦後まもなくのころ松尾靖秋と久富哲雄が別々の論文で主張し、以後定説となつた。おもしろい考證ですね。専門的な業績としては大いに評価して、かまはない。

しかしそれを中学生が読むときに強要するのは、どうかな、と思ふ。普通の読書人にだつて、大きなお世話だけれど。

わたしに言はせれば「百代」の発音なんて些末事である。かう言つては何ですが、どうでもいい。同時代の発音の探求と言へばもつともらしくて立派だけれど、案外、芭蕉だつて漢音の振り仮名なんか無視して、呉音で読んだかもしれない。まあそれはともかく、そんな小さな所にこだはると現代人が古典とつきあふのに邪魔をすることになる。

ただでさへ古典はとつつきの悪いもの、敬遠したくなるもの、それを子供に読ませようといふときに、こんなことで威《おど》しをかけるのはよくないよ。われわれ日本人は多年ヒヤクダイと読んできたし、それが標準の型だといふことは漢和辞典が認めてゐる。だからヒヤクダイでいい。具体的な処置としてはテクストの「百代」に仮名を振らずにはふつて置けばいい。かうすれば、普通だつたらヒヤクダイと読むでせうし、それで構はない。そして教へる先生がもしさういふことが好きな人なら、ハクタイといふ読みもあることを言ひ添へて、なぜさう読むのか、いはれ因縁《いんねん》を説明すれば、これはこれで生徒の知的興味を惹き起すだらう。

藪から棒みたいにしてハクタイを押しつけ、怖がらせたり、厭がらせたりするのはまづいよ。それはまるでシェイクスピアの『ハムレット』を教へるとき、普通の綴りのテクストでは

なくエリザベス朝のテクストの通りの、

To be, or not to be, that is the Queſtion :
Whether 'tis Nobler in the minde to ſuffer
The Slings and Arrowes of outragious Fortune,
Or to take Armes againſt a Sea of troubles,
And by oppoſing end them : to dye, to ſleepe
No more ; and by a ſleepe, to ſay we end
The Heart-ake, and the thouſand Naturall ſhockes
That Fleſh is heyre too ? 'Tis a conſummation
Deuoutly to be wiſh'd.

で読ませるやうなものだ。これは現行のテクストでは、

To be, or not to be, that is the question :
Whether 'tis nobler in the mind to suffer
The slings and arrows of outrageous fortune,

Or to take arms against a sea of troubles
And by opposing end them. To die — to sleep,
No more ; and by a sleep to say we end
The heart-ache and the thousand natural shocks
That flesh is heir to : 'tis a consummation
Devoutly to be wish'd.

の箇所。翻訳では、

生きるのか、生きないのか、問題はそこだ。どちらが気高い態度だろう？　理不尽な運命のむごい仕打ちを心ひとつに耐え忍ぶか、それともあえて武器をとって苦難の嵐にたちむかい、力まかせにねじふせるか。死ぬ、そして眠る——それだけのことだ。眠っただけで胸の痛みも、この肉体につきまとう数かぎりない苦しみも残らず消滅するものなら、まさに幸福の極致、願ってもない結末だ。

となる（永川玲二訳）。
どうです、昔通りのテクストつてのは大変でせう。でも、と言ふべきか、ですから、と言ふべきか、シェイクスピア学者だつて、よほど特別のときでなくちや、エリザベス朝の綴りでなんか引用しません。あまり意味ないもの。みんな現代化した綴りのテクストで読み、引用する。それでいいの。

『奥の細道』に戻りますが、芭蕉が「百代」をハクタイと、「江上」をコウシヨウと発音したなんてのは、好事家《こうずか》の穿鑿《せんさく》にすぎないと思ひますよ。中学生を含む一般人にはどうでもいいし、学者だつて、うんと特殊な人が必要なときにしても構はない、その程度のことである。あ、もちろん「過客」はカカクですよ、カキヤクは誤り。カキヤクといふ読みは昔からないんだ。

中学教科書には、「百代」や「江上」には振り仮名のない（しかし「過客」にはある）テクストで、『奥の細道』全文を収めたらいいと思ふ。大丈夫です。あれは短いもの。もちろんほんのすこし注をつけるほうがいいな。そして先生は、最も有名なところ、お気に入りのところを数ケ所、大きな声で読む。ときどきほんのちよつと説明を加へながら。生徒にも朗読させる。そして先生は「いいなあ」とか「芭蕉はうまいよ」とか言ふ。もし俳句をたしなむ先生なら、自分が以前、衣川へ行つたとき、酒田へ行つて最上川を見たとき、鶴岡へ行つて民田茄子《みんでなす》を食べたとき、作つた句を芭蕉の句と並べて黒板に書き、「やつぱりおれは下手《へた》だ」なんてつぶやいて、教室中を沸かせてもいい。そして興味をいだいた生徒は全文を読んでしまふ。さういふのが子供に日本語を教へる、古典に親しませるつてことでせう。

中学教科書のハクタイは今の日本文学研究者の気風を反映したものですね。あの方面の学者たちは実證が好きだし、それに執着するあまりもつと大事なことを忘れがちである。そして想像力を働かせることを毛嫌ひし、仮説を立てることを厭がる。あれは明治のころ日本にはいつて来た文学研究法が、西洋十九世紀に全盛の自然科学の方法を文学に当てはめるものだつたのに由来する。その態度を保存し、奨励した結果、かうなつた。をかしな学風が支配的になつてしまひました。

学者の団体が学会で、その団体の総会のことも学会と呼ぶんですが、日本文学の学会に出るとさういふ事情がよくわかります。この長篇小説の女主人公、杉安佐子さんがその年の元禄文学学会で変なことになつたのも、そのせいだつた。

それはよく晴れた土曜日で、午前十時から二十分間の開会式（開会の辞、主催校学長挨拶、元禄文学学会会長挨拶）が珍しく定刻に終つた（普通はたいてい、だらだらと延びるんですが）。ただちに研究発表に移る。これは第一部会（文藝中心）と第二部会（思想中心）に分れてゐて、第一部会の午前中の司会は東京の大学の助教授、並木周三氏で、彼の専門は浄瑠璃と歌舞伎。近松についての本が一冊、丸本歌舞伎についての本が一冊ある。ちよつといい男だが、極端に禿げあがつてゐて、わづかに残る髪を簾状に用ゐてごまかしてゐる（つもりである）。松竹に紹介してもらひ、鬘《かつら》を作ればいいのにといふのは、学界ではもう陳腐な冗談。最初の発表は九州の大学の助手で佐藤光三氏。近松の道行についてのもの。新鋭の、力のこもつた論考だが、引用が多すぎて単調で、やや退屈だつた。それが終り、質疑応答にはいつたころ、九州の大学の名誉教授、里見龍平氏がはいつて来て、最前列の席に、安佐子さんの大学の日本文学科主任教授（元禄文学学会副会長）である足立康氏と並んで腰をおろした。長身で、白髪で、目鼻立ちが大ぶりで、風格がある。碩学《せきがく》として知られる人だけあつて、副会長の足立氏（小男で風采がパツとしないし、学問的業績もない）とはまるで違ふ。里見氏は、本当のことを言ふと、弟子の弟子に当る佐藤助手の発表を聞くつもりで来たのだが、昨夜、著作集（全二十五巻）を出してゐる出版社の招宴で飲みすぎて遅刻したのである。そのことを面目なく思ふせいもあるし、やや二日酔ひの気味もあつて、内心むかむかしてゐたが、しかし表面はおだやかに微笑してゐる。かういふ心理、酒をたしなむ人なら、誰だつてわかりますねえ。もつとも、わたしは昔、自分は生涯に一度も二日酔ひをしたことがないと豪語する老人と酒を飲んだことがある。本当かしら。一体に記憶が朦朧《もうろう》としてゐる、前後矛盾撞着にみちた思ひ出話をする人だつたから、二日酔ひなしの話も眉唾だなあ。

佐藤助手への質問（すこぶる低調）が一《ひと》とほり終つたところで、司会の並木助教授が一二歩、歩み寄つて、

「里見先生、何か一言、お言葉をいただけませんでせうか」と恭しく頼んだが、

「何しろ聞いてませんからね。刷り物のあら筋だけで申上げるわけにはゆきませんよ」と断られた。これは並木助教授としては覚悟の前で、いはば儀礼的な申し出にすぎなかつたのであ

る。佐藤氏が演壇から降り、次が安佐子さんの報告である。彼女は最前列の席の左端に腰かけてゐる。

実は安佐子さんとしては、里見氏は自分の発表なんか聞くはずないと思つてゐたのだが、引上げる気配がまつたくない。刷り物にある要旨を読んで興味を覚えたのか。それとも、遅れて来てすぐ帰るのではばつが悪いのか。彼女は、ちよつと気詰まりだなあ、でも出だしのところで名前をあげて批判する芭蕉学者が前にゐるよりはずつといいか、と思ひながら、司会者の紹介を聞いた。それには「かなり独創的な説のやうです」などといふ言葉があつて、そこのところでは安佐子さんはちよつと微笑した。それから、出て行つて机に向ひ、一礼し、椅子に腰かけて話し出す。

「原稿を読みあげることに致します。ところどころ補足みたいな説明も入れます。では、はじめます」

ここからは、彼女の『芭蕉はなぜ東北へ行ったのか』の原稿をそのまま載せ、ただし補足した部分は『 』に囲み、原稿にあつたのに読まなかつた部分は縦線で消すことにしよう。〔 〕のなかに小さく記すのは聴衆の反応である。

『芭蕉はなぜ東北へ行ったのか』という題ですが、この題のつけ方は本当に素朴なもので、私は実感としてこういう疑問から考えはじめたのです。お名前を隠す必要もないと思いますので、はっきり申し上げますが、先年、「芭蕉の本」という講座もののなかの一冊で井本農一先生の『おくのほそ道論』を拝見しました。〘井本先生、お見えになっていらっしゃいますか。あ、お見えでない。はい。それではこの原稿のコピーをお送りして置くことに致します。〙井本先生のお考えは大体こうでした。

「……まず芭蕉が『おくのほそ道』旅行を志した理由を、自己の文学の停滞からの脱皮にありと見る。芭蕉が三十代の後半において、宗匠《そうしょう》から隠者になる大転回をなしとげたことは、定説であろうが、その転回によってなし遂げた風狂的世界も、風狂的世界として安定して来ると、風狂の本質が失われてしまう。（中略）芭蕉の反俗的・隠者的姿勢が、世間によってそれなりに評価され、新しい異色の文学としてもてはやされ出した時、その風狂性はいつの間にか体制の中に組みこまれていったのではあるまいか。『おくのほそ道』旅行の前々年から前年にかけて行われた『笈《おひ》の小文』の旅は、（中略）主として蕉風教化の旅ではなかったか。なるほど多くの門人が出来、蕉風は拡まる。各地に芭蕉の来遊を待ち受ける風流人がいて、俳席の数は多い。だが、それは所詮《しょせん》新しい宗匠生活である。そんなことなら、三十代の後半に宗匠から隠者にならなくてもよかったのである。（中略）貞享五年（一六八八）八月二十日ごろ江戸に戻って来た芭蕉を、江戸の人々は次々と訪れた。それは翌年正月まで続いた。『毎日〳〵客もてあつかひ』（元禄二年正月十七日付、半左衛門宛書簡）であった。俳事も多かった。雑事も避けがたかった。（中略）そんな中で芭蕉は自分の文学の新たな転回を考え続けた。（中略）旅へ出よう。『更科紀行《さらしなきこう》』の旅で経験したような知友・門人の少ない、辺鄙《へんぴ》な土地を歩いてみようという考えが、芭蕉の胸中に浮んだとしても不思議ではない。元禄二年は西行五百歳忌だから、その記念に『おくのほそ道』の旅に出たという説があるようだが、それならもっと証跡がありそうなものなのに、芭蕉自身は一言も述べていない。秘密にすべきことではなく、むしろそれが理由なら積極的に言うべきことである。『おくのほそ道』本文中に西行関係の記事が二、三カ所あるが、芭蕉の西行崇拝は今に始まったことではない。(中略)『おくのほそ道』本文に、二、三カ所西行が出て来ただけでは、西行五百歳忌のために芭蕉が旅に出たとは信じがたいのである。芭蕉にはやはり旅に出なければいられない、自分だけの内的必然があったのだと考えたい。旅に出てひとりで考えたいことがあったのである。それには知友門人のいない土地への旅が必要であった。東海道から関西地方は当然除外される。信州へは行って来たばかりである。甲州へもかつて滞在したことがある。とすれば、北関東から東北・北陸へ思いが行くのは自然であろう。陸奥には古来の歌枕や旧蹟も多い。(中略)乞食を覚悟の旅であり、呑気な遊山旅行ではない。風雅の旅行ではあるが、それは実用の旅行でないだけのことで、自分の文学の新しい展開のためという目的はある」。

ここで井本先生が強調していらっしゃるのは、「自分の文学の停滞からの脱皮」とか、「自分の文学の新しい展開」とか、そういうことです。西行五百年忌だから西行ゆかりの土地へ出かけたという見方をしりぞけて、文学的新境地を拓こうとしてという説を主張しています。『本当は西行の没年は文治六年、一一九〇年ですから、五百年忌は翌年の元禄三年、一六九〇年ですが〔聴衆笑ふ〕、一年前にするのもありますね。ですから、まあいいかも〔聴衆また笑ふ〕。』

私は井本先生の論文を拝見して、とても突飛なことを考えました。文学的停滞から脱出したいなんて、まるで、『蒲団』を書く前の田山花袋のようだな、と思ったのです。たしか、そのころのことを回想して、花袋はそんなふうに言っていました。少女趣味の小説から自然主義へと飛躍するころの心境ですね。つまり明治三十年代の花袋と同じくらい近代的な悩み方、困り方、煩悶をする立場に芭蕉が置かれているわけです。それは非常に個人的な苦悩や焦燥で、江戸時代の人の心理とはずいぶん違うのじゃないでしょうか。

「自分の文学の停滞」とか「自分の文学の新しい発展」とか、そういう具合に自己表現の主体としての「自分」を押し立てることは、昔の人はしません。そういうとき、彼らはむしろ神仏の加護を願ったのです。もちろん芭蕉は「予が風雅は夏炉冬扇の如し」とは言っていますが、でも、あれは、いま世間ではやっている点取り俳諧は厭ですよという意味で、個人としての自分の主張ではない。もっと広い、いわば流派の宣言でした。

そのへんの事情については、もともと芭蕉は近代的な個人としての自己を持ってなかったのだ、と言ってもいいでしょう。よくみんなが言う近代的自我というあれです。あれを持っていませんでした。こんな言い方をするとジョークみたいで、おかしいけれど、前近代的自我を持っていました〔聴衆、キョトンとしてゐる〕。これは彼の職業から見ても見当がつくことです。彼が一番得意としたのは連句のときの宗匠の役でした。連句というのは『これは皆様には説明するまでもありませんが』何人もの連衆が集まって、五七五の長句と七七の短句を交互につけて、三十六句とか百句とかつづける遊びで、宗匠というのはその遊びの師匠役です。これは今で言えば、ピアノ・コンチェルトのとき、ピアニストが指揮者を兼ねるようなもの、なんて説明したことがありますが、もっと砕けて、ビリアード店のマスターで全日本のチャンピオンだったことのある人がお客の相手をしてゲームをする、そんな感じに近いんじゃないでしょうか〔聴衆、爆笑〕。ですから、もともと孤独でなんかない商売なんです〔聴衆、また笑ふ〕。

連句の一番最初の句が発句《ほっく》で、これは挨拶を含むのが決りです。芭蕉は、大変な富豪である三井秋風の邸を訪ねたとき、主人を唐土の高士林和靖に見立てて、「梅白しきのふや鶴を盗まれし」、おや、お宅に鶴がいないのは盗まれたんですか、なんておどけました。これはゴマスリではなく挨拶なので、この挨拶というのは社交性と言い直してもいいでしょう。そして発句を一句立てにしたものが特別の待遇をされ、重んじられることになりました。これが立句《たてく》ですが、独立して、短冊に書いたり、句碑になったり、辞世として詠まれたりします。

そして発句を三十六句なり百句なりの連句とまったく切り離して自立させたのが正岡子規で、彼は発句という名前を厭がって俳句と名づけました。もすこし正確に言うと、俳句という名称を定着させました。このとき挨拶の性格が消え失せます。あるいは、うんと軽んじられることになります。つまり個人主義の文芸としての俳句の成立ですが、そこから見ても、「自分の文学の停滞」というような言葉づかいは、芭蕉ではなくてむしろ子規に向いているでしょうし、彼の孫弟子くらいに当る山口誓子の初期、加藤楸邨の初期などには特にぴったりですね。内向的で、社交性がなくて、何か荒涼としていて、凄んでいて、機嫌が悪いのです。でも、芭蕉には似合わない。

元禄の俳諧師である芭蕉が、文学的ゆきづまりから抜け出すため東北へ旅行した、というのは、どうも何かぴったりしません。個人的に過ぎるし、文学的に過ぎるし、あまりにも近代的だと思います。芭蕉の東北への旅は、島崎藤村がフランスへゆくのとはまったく趣の違う旅でした。

「文学」という言葉は英語の literature の訳語で、これを使う以上どうしても西欧近代のいろいろな作品が――『悪の華』とか『ボヴァリー夫人』とか『サロメ』とか『荒地』とか『チャタレー夫人の恋人』とか『マルテの手記』とか、その他さまざまの作品をつい連想してしまいます。それで厄介なことになります。しかしここで「文学」という言葉はよして、芭蕉がよく口にする「風雅」という言葉を借りることにしますと、区別がはっきりして、具合がいいような気がします。この風雅は、文学が純粋で自立していて何か隔絶した様子なのと違って、ほかのいろいろな価値と結びついているものでした。夏目漱石が西洋文学を嫌い東洋文学を好んだのは、風雅のよさが忘れられなくて、つい文学の悪口を言ったのだと見ると、わかりやすいかもしれません。風雅にはいろいろ、いい加減だったり、だらしなかったり、迫力が弱かったり、迷惑な点、いけない点もあって、明治の後半にはまったく時代遅れになり、文学に完敗してしまったわけですが、しかし、うまく行ったときには、おっとりしているし、のんびりしているし、立派だし、しっかりしているし、取柄も多かったのです。漱石はそういう気配を感じ取っていた、それに未練があった、と言ってもいいでしょう。

風雅は文学と違って外界のいろいろな価値と直接に結びついていたと述べましたが、その第一はやはり遊戯性、遊びでしょう。このことは先程、俳諧をビリアードになぞらえたのでもおわかりいただけると存じます。これは、くだくだしくなりますので、これでやめて置きます。

第二は嗜《たしな》みという、今はめったに使われない言葉で表現される性格で、これは倫理性と美的なものとがいっしょになったような局面です。一方には、茶道の場合に典型的なような、礼儀作法と重なるものですし、もう一方では、修養とか人格の向上とか、そういう要素と重なります。

このこととかなり関連がありますが、第三に、呪術性、おまじないという要素もあります。国土の安泰を願うとか、一族の繁栄を祈るとか、四季の循環が乱れないよう予祝をするとか、そういうことです。この四季の循環のために、俳諧には季語という肝腎のものがあるのでした。そして連句には『このようなことはここにいらっしゃる皆様には申し上げるまでもないことですが』月花の座がある、三月二花《さんげつにか》と言って歌仙では月の句を三回、花の句を二回出す、それもこのせいでした。また恋の座は、動植物の繁殖を促がすための仕組でした。俳諧の宗匠が正月の吉日を選んで歳旦開きをおこない、歳旦三つ物、三つ物というのは発句と脇と第三のワン・セットのことです――これを興行したり、歳旦帖を出したりする――これは前年中にあらかじめ出すことが多いのですが、これはもちろん予祝行為でして、西鶴も芭蕉もやっています。それから蕪村のある歌仙は宋阿の三十三回忌追善興行で、故人の句を発句にするいわゆる脇おこしで、

啼《なき》ながら川越す蟬の日影哉　宋阿居士
行人《ゆくひと》少《まれ》にところてん見世《みせ》　蕪村

とはじまるものです。歳旦三つ物も追善興行も、祭祀性が基本になっています。

こんな具合に、複合的というのかしら、純粋でなくて渾沌としているのが俳諧本来のあり方なのに、井本先生の考え方は俳諧をうんと狭めて、窮屈にして、文学一筋にしていらっしゃるため、風雅とはかなり隔りがあるような気がしました。そこで私はむしろ文学の外側から『奥の細道』の旅の動機を探りたいと思うのです。

このときまず頭に浮ぶのは、例の、西行五百年忌の説です。これは私、どなたが最初に立てたのかまだ調べてませんけれど、何か、いい線いってるな、と直感的に思いました。

年忌というのは死者を供養する仏事で、一年目を一年忌とか一周忌とか一回忌とか言いま

す。満二年目を三年忌と呼ぶのですが、何年目が何回忌という数え方はきちんとしていません。家庭でのときはうるさいのかもしれませんが、うんと偉い人を偲ぶ催しとなると、かなり融通無碍《ゆうづうむげ》というか、自由でした。『武江年表』貞享元年＝一六八四年正月に弘法大師八百五十年忌とありますが、これは八百四十九年後で、これがまあ普通の数え方なのでしょう。同じ『武江年表』元禄十五年＝一七〇二年の二月には天満宮八百年御忌とあって、これは菅原道真没後七百九十九年です。しかし同じ月に西行上人五百年忌とありますが、これは没後五百十二年も経っています〔聴衆、笑ふ〕。ところが同じ月に宗祇法師二百年忌とありますが、これは正確に二百年後です。ですから、勘定のし方はばらばらで、まあ細かいことはどうでもいいじゃないか、そんなことにこだわらずにとにかく法事をしようというのが江戸の気風でした。

この年忌は遠忌《おんき》などとも呼ばれますが、信心のせい、歴史趣味ないし伝統尊重のせい、お寺やお宮の商業性の都合など、種々の要因がからみあって、江戸時代の重要な風俗でした。たとえば、『武江年表』によりますと、文化六年＝一八〇九年には八百屋お七の百二十七回忌、その翌年には清正公二百年忌、文化十二年＝一八一五年には抱一が光琳の百年忌をとりおこなう、などと見えます。このほかたくさんございますが、省略します。とにかく盛んなことでした。芭蕉は風俗を俳諧に取り入れることが好きでしたから、これをほうって置くはずありません。延宝七年、これは一六七九年ですが、芭蕉は――このころはまだ桃青という号でしたが――この年、自分の「見渡せば詠《ながむ》れば見れば須磨の秋」を発句にして巻いた百韻で、

世の聞え定家西行ほととぎす　桃青
　貫之以後の有明の月　似春
八百年御《み》燈《とう》の光露更《ふ》けて　青

という付句を付けています。貫之の没年はうんと大ざっぱに言って約八百年前でした。

それからこれは、何にあったのか忘れてしまいましたが、私のノートによりますと、当の芭蕉その人の死後、寛政五年＝一七九三年には芭蕉百回忌があって――九十九年目です――桃青霊神という名を贈られ、天保十四年＝一八四三年の芭蕉百五十回忌――百四十九年目です――には花本大明神となって、このへんは彼の神格化の進み具合がよくわかりますが、こんなふうに然るべき年数のときには供養をして偲ぶのが当時の風俗でした。彼の『奥の細道』の旅がこの風俗と関係があることは充分にあり得る、と推定したくなります。

しかし、この線はいいけれども、西行のゆかりで東北へ行ったのかしら、ちょっと疑問がある、という気もしました。そんな考え方をした理由は二つあります。

一つは、年忌という儀式的な機会に長い旅をして死者を弔うのなら、その人物の亡くなった、終焉の土地へ行って祀る、それが普通なのに、ということです。これは霊地という概念とも関係がありますね。その人が息を引き取った場所には他の意味で彼と関係のある土地とはぜんぜん違う、別格の、威厳にみちたゆかりがあります。その特権的な因縁が地霊ともいうべきものをそこにいよいよ強く与えるでしょう。

東北には西行は二度も旅行をして、一度目は二十代のときか、三十歳のころで、平泉、出羽、下野へ行っています。二回目は、これは『吾妻鏡』でわかるのですが文治二年＝一一八六年のことです。東大寺に砂金勧進をしてもらうため平泉へゆくのですが、このとき鎌倉で頼朝に会いました。この再度にわたる大旅行で、もともと歌枕だったものを西行が詠んだものもあり、西行のおかげで歌枕になったものもあり、いろいろですが、その西行ゆかりの名所を訪ねて芭蕉が行ったという説があります。しかし西行ゆかりの歌枕を訪ねたいというのは、芭蕉晩年の旅の動機として決定的なものではないと思います。どうももの足りない気が致します。西行五百年忌ならその人が歌を詠んだ歌枕を訪ね歩くより、やはり入寂《にゆうじやく》した河内の国、弘川寺にゆくのが筋ではないかという気が致します。

第二に、西行の亡くなり方が、まことにしあわせな、模範的な死として受取られていたという事情があります。「願はくは花の下にて春死なんそのきさらぎの望月のころ」という自作の和歌の通り二月十六日に亡くなったことは、藤原俊成、慈円、寂蓮、藤原良経などを感嘆させ、羨むべき往生として、伝説化されました。古来の歌人のなかで最も美的な〘単に美的じゃなく最も宗教的な、と付加えるのがいいかもしれませんが〙亡くなり方をした人ということになっています。七十三歳ですから当時としては大変な長寿で、経済的にも心配なかったようですし、しかも多年の願い通りの死に方をしました。人生に終りがあるのは自明のことですから、これだけ恵まれた死に方をするのはむしろ慶賀すべきことでした。この最期は無念の思いが残る、怨めしい、というような死では決してありませんでした。非業の死の正反対のものです。

ところが日本には古来、怨みを呑んで死んだ人の亡魂は怖い、丁重に供養しなければ大変な災厄をもたらす、しかし礼を尽《つく》して祀ればその供養した者を守護してくれるという信仰がありました。御霊《ごりょう》信仰です。

本当のことを言えば、これは大昔には世界中にあった信仰でしょう。でも、西洋ではキリスト教が普及するにつれて異教の神々を亡ぼし、そのついでに、この種の、キリスト教側から見れば迷信ですね、それも弾圧され、消え失せました。

このため近代日本の知識人は西洋には御霊信仰に当るものがないと思い込んで、自分の国のこの信仰を恥しがりました。未開野蛮な感じで、土俗的で、厭だったのでしょう。そんなものの、自分の国の歴史にないことにしたかったのです。あるいは、不快なものだから見えなかった、と言うべきでしょうか。きっとそのせいだと思いますが、私の調べた範囲では、和辻哲郎も津田左右吉も一言も触れてません。この言葉を使っていないだけでなく、この現象に目もくれてません。御霊信仰ということを言い出したのは、いわば傍系の学者、アマチュア学者と言われるかもしれない柳田国男で、命名したのも彼です。この用語の初出は大正から昭和にかけてのころ、一九二〇年代の半ばと思われます。フレイザーの『原始宗教における死者恐怖』が出たのが三〇年代ですから――これはすばらしい発見であり、洞察力でした。そしてその概念に合う数多くの現象を、柳田国男は折口信夫と協力して、日本の民俗、文学、芸能……広い分野に見つけ出し、またその考え方を学界に普及しようと努力しました。

〘ここで御霊信仰についてのおさらいのようなことを致します。皆様御存じのことを述べる形になって恐縮ですが、話の順序として、こうしないと具合わるいので、お許し下さい。〙死者の霊魂を怖がるのはまあ当然ですが、自然死ではない人のそれを特に怖がる、これも無理がないように思います。しかしそれは最初、民衆のなかで信仰として形成されたのでしょう。菅原道真が太宰府《だざいふ》で亡くなったとき、最初に神社に祀ったのは付近の民衆で、京都の朝廷は何もしなかったようですから、これからも推定できるのじゃないでしょうか。

御霊信仰の最初の記録は貞観五年＝八六三年の、清和天皇が神泉苑で、早良《さわら》親王ほかの怨《おん》霊《りよう》慰撫のため御霊会《ごりようえ》を催したという『三代実録』の記事です。早良親王は恒武天皇の同母弟で、幽閉され、自殺した――これは七八五年のことです――、そしてそれから、祟《たた》りつづけたのでした。たぶんこのころまでに、民間の習俗が貴族階級に浸透した結果、政治的紛争の敗者が政敵を怨んで死ぬと、朝廷全体が怯《おび》え、祀るということになったと考えられます。そして早良親王のあとに、あの日本一の御霊菅原道真の亡霊が出現することになり、これは自分を大《だ》宰権帥《ざいのごんのそち》にした藤原時平を、雷に身を変じて殺しただけではなく、その左遷というか流刑というかを許した醍醐天皇まで殺して、猛威をふるい、その結果、御霊信仰が人心を圧倒し、制覇しました。その後、一国の精神的基盤がこの信仰によって規定された状況は、『太平記』の叙述の方法とその影響によって了解できるはずでございます。そして年忌というのは死者追悼の法事ですから、天寿を全うして亡くなった人を敬慕する――抱一が光琳の百年忌をしたのなどよい例です――こういうのももちろんありますが、万斛《ばんこく》の怨みをいだいて憤死した人の霊を、然るべき年数のときに慰めようとする、つまり御霊信仰と結びつく――八百屋お七の百二十七回忌なんかこれでしょう――そういう場合があるのも、人情として、ごく自然な話でした。

ところで、源義経が衣川で藤原泰衡に討たれ、自害したのは、文治五年＝一一八九年四月のことでした。そして芭蕉がその古戦場を訪れたのは元禄二年＝一六八九年五月です。ちょうど五百年後に当ります〔聴衆のなかにざわめきあり。このことはあらかじめ渡した刷り物に書いてあるのだが、読んだ人はすくないのだ〕。

そこで私としては、芭蕉は義経五百年忌をまったく私的に、ひっそりと祀りたくて出かけたのではないかと想像しました〔聴衆、無表情を装ふ〕。当時の習いとしては一年前にするのが正式なわけですが、先程も申し上げましたように、そのへんはむずかしく考えなくていいという気風もありました。実は一年前に供養をしている人もいます。野間光辰先生の『西鶴年譜考証』のなかに、これは『日本永代蔵』の出た年なのですが、『新十二段』という義経物の浄瑠璃本が出ていて、これは『義太夫年表』にはない野間先生の発見なのですが、どうも西鶴の作らしいという考証があります。つまり西鶴も義経五百年忌を意識していました。みんなが気にしていたのでしょう。ところが一年前は芭蕉は故郷の伊賀に帰っていましたから東北にゆけません。それから、五月に行ったのでは一月遅れになって供養としておかしいとも言えそうですが、これには事情があります。三月上旬出発の予定でしたのに、白河からの便りで余寒がきびしいと聞き、杉風のすすめに従って三月下旬まで延したのでした。そんなわけですから、本来は四月三十日の命日にゆきたかった、それが五月十三日になってしまった、ということは充分あり得ると思います。

御心配なさるかもしれませんが、芭蕉は義経死後五百年ということはよく心得ていました。『奥の細道』の、

五月雨の降《ふり》のこしてや光堂

という句は、初案では、

五月雨や年々降《ふり》て五百たび

でした。曾良本にこうあるのでわかります。五と五が対応するのも何か、談林調というのかし

ら、何となく滑稽ですけれど、こんな詰まらない句を芭蕉ほどの人が作るのは、やはり五百年忌をどこかで記念したかったのでしょう。でも、これではどうもうまくないなと思い直して、五百年を隠す形にしたのはとてもよかった、と思います〔聴衆爆笑〕。

芭蕉は義経が大好きでした。これは『奥の細道』のさまざまの箇所で明らかです。佐藤継信、忠信の家の跡を訪ね、それから兄弟の妻の碑に涙を流すとありますのは、二人の嫁が兄弟の鎧を着て凱旋の姿を見せ、老母を慰めた、という伝説を思い浮べたのです。その寺では義経の太刀、弁慶の笈を見て、「笈も太刀も五月《さつき》にかざれ帋幟《かみのぼり》」と詠みました。塩釜神社の宝燈に、文治三年に和泉三郎が寄進したとあるのを見て感動するのは、これが藤原秀衡の三男で、義経に味方して兄泰衡に殺された人物だからです。ここで「五百年来の俤《おもかげ》、今目の前にうかびて」と書いているのも、五百年忌を意識しているしるし、と言えましょう。そして平泉、高館、「偖《さて》も義臣すぐつて此《この》城にこもり、功名一時の叢《くさむら》となる。国破れて山河あり、城春にして草青みたりと笠打敷て、時のうつるまで泪を落し侍りぬ」のくだりとなれば、これは論じるまでもありません。

それに、出羽三山に登ったのにしても同じです。もともと義経一行は山伏姿ですから当り前ですけれど、羽黒権現に詣でる意向でいたのにやむを得ず路を変えたのでしたから、芭蕉はいわば代参のつもりだったのじゃないでしょうか。そんなふうに考えをたどれば霧が晴れるようにして見えて来るのですが、彼の旅は一体に義経主従の道筋を逆になぞって進みます。『象潟まで足を運ぶのはちょっと余計で困りますけれど〔聴衆の何人か、笑ふ〕。』芭蕉の旅には義経の跡を慕う巡礼といった趣がありました。

どうして義経びいきなのか。こんなことわかるはずないとも言えますが、こういうふうに論じることもできそうです。

まず義経は近世最高の、いわば全国民的なアイドルでした。これは彼が公家文化と武家文化の双方を兼ね備えたヒーロー『最初にしてしかも唯一のヒーロー』だったせいです。武家文化のほうは武勇、武略、統率力、そして公家文化のほうは色好みです。和歌は詠みませんでしたが、色好みのほうはすごいものでした〔聴衆、笑ふ〕。日本人は武家支配の時代、儒教支配の時代になっても、伝統的なエロチックな文化を残したいと思っていましたし、その国民的欲求にとって義経は非常に都合のいい人物像でした。

それから、日本人好みの悲劇性が心を打つ。これは、言うまでもありません。詳しく述べる必要、ないでしょう。

それに、当時はもちろん長子相続制で、次男以下は貧乏くじを引いたようなものでしたから、そういう不満の憂さばらしとして心に思い描くのにぴったりの人だったということもございます。

また、こういう事情もあります。江戸時代の人々は一般に鎌倉時代に親しみをいだいていました。どちらも武家政権だし、江戸と鎌倉は距離的に近いし、条件が揃っています。曾我兄弟、西行、義経、みな東国を舞台にして活躍した鎌倉時代の人なので、身近な感じがあったのでしょう。庶民でもそらんじている和歌は、藤原定家が選んだ百首でした。歌舞伎で江戸の街を鎌倉に移すのも、幕府への遠慮と言えばそれまでですが、しかし鎌倉に直せば許されたのは、鎌倉時代への憧れと言うのか、親愛感が、文明全体のものだったからです。

もともと芭蕉は源平合戦のころの武将が好きだったということもあります。その一番のひいきは木曾義仲で、墓も「木曾殿と背中あはせ」でした。斎藤別当実盛も好きで、例の「むざんやな甲《かぶと》の下のきりぎりす」のくだり、木曾義仲や樋口の次郎が出て来るところはとりわけ筆に力がこもります。そして源平合戦のころの武士の哀れ深くて健気《けなげ》で切ない生き方の代表が、義経、それから彼の周辺の人々だったのです。

ジョークみたいなこと言うようですが、芭蕉は退屈で退屈で困っているとき、しかし『古文真宝』なんかは読みたくないとき、何を読んでいたんでしょう？　戦記物を読んでたんじゃないでしょうか。これってかなりいい線だと思います。『保元』『平治』とか『曾我物語』『義経記』『平家』、こういうのは弟子たちがかなり持っていたはずで、それを借りて読んだというのは充分あり得るはずです。

なかでも『平家物語』、これは異本の『源平盛衰記』かもしれませんが、多分、若いころから熱烈な愛読者だったのじゃないでしょうか。と言いますのは、彼の紀行の文体、あれはやはり和漢混淆文《こんこうぶん》でしょうが、あの文体は『平家物語』から来ている、そんな気がして仕方がないからです。『奥の細道』の文体なんか、リズム感とか、言葉づかいの恰好よさとか、イメージを差出す力の激しさとか、そっくりだなあと思う所がいっぱいあります。

ラフ・スケッチみたいな話になりますが、『新古今』から、詩のほうでは連歌〔宗祇の連歌〕が生れてそれが芭蕉の俳諧へゆき、散文のほうでは『新古今』―『平家物語』―芭蕉の紀行となった、そういう見方、できないでしょうか。『新古今』の歌人たちは、漢詩、たとえば「蘭《らん》省《せい》の花の時、錦帳の下。盧《ろ》山《ざん》の雨夜、草庵の中」とか「故郷に母有り秋風の涙。旅館に人無し暮雨の魂」とか、こういう詩句を口ずさんで感興を高め、歌を案じたそうですけれど、この、漢詩的なものから和歌的なものへとゆく歌づくりのプロセスを散文で〔厳密な意味での散文ではありませんが和歌ではないからまあ散文で〕再現すること、そういう緊張した表現を作ること、それが『平家物語』の作者群の態度でした。芭蕉はそれを天才的に、そしてかなり人工的に、継承したのです。こういう、少年時代から『平家』を耽読した経歴が芭蕉をいよいよ義経びいきにしたという事情はかなり納得のゆくものです。

こういう見方はみな文学との関係で考えたことですが、同じことを伝記的、生き方のほうから検討してみます。芭蕉は藤堂藩の、無《む》足《そく》人《にん》――これは所領がなくて士分に準ずる待遇を受ける農民で、他の藩の郷士に当るものだそうです――この無足人という低い階層の出でした。十代のとき、藤堂藩伊賀付き侍大将で食禄五千石である藤堂新七郎家に奉公するようになりました。当主良精の息、良忠――芭蕉より二歳年上――の近習役であったと伝えられますが、士分ではなく、小者中間《こものちゅうげん》であったみたいです。『忠臣蔵』の寺岡平右衛門が足軽で、その下が中間で、その下が小者中間ですから、お軽のお兄さんよりも二段下の身分ということになります。料理人だったという資料もあって、これも本当らしく、つまり、いろんな仕事をする低い身分でした。こういう生れ育ちは、スノッバリ——上の階級に対する憧れの感情を養ったと思います。武士を羨み美化する傾向、かなりあったのじゃないでしょうか。その心理は、武士の基本の型である源平時代の武人への敬愛や崇拝や親しみの基盤になったと推定されます。

この若殿、良忠は北村季吟に師事する俳諧好きで、蟬吟《せんぎん》という俳号を持っていました。この蟬吟の俳諧のお相手を勤めて、いろいろと勉強したのが芭蕉の初学《ういまな》びだったのでしょう。蟬吟主催の貞徳十三回忌追善五吟百韻に一座していますから、五人のうちの一人で、たいへん大事にされていたわけです。ところが芭蕉二十三の年に蟬吟が二十五歳の若さで亡くなりました。以後、芭蕉は二十九の年に江戸へ出ます。自分を俳諧に導いてくれ、教養をつけてくれ、才能を認めてくれた蟬吟に対する懐しい思いは生涯つづきました。故郷に帰ったとき、良忠の子である藤堂探丸別邸の花見に招かれて「さまざまの事おもひ出す桜かな」と詠んだのは、すっきりした、抑えた言葉づかいであるだけ、かえって心がこもっているのがよくわかります。そして私は、これは笑われることを覚悟で口に出しますが、芭蕉の心のなかで藤堂良忠という若君と義経とは二重写しになっていたのじゃないかという気が致します〔聴衆、まったく無反応でシーンとしてゐる〕。そして芭蕉は自分のことを義経の家来の佐藤継信とか忠信とかに心のどこかで見立てていたのじゃないでしょうか〔聴衆、相変らず無反応〕。つまり『奥の細道』の旅には、義経を弔う旅の底に藤堂良忠供養の巡礼がひそむ構造になっていました。こんな解釈まだ誰も言ってないと思いますが、立石寺での句「閑《しづか》さや岩にしみ入《いる》蟬の声」は旧主の蟬吟という俳号によるという気がします〔聴衆のうち何人か笑ふ。その笑ひが大きくなる。ほとんど全員が笑ふ〕。あの蟬はニイニイ蟬かミンミン蟬かという論争があるそうですが、そんなことよりこっちのほうが意味があると私は思ってます〔聴衆、大笑ひする。安佐子は笑ひやむのを待つてゐる〕。

それに受入れ側のほうも五百年忌をもちろん非常に意識していました。東北の人たちにとって義経は、まあ一種の東北出身者、同郷人、身内のようなものでして、ちょうど江戸の人たちが曾我兄弟を誇らしく思い、大事にしていたのと同じように親愛感をいだいています。その、一族から出た大スターの五百年祭に、江戸からはるばる来てくれるのはまことに光栄なことで嬉しい。それで、芭蕉のほうとしては、嬉しがって大歓迎してくれるはずだし、うんと御馳走が出るだろうし〔聴衆笑ふ〕、草鞋銭《わらじせん》『お餞別』もはずむにちがいないと当てにして出発したことでしょう〔聴衆笑ふ〕。その『ホスピタリティといいますか』、もてなし方はいろいろだったわけですが、旅人である俳諧師も、宿をする旦那衆も、どちらも五百年という概念にとり憑かれていたことはたしかです。

こんなふうに義経五百回忌の旅としての『奥の細道』を考えますと、あの旅行記の主題は実は時間であったことがわかります。芭蕉は四十代になって衰えを自覚し、厄年などということもあり、それに義経五百年忌という条件も加わり、自分史をかえりみ、歴史を思い、過去から現在へとつづく、そして未来へと至る、時間という不思議なものをしみじみと味わいました。「さまざまの事おもひ出す」の句はその心境の俳諧的集約です。
そこで一つ気がつくことがあります。『奥の細道』書き出しの、

月日は百代の過客にして行かふ年も又旅人也。舟の上に生涯をうかべ、馬の口とらへて老をむかふる物は、日々旅にして旅を栖《すみか》とす。古人も多く旅に死せるあり。予もいづれの年よりか、片雲の風にさそはれて……

というあの文章です。名調子ですし名文ですが、実は私、なんとなくわかりにくかったのです。「古人も多く旅に死せるあり。予も……」からは普通の論理ですっきりと頭にはいります。でもその前、船頭や馬方は日々が旅だというのは無理な理屈じゃありませんか。いや、あんまり当り前すぎて拍子抜けすると言うほうがぴったりするでしょう。それなら、新幹線の運転手は毎日が旅、日航のスチュワーデスは一年中が旅というのと同じですもの〔聴衆笑ふ〕。これは出だしのところに、月日は旅人だし年も旅人だというのをどうしても据えたい。それで、その李白からの引用と、古人も旅人、自分も旅人というのとを結びつけるための、あまり上手《じょうず》じゃない、かなり強引なつなぎ方でした。

芭蕉はそれほど、時間という観念に執着していたのです。郷里に帰ってお花見に招かれて、若いころのあのことこのことを思い出しているうちに、時間という主題に襲いかかられました。でも、時間について思索するとか、時間の哲学を書くとかいうことは彼には向きません。自分にとり憑いたその観念を具体的に表現するためには、歌人、連歌師、俳諧師の伝統的な方法——旅しかありませんでした。空間をたどることで時間を実感しようと思い立ったのです。つまり時間の空間化とでも言うのでしょうか。行く先は、遥かな過去のある、悠遠の昔の名残りをとどめている、つまりたっぷりと時間をたたえている……十和田湖が水をたたえているように縄文以前からの時間をたたえている……辺境が選ばれました。義経も西行も行ったし、もっと前には源義家や安倍貞任《あべのさだとう》や宗任《むねとう》がいた、そしてもっとずっと前には坂上田村麻呂や悪路王《あくろおう》が活躍した荒々しい地域、はじめて踏む土地なのにじつに懐しい国に旅して、人生と歴史双方の厖大な時間をいわば空間に翻訳し、身体的に対応し経験し認識すること、それがあの大旅行でした。そんなわけですから、『奥の細道』は「月日は百代の過客なり」という時間論にはじまり、「蛤のふたみにわかれ行《いく》秋ぞ」という時間についての抒情で終るのでしょう。

これでおしまいです。有難うございました（聴衆、儀礼的な拍手）。

安佐子さんは立ちあがつてお辞儀をした。長丁場の報告が終つて、緊張が解け、しかしまだ顔をほてらせてゐる。

並木助教授が席から立つて司会者用のマイクに向ひ、微笑を浮べて（こんなこと誰にも言つたことないが、自分では八世松本幸四郎つまり白鸚《はくおう》に似た笑顔だと思つてゐる）、

「えー、ここと思へばまたあちらといふ調子の、まことに奔放自在な展開でして、じつにまあさまざまな思ひが心中に去来しました。皆様もいろいろ御感想、御質問などおありと思ひます。発言なさりたい方は手をおあげ下さい」

しかし誰も手をあげない。しーんと静まり返つてゐるし、第一、無表情である。並木さんはまた微笑して、

「あ、これは手間どりさうだから、椅子におかけになつてはどうです」と安佐子さんに声をかけ、さうさせてから、「どうでせうか。義経と芭蕉でもいいですし、井本農一先生の説は芭蕉を純文学的にとらへてゐるといふ批判に対する反論でも……いや、もちろん賛成でも、結構です。どなたか……」

しかしみんな黙りこくつてゐる。指されたら大変だと警戒してゐる学生みたいに、うつむいてゐる人もゐる。これがたいてい大学の先生なんだから愉快ですね。並木さんはまた言つた。

「ぼくなども虚を衝かれた感じでありまして、茫然としてをりますから、御質問をためらはれるのは当然と思ひますが……どうでせう、何も今日の発表についてとは限定せず、もうすこし範囲を広くして、芭蕉についての質問といふのは如何でせうか？」

それでも全員、黙りこんでゐるし、何か言ひ出しさうな気配は誰ひとり示さない。これが困

るんですね、司会者としては。変なことを言ひ出す奴がゐて、テンヤワンヤになるのも厄介だが、しかしあれはまだ何とか手の打ちやうがある。盛りあがつていい、とも言へる。押し黙つての静寂、無言。これではどうも恰好がつかないよ。いかにも低調だといふ感じになる。

思ひ出した。これは盛りあがつた話。わたしの友達にフランス文学の学者がゐて、彼から愚痴をこぼされたことがある。あれは東大安田講堂の事件の数年後で、この長篇小説で言へばちようど安佐子さんが例の変な少女冒険譚を書いた年の翌年くらゐかしら、彼は学会で司会の役を仰せつかつた。むづかしい小説についてのむづかしい発表のあと、

「どなたか質問を」と型のごとく促しても五十人あまりの聴衆がウンともスンとも言はない。ちと晦渋な、つまり極めて現代フランス思想的な論旨だつたさうで、質問しにくいのはわかるけれど、司会者としては困るのね。

「どなたか、いらつしやいませんか？」と何度やつてもシーンと静まり返つてゐる。それで閉口したあげく、ははあ、この難物を読んでる人、誰もゐないのだな、と思つた。そして彼は、さいはひ目を通してゐたので、

「ではわたしが一つ質問しませう」と言つたんだつて。彼としてはむしろ、報告者の顔を立てる態度のつもりでゐた。

ところが、発表したその若い学者が、

「司会者は司会をする役目で、質問なさるのは筋違ひでせう」と反対したんださうです。

わたしの友達は最初、これはふざけてるんだと思つた。でも、ユーモアとかジョークとかではなく、あ、近頃はギャグなんて言ひますね、そのギャグでもなく、大まじめなのだつた。顔を真赤にして、ふるへ声で怒つてゐる。

びつくりして、

「しかし司会者ではあるけれどその前にフランス文学の研究者だもの、同学の者として、ちよつと不審なところを教へてもらひたいと言つたつて、いいぢやない?」みたいなことをしやべつた。本当は、ああ面倒くさいな、もう厭になつた、引受けるんぢやなかつた、大体おれは人がいいからいつも損ばかりしてる、なんて反省しながら、でも乗りかかつた舟で、すこし抗弁した。さうしたら……

「おい、ここからさきだよ、本当に驚いたのは」と彼は言つて、話をつづけた。

さうしたら……今まで静まり返つてゐた聴衆がだしぬけに反応を生じて、「さうだ、さうだ」とか、「司会は司会に徹すべきだ」とか、「質問する資格はあなたにありません」とか、こもごも、立ちあがつたり、腰かけたままだつたり、どなつたり、私語とも発言ともつかないことを口走つたりするんだつて。場内、俄然、活況を呈した。わたしの友達は腹を立てて、それに反論したり、応戦したりして……やがて持ち時間が盡きてケリがついた。

「文学論は苦手なのに、ああいふことは好きなんだな」とか、「何しろ全共闘の影響でみんな血が荒れてる」とか、ぼやいてゐましたが、わたし思ふに、ほら、ゐるぢやないですか、代議士で、政策論となるとからつきし口が出せないのに、議事手続きとなると張り切つてペラペラまくし立てる奴。あのたぐひですね。でも、そんな連中、昔は文学なんかに手を出さなかつたなあ。

これは余談。

安佐子さんの報告に対しては依然として何の反応もない。彼女は椅子に腰かけたまま、じつと正面を向いて、19世紀文学研究グループの会員が質問してくれないのをいささか怨んで……いや、怨んではゐなかつたな。これは何しろ全員で六人の会で、そのうち三人は今日は来られない（男一人は海外在勤中で、女一人は北海道にゐるし、もう一人の女はイタリアにゐる）し、来てゐる二人は男も女も引込み思案で、質問なんか嫌ひなたちだから、仕方ないのだ。その二人の顔がちらちら見える。香川景樹が専門の女は時計を見てゐる。次の約束があるのかしら？　山東京伝論でちよつと評判になつた男は、いらいらしたときの癖で、髪をかきむしつてゐる。並木助教授は、「おもしろい報告なのにな」とか、「ちよつと突飛な論旨だからな」とか、安佐子さんと聴衆の両方に同情し、ついでに自分にも同情し、しかし自分が質問するといふ手も思ひつかないで立ちすくんでゐたが、やがて、かうしてはゐられないと考へ直し、里見龍平先生のそばへ行つて、

「いかがでございませう。もしもおよろしかつたら、何か御批評をいただければ嬉しく存じます」と礼を盡して頼んだ。

里見先生はちよつと思案したが、マイクを受取つて、腰かけたままで小声で語り出した。安佐子さんは起立して耳を傾ける。

「失礼の段お許し願ふことにして、率直に申上げますよ。社交の席ではないから、仕方がありません。只今の芭蕉についてのお話はどうも合点がゆきません。論の進め方が飛躍が多くて、学問としての着実さに乏しいと思ひました。むしろ何か別のものですね、これは。どう言つたらいいか……」

ここでくすくす笑ふ者がゐて、その笑ひは短くやんだ。里見先生はそれが聞えなかつたやうな表情を装つて、話をつづけた。

「井本さんのお説を批判なさつてゐるやうですが、わたしのおぼろげな記憶にある井本さんのお説のほうがまだしも学問的なやうな気が致します。芭蕉はやはり何らかの転機を求めて細道の旅に出たので、その志を純文学的と見ておとしめるのは、へボ筋ではありますまいか。まあ井本さんの言葉づかひはいつも、激しやすい傾きがおありな方だけれど。わたしにはさう思はれて、いささか芭蕉がかはいさうになりました。第一、あの旅を御霊信仰と結びつけるのが無理な話です。今さら申上げるまでもなく、御霊の祟りを恐れるといふのは単なる土俗信仰ではなく、その時代その時代の政治がらみの事柄でして、宇和島の……例の家老……蚊帳のなかで斬殺されましたな……ええと……」とつかへてゐると、並木さんが助け舟を出した。

「山家《やんべ》清兵衛でございますか」

「さうです、山家清兵衛」と碩学は大きくうなづいて、「あの人物が殺されて……殿様が殺させたのでせうか、まあそれはともかく……祟りが頻発して、それで和霊神社に祀りましたな。たしか元和《げんな》のころです。あれは秀忠の時分でせう。遠く早良《さはら》親王、菅家《かんけ》の昔から山家清兵衛のころまでは、さうした御霊信仰、政道への不満をくすぶらせての俗信がありましたが、元禄以後はもうないといふのは学界の定説です。芭蕉が義経の亡魂を弔ふため平泉へゆくといふのは、政治批判の筋がおぼめいてゐて、どうも納得のゆかないお話でした。やはりもつと御政道とからまないとね。文事の筋が世相と結びつきません。いや、これは愛想のない感想を申上げることになりましたが、お許し願ひたい。これで終りにしませう」

誰かが後ろの席で咳ばらひをした。それが妙にはつきり聞える。安佐子さんは立つたままでゐる。茫然としてゐるが、それはこれだけ全面的に否定されたといふことよりもむしろ（反対論が出ることは覚悟してゐた）、御霊信仰は元禄を境になくなつたといふ「学界の定説」がまつたくの初耳だからであつた。そんなことつて、ある？　御霊信仰のことはいちおう調べたつもりだけれど、そんな定説、読んだことはもちろん聞いたことだつてない。それに御霊信仰が嫌ひな学者は見て見ないふりをして、柳に風と受け流すといふか、黙殺といふか、取合はないのが普通で、反対したり、どの時代以後は消滅とか、そんなことは口にしないのに。でも、何しろ相手は偉い学者だから、あたしの知らないことを知つてるにちがひない。さう思つて、彼女はただ驚いてゐる。

語り終へた里見先生が、大人げないことをしたといふふうに、バツの悪さうな顔でゐる横で、主任教授の足立さんが泣き出しさうにしてゐて、その斜め後方に山東京伝の男が天を仰ぐやうにしてゐる。香川景樹研究の女は見えない。もう帰つたのかも。あ、まだ帰つてゐない。顔をあげた。うつむいてゐる中年男、季節から言つてまだ早すぎる扇をもつともらしくゆるやかに使つてゐる年寄り、頰杖をついてゐる若者。安佐子さんは何か言はなきやならないなと思つたり、そんな定説を知らないほどあたしは不勉強だつたのかと悔んだり、「国語国文」でも「国語と国文学」でも「文学」でも読んだことないなといろんな学術雑誌の名前を脳裡にちらちらさせたり、まあたしかにあたしは怠け者だけど、と思つたりして立つてゐた。それからまた、いつかどこかで読んだもののなかに（最近だつたかもしれない、一年か二年前だつたかも）元禄年間に祟りを恐れて誰かが佐渡（？）から京都へ呼び戻された史実があつて、これは御霊信仰だと書いてあつた気がするけれど、あれは何だつたらう、あれを出せばいい反證になるのに思ひ出せない、ああじれつたい、とあせつてゐた。

そのとき並木さんがとつぜん言ひ出した。

「里見先生、懇切な御批評をいただいて有難うございました。御霊信仰は元禄以前になくなつたといふ定説との関係上、義経供養のため東北へ行つたといふのは無理、とのことでございましたが、なるほどと思ひました。で、その点はともかくと致しまして、別の件でお伺ひしたく存じます」

「はい、どうぞ」

「元禄二年が義経没後五百年といふ事実は動かしがたいことですし、芭蕉の東北ゆきがまつたく偶然に義経死後五百年に当るといふのは、むしろ考へにくいことでせう。かういふ絶好の機会を関係者が宣伝しないはずはありませんから、平泉ではきつと五百年祭がおこなはれる手筈で、それを芭蕉はかねがね耳にしてゐたのではないでせうか。それに遠忌《おんき》といふのは名僧の遠忌がおこなはれることでもわかりますやうに、御霊信仰と関係ありません。ですから、元禄にはいつてから御霊信仰と抵触することなく、芭蕉の義経追慕の旅はあり得たわけで、やはり芭蕉は義経のせいで東北へ行つたのかもしれません。その意味で只今の報告者の着眼と言ひますか、発想と言ひますか、これは非常にいい所を押へたもので、捨てがたい考へ方と存じます」

「なるほど」

「殊に芭蕉が故郷に帰つて時間性に取り憑かれたため、坂上田村麻呂とか悪路王とか古代性があふれてゐて時間が充満してゐる厖大な空間を歩くことで時間を深く体験しようとする、ここのくだりは、まだ説明不充分とはいへ、示唆に富む、刺戟が強い論だなあと考へました。ただし、元禄期にはいはゆる御霊信仰がもう終焉を告げてゐるといふ定説に反して、御霊信仰と結びつけたのはいかにも残念……」

並木助教授がにこやかに話を進めたとき、横合ひから、安佐子さんが思ひ詰めたやうな声を出した。

「あの、教へていただきたいのですが、その定説はどこに書いてあります？」

並木さんは虚を衝かれたやうに顔をあげて、

「どこに？　さあ、どこでせうか。さうおつしやられてみると、ちよつと心当り……しかし書いてあるでせうな、何しろ定説ですから」としどろもどろなことを言ふ。ここで聴衆の表情が変つた。明らかに彼らも、この「定説」を知らなかつたのである。

安佐子さんはその気配に励まされて、追ひ討ちをかけた。

「定説でしたら、誰か一人の論文とか、何か一冊の本とか、さういふことはないはずで、ほうぼうにいろいろ書いてあるはずでせう。地動説とか、脚気は細菌のせいではなくビタミンBの欠乏で起るといふ説がさまざまの本に書いてあるのと同じやうに」

「ええ、まあ、さうですな。しかし自然科学と文化科学とはおのづから違ふはずですが……」と並木助教授は答へて、里見先生のほうを見るが、碩学は眼をつぶつて泰然としてゐる。身じろぎもしない。

聴衆がざわめいて、「聞いたことないと思つた」とか、「初耳だ」とか、「村山修一は？」とか「宮田登さん言つてない？」とかささやきあつてゐる。注みたいにして言へばこの二人は御霊信仰の専門家。

安佐子さんはつづけた。

「大勢の学者が認めてゐるから定説で、一人か二人の説なら異説とか一説でせう。異説や一説なら何に書いてあるかわからなくなることもございます。でも定説でしたら、たとへ百科事典に載つてなくても、概論書になくても、いろんな方がおつしやつて、お書きになつて、ゐるはずです。それだけ勢力があるから定説なんですもの。でも、すくなくともあたし、読んだことありません。どの本に書いてあるか、教へて下さい」

「さうですね。今ここでどの本と言はれましてもね、困ります。何しろ定説といふのは……ほら、常識つてしばしば法律に書いてないぢやないですか。まあ、あれみたいなものですな」

ここで並木助教授の声が小さくなつたので、聴衆の一人二人が笑つた。その失笑の声に勇気づけられて、安佐子さんは聴衆全体に向つて訊ねた。

「皆さん、教へて下さい。どなたか、御霊信仰が元禄にはもうなくなつたといふのが定説だといふの、御存じですか?」

みんなが黙つてゐる。19世紀文学研究グループの二人が首を横に振つて、「知らない、知らない」と合図してゐる。扇を手にしてゐる老人が安佐子のほうを見ながら軽く左手を振つて否定し、彼女に賛意を表してゐる。安佐子は言つた。

「あたし読んだことありません、そんな定説」

「ぼくもない!」と誰かが野次を飛ばし、何人かが笑つた。山東京伝の男がじつに嬉しさうに微笑してゐる。香川景樹の女も。

「並木さん」と安佐子さんは司会者に声をかけて、「どなたも御存じないんです。それなのにあなたが定説とおつしやる。変ぢやありません？」

「さうですね」と並木助教授はすこし考へて、「まあその、どの本にあるかといふことはともかく、山家清兵衛の場合がさうであるやうな政治がらみの怨霊、これは元禄にはいるともうないんぢやないでせうか」

「さうでせうか？ 佐倉惣五郎は？」と安佐子さんは訊ねた。本当はいつか読んだあの例を持出したいのだが、思ひ出せない。

並木助教授は得意の領域になつたので、硬さがほぐれた感じで、

「あれは生没年不詳でしてね。伝説中の人物でせう。一揆があつたかどうかも確認できないんです。ですから、今のお話みたいな年号入りの、具体的な話には向かないんですね」

「でも芝居では元禄になつてから扱はれたでせう。さうぢやありません？」

「『地蔵堂通夜物語』とか『東山《ひがしやま》桜《さくら》荘子《そうし》』とか、もちろん元禄以後ですが、しかしああいふのを御霊信仰と言ふかどうか……」

「言ひません？ あたし言ふと思ふけど。だつて佐倉惣五郎は、自分はもちろん妻子も斬殺されて、それで祟つて、殿様の家を亡ぼしたんでしよ。御霊ですよ」

「しかしあれは幕末になつてから人気の出た狂言でしてね、元禄の例としてはちよつと……」

「ぢや、それはそれでいいとして……近松の浄瑠璃、心中物、あれはどうです？ 『曾根崎心中』も『心中天網島』もみんな元禄以後でせう？」

「さうです、もちろん」

「あれは心中といふ非業の最期をとげた男と女の霊を慰めようといふ藝能でせう？」

「浄瑠璃はもちろん藝能ですが……」

「藝能といふ形での宗教行事……」

「恋愛の讃美とか、来世の肯定とか、機能ないし目的、その……主題は複雑でして一概に言へないでせう」

「でも、激しい恋のあげく心中した二人の不憫《ふびん》な魂を慰めよう、慰めて崇られないやうにしようといふ宗教性……」

「いや、それはね、それは御霊信仰の拡大解釈……」

「さうかしら？　でも、それなら、元禄以前は御霊信仰があつて元禄になるといきなりなくなるなんて、そんな窮屈な考へ方は許されるのに、あたしの拡大解釈はどうして許されませんの？」

「あのね、それはね、拡大解釈といふのはね……」

「ちよつと待つて。貞享とか元禄とかいふのは体制がこしらへた制度でせう。御霊信仰といふのは人間の心の底深いところによどんでゐるものでせう。不しあはせな死に方をした人を弔つて慰め、崇られないやうにしたいといふ願望。さういふ奥深い所にあるものに対して、年号なんてお上が決めたものがどうして何か作用を及ぼすことできます？」

「あのね、それはお上が決めた決めないぢやなくて時代相、時代精神、それを言ふに当つて……」

「何年何月何日までは貞享で、その翌日からは元禄なんて、ここまでは京都府でそのさきは滋賀県みたいなことでせう。貞享までは御霊信仰があつて、元禄になると消えるといふのは、まるで、しだれ桜が京都府では咲くけれど滋賀県になつたら咲かないみたいな……」

「そんな無茶な！」

「ね、無茶苦茶でせう」

ここでみんながどつと笑つた。

それは緊張したやりとりに疲れてゐた反動もあるし、事実、安佐子さんの言ひ方に愛嬌があつたせいもある。みんな変にだらしなく大喜びした。主任教授の足立さんなどは手を打つて喜んだ。笑ひどよめくのがをさまりかけたとき、里見龍平先生がすつくと立ちあがり、上機嫌で言つた。この気合がじつによかつた。

「これは並木君、一本取られましたな。わたしもすこし考へ直さなくちやならないやうです。本日はこれまで、としませう」

そして誰にともなく軽く一揖《いちゆう》して、出てゆく。足立教授があわててあとを追つた。

二人の後《うし》ろ姿《すがた》を見ながら安佐子さんは、水際立つた逃げつぷりね、名人藝ね、と思ひ、同じ学者でもうちのお父さんなんかとはまるで格が違ふと妙な具合に感心した。

3

a

一九八七年は昭和六十二年、卯《う》年である。一月、中曾根首相が施政演説で売上税に言及しなかった。二月、中曾根首相が売上税について異例の補足発言をした。三月、安田火災がロンドンでゴッホ『ひまはり』を五十三億円で落札した。四月、国鉄が民間企業のＪＲになった。五月、西宮市の朝日新聞阪神支局に覆面の男が侵入し、発砲した。記者一人は死亡、一人は重傷。俵万智の歌集『サラダ記念日』が刊行されて人気を呼んだ。六月、杉安佐子が元禄文学学会において芭蕉についての報告をおこなつた。七月、台湾政府は、三十八年にわたる戒厳令を解いた。九月、帝が宮内庁病院に入院して膵臓の手術を受けた。村上春樹の『ノルウェイの森』上下二巻が出て評判になつた。このころの某日、安佐子の勤める女子大学の日本文学科で月例の会議があり、終つてからの茶菓の席で、主任教授の足立康が学会での安佐子の態度を褒めた。里見龍平の酷評に対して正面から答へず、しかし沈黙もせず、司会者である並木周三に反論する形を取つたのは賢いし、それに足立の立場によく配慮してくれてゐるといふのである。他の人々もこれに同調し、安佐子は微笑した。終つてから足立は、数人に、いま評判のアサヒ・スーパードライを飲みにゆかうと誘ひ、安佐子もつきあつた。二時間ばかりの後、帰宅してから為永春水の『春色《しゆんしよく》梅美婦禰《うめみぶね》』をおもしろく読み、惜しみ惜しみ栞《しをり》をはさんで、シャワーを浴びた。寝酒のシェリーもうまくて上機嫌で眠りについた。

　明け方、目が覚めて昨日のことをあれこれと思ひ出してゐるうちに、とつぜん、あの学会で聴衆がどつと笑つたときに並木周三の苦笑ひした妙に陰翳のある横顔が雑誌の一ページを使つた写真のやうに浮び、それを拭ひ去ることがどうしてもできない。次いで、あの日、自分は大変なあやまちを犯したのではないかといふ疑ひがゆるやかに心をよぎつてゆく。里見龍平の酷評に対して司会者の並木がかばつてくれようとしたのに、ひどい言ひ方で反論した。いや、反論はかまはないとしても、しかしその前にむしろ里見に対してさうしなければならないのに、しなかつた。一つには自分のまつたく知らない学界の定説なるものを持ち出されたせいで動転し、第二に、里見の鬱然《うつぜん》たる学殖《がくしょく》、名声、貫禄に気圧《けお》され、しかし第三には主任教授である足立康に気を使つて、里見に問ひ返すことすらしなかつた。そのくせ何とか反撥しなければならないことはわかつてゐるし、それに反撥したくてたまらないので、並木に対して攻撃をかけた。あれは思ひやりに感謝することを知らない無礼な態度、地位の高い相手には逆らはず低い者と争ふ卑怯な行為だつたと反省したのである。何度も何度も考へてみたけれど、自分に対するこの評価は間違つてゐないやうだつた。それなのにあの日以来ずつと平気でゐて、昨日などは褒められて得意になつたと安佐子は恥ぢ、そしてこの屈辱感に体をほてらせた。じつとしてはゐられなくなり、起きあがつて着替へ、机に向つてまた考へたが、結論はいつまでも変らなかつた。その日は一日中、家にゐてもいい日なのだが、朝も晝《ひる》も夜も、部屋のなかでも散歩に出ても、その想念は頭を離れない。安佐子はとうとう心を決めた。遅ればせながら並木に詫び状を出さうと考へたのである。長い手紙を入れた封筒には切手を三枚も貼ることになつた。

b

並木周三からはすぐに返事が来た。短い文面だが、非常に感動して、それをどう抑制して書いたら幼稚でない感じの知識人らしい手紙になるか、苦労してゐるのがありありと見て取れた。嬉しいし心のわだかまりが解けたと記してから、この気持を文章でうまく伝へることはできないからお目にかかりたい、次の三晩のうちどこかあいてゐないか、もちろん立派な店になどお招きできないけれど、と書いてあつた。安佐子は招待を受けて金曜日を選んだ。

前日、安佐子は美容院にゆき、その日は講義を終へて一休みしたのち、大学からぢかに出かけた。本がかなりはいつてゐる大ぶりなバッグとベージュいろのすこし派手なワンピースとは似合はないけれど、気にしないことにした。並木の待つてゐた店は西麻布の焼鳥屋で、彼は常連といふほどではないが何度も来てゐるらしい。挨拶のあとすぐに前菜が出て、酒は焼酎にしたのだが、店の感じも悪くないし、味もよかつた。

話はおのづから学会のときの里見龍平の発言のことに移つた。しかし元禄時代にはいると御《ご》霊《りよう》信仰は消えたといふ「学界の定説」は存在しない。これは並木も安佐子もあれ以後に確めたことであつた。そして安佐子は、どうしても思ひ出せなかつた元禄年間の御霊信仰の史実を、池田弥三郎の著書のなかに見つけてゐた。それは、霊元天皇の第三皇子を皇太子に立てるため、第一皇子を無理やり得度させる騒ぎになり、第一皇子の生母の父（大納言）とその息子二人を佐渡に流した事件が発端である。ところが十四年後の元禄八年、流人である兄弟の弟のほうを（父と兄はすでに死亡）赦《しや》免《めん》して都に帰らせ、家を再興させたことが『徳川実紀』に見える。これはきつと何か祟《たた》りがあつた結果に相違ない、といふ推定であつた。並木はこの話を聞いて大きくうなづいた。しかしそれなら里見はなぜあのやうな虚説を口にして一同を煙に巻いたのだらうか。これについて並木は編集者から得た新情報を一つ携へてゐた。学会の前夜、彼の著作集を出してゐる出版社が料理屋に案内したところ、女主人（かなりの美人）が里見の愛読者で、色紙への揮毫《きごう》とそれから著作集の第一巻『近世文学の修辞と論理』の扉への署名を求め、しかもその際、真新しい筆を用意してゐたため、里見は大喜びして酒をあふり、あげくの果て二日酔ひになつたので機嫌が悪かつた、といふのである。この珍談は鴻学《こうがく》にふさはしくない分だけ酒の席に向いてゐた。学匠の失態は後進二人を喜ばせ、座は花やいだ。

彼の酒量や酒癖のことが話題になつて盛りあがつてから、安佐子は、あの批評がなぜなされたかといふ推測を述べた。里見の最も得意とする領域は上田秋成で、その代表作は『雨月物語』巻頭の『白峯』である。これは言ふまでもなく西行が讃岐《さぬき》に旅して崇徳院《すとくいん》の霊と語りあふ物語だが、里見はこれを論じても、これに注釈をつける際も、御霊信仰に触れてゐない。無視しつづけてゐる。ここから察するに、彼は安佐子が述べたことに愕然とし、自分の立場を擁護しなければならないと反射的に感じ、しかしこれまで仔細《しさい》に考へたことはなかつたため、元禄以後に御霊信仰なしといふ学界の定説なるものを発作的に捏造《ねつぞう》したのではないか。朕《ちん》は学界であるといふやうな潜在意識にあやつられてゐたと言つてもよからう。そして並木も安佐子も、何しろ権威者の口にすることゆゑ虚言とは思はず、あるいは疑ひながらも多少の信憑性はあるはずと思ひ込み、狼狽《ろうばい》した結果、あゝいふ事態になつてしまつた、と語つたのである。

並木はこれに反対せずに、あの先生はああ見えて意外に我が強く、自説を守ることに汲々《きゅうきゅう》たる一面があるといふ、並木門下から得た噂を披露した。論文のときは極めて慎重だが、ゼミナールや座談では詭弁、強弁その他かなりいい加減な手を用ゐる癖《へき》があるといふのだ。安佐子はこれを聞いておもしろがり、そしてつぶやいた。

「かはいい」

並木は手を打つて喜び、それは優しい言ひ方だと褒めてから、とつぜん荻生《をぎふ》徂徠《そらい》門下のゴシップを紹介した。

平野金華はおどけた男で、太宰春台《だざいしゆんだい》は謹厳居士だつたので、金華はいつも春台をからかひ、二人はそりが合はなかつた。輪読のときなど、金華は、何々の本にかうあるなどとありもしない書物を引合ひに出したり、あるいは実在する本のありもしない章句を言ひ立てたりして春台の説に反対し、かつかとさせ、後日、春台が、その書物は見つからないとか、その本にはさうなかつたとか言ふと、あれはわが腹中の書にあるのだなどと、ふざけた答へ方をした、といふのである。「腹中の書」とは、郝隆《かくりゆう》が七月七日に、日なたに出てあふむけに寝ころんでゐたので、「どうしたんです？」と人が訊ねると、「腹のなかにある書物の虫ぼしをしてます」と答へたといふ故事にもとづく。この話が載《の》つてる『世説新語』は徂徠門下の愛読書。

「金華先生のほうが上」と安佐子は言つた。

「いたづらだからね」と並木は賛成してから、碩学《せきがく》が一つには二日酔ひのせい、さらには自分の権威を守るため定説を捏造する、すなはち学問へと寄せる生涯の誠実と保身のための嘘八百とが平然と同居するといふのは、何か怪談じみてゐると評した。

「怪談？」

「いや、デマに近い感じ」と並木は言ひ直した。

「まあ、デマ！　言へてる！」

この突飛な形容は安佐子の心を晴れやかにした。彼女は笑ひ、初夏以来の屈託が吹き飛ぶやうな気がした。たしかに学界における里見龍平の権威はすごいもので、それは圧倒的な重圧として研究者たち一人ひとりの心に押しかぶさつてゐて、その分だけ流言蜚語《ひご》にふさはしかつたのである。

「情報欲求がみたされないとき流言が発生するつていふでせう。あれだな」と並木は言つた。

「関東大震災のとき、九州の新聞に、富士山が陥没して消滅したつて記事が載つたんだつてさ。それから、占領中、マッカーサーについていろんなデマが飛んだ。女優の誰それと誰それを囲つてるなんて。あれと同じで……」

「もつと上ぢやありません？」と安佐子は反対した。

「あ、里見天皇か。日本人はすぐ天皇をつけたがるからな、映画の黒沢天皇とか」

「天皇がいつぱいゐるから、それでデマ、乱れ飛ぶ」

「さう、情報欲求が不満で不満で仕方がないから」

「アメリカ軍の捕虜になつてた日本兵たちは自分たちの生活のことを『デマ暮し』と言つてたんですつて」

「あ、デモクラシーにかけて。国文学者もそれですよ。大学に勤めてデマ暮しをやつてる」と言つてから並木はつづけた。「もつとも里見さんの件はデマぢやないのね。戦争中の、もう大和もないなんて、ひそひそ話と同じで、どうも本当らしい」

「たいていのデマつて、本当だから困るのよね」

「困る。嘘であつてほしい」とつぶやいて並木は微笑した。それから二人は、学者から皇族まで、広い範囲にわたる人々についてのデマ、それともゴシップに熱中した。学問上のむづかしい議論は二人とも避けた。

c

焼鳥が一わたり出ると、安佐子は素麵《そうめん》、並木はおにぎりを軽く食べ、それから二人ともメロンを選んだ。近くにあるゆきつけの居酒屋へゆかうと誘はれたが、そこは満員で、一まはりして来てくれと店員は言ふ。もう一軒、バーへ行つたがここも空席がない。思案してゐる並木に安佐子は提案した。

「どうでせう？　あたしの所へいらつしやらない？」

並木があまり嬉しさうな顔をしたので、安佐子はあわてて言つた。

「過剰な期待をなさつちや駄目よ」

並木は大笑ひして答へた。

「もう、しちやつた」

この冗談で二人の距離は急に縮み、品川までのタクシーのなかで並木が手を握らうとするのを安佐子が拒んでも、彼らの間柄はまつたく色調の違ふものになつた。住《すま》ひの前に着くと安佐子はここでしばらく待つてゐてくれと頼み、居間と台所を手早く片づけてから、念のため(万一のときのためよ、と自分に言ひ聞かせながら)寝室も整へた。シェリーを飲んでゐるうちに男は女の脚を酒の肴のやうにいじり出し、その触り方は念入りで上手《じようず》で、やがて女はシャワーを浴びにゆくしかなくなつた。そのあとで男もシャワーを使つた。男は足のしやぶり方がとりわけ巧みで、かういふ技術は安佐子の知らないものだつた。

明け方、女は男に丁寧な口づけをして送り出したのだが、ベランダの目高の鉢に鳥たちが来てにぎやかに囀るころ、先程とはまつたく違ふ影のやうな感じで男がまたやつて来た。どうしたのかと訊ねると、妻がなかに入れてくれないと言ふ。並木が玄関の鍵孔に鍵を入れてまはすと、内側から錠がただちに掛けられる。何度してもすぐに掛けられる。明らかに妻は、おそらく扉の前に椅子を持出して腰かけ、夜中からずつとそこで待ち受けてゐたのである。並木は新聞の受取り口から、いろいろな声の出し方いろいろな論理で話しかけたが返事はまつたくなく、ただいつまでも錠を掛け戻すだけ。とにかく入れてくれと頼んでも無言がつづいた。外へ出て公衆電話から連絡しようとしても、受話器はいつまでも取上げられない。やむを得ずここへ来た、それに逢ひたくてたまらなくなつて、と並木は語つた。妻はひどいやきもちやきだし、安佐子から最初に来た手紙も、次の手紙も、みな机の引出しの一番上に入れてあるから読まれたにちがひないと並木は説明した。女は男をベッドに入れるしかなかつたし、男は当然のことのやうに女を抱いたが、それは先程の遊戯的なものとはまつたく違ふ破滅へと激しく落ちてゆく感じで、これはこれでまた趣が濃く味が深い。かうして二人の暮しがはじまつた。

d

一九八八年は昭和六十三年、辰《たつ》年である。一月、台湾の蔣経国総統が死亡し、李登輝が後任となつた。東京の地下鉄が全面的に禁煙となつた。二月、韓国大統領に盧泰愚が就任した。東京都の電話局番のほとんどが四桁に改まつた。三月、東京ドーム球場が落成したが、その十日ほど前、並木周三は杉安佐子宅から妻の所へ戻つた。一つには彼と安佐子がこのところ言ひ争ひばかりしてゐたためだし、第二には彼の妻から同僚を介して、よりを戻したいと言つて来たし、第三に、彼が北陸の大学から招かれて、新学年がはじまる前に引越さなければならなくなつたのである。

並木と安佐子の仲がこじれたのは、同棲のはじめのうちはともかく一月ばかり経つと、並木が家事を手伝はなくなつたことが大きい。給料はみな妻に押へられてゐるため、退職金の前借と国文学関係および藝能関係の原稿料稼ぎとカルチャー・スクールの講義で金を得るしかなく、料理その他に時間が割《さ》けないのは事実だつたが、しかし何よりも彼は家事が嫌ひだつた。料理も洗濯も掃除も、苦手といふよりはむしろこれまでしたことがなく、家事で好きなのは古新聞を束ねて出すことだけだつた。安佐子は研究を怠りがちになり、苛立つた。並木の妻は、はじめのうちは意地を張つてゐたが、やがて同僚である英語教師の妻に毎日、長電話するやうになり、妻の愚痴に閉口した英語教師が並木を説得しようと試みた。並木はそれに対して、個人生活に立入らないでもらひたいと答へたが、個人生活を乱されてゐるのはこちらなのだと言ひ返されて考へ込んだ。北陸の大学は若い万葉学者を迎へる手筈になつてゐたが、年末、その男から別の大学にゆくと断つて来たため、あちらこちらに当つたあげく、並木に声がかかつたのである。彼はある日、友達に会ふと言つて出てゆき、そのまま帰つて来なくて、数日後、長文の手紙が安佐子に届いた。封筒には切手が三枚貼つてあつた。

四月、瀬戸大橋が開通した。安佐子が、業績のない同僚といつしよに助教授になつた。五月、兄がロンドンに赴任した。19世紀文学研究グループのメンバーで、ローマの大学で日本語を教へてゐる女友達から、考古学の教授（イタリア人）と結婚するといふたよりがあつた。六月、リクルートコスモス社未公開株の譲渡事件が発覚した。某出版社の編集者が安佐子を訪ねて来て、『奥の細道』について学会で発表したことを本にする気はないかと言つた。七月、三十歳になる誕生日の朝、安佐子はそれを書かうと思ひ立つた。

e

一九八九年は昭和六十四年、巳《み》年である。一月、帝が世を去つて昭和天皇と諡《おくりな》された。皇太子が即位した。新しい元号は平成と定められた。二月、昭和天皇の大葬がおこなはれた。四月、消費税がはじまつた。五月、北京で戒厳令が布かれた。杉安佐子が、樋口一葉の新暦での誕生日（旧暦では三月）を記念するテレビ番組に出て短い話をした。父親、女友達（花の師匠）の感想によれば、とてもきれいに映つてゐたといふ。同僚たち、学生たちにも好評だつた。これを見た四国某市の未知の男（かつて町長だつたといふ）から、書いたものを読みたいといふ葉書が来たので、19世紀文学研究グループのリーフレットを何号か送つたところ、饂飩《うどん》が一箱届いた。安佐子は礼状を出した。北海道の青年からぜひ一度会つて話をしたいといふ葉書が来た。断りの葉書を出した。京都の男から、テレビでの話を褒める手紙を添へて、19世紀文学研究グループのリーフレットが送つて来て（返信用封筒つき）、サインがほしいとのことだつた。サインをして送り返した。六月、リクルート事件のせいで竹下内閣が倒れ、宇野内閣がはじまつた。北京の天安門広場に坐り込む学生たちを人民解放軍の装甲車、戦車が排除した。中国共産党中央委員会全体会議は趙紫陽を解任し、江沢民を総書記に選出した。リーフレットにサインを求めて来た京都の男から、近く東京にゆくから会ひたいといふ手紙が来て、文面が異様な感じだつたので断つた。八月、首相の女性関係のスキャンダルのせいで宇野内閣が倒れ、海部内閣がはじまつた。秋にかけて、横浜、川崎、千葉などで蠅が大量に発生し、やがて東京湾中央防波堤外側のゴミ処理場が発生源とわかつた。蠅取り紙がよく売れた。九月、安佐子は『芭蕉はなぜ東北へ行ったのか』（全四章の予定）を第二章まで書きあげ、読み返した結果、書き直すことにした。卒業論文に舞踊『鏡獅子』を取上げたいといふ学生に、感想文では駄目でもつと論文らしい骨格が必要だから、まづ筑土《つくど》鈴寛《れいかん》の『蝶と獅子』を読めと教へた。学生は「ツクドレイカンて、先生、何それ？」と訊ねた。家政学部の料理の教授（男）に誘はれてイタリア料理屋へゆき、口説《くど》かれたが、スパイ映画に出て来るスパイの手下のやうな顔なので、やんはりと断つた。十月、たてつづけに父母に死別し、まだ卒業論文の主題が見つからないから留年しようと思ふと相談して来た優秀な学生に、森鷗外晩年の史伝に出て来る人々の年譜を作つたらどうかしら、某年某月、菅茶山《かんちやざん》はどこで何をしてゐたか、伊沢蘭軒は、北条霞亭は、頼山陽は、渋江抽斎は、といふ調子のものをできるだけ詳しく、と指導した。女友達（花の師匠）に会席料理を御馳走になつてから連れてゆかれた銀座のバーで院展の画家に紹介された。翌々日、画家から電話がかかつて来て、数日後、フランス料理屋に招かれることになり、その夜、ちよつとしたことがあつたが、逃げ帰つた。十二月、『芭蕉はなぜ東北へ行ったのか』の第三章までを書いた。大晦日の夜、自分の右と左の腿にさはつて、ざらつきがひどいのに驚いた。

f

一九九〇年は平成二年、午年《うま》である。一月、北京の戒厳令が八ケ月ぶりに解かれた。長崎市の市長が市役所前で銃撃されて重傷を負つた。安佐子が『芭蕉はなぜ東北へ行ったのか』を書きあげた。二月、それを編集者に渡した。三月、リトアニアとエストニアがソ連からの独立を宣言した（五月、ラトヴィアも）。安佐子が十日ばかりヨーロッパ（イタリアとイギリス）へ遊びに行つた。19世紀文学研究グループの会員たちから托された結婚祝ひの唐津の大皿はローマの学者夫妻を喜ばせた。三日後、安佐子は彼らとローマ空港で別れた。

正面階段を昇り、掲示を見て、ロンドン行き地中海航空12便の出発ゲート、E8はどの方向なのか探したが、見つからなかつた。困り果てて吐息をついてゐると誰かが横から語りかけた。

"May I help you?"

見ると東洋人（中国人？　台湾人？）にしては大柄な四十代（？）の、グレイの背広の男で、美男ではないが好感の持てる顔立ちで、微笑も快かつた。

"Oh, thank you. I'm looking for E8."

"Here it is."

彼の指さした所にはE008とある。

"Oh zero zero eight is eight. I see. Thank you very much."と言つてから安佐子はつぶやいた。「なーんだ」

するとその中国人（?）が訊ねた。

「日本の方ですか?」

「ええ」

「ぼくもさうですよ。なーんだ」

二人は笑つた。白のシャネルのジャケットに紺のスカート、青磁いろの小さなバッグをベルトにつけて淡いピンクのバッグを手に持つた（中国的な色合せ?）女を、改めて男が見た。男（中国ふうの顔立ち?）が感じの悪くない声で言つた。

「ぼくもロンドンなんです。ごいつしよしませう」

二人が歩き出すと、彼は言つた。

「早いうちにわかつてよかつた。よくやるんですよ、これ。ある友達なんか、一時間も英会話やつてから、日本人同士だと気がついたんですつて。いつたい何の話してたんだらう?　普通は自己紹介とか、近頃、自分の国では何々がはやるとか、さういふ話をするもんですがね。よほど浮世ばなれした話題だつたんでせうね。ビッグ・バンの話かな?」

「あ、それなら国籍と関係ないから」

「ね。ビッグ・バンの前に時間はあつたか、とか、なかつた、とか、そんなこと論じてれば、自分は何国人だなんて言つてる暇ないでせう。ロンドンはビジネスですか？」

「遊びなんです。兄が勤めてるもんですから」

「それは羨しい旅だなあ。ぼくは商用でしてね。商用の旅行ばつかり。いつか一ぺん、ぼんやりと来てみたいと思つてます」

「奥様とごいつしよに……」

「いや、ぼくは独身者でしてね。なぜ？　と訊かれると返事に困るんですが」

「失礼しました」と安佐子は謝つてから言つた。「ビジネスのほうの方つて、皆さんさうですつてね。ロンドンへ何度もいらして、ロンドン塔はまだ、とか」

E８の出発ラウンジに並んで腰をおろし、女は膝の上に淡いピンクのバッグを、男は膝の上にベージュいろの布のバッグ（かなり汚れてゐる）を載せた。男が言つた。

「フィレンツェへ行つても、ボッティチェルリの前に五分しかゐない、なんてね」

「『春』と『ヴィーナス誕生』ですから、一点について二分半ですね」

男はこれを聞いて大喜びし、

「なるほど、さうなりますね。それが日本のビジネスマン。忙しいなあ」

そのときアナウンスがあつて、ロンドン行き地中海航空12便の客はA２へ移動してくれと告げた。みんながぞろぞろ歩いてゆくのにまじつて、安佐子たちも歩き、それからまた並んで腰かけた。今度はサーヴィス・デスクに近い所だつた。

二人はヒースロー空港の話をしてゐたが、とつぜん安佐子が訊ねた。

「さつきおつしやつてましたけど、ビッグ・バンの前は、時間、ないんですつて？」

「だつてその前は、宇宙、ないでせう。宇宙がないから空間がない。空間がないから時間もない。時間に裏打ちされてるから空間があり、空間に裏打ちされてるから時間もある……」

「あたし、さういふの弱いんです、とても。でも、ビッグ・バン以前てものを考へることができる以上、あたしの頭のなかにはその時間あるやうな感じする。変かしら」

「その感じはわかるけど、でも、困つたな。さういふこと、実験できないから」

「まあスケールの大きい話」

「ぼくもかういふ哲学みたいなこと弱いんだけど、かう考へてはどうですか。身長は一メートル八〇で体重は〇《ゼロ》キロつて男、存在しないでせう。あり得ない。それと同じで、時間はあるけれど空間はないつて存在、あり得ない……」

「ちよつと待つて」

しかし身長はあるが体重はない男について安佐子が考へることはできなかつた。そのときアナウンスがはじまつた。

"Ladies and gentlemen."

安佐子は、耳をそばだてるといふ形容どほり、集中して聞いたが、ほんのすこししか聞き取れなかつた。

“We may＊＊＊＊＊＊＊＊＊twelve to London today. If your travel plans＊＊＊＊＊＊＊＊＊tomorrow and you are＊＊＊＊＊＊＊＊＊on this flight, we are＊＊＊＊＊＊＊＊＊＊＊, ＊＊＊＊＊＊＊. Your reservation will be＊＊＊＊＊＊＊＊＊＊＊＊＊＊＊. Please see the agent at the service desk＊＊＊＊＊＊＊＊＊＊.”

男が右手で安佐子の左手を握り、彼の右手と彼女の左手を威勢よくあげて、サーヴィス・デスクにゐる若い女に目で合図した。その女がうなづいた。ほかにも一人が合図したらしかつた。サーヴィス・デスクの女が、これで終りといふ意味だらう、右手をあげた。けげんな顔で見る安佐子に男は言つた。

「今夜はローマ泊りです。明日の朝の便でロンドンへゆきませう」

「え？」

男は安佐子の手を握つたまま立ちあがり、サーヴィス・デスクへ近づいて自分の搭乗券を出し、彼女にもさうするやうにと促してから説明した。

「切符の売り過ぎで、乗れないので、ヴォランティアを募集してるんです。四百ドルのクーポン券がもらへる」

g

空港からのタクシーのなかで、男は、まるで観光客から会社員へとつぜん生れ変つたやうに名刺を差出し、

「遅くなりました」と詫びた。

「こちらこそ」と女も名刺を渡した。

車内燈をつけて名刺を見ると、彼は水関係の会社の調査部長で、長良《なが ら》豊といふ。安佐子は、「まあ、チヨウ・リヨウホウと読めば中国人ですね」とからかつたり、「株式会社水のアクアとありますけど、このノ、文法的にむづかしい」と批評したりした。

長良は、前者に対しては、

「来たかチヨウさん、とよく言はれます」とふざけた答へ方をしたが、後者に対しては、「国文法は苦手だな。水すなはちアクアといふ気持ですから、英語でAQUA OR WATERのほうがいいですね。裏にはさう書いてあります」とまじめに答へた。そして安佐子の名刺をじつと見てから、「この大学、姉の母校です」と嬉しさうに言ひ、「日本文学科とありますけど、御専門はどのへん?」と訊ねた。さうかうしてゐるうちに長良の常宿である小ぶりで小ぎれいなホテルに着いた。

チェック・インの手つづきがすむと、一時間後にロビーで落合つて、長良のゆきつけの料理屋へ行つた。その店はよく客がはいつてゐて、しかしまだ騒しくはなつてゐない。料理は味がよくて、殊に野菜の扱ひ方がしやれてゐた。彼らの隣りのテーブルには年配の男の客が二人ゐて、赤葡萄酒をよく飲み、途中からは店の女主人も加はつて、これもなかなかの飲み手だつた。

長良は、古代ローマの水道橋の話をきつかけにして、次から次へと水の話をした。水道の完備といふ点で古代ローマは十八世紀のパリよりも遥かに優れてゐた、とか、ローマの広場と噴水とか、イギリスでは水道料金は個人財産の評価とリンクしてゐるから水道メーターがない、とか。彼の話は雑学とユーモアが上手にまじつてゐたが、をかしなことに彼の語る水のイメージはみな何となくエロチックな比喩として感じられた。学生食堂のお茶の話から大学論になり、やがて、学生運動に話が移つたとき、安佐子はつい、中学三年生のときに書いたあの怪談のことを打明けた。長良は身を乗り出すやうにして聞き、短篇小説（？）の結びの、若者の亡霊が夜空を歩いてゆくところまで語り終へると、ゆつたりと微笑を浮べて言つた。

「それはぼくですよ」

「え？　どういふこと？」

「つまり……分身といふのかな？　その亡霊はもう一人のぼく」

相変らず納得のゆかない表情でみつめ返すと、長良は、顔から微笑を消して言つた。

「金大中事件や石油危機の年でした。あの年の花見どき。あのころ学生運動に凝つてゐて、半殺しにされるところを何かの拍子で運よくまぬかれたんです。こんな席にふさはしくない、陰惨なことになるから、詳しい話はしないけれど。だから安佐子さんはぼくのことを書いたんだ。ぼくと出会ふずつと以前に。ぼくが二十いくつかの年。テレパシー……」

「そんなロマンチックな冗談」

「うん、ロマンチックな冗談といふのはいいな。さういふ人生、楽しい。でも本当ですよ。出だしの所から何か予感があつたけれど、おしまひで、あ、ぼくの魂が飛んで逢ひに行つたんだと思つた、直感的に。女主人公のところへといふより、むしろ作者のところへ。離魂病といふのかな。ほら、焼きたてのトーストの匂ひ、するでせう」と長良が片腕を差し伸べたので、安佐子が思はず顔を寄せると、暗示にかかつたのか、かぐはしい匂ひがするやうな気になる。安佐子は半ば当惑しながら、半ば浮れた気分で、黙つてうなづいた。

「ね」と長良は言つて、「運命的な出会ひでした」と笑つた。

　幼い短篇小説がもたらした事件のことまで話を進める暇はなかつた。歌舞伎を新しく色あげしたやうなこの因縁話《いんねんばなし》は、彼の年恰好《としかつこう》から言つていささか無理な話なのに、黙阿弥の世紀の文学が専門である女の心にしつとりと作用した。自分の人生のなかに自作のあの物語の世界があり、それがまた枠をはみ出して自分の人生に跳ね返つて来る気配を、喜んでゐたと言つてもよかつた。ホテルの彼女の部屋まで長良が送つて来て、

「トーストの匂ひ、はいつていいですか？」と訊ねたとき、安佐子は答へた。

「どうぞ。食べてあげる」

h

ヒースロー空港からロンドンへ向ふ車中で、男は、左手の指を女の右手の指にからめながら言つた。

「本当によかつた。夜も朝も」

「何度も同じことおつしやつて。でも、あたしだつて」

「アメリカへまはつて、一週間ゐて、帰ります。帰つたらすぐ連絡しますからね。またお目にかかるのが楽しみ」

女は右手の指を弄ばれるままで、男の顔を見ながらゆつくりとかぶりを振つた。すこし経つてから男が言つた。

「どうしたの？」

「ねえ、もうこれきりにしませう。それがいいと思ふの」

「ローマでの話と違つた。ローマではあんなにいろいろ、日本でのことを楽しみにしてゐたのに」

「飛行機のなかであれこれと考へたんです。あなたの寝顔を見ながら」

「さうか。ぼくの寝顔がよくなかつたか」と男が冗談にまぎらさうとしても女は笑はないで、

「ねえ、これきりにしませう。深入りするのが怖い」

ここからは急にやりとりが間遠になつた。男の手が女の手から離れた。男がつぶやくやうに言つた。

「薄情な人だなあ」

女は、男はこんなことを言はれたのははじめてで、他の女はみな、きつと逢つてねとせがんだのだと思つた。ずいぶん経つてから女が独《ひと》り言《ごと》のやうに言つた。

「薄情ぢやなくてその逆。このまま進んでゆくのが怖いから」

「どうして？」

「こんなしあはせ、ただ一夜《ひとよ》かぎりにしないと、かへって辛《つら》いことになりさう」と答へてから、外国で、車のなかだからこそこんな台詞《せりふ》が言へるのかもしれないといふ思ひが、ゆるやかに心をよぎつた。「冥加《みようが》に余る思ひです」

「そんな大げさな」

「ね。あなたはさうお思ひになる。でも、あたしには違ふ。何だかとても特別のことでした。始《はじ》まりからここまで、何もかも」

「さう言つてもらへるのは嬉しいけど、でも」

「ですから、これで終りにしませう。それならとてもいい夢を見たと思へばすみます。さういふ物語あるでせう。一夜《ひとよ》の契りにすればよかつたのに、あとを引いたせいで、不しあはせなことになる……。なかつたかしら」

「だつてそれはお話だし、見せしめのための教訓だし。現実の人生とは違ふ」

「違ふ面もあるけれど、同じ面もあるでせう」

「かへつて悔むことにならない？　ぼくは自分のこととして思ふと、あのとき君の言ひなりにならなきやよかつたと悩みつづけることになりさうな気がする」

「あたしだつて、さうでせう。わかります。でも、それは……仕方ない」

「思ひ切り、いいな」

「さうではありません。未練たつぷりなの。でも……」

「ぢやあ、これで別れ別れ？　本当に？　ロンドンでももう逢へない？」

「ええ、さうしませうよ」

「無理すれば時間やりくりつかないことないけれど」

女は黙つて首を横に振つた。男が両手をひろげて、呆れた、といふ身ぶりをした。女が言つた。

「あたしも自分に対してさうしたい気持」

それから二人は長い沈黙にはいつた。窓外の眺めが街に変らうとしてゐた。

i

一九九一年は平成三年、未年《ひつじ》である。一月、ソ連軍がソ連のリトアニア共和国で防衛本部と放送局を占拠し、ラトヴィア共和国でも実力行使をした。多国籍軍がイラクへの空爆を開始し、湾岸戦争が勃発した。日本政府が多国籍軍への支援を決定した。東京二十三区内の市内電話局番がすべて四桁になつた。杉安佐子の受取つた年賀状のなかに長良豊からのものがないことは彼女を寂しがらせた（ただし安佐子も十二月に彼あての年賀状を出さなかつたのだが）。安佐子は長良に手紙を書かうと思ひ立ち、しかしつひに書くことができなかつた。さうしてゐるうちに、父、玄太郎が風邪を引いたので、三日ほど泊りに行つて看護した。

二月、多国籍軍がクウェートを解放した。イラクが国連安保理事会の決議受諾を表明し全地域で戦闘を停止した。アメリカのブッシュ大統領が湾岸戦争終結の勝利宣言をした。安佐子が、昨年二月、某出版社の編集者に渡し、そして六月に、刊行しないことになつたと告げられて返された原稿を、読み直してみた。手直ししたほうがよくなる箇所が数多くあると彼女は思つた。

三月、国連安保理事会が湾岸戦争の停戦条件を決議し、イラクが受諾した。東京都新庁舎が竣工した。NTT発行のテレフォン・カードの発行枚数がはじめて三億枚を越えた。このころ安佐子は和歌のやうなものがしきりに心に浮んだ。それはみな古歌の口ぶりを模した恋歌《こひか》で、安佐子は苦笑ひするしかない思ひで書きとめ、推敲《すいこう》し、浄書した。三首だけ引く。

おぼろぎぬ夜半《よは》にかたしく橋姫のあだに明けゆく宇治のあけぼの
山清水したたりやまず流れよるみなかみ遠き人のおもかげ
朝明《あさけ》には雲たちさわぎ夕べには雷《かみ》と鳴海《なるみ》の片しぐれかな

これらの和歌を解釈する形で、彼女は改めて、自分はあの、年齢もよく知らない男（たぶん四十五か六？）に恋をしてゐるのだと思つた。

四月、日本政府は海上自衛隊掃海艇のペルシア湾岸への派遣を決定した。下旬の日曜日の朝、安佐子はこれまで長く自分に禁じてゐたことをして、長良に電話をかけた。しかし留守番電話が、名前と用件を吹き込めと告げるだけだつた。彼女は二分近く黙つてゐたあげく、電話を切つた。

六月、雲仙普賢岳で大規模な火砕流が発生し、四十三人が死亡した。フィリピンのルソン島ピナツボ火山が大噴火した。中旬の土曜日の朝、安佐子は京都の学会に出るため、東京駅から新幹線に乗つた。切符は普通券だつたが、乗り遅れさうになつたため、階段のすぐ近くのグリーン車に乗り、歩いてゆくと、前方の網棚に、記憶にある通りの汚れ方をしたベージュいろの布のバッグがあつた。胸がどきんとした。バッグの下を見ると長良豊が眼をつむつて腰かけてゐた。一人きりである。安佐子は近づいて声をかけた。

「こんにちは」

長良は眼をあけて安佐子を見ると、うなづいてから言つた。

「ね、どうせかういふことになるんだよ」

安佐子は理屈に合はない口のきき方をした。

「どうしてこんなに、はふつて置いたの？」

j

あいてゐる隣りの席に安佐子が腰かけて、早口に話をした。長良も京都へゆくとわかつた。長良は安佐子に自分のホテルに泊るやうにすすめ、ちようど検札に来た車掌に言って、彼女の切符をグリーン券に直した。今夜の食事のことを訊かれて、安佐子が、七時からにしたい、その前に学会を抜け出して、すこし歩きたい所があるからと言つて、その地名を口にすると、七時ならこちらも都合がいいと長良は喜んだ。京都の地理には長良は不案内で、安佐子は用意してある拡大コピーした地図を出して、その、京都によくある二語合成の地名のあたりを説明し、あたしも初めてなのだけれど、このへん一帯が平安京の内裏《だいり》のあつた所で、このあたりが飛香舎《ひぎようしや》すなはち藤壺のあとだと言ひかけ、ちよつと間を置いて訊ねた。

「『源氏物語』の藤壺のゐた所ですけど、藤壺、知つてます?」

長良はかぶりを振つて、うんと長い小説で読んだのは『宮本武蔵』だけだと言つて笑はせてから、手短かに講義をしてくれと求めた。安佐子が説明した。

「ある帝の御代、後宮では桐壺の更衣が格別の御寵愛をいただいてゐて、ほかの女御、更衣からしきりにやきもちを焼かれ、意地悪をされてゐます。二番目の皇子《みこ》を産みましたが、皇子がごく幼いうちに更衣は亡くなりました。この二番目の皇子は非の打ち所のない、美貌と才藝を身に備へてゐて、ほとんど宮中にあつて、帝の庇護の下に成長しました。これが光の君。をかしいですね。本当ならかういふことあり得ない。母系制度の時代ですから、皇子は母方の家で育てられるきまりでした。でも、とにかくほとんど宮中で育つたみたいです。帝がいろんな女御、更衣とおやすみになるのは夜御殿《よるのおとど》ですが、それとは別に、日中、帝がいろんな女の方の所へふらりといらつしやるとき、皇子をお連れになることが多い。一つには小さいし、それにあまりにかはいいからでせうか、かういふお后たちも、後宮のルール……といふか当時の貴族社会のルールを破つて光の君から身を隠さない。これが大事な伏線になります」

「日中、帝が女の人の部屋へゆくのは」と長良が訊ねた。「双六をしたり、和歌の話をしたりするためだけなの?」

「さあ、どうでせう。そんなこと知らない。例外はあるでせうけど、ラヴ・メイキングはやはり夜御殿でせうね。そこへ呼び寄せて。原則としては」

「なるほど、女の人の部屋へゆくのは気晴らしにおしやべりしにゆく。わかつた。さきへ進んで」

「帝としては、あらゆる点で兄の第一皇子（後に朱雀帝《すざくてい》になる方）をしのぐ光の君を東宮に立てたいけれど、さうはゆかない。後見者がゐませんから。それで臣籍に下して源といふ姓をいただきました。光源氏と呼ばれることになります。これで第一皇子の母、弘徽殿女御《こきでんのにょうご》も一安心といふ形でした。やがて帝は桐壺の更衣によく似た顔立ちの藤壺の宮を後宮に納《い》れます。あの方がお母様そつくりでいらつしやるといふ噂は光源氏の耳にはいるし、藤壺の宮を垣間見る機会もすこしはある。そこで光源氏の心には母への懐しさとまじつた、藤壺の宮への慕情が生じるのね。光源氏は十二歳で元服して、左大臣の娘、葵《あふひ》の上と結婚します。この葵の上が正室ですが、どうも二人の仲がしつくりとゆかない。左大臣家に泊ることはすくなく、むしろ宮中にゐがちなんです、宿直《とのゐ》と称して。本当はいろんな女の人のところへ行つてゐるらしいんです。でも、藤壺の宮をあこがれる思ひがいよいよつのつて、とうとう、父の寵妃である、いはば義理の母ともいふべきひとと関係する」

「それで藤壺の宮が妊娠する」

「それは二へん目のときね。一回目は後宮の藤壺といふ曹司《ざうし》……これはまあ部屋ですね、複数の部屋……そこへ光源氏が忍び入つて関係します。二回目は藤壺の宮が宿下りしてゐるとき。

でも問題はこの一回目のときの様子が直接に書いてないつてことなんです。二へん目のときの様子が、この作者にしてはあまり上手ぢやありませんが、でもわりに詳しく書いてあつて、そのときの言葉のはしはしから、あ、これは前に一ぺんあつたとわかる。まあ、ほのめかしみたいな程度ね」

「をかしいね。普通と反対だ。普通なら最初のときのことを、詳しく……」

「ね、さうでせう。をかしいのよ。それで、なぜ一回目が書いてないのか。これは、もとは書いてあつたのにその巻がなくなつたのだといふ説もあります。その説の傍證になりさうな事実もあります。この説、学界ぢや有力ぢやないけど、でも、あたし、あり得ると思ふ。前から、おもしろいなと思つてるんです」

「それで、実地調査するわけ?」

「ええ、そんなこと役に立たないでせうけど。でも、その最初の夜の光源氏の道筋《みちすぢ》をたどつてみようと思つて」と言つて安佐子は地図を指さし、「母親の桐壺の更衣がゐた曹司、和語で桐壺、漢語で淑景舎《しげいしや》なんですが、光源氏はここをいただいて宮勤めしてました。オフィスといふのかしら。詰所ですね。複数の部屋のある小さな建物だつたみたい」

「後宮のなかが男子禁制ぢやなくて、男の詰所があるなんて、おもしろいな」

「ほんと。中国と違ふんですね。宦官《かんがん》もゐないし」

「隣りの国とまるで違ふ」

「藤原道長の曹司は藤壺でした」

「ほう」

「それで十七歳の光源氏は、たぶん六月の雨の夜、恋路の闇に迷つて、桐壺から藤壺へ歩いて行つたでせう。今のこのへん」と安佐子は地図の上を指さきでたどる。

「ふーん、十七か」と長良は吐息をついた。「ぼくは童貞だつた。かなり差をつけられてるな」

「光源氏ですもの。別なのよ。それに王朝の風俗では、乳母とか誰か年上の女が最初に教へたんです。性教育が制度になつてたのね。光源氏も十二歳の元服のときには手ほどきされたと思ふ」

「いいなあ、それは」

話は『源氏物語』からそれて行つた。

k

平安朝の後宮のあとはみすぼらしく汚れた町並だつた。平家《ひらや》と二階建ての小家が多く、しもた屋も、店屋も、工場も、ほとんどが暑苦しく閉め切つて、ひつそりとしてゐる。ガラス戸越しに覗くと薄くらがりのなかに古自転車がぎつしり詰まつてゐる無人の家。窓のない二階を、錆びた波状のトタン板でぐるりと巻いた家。木箱一つに入れた数個の菓子を哀れにひさぐのが朽ちた簾《すだれ》の横に見える店。店の半分をベニヤ板二枚で覆ひ、右のガラス戸を白い幅広のビニール・テープで十文字に繕つた店（何を売る店？）。100円パークの駐車場。印刷の人生訓を四つ戸口に貼つた家。煉瓦の台の上に載せた小さな暗い祠。二階に三枚の簾を長く垂らし、一階の半分は灰いろのカーテンで隠した何かの店。無断駐車に対する威嚇の文句がすごい駐車場。米屋（珍しく商ひをしてゐる店）。ジュースの自動販売機。ぼろぼろの連子《れんじ》窓と崩れた小さな土壁と瓦屋根が正面で、横は、赤、黒、茶のトタン板を継《つ》ぎ補《は》ぎ細工した家。荒れ果てた建物の連なり。くろずんだ地味な家並にときどき無遠慮な色がまじる。小さな神社の牡丹いろの鳥居が大小二つとか、四階建てのマンションの突飛な門の赤とか。自動車が通る。自転車乗りが通る。樹々はまつたくなく、植物はただ、家の前、店の前に置かれた鉢物だけだが、これも大半は枯れたり、しなびたり。背丈が低くて乱雑な町を、安佐子は一時間ばかり地図とノートを手にして歩いたが、書き留めることなど何もなかつた。

前面の右半分に自動車を置き、左半分が階段になつてゐる家で、犬小屋につながれてゐる痩せた毛の薄い中型犬が吠えた。前にここを通つたときはゐなかつた、と安佐子は思つた。犬は安佐子が通り過ぎても吠えつづけた。後ろで男の声があつた。

「そんなに機嫌わるくするなよ。今どき吠える犬なんて、はやらないぞ」

振り返ると長良だつた。

「どうしたの？」と安佐子が弾んだ声を立てると、長良が説明した。

「用件が早くすんだんでね。ここに来れば逢へると思つて。しかしすごい落差だなあ」

「だつて、千年ですもの」

「いはばしる近江の国の、楽浪《ささなみ》の大津の宮に、天の下しらしめしけむ、すめろきの神のみことの、大宮はここと聞けども、大殿はここと言へども、春草の繁く生ひたる、霞たち春日の霧《き》れる……」と長良は並んで歩きながらちつともつかへずに暗誦した。「ももしきの大宮所、見れば悲しも」

「『万葉』も読んでる」と安佐子がからかつた。「『宮本武蔵』だけぢやなく」

「いいねえ、柿本人麻呂」と長良はつぶやいてから訊ねた。「あれ作つたのは近江朝廷が亡んでから、どのくらゐあと？」

「せいぜい二十年ぢやないかしら。よく知らない」

「百年も経つてなかつた。千年なら、この荒れ方、仕方ないか」

「さうよ」

「すこし早いけど、ゆきませう。木屋町三条上ルの日本洋食の店、予約してある」

1

一九九二年は平成四年、申年《さる》である。この年一月、アメリカのブッシュ大統領は冷戦での勝利を宣言した。長良は元日の夜から品川の安佐子の住ひにゐて、三日の夕方に帰る予定でゐたが、三日の晝すぎから安佐子が急に不機嫌になつた。これは六月以来よくあることで、別れる時刻が近づくと安佐子はふさいだり、当り散らしたりしがちだつた。長良がゐなくなれば勉強に打ち込むことができて好都合なのだが、さうとわかつてゐるのに、寂しくて腹立たしくなるのだつた。長良には自分と同じやうな関係の女友達が一人か二人ゐると安佐子は感じてゐて、ただしそれを問ひ詰めはしなかつたし、長良も何も言はなかつた。安佐子としては、そのことを訊ねるのははしたないやうな気がしたし、それに怖い感じもあつたのかもしれない。逢ふのはたいてい週に一度か十日に一度で、たまには半月以上も連絡のとれないことがあつたし、また、二晩つづけて泊りに来たりもした。長く逢へなかつたあとの寝物語では、王朝の「夜離《よが》れ」といふ言葉を使つて長良をからかつたりした。夜をいつしよに過すのは、ホテルを使ふときもあつたが、ほとんどは安佐子の住ひでのことに決つてゐた。前の年、夏の終りに一度だけ横浜にある長良の住ひに行つたが、夕食の最中、電話がかかつて来て、十回以上鳴つても彼は出ようとしなかつた。一時間後、また同じことが繰返された。これは女からの電話だと安佐子は直感的に推測し、クレッシェンドみたいに鳴りつづける呼出し音によつて、男を求める自分の愛執まで聞かせられるやうに感じた。音がやまなくても長良が無表情で黙つてゐるのを見て、安佐子は、自分の電話のときもかういふ態度でゐるのだらうと考へた。そのときの辛い思ひがこたへたので、もうゆかないことにしたのだ。一月三日の夕方は激しい言ひ争ひになつて、長良は出てゆき、今年は悪い年になりさうだと安佐子は思つた。翌日、遅い読み初めには為永春水の『いろは文庫』を選んだ。

二月、経済企画庁は、景気拡大が前年三月で頂点に達し、以後、下降局面にはいつたと発表した。新聞協会が、皇太子妃候補報道を三ケ月控へることを申合せた。安佐子は、前年の暮れに別の出版社に渡してあつた『芭蕉はなぜ東北へ行ったのか』の原稿を返された。女の編集者はくどくどと事情を説明したが、安佐子は聞き流した。原稿を渡したときの反応からあまり期待してはいけないと自分に言ひ聞かせてゐたし、ちようど前日に長良がアメリカから帰つて来て、今日、訪ねて来る約束になつてゐたので、彼をもてなすための買物のことが気になつてゐたせいもあつた。その夜、長良は、自分が三十四の年に今の会社に移つたときのことを話して上手に慰めてくれたので、あまり悲しい思ひはしなくてすんだし、新しい論文の着想が浮んで、そつちに夢中になつてゐるといふ面もあつた。芭蕉と違つて専門の十九世紀を扱ふのだからいろいろな意味で有利だと長良は励ました。専門は大事だよ、宮本武蔵が、因縁《いんねん》をつけて来た博労《ばくろう》を前にして、蕎麦にたかつた蠅を一匹づつ、黒豆をつまむやうに箸でつまんで仰天させるのだつて、彼が二刀流の遣《つか》ひ手で、それが箸といふ二本のものを扱ふのだからこちらもつい真に受ける、あれと同じさ、と言つて安佐子を喜ばせた。

安佐子の考へたのはかういふことである。

為永春水の『春色《しゆんしよく》梅児誉美《うめごよみ》』四編、お由が五つの年に別れた母と二十一年後に対面するく

だりで、お由と米八が姉妹であることが明かされ、

よく〳〵かんがへよみたまはねば、作者の綴りがあしきゆゑ、わかりがたかるくだりもあるべし。凡予《すべておのれ》が作意の癖は発端にいふべきすぢを後にしるすが常なれば、よろしく察して高覧をねがふのみ。

といふ断り書がある。これは春水が構成の才の乏しさをみづから認め、かつ詫びた箇所として有名で、「日本古典文学大系」本の注釈者は、頭注で、同じ作者の『春色湊《みなと》の花』の三編に、批評家ないし読者の難詰と作者の返答が記してあるのを紹介する。「彼の人情本には、始まりから終りまでのつづき具合を上手に語つたものは一つもない。いつも話が前後するし、物語を途中からはじめて途中で止めるし、手に負へなくなると拾遺とか続編とか称してあとで付け足すし、まるで完本ではなく端本を読むやうな気持だ」といふのが批評家ないし読者の言ひ分。これに対して作者の言ふには、「端本を読んでもそれなりの楽しみはあるやうに書く。一回を読めばそれなりにおもしろくて、あとは読まなくともすむやうにする。かうして何とかかんとか恰好をつけるのがわたしの作風である」と。

安佐子はこれまで『梅ごよみ』もの五部作のうち二つしか読んでなかつたので、五部作以外の『春色湊の花』にまで目を通して行き届いた注をつける態度に敬服してばかりゐた。しかし

『いろは文庫』を読み出して、事情は違ふのかもしれないと疑ひはじめたのだ。

『いろは文庫』は義士外伝で、浅野と吉良ではなく塩谷と高野、大石内蔵助ではなく大星由良之助などと、すべて歌舞伎仕立てでゆきながら、春水が講釈師為永金龍でもあつたことを思ひ出させる流暢な話術、みづから「江戸人情本の元祖」と称するにふさはしい会話の妙、すぐれた情景描写で筋を進めてゆく。ただしこれは四編までの自作の部分についてのことで、五編以降は門人の筆になるため質が落ちるけれど。

出だしは塩谷の浪人、小山田庄左衛門の父、八十一歳の重兵衛が、一昨々日の敵討の次第を報ずる瓦版を読み、何度調べても息子の名が四十七人のなかにないので、いい加減なものを売ると腹を立ててゐる場面である。そこへ隣りに住む飴《あめ》売りの五助(以前は小山田家に使はれてゐた中間)が、引上げる途中の義士の一人、大鷲文吾から聞いた話を伝へる。小山田庄左衛門は十二日の日に、義士一同に分配する三百両と菩提寺《ぼだいじ》に納める亡君の遺品を大星からあづかつたきり出奔した、おほかた心変りしたのだらう、といふのである。五助が帰つたあと、重兵衛は切腹し、壁にもたれて刀で咽喉を貫く。これが十二月二十日のこと。

ところで十二日、大星から渡された三百両を懐中してゐる小山田庄左衛門は、大仏台《おさらぎ》町まで来たとき(江戸はすべて鎌倉に改めてある)、「十七八の島田髷《しまだまげ》、姿も意気な処女《をとめ》」に出会つて、ついふらふらとあとを追つてゆくと、同じ塩谷の浪人で今は豊かに暮してゐる玉虫弁右衛門の家に招き入れられ、酒食をもつてもてなされ、さらにはこの家の奉公人(先程の娘)とねんごろな仲になり、玉虫家にゐつづける。しかし同じ艶つぽい話でも別口のものもあつて、と作者はここで岡野三十郎の身の上に話題を転じ、彼が高野の邸の前の万見世《よろづみせ》、三春屋の手代に身をやつして、高野の家老堀井家の子守しづと恋仲になり、その伯父、大工平兵衛から高野邸の図面を貰つたいきさつを述べる。これが刃傷事件後二年たらずのことで、それにすぐつづけて、討入り後のしづの嘆きと大工平兵衛がそれをなだめる情景を描く。かういふ調子で縷々《るる》語つて行つて、巻の四の末尾に至り、討入りの翌日の薫代《かをよ》御前について述べてから作者は言ふ。

偖此《さてこの》つゞきは総巻の終《をはり》にいたりてくはしくしるす。是《これ》より次の物がたりは、安蘇貝氏《あそがひうぢ》の伝にして、又仇討より以前の段なり。すべて忠臣蔵の始《はじめ》より順に綴らず。後前《あとさき》にしるしいたすは例の狂訓亭《さくしや》が筆癖にて、看官をはやく佳境にさそはん為なり。その意《こころ》にて読みたまはねば、紛《まぎ》らはしき条下《くだり》もあるべし。

これでわかるやうに過去から大過去へさかのぼつたり、また現在へ戻つたり、この人物からあの人物へと転じてさながら主役が大勢ゐる趣だつたり、迂余曲折しながら巧みに筋をあやつる語り口は、自覚的なものであつた。ひよつとするとこの戯作者は、ヨーロッパの二十世紀小説が探求した新しい世界像を江戸後期において模索してゐたのではないかと思はれたし、特に時間の扱ひ方の新しさには強い感銘を受けた。こんなふうに思案してゐるうちに、ふと、春水の直線的に進むのではない複雑な時間処理が徳田秋声の『あらくれ』その他における語り口と似てゐることに思ひ当り、秋声はこれを春水に学んだのではないか、少年時代に『梅ごよみ』ものその他を濫読した（きつとさうだらう）せいでの影響が自然主義作家になつてから出て来るのは充分あり得ると推測したのである。そこから安佐子は、これは日本人の伝統的な時間感覚を春水が直感的に探り当て、それがまた秋声を刺戟したのではないか、どちらもあまり格式の高い学問を身につけてゐない小説家だから、かへつて自分の体験と実感を頼りに自由な試行と実験ができたのかもしれないなどと考へた。そして、二人の作家が時間をどう捉へたかといふおもしろい課題を解くためには哲学の教養が必要だけれど、あれはどうも苦手だなあ、もつと勉強して置けばよかつたと悔んだり、それでも、これはいい線らしいと喜んだりした。

長良が励ましてくれた夜、彼には、春水と秋声の影響関係について詳しく説明しないやうにした。専門的に過ぎると思つたからである。さう言へば例の『奥の細道』論も時間が主題だつたと思ひ当つたが、その話もしなかつた。真夜中、宮沢賢治の詩に「むかし達谷《たこく》の悪路王《あくろわう》／まつくらくらの二里の洞《ほら》／わたるは夢と黒夜神《こくやじん》……」とあるのをとつぜん思ひ出し、「悪路王つて知つてる？」と訊ねようと思つたが、それがどうしても言葉にならない。「ねえ」と話しかけながら眠りに落ちた。

m

一九九三年は平成五年、酉年《とり》である。一月、皇太子妃が内定した。アメリカ大統領にクリントンが就任した。

二月、ニュー・ヨークの世界貿易センター・ビルで爆弾テロがあつた。七人が死亡し、五百人が重軽傷を負つた。このとき長良はニュー・ヨーク空港のテレビで事件を知つた。

三月、世界貿易センター・ビルのテロの犯人としてイスラム原理主義者五人が逮捕された。東京墨田区に江戸東京博物館が開館した（前年七月竣工）。国学院大学日本文化研究所の調べ（全国三十二大学を対象）で、大学生の七割が死後の世界を信じてゐるとわかつた。

四月、長良が水のアクアの役員になつた。五十歳になる直前であつた。安佐子がそのお祝ひとして本郷の天ぷら屋をおごつた。安佐子はその店でも、その店を出てからも、中野の家の電話が盗聴されてゐた一部始終を詳しく語り、長良はそれをおもしろがつた。とりわけ、女の尾行者を閉口させた話に大喜びした。

五月、安佐子の兄夫婦、春彦と由紀がロンドンから帰つて来た。春彦はロンドンですでに課長になつてゐた。由美は中学生で、健太郎は小学三年生。

六月、安佐子が論文『春水＝秋声的時間』を書きあげた。

七月、総選挙で自民党が過半数割れした。八月、宮沢内閣が総辞職し、細川内閣が発足した。アメリカの「ニューズ・ウィーク」誌が日本経済について「奇跡の時代の終り」と報じた。

九月、『春水＝秋声的時間』の1が学会誌に載り好評だつた。イタリア人の考古学者と結婚した日本語教師が、離婚して日本に帰つて来た。

十二月、田中角栄元首相が死亡した。七十五歳だつた。『万葉集』定家卿本全二十巻の写本が発見された。『春水＝秋声的時間』の2が学会誌に載り、これも好評だつた。大晦日の夜に安佐子の住ひで、二人はテレビの紅白歌合戦を音を消して見ながら話をした。安佐子もさうだが、長良は演歌が嫌ひで、役員になつて辛いのはカラオケへゆかなければならないことだと語つた。長良は学会誌を受取り、評判がいいことを聞いておめでたうを言つてから、時間についての冗談を一つ披露した。それは何とかといふロシアの哲学者が（「ベルジャエフ？」と訊ねられて彼は言つた、「いや、スペインの哲学者だつたかもしれない。とにかく誰かがだな……」）講演で、時間の無意味性と非実在性について熱心に論じつづけてゐたが、途中で急にしやべるのをやめ、まじめな顔で腕時計を見た。薬を飲む時刻になつたのぢやないのかと気にしたのだ。ゆく年くる年が終り、除夜の鐘を聞いてから、二人はベッドにはいつた。四時近くになつてから、安佐子がそつと触ると、長良は言つた。「もう大丈夫だよ。時間は無意味に経たない」

n

一九九四年は平成六年、戌《いぬ》年である。

一月、ロサンジェルスで大地震があつた。死者が六十一人出た。都市機能が麻痺した。長良は安佐子と西麻布を歩きながら、テレビはもちろんだが新聞も、ロサンジェルスの水道がどうなつたかをちつとも報道しない、と批評した。安佐子は、母が水道の水にうるさいたちで、毎日、今日はおいしいとか、いけないとか、言つたといふ話をした。長良は、電話の音がをかしいのに最初に気がついたのもお母さんだつたね、と言つた。長良は西麻布の店でイタリア料理を食べながら、商用でアメリカに行つたときに雑誌で読んだ、氷会社の社長の話をした。それは十九世紀のアメリカで、ニュー・イングランドの湖のきれいな氷をカリブ海、カルカッタ、シンガポール、オーストラリアに運んで大儲けした男のことだつた。彼は富豪の息子で、父の遺産をつぎこみ、何度も失敗（船中で氷が溶けた）してから成功を収めた。湖の氷は馬が引く鋸《のこぎり》で切つた。ヴィクトリア女王もこのニュー・イングランドの氷が大好きだつた。世紀末までには、百万トン以上の氷が出荷された。この会社は第二次大戦後、電気冷蔵庫の普及で消滅した。長良はふざけた口調で、しかし眼を輝かしてこの事業について語りつづけ、その表情には商業的冒険への憧れと意欲がうかがはれた。

二月、富士フイルム専務が総会屋対策にからみ刺殺された。安佐子は「水のアクアも総会屋にお金払つてるの？」と訊ねた。長良は「ムニヤムニヤ」と答へた。

四月、細川内閣が総辞職し、羽田内閣が成立した。

六月、羽田内閣が総辞職し、村山内閣が成立した。松本市の住宅街で有毒ガスが発生し、七人が死亡、五十二人が入院した。

七月、北朝鮮の金日成主席が死亡した。松本市の事件について捜査本部がサリンと推定した。安佐子の『春水＝秋声的時間』が学会の賞を受けることに決つた。安佐子は冷静にしてゐたが、内心かなり得意になつて受賞作を読み返し、不出来なのに愕然とした。春水の時間についての説明はまあまあだが、秋声の時間がどういふややこしいものなのかは、相手が相手とはいへ、叙述がうまく行つてゐないし、それに彼らの小説作法と日本人の時間意識との関係は扱ひ方が幼稚だつた。二十世紀西欧小説と十九世紀日本小説との対比も無器用で、解釈が浅かつた。安佐子は非力を恥ぢ、いつそ受賞を辞退しようかと考へ、長良に相談したが、それはよしたほうがいい、おだやかに受けなさいとすすめられ、それに従つた。

八月、東京で観測史上最高の三九・一度を記録した。七、八月の二ケ月間に東京消防庁管内で発生した火災は一万九六〇件に達し、前年同時期にくらべ四割増となつた。安佐子はこの二ケ月、暑さのせいもあつて憂鬱だつた。

九月、台湾総統府が李登輝総統の広島アジア大会開会式出席を通告し、中国外務省が反対を表明した。アジア・オリンピック評議会が李総統の招待を取消した。安佐子の受賞式とお茶の会が本郷の学士会館であつた。その受賞の挨拶は「謙虚すぎる」と選考委員の一人に言はれた。同じ日、長良は横浜で、水のアクアの女の社員の結婚披露宴に出て、新婦の近くの席に三時間ゐる羽目になり、辛い残暑がつづいてゐるせいもあつて疲れた。彼はその夜、珍しく愚痴をこぼしたあげく、結婚披露宴はどうすべきかについてまじめな話と冗談半分とをごちやまぜにして私案を語りつづけた。たとへば、引出物には二組がセットになつてゐるトランプがいい。夫婦が別室で独り占ひをして離婚するかどうかを決める、などと。安佐子も同じ調子でいろいろと案を出した。安佐子が話題を転じても、長良は何度も話を元に戻した。翌日の晩、安佐子は『源氏』の「若菜上」を読んでゐるとき、いつもはおもしろくて仕方のない巻なのに詰まらなくて、そのうちにふと、長良は自分と結婚する気なのではないか、あれは仄めかしかもしれないといふ思ひつきが心に浮んだ。それは読めなかつた写本のある箇所がとつぜんをかしな具合に読み解けたときに似てゐて、まさか、とくりかへしあやしんだが、そんなはずはないと打消すたびに、疑ひはかへつて濃くなり、彼の口調や表情やその他あれこれを改めて思ひ出してみると、さう一概に否定しにくいやうな気持になるのだつた。こんなふうにこだはるのは希望的観測といふあれではないかしらといふ反省も心をかすめたけれど、男たちとの二へんのことで懲《こ》りてゐる身だもの、そんなことに憧れるはずはないといふ思ひ込みのほうが遥かに強かつた。それに中年の独身者が初老に近くなつて生き方を改めるのはありふれた話だし、一人暮しをつづけてきた男が今さら身を固めようと言ひ出しにくいのも当り前だし、そのせいで心にわだかまりが生じて悪ふざけじみた変なアイディアに興じることは充分にあり得る、その男ごころがあはれでならないと感じられた。そして長良がさういふ気持に傾いてゐる以上、素気なくあしらふのはまづいし、あるいはむしろ、ここが大変な飛躍なのだが、こちらから進んで申し出なければならないのかもしれないと迷ひはじめた。をかしなことに、自分がこんなふうに結婚をめぐつていろいろと考へるのは向学心が衰へたせいで、家庭にはいることで生き方を改めようとしてゐる、とは気がつかなかつた。男をいたはらなければならないと思ひ立つたのはもちろん惚れてゐるせいにしても、その底には気の弱りがひそんでゐた。ここで自分が進んでその役を引受けなければほかの誰かに取られるといふ心配もあつたらう。これまでの二人の男がどちらも学者なのに今度は会社員が相手の結婚を思ひ描いたのには、会社勤めなら毎日外に出てゐるから自分には本を読む時間があるといふぼんやりした見通しもあつたのかもしれない。とにかくある夜、とても好きだとか離れられないとか、そんな言葉を口にしながら長い時間いちやついたあげく、すこしうとうとしてから、ベッドに腰かけてゐる安佐子は、これもベッドに腰かけて水を飲んでゐる長良に、まことに唐突に、独言《ひとりごと》のやうに、いつそいつしよに暮さうかしらと言つた。

長良は思ひがけないことを聞いたといふ反応で、ゆつくりと安佐子の顔を見て、微妙な表情で答へた。

「こんな言葉は大げさでをかしいんだが、まあ、独身主義でね。それでやつてきたから、これからもさうしようと思つてるんだよ。何となくわかつてもらつてるやうな気でゐて、説明したことなかつたけれど」

「さうなのね」と安佐子はまるで相槌を打つやうに言つた。「ええ」

「主義といふのは馬鹿げた言葉だけれど、何となく便利だから、つい使つてしまふ」と長良は言ひわけするやうに説明をつづけた。「いつしよに暮すのが普通だから、しないと例外みたいに見られる。でもね、何にだつて例外はあるんでね。改まつて訊かれたときは、さう返事することにしてる。どうもぼくには、このほうが具合いいらしい。君もさうなんだらうと思つてたせいもあつて、別に話をしたことなかつた。かういふこと、改まつて言ひ立てるのは面倒だしね。つい避けてしまふ」

そして長良はまた一口、水を飲んでからつづけた。

「ぼくが無精をして、言はないできたせいで、君に具合の悪い思ひをさせてしまつた。ごめんよ。結婚といふ制度がぼくには合はないやうな気がする。詳しくは説明できないなあ。むづかしい。感じの問題だものね。だから……さういふふうに納得して、つきあつてもらへると有難い。わがまま言ふみたいで、すまないけどね。悪かつたなあ、こんな目に遭《あ》はせて」

「わかつてゐたのに、つい、変なこと口走つてしまつたの」と女が詫びると、男が言つた。

「君のこと大好きだよ。最初からずつと好きだつた。だからああいふことをした。でなきやあ、ぼくだつて、いきなりあんなこと、しない。あれは一目惚れだつた」

「調子いい」と笑はうとしたとき、女の眼には泪があふれかけた。泪の主成分は気が弱つたことの自覚と、不覚を悔いる思ひだつた。

o

一九九五年は平成七年、亥《ゐ》年である。

一月、神戸で大地震があつた（死者六四二五人、負傷者六万九二人、全半壊家屋二四万九五四、焼失家屋七四六五）。

二月、最高裁大法廷は、ロッキード事件で故田中角栄元首相に丸紅から五億円が渡つたと判断する一、二審の有罪判決を認め、ロッキード裁判が終結した。目黒公證役場で拉致事件が起つた。

三月、東京の地下鉄五本で猛毒のサリンが撒かれた（死者十一人）。目黒公證役場の拉致事件で警視庁はオウム真理教の二十五施設に強制捜査をはじめた。国松孝次警察庁長官が東京荒川で銃撃され、重傷を負つた。京都コンサート・ホールが竣工した（十月開館）。

四月、アメリカのオクラホマの連邦政府ビルで爆弾テロが起つた（死者一一七人、行方不明一〇〇人近く）。オウム真理教幹部が東京南青山の同教総本部前で刺され、死亡した。水のアクアの役員会で、長良の提案（日本国内では規制がきびしくて活潑な企業努力が困難だから、海外での営業を中心にするやう転換すべきだ）が否決された。このことについて長良は、安佐子に語らずに、すこしふさいでゐたが、安佐子は、これは私生活のことではなく、会社で何かあつたらしいと正しく推測した。十河佐久良《さくら》といふ、安佐子が時間講師として教へてゐる美術大学をこの春に卒業し、デザイン・スタジオにはいつた娘が、広告賞の新人部門に応募するので、研究室に相談に来た。出題のなかから現代語訳『源氏物語』全冊揃ひの全十五段の新聞広告を選ぶのださうで『源氏』についていろいろ質問された。たとへばどの巻が一番読みごたへがあるか？　これには「若菜上下」と答へ、折口信夫といふ偉い学者も「『源氏』もこの巻々を読まぬと、本当に『源氏』を読んだとは言へない」と語つてゐると教へた。また、どうやらこれが眼目らしかつたが、当時の寝室風俗について訊かれ、平安から鎌倉にかけては今と違つて部屋中に畳を敷き詰めるのではなく、引き離して畳を敷いて、それが夜はベッドになつて、その上に男女は裸でぢかに、シーツなしで寝て、そして両人の衣服を掛け蒲団みたいにするのだと説明すると、少女つぽい顔立ちのデザイナーは目を丸くして言つた。「ぢや、正常位のときは紫の上の背中に畳のギザギザの痕、ついたんぢやありません？」。それで安佐子は笑ひながら答へた。「その反対のときは光源氏の背中に痕がついたわけね」。娘の笑ひ声は鈴を振るやうで楽しかつた。

五月、オウム真理教の麻原彰晃代表を山梨県上九一色《かみくいしき》村で逮捕した。東京民俗学会主催で、来年九月、『日本の幽霊』といふシンポジウムがおこなはれることが決り、安佐子がパネリストとしての出席を求められ、承諾した。他のパネリストは高名な『源氏』学者と都市伝説に詳しい民俗学者、司会者は民俗学と文学の学際的研究で注目されてゐる能の学者で、安佐子以外は男ばかりであつた。

六月、韓国ソウルの三豊デパートがとつぜん崩壊した（死者五〇〇人以上）。長良が安佐子に、警察庁から天下りした某社役員から、数日前、酒席で聞いた話だと言つて伝へた。長良は、自分の知人である女がかつて新左翼の幹部と関係があると誤解されて、警察から盗聴されたり、尾行をつけられたりした、と語つたところ、相手は、さうなれば警察の尾行だけではなく、その情報はすぐに洩れるから、叛徒《はんと》からもアヴァンティからも尾行がつく、と淡々たる口調で述べたといふのだ。安佐子は、それでいろいろ辻つまが合ふと、納得したり怖がつたりした。

七月、日本人の平均寿命が女は八二・九八歳、男は七六・五七歳で、前者は、十年連続世界一、後者は九年連続世界一と発表された。雪を夏まで保存して利用する、世界初の雪冷房システム（費用は送風用の電気代のみ）が山形県舟形町の町営施設で用ゐられた。安佐子は長良からの情報に刺戟されて、旧作の短篇小説（?）を思ひ出し、あれは泉鏡花の影響だと思つてゐたが、それもあるけれど、兄が借りて来た、ハヤカワ・ポケット・ミステリのアイリッシュ『幻の女』が心のどこかで作用して、あんなふうに何かに翻弄されて忙しい思ひをする一夜の冒険といふ筋になつたのかもしれないと考へ、遥か彼方にある少女期の仄暗い心のなかを望み見た。また、アイリッシュにも、『幻の女』を絶讃した江戸川乱歩にも、そして幼い自分にも、悪だくみによつていたぶられたり、あるいは悪だくみをしていたぶつたりする、サド＝マゾヒスティックな構図への憧れがあるのかもしれないと考へた。次に会つたときこの話をすると、長良は珍しく『幻の女』を読んでゐて、ただしかう言つた。

「あの悪い奴ね。主人公を犯人にしようとしてひどいことする奴。ああいふ具合に仕組むのは無理だよ。たつた一晩の話だもの。時間的に不可能だ」とまつたく認めようとせず、「いくら小説だつてすこしは本当らしくなくちや」とつぶやいてから、「その点、あの一晩はよかつた」

「何のこと？」

「宮本武蔵が……」

「まあ！」

「六条柳町から三十三間堂へ行つて吉岡伝七郎を討つて、祇園へ戻り、吉野大夫の琵琶を聴いて、それから吉野が鉈《なた》で琵琶を裂いて胴のなかを見せる、あの一晩ね。ずいぶんいろんなことするけど、あれなら無理ぢやないもの」

「また吉川英治」と安佐子は笑ひ、それから、しかしこんなふうに不満を口にするところを見ると、最後の種あかしになるまでは長良はきつと『幻の女』に夢中だつたにちがひないと想像した。そのことを言はれると、長良は、ちよつと首をかしげて、微笑した。

八月、村山改造内閣が発足した。十河佐久良の広告賞新人部門への応募作が落選した。

p

一九九六年は平成八年、子《ね》年である。

一月、村山内閣が倒れ、橋本内閣が成立した。スリランカ・コロンボでタミル人過激派による爆弾テロがあつた（死者は五五人、行方不明と重軽傷は合せて一五〇〇人以上）。東京民俗学会のシンポジウム『日本の幽霊』に出るはずだつた『源氏』学者が急逝した。

二月、中国、雲南省で地震があつた（死者は二四二人）。司馬遼太郎が死亡した。『日本の幽霊』のパネリストを女の『源氏』学者に委嘱したところ承諾を得たといふ通知が安佐子にあつた。

三月、台湾で初の総統直接選挙があり、李登輝が当選した。白い角封筒にはいつた無署名の手紙が安佐子に届いた。消印は東京中央郵便局で、切手は普通のもの、封筒も本文もワープロで打つてあつた。『日本の幽霊』の新しいパネリストは前まへから並木周三に執心なのに思ひをとげることができずにゐるため、同棲したことがあるあなたを憎んでゐるから気をつけるほうがいい、と忠告してゐた。安佐子は寝耳に水の話なのでびつくりして、考古学者と離婚してイタリアから帰国した女友達（関西の大学でイタリア語を教へてゐる）に電話をかけ、この手紙の話をした。女友達はゴシップに詳しいので、帰つたばかりでも何か情報が得られるかもしれないと思つたのだが、何も知らなかつた。三十分ほどしやべつてから電話を切り、それから五分くらゐ経つてから、しまつた、この相手に打明けるんぢやなかつたと悔んだ。

五月、経済企画庁は、東京の生活費はニュー・ヨークの一・五九倍と発表した。東京国際フォーラムが竣工した。

六月、東京のフジテレビ新社屋が竣工した。

七月、ロシア大統領選挙決選投票でエリツィンが再選された。北アイルランドで暴動があつた。父玄太郎が寝込んでゐると兄嫁から電話があつたので、安佐子が阿佐谷に訪ねて行つた。由紀は、待ちかねてゐて、入れ違ひに買物に出た。父はベッドの上に起き上つて、胡坐《あぐら》をかき、大判の本を見てゐた。冷房してあるので、パジャマの上に薄手の青いセーターを着て、腰から下はタオルケットをかけてゐた。すこしやつれたか、と思ふ程度なので、安佐子はほつとした。

「元気さうぢやない、お父さん」

「うん、元気。ちよつと暑気あたりしただけだ」

「病院には行つたの？」

「明日、ゆくことになつてる」

「付添つてゆかうかしら？」

「そんな必要あるもんか、大丈夫」

「ほんと？」

「ガール・フレンドが来てくれることになつてる」と父はすこし照れくささうな顔で言つた。

「あ、さうなの。ぢや、その方に任せる」

「さうしてくれ」

安佐子はそれから机の前の椅子に腰かけて、病気の話はわざと避け、父が手にしてゐた徳川慶喜が撮つた写真の本を見ながら、雑談をした。

「ありふれた景色ばかりだけど、とてもきれい。ごちやごちやしてない。明治のころは、みんなかうだつたのかしら？」

「さうだらう。外国人が東京の郊外を見て、まるで工藝品みたいだ、手入れがゆきとどいてゐるとびつくりしてる」

「幕末から明治にかけて、みんなかうなのね」

「うん」

「『梅ごよみ』のころも」

「春水か。さうだらう」

「どうして、きたなくなつたの？」

「西洋文化のせいだな。二種類の文化をまぜるとき、美といふものを捨てて、便利のほうだけを気にした」

「文明開化、まづかつたのね」

「仕方なかつたんだな。何しろ急な話だから。とにかく便利なほうがいいと……人間の本性だから。冷房だつてさうさ。これで助かることは助かる。大助かりだが、風情《ふぜい》は失せる」

「公害も」

「街の気温、ぐつとあがる。でも、まあ、仕方ない。戦争だつて、もし戦争がなければ、人口があふれて収拾つかなくなる。人口政策とか、産児制限とかいふけどね、むづかしい。結局、一番ききめがあるのは戦争だつた。戦争のおかげ、疫病のおかげで、何とか持つてきた。それがつまり人間の歴史」

「ニヒリストね、お父さん」

「歴史をやると、多少ともニヒリストになるな。人間は愚かなもの、とか、天の配剤うまくできてるな、とか、感心してしまふ。『史記』読んでも、ギボン読んでも、大体さうなる」

「すこしニヒリストの気《け》があるほう、いいのかも」と言つてから、安佐子はつい調子に乗つて口をすべらせた。「マルクス史観とか皇国史観とかにくらべれば」

娘が内心、あ、しまつた、と思つてゐるのに、父親のほうは平気で答へた。

「さうだな。ニヒリズムのほうがまあ安全だらう。安全といふか、無害。いや、待てよ。和泉先生だつて、案外、芯のところはニヒリストで、それであんなイデオロギーに救ひを求めたのかもしれない。アジアのニヒリズムは底が深くて、やりきれないから」

「底が深い？」

「うん」

「反対ぢやなくて？」

「ヨーロッパのニヒリズムよりたちが悪い。茫漠としてて、とりとめないからな。アジアのニヒリズムにしても、中国のは、老荘みたいにはつきり言葉になつてるからまだ扱ひやすいけれど、日本のは、まとまつたこと何も言葉にできないから、渾沌としてゐて、ひどく恐しいことになる。それが神道だな。神主といふのはみんな虚無的でね。自分でも困つてる奴が多い。だから酒ばかり飲んでる」

「おみき？」

「うん」

「和泉先生は神主ね」

「うん。酒はともかく、だからあんなふうに天子様によりすがつた。袞龍《こんりよう》の袖に隠れた……とも言へる」

「二・二六事件のとき、秩父宮の列車を待受けてゐて、乗込んで、どんなこと言つたのかしら？」

「それがわからない。皇族とか華族とかが大好きだつたらしいが、でも、秩父さんにちよつと講義したことがあるからつて、何もあんなとき、雪のなかをわざわざ水上の駅までゆかなくたつていいのに……」

「さういふこと、学生同士でしやべつたりしなかつた？」

「しなかつた」と父は首を振つた。

「言ひつけ口されると思つたの？」

「いや、そんなこと考へなかつた。ただみんな黙つてたな。戦前戦中の日本人はじつに無口でね。この戦争は負けさうだなんてことも滅多に口にしなかつた。言ふ奴がゐたら、それは変り者でね。自分で考へないやうにしてた……といふのかな？」

「ふーん、さうなの」

「さういふものだつた」

「『源氏物語』なんか嫌ひだつたでせうね、お父さんの先生」

「御推察の通り。何しろ臣下がお妃と寝る話だからよろしくない。しかもそれで生れた子が皇位に即《つ》くんだからな、先生の立場としては大弱りだ」

「具合わるいものね」

「うん、困る」とくすくす笑つてからつづけた。「えーと、後光明天皇が、王道の衰へは和歌に耽つたことと『源氏』がもてはやされたことによると嘆いたのださうで、まことにその通りだと溜息をついてゐたな。津阪東陽の『夜航余話』に書いてあるさうだ。読んだことあるかい？」


「ないけど、でも有名な本らしい」

「さうか。それで津阪東陽を褒めてたな、先生」

「ふーん」

「コチコチの儒者なのかい？」

「さあ、どうでせう。彼の編んだ『絶句類選』てアンソロジー読んだきりなの。詩の好みはよかつたけど」

「荷田春満《かだのあづままろ》は恋歌は詠まなかつた。偉い、と姿勢を正して尊敬してた。襟《えり》を正すのが好きな人だつた」

いい機会だから聞いて置かう、これを逃《のが》したらもう聞かずじまひになるかも、と思つて、安佐子は訊ねた。

「お父さん、どういふきつかけで和泉門下になつたの？」

「あれだよ、ほら」と言ひかけたが、言葉が出て来なくて、「本の題だ。ほら」と片手を一二度ひらひらさせる。

安佐子が言つた。

「あ、アジールの本？」

「さう、アジール論。えーと」と玄太郎はまた手をひらひらさせてから、「『中世に於ける社寺と社会との関係』！　あれだよ。大学にはいつたばかりで何も知らない。和泉先生の学風とか傾向なんてことも、ろくすつぽ知らない。かはいいもんだつたからな。さういふ大学生が『社寺と社会との関係』を読んで仰天した。実證的だし、視点が新しいし、外国語文献の扱ひ方がすごいし。特にアジール論にびつくりした。あの本、日本のアジールなんて誰も言つてなかつたのを大学院学生が書きおろしで書いたんだからな。院生がすぐに講師になつたのも当り前さ。いま考へて見てもあの一冊だけはすごいと思ふよ。偉い学者だなとほとほと感心してゐるところへ、先生の輪読会へ出ないかと上級生が言つてくれた。それで出かけると、どうも調子が違つてゐてね。『社寺と社会との関係』みたいな路線ぢやない。もつと、かう、精神論なんだな。忠君愛国、盡忠報国ばかりでね。をかしいなあと思つたさ。思つたけれど、何しろあの当時、日本中で表向き言はれてることをすこし大げさにした程度、とも考へられる。その度合がちよつと変、とも言へるし、建前《たてまへ》論を大まじめで言ひ立てて興奮したり感奮興起させたりするのは常識はづれだとも批評できるんだが、でも、さういふ批判力はおれにはなかつたな」

「感奮興起したの？」

「かなりね。さういふときもあつた。何しろすごい話術なんだ。雄弁だよ」

「ふーん」

「ずるずると会に出て、先生が『畏《かしこ》くも』とか『畏れ多くも』と言ふと、あ、天皇の話が出る前触れだと思つて姿勢を正したり、こつちが史上の人物について何か発言するときに……まあそんなこと滅多にしないけど、たまにはある……その人に『大』をつけるか『卿』でゆくかなんて待遇に気をつけたりしたわけだ。他の連中がさうするから、合せなきやならない。何事もつきあひでね。これもあのころの日本人の態度をちよつと誇張したやうなものだつたな。さつきのニヒリズムで言へば、どの国のどの時代だつて、周囲に調子を合せてるのかもしれないが。そんなふうにしてるうちに、古株になつて、何となく和泉門下といふことになつた。特に大事にされたわけぢやないよ。就職だつて、官立高校とか、専門学校とかの口、世話してもらへなかつたしね。中学の口しか、まはしてくれなかつた」

娘が黙つてゐるのを、父は質問と取つた。

「まあ、おれは出来なかつたからな。よく出来る連中は、和泉先生の系統でなくても、いい職に就けた」

「ふーん」

「うんと優秀で、しかし左翼色が歴然としてゐるので、中学教師といふのもゐたけどね」

「いろいろなのね」

「うん、いろいろ。先輩の伝手《つて》で、どこか私立の研究所とかね。しかしおれの場合はやはり不勉強だつたからさ。何しろ、何をどう研究したらいいのかわからなくて、五里霧中だつた。ほんと、ぼーつとしてた。アジール論と大楠公の関係に翻弄されて、困つてゐた。困りつづけてゐたな」

「方法論的に」

「うん。立派に言へばさうなる。とにかく見当もつかなかつた。あれぢやあ、何もできない」

「生活史つて方向が浮んだのは？」

「買出しだな」

「買出し？」

「とうとう召集が来て、八月一日に静岡の連隊に入営して、十五日に敗戦で、二十日に復員になつたが、東京には食べるものが何もないのがわかつてるから、遠縁に当る農家へ連隊からまっすぐ行つて、連隊から持たされた毛布とか軍服とか、みんな渡して、その代り食ひ物をくれと頼んだ。いちおう復員軍人だからな、大事にしてくれた。一晩泊つて、米とか、南瓜《かぼちゃ》とか、乾燥芋とか、どぶろくとか、いろいろ貰つて、東京に帰つた」

「頭いい！」

「寝たのは離れになつてる隠居所で、そこに『家の光』……農業組合の雑誌だ」

「知つてる。今でもさうかしら？　日本最高の発行部数を誇るつて」

「さうかもしれない。古雑誌が一杯あつた。創刊以来、全部ぢやないか。押入れにぎつしり。活字に飢ゑてるから、夢中になつて読んだ。殊に料理の記事がうまさうでね。上手に、丁寧に説明してある。唾が出たな。トンカツの作り方なんか感激したなあ。それで、何冊も何冊も読んでるうちに、あ、と思つた」

「生活史！　とピンと来たのね」

「いや、すぐにさうゆくんぢやない。ちよつと大前提みたいな事情があつてね」

その大前提といふのはかうだつた。戦前、国史学科で有名な話があつて、これは伝説といふよりもむしろ実話なのだが、卒業論文の指導に当つてゐた和泉錠教授は、ある学生が「百姓の歴史をやりたいと思ひます」と言つたのを頭ごなしに叱りつけた。

「何？　百姓の歴史？　百姓に歴史がありますか？　豚に歴史がありますか？」

雑誌を読んでるうちに、この差別的な台詞《せりふ》がだしぬけに心に浮んで、追ひかけるやうに、豚だ！　と霊感がひらめいた。それがヒントになつて、玄太郎の『静岡地方における豚肉の嗜食』といふ論文が書かれたといふのである。

安佐子は笑ひ出して、

「ごめんなさい。でも、おもしろい。アルキメデスのユーレカの話みたい。ニュートンの林檎とか」

「な、おもしろいだろ。あれは日本の歴史研究で劃期的なものだつた。ちよつと派手な言ひ方をすれば、あれ以後、日本史研究は変つたんだ。ウフフ」

「お父さんが日本のアナール派の祖になつた」

「さうでもないけどね。あれは偶然の一致でね」と照れてから、「アナールつて人がゐるのかと思つたら、あれは雑誌の題だつてね。人名ぢやなくて」

「あ、さうなの」

「最初、学会誌の編集部が載せてくれなかつたな。あれには閉口した」

「だつて、ああいふ人たち、保守的だもの。いきなり豚肉の嗜食なんて出されたら、目を白黒させるでせう」

「うん。四つ脚は食べないつてのが刷り込みになつてるしね。でも、あれは表向きの話」

「おいしいものね」

「慶喜公も出て来た。豚一つて綽名《あだな》つけられたくらゐ、豚肉が好きでね」

「あ、豚と一橋」

「今でも残念なのは……。どうしても調べがつかないことがあつた。あれはうまくゆかなかつたな」

「何なの?」

「幕末になると江戸にも獣肉屋が店開きした。ところが武家は獣肉を嫌ふから、大名行列が獣肉屋の前を通るとき、駕籠《かご》を高く持ちあげたといふんだ。殿様が穢《けが》れないやうに。でも、慶喜のときは、そんなことさせなかつたんぢやないかな? ずいぶん調べてみたが、そんなことは随筆類にも書いてない」

　さう言つて玄太郎は破顔一笑し、安佐子も喜んだ。

「臆測で書くわけにゆかないものね」

「さうだよ。證拠が必要だ。小説家はいいよ。やはり学問は窮屈だ」

「事実性が邪魔して、真実に迫りにくいのね」

そのとき細目に開けてあるドアの外で声があつた。

「ピンポーン！」

「あ、由美ね」と安佐子が言ふと同時に、ブラウスにスカートの若い女の子がお盆を持つて顔を出し、挨拶した。

「いらつしやい、叔母さん」

「お茶？　有難う。ちようどほしかつた所」

「おれもさうだよ」

「だらうと思つて」と言つて由美が茶碗と羊羹の皿を祖父と叔母に配つた。自分よりかなり丈《せい》の高い素脚の娘を立たせたまま、安佐子は訊ねた。

「やはり国立大学、受けるの？」

「まだわからないの。さうなつたら来年から予備校にゆかなくちや。土日のコース」

「英語はいいんぢやないの？」と安佐子が言ふと、

「それがさうでもないの」

「むづかしい？」

「出題傾向、何だか、たちが悪いんですつて」

「英語教師にはさういふのがよくゐる」と玄太郎がつぶやいたので、三人が笑つた。

「では、どうぞごゆつくり」と由美が出て行つてから安佐子は言つた。

「秋にシンポジウムに出るのよ。『日本の幽霊』」

「賞で認められたな」

「どうかしら」

そして無署名の手紙が来た話をした。玄太郎は一部始終を聞き終ると、大きくうなづいて、顔をしかめた。

「ちよつと横になるぞ」と断つて体を伸べ、タオルケットをかけてもらひながら、「怪文書だな。親切気かもしれないが、何だか変だ。学者といふのはどこも同じだなあ」

「疲れた？　もう話、やめませうか？」

「いや、大丈夫」

「さういふの受取つたことある？」

「二へん。これはまつきり罵《ば》詈《り》雑言《ぞうごん》だな。今と違つてワープロがないから厄介だ。あんな面倒くさいこと、よくするもんだ」

「面倒くさいつて？」

「新聞か何か、印刷物の字を切り貼りして作つてあつた」

「長いの？」

「千字くらゐかな？」

「それつて、すごい情熱」

「詰まらない奴が多いからな。やきもちやきが一杯ゐるし」

「差出人、わかつた？」

「文章の癖で、まあ見当がついた」

「和泉先生の門下？」

「うん、多分あいつだと思ふ。共産党になつて、二年くらゐで死んだ。ノイローゼだな」

それから玄太郎は、シンポジウムではとにかくその人物の顔を立てて、『源氏』の話は極力しないやうにしろ、鏡花とか円朝とかの話ばかりするのがいい、触らぬ神に祟りなしだからな、と教へた。

「向うの縄張りを荒さないことだな。さうすればまあ安全……」

「テリトリーね」

「うん、おれはあの公開シンポジウムといふのは苦手でね。何だかとりとめなくて、何の話をしてるのかわからなくなつて。それに、並んでるパネリストで下らない冗談を言ふ奴が大受けに受けたりすると、厭気がさしてきて、しやべりたくなくなる」

「あ、それわかる。みんな変な所で笑ふのよね。でも、あれは受けたのかしら？」

「あれで調子が狂ふ。司会でパネリストよりももつとしやべるのもゐる。でも……あまり心配しないほうがいいぞ。くよくよすると、体に悪い」

「うん。ひよつとするとデマかもしれないし」

「あり得る。男にも女にも、下らない奴、多いからな、この世界」と言つて玄太郎は黙り込んだが、そのまま何もしやべらないので安佐子がもう帰らうかと思つたとき、とつぜん、まつたく関係のない話を語りだした。その話は質問ではじまつた。

「予科練つて知つてるか？」

「知つてます」と安佐子が答へ、いささか軽薄な感じでかうつづけたのは、父親を元気づけたい気持のあらはれか。「カラオケへゆくと、をぢさんたちがきつと歌ふ。商学部長と庶務課長の持ち唄ね。若い血潮の予科練の／七つボタンは桜にいかり」。本当はこのへんで父もきつと唄に加はると思つたのに黙つてゐるので、仕方がないから一人でつづけた。「今日も飛ぶ飛ぶ霞ケ浦にや。えーとそれから……」

父親は気のりのしない声で歌つた。

「でつかい希望の雲が湧く」

「それです、予科練」と安佐子は説明は抜きにした。

そして玄太郎は渋い顔で言つた。

「うん、あれだ。少年航空兵。あれでひどい目にあつた。昭和十八年だつた。山本五十六が戦死した年」

連合艦隊司令長官の死が何年かわからないから安佐子が黙つてゐると、父はつづけた。

「学徒出陣もあの年だつたな。おれは板橋の中学校に勤めてゐた。生徒に予科練を志望させろ、と校長が言ひ出してね。もちろん軍部からさういふ話があつて、命令が降りて来たわけだが、中学生が二年修了か三年修了で予科練の試験を受けるやうに、まあ、煽動する。アジテーション。その主任みたいな役にさせられた」

「さうなの」

「全校生を集めて演説をするんだ。忠君愛国を説く。をかしなもので、ああいふとき、和泉先生の口調になるんだな。つい、なつてしまふ、どうしても。中身もまあ似たやうなものだが、声の出し方とかメリハリとか、よく似てくる。先生が藝の師匠みたいなことになる。しやべつてるうちに、こつちも興奮する。さうすると、生徒も感激して、受験したいと言ふ生徒が出て来る。それを壇の上にあげて、全校生徒の前で褒める。みんなが感動する。また何人か志望する」

「でも……」と安佐子は言ひにくいことなのですこしためらつてから、「うんと成績のいい子が志願すると言つたら？」

「あ、それは簡単だ。海兵とか機関学校とか経理学校とか、陸士とかをすすめる。『適材適所といふことがある。しばらく待て。御奉公のときを急いではならない』と教へる」

「あ、さうか」

「普通の子には、消耗品あつかひだつてことわかつてゐながら志望させる」

「辛い役目ね」

「実を言ふと、あまり辛くなかつた。平気でやつてゐた」

「さうなの」

「さういふものなんだ。でも、困つたことが起きた」

「どうしたの？」

「あのころから食べるものがなくなつてね。夏から、うんとひどくなつた。米の代りに饂飩《うどん》や大豆が配給される。それもしよつちゆう遅れる。戦前の日本人はおかずよりも御飯に頼る食生活だつた。御飯のことを主食と言つたりしてね。だから、米の配給がないとすごくこたへる。もちろん魚や肉にも野菜にも不自由する。どこそこにアンミツ屋があつて、月水金に食べさせるなんて情報が重大ニュースみたいになつた。長い行列ができる。何とかといふ料理屋では内緒でギンメシを出す、とかね」

「ギンメシつて？」

「銀いろの飯だな。ピカピカの白米で炊いた飯。外米でも、七分づきでも、麦、芋、豆なんかをまぜた飯でもない。そのギンメシと牛肉がふんだんに食べられる所、それがあのころから戦後しばらくまでの日本人にとつて、龍宮みたいなもんだつた」

「さうですつてね。うちの主任教授のお兄さんが……」

しかし玄太郎はその話をさへぎつて言つた。

「ある晩、板橋の学校から帰つたら、上り框《がまち》にいかにも番頭然とした男が腰かけてゐて、お辞儀をした。茶の間に女の人がゐて、お母さんと話をしてゐた。元気のいい中年女でね。和服を着てゐた。色つぽくないこともない女の人。生徒の母親で、カメラ屋とそれから何か軍隊に納めるカメラの工場やつてる人の奥さんだつた。お母さんが席をはづしてから用件を聞くと、その息子が、おれのアジ演説の影響を受けて予科練志望になつた。男の子はこの子一人しかゐないから困る。やめさせてくれと言ふんだ。何しろあの時世だから、うんと遠慮して持つてまはつた言ひ方をする。でも商人のおかみさんだから、あけすけに言ふ。その二つがこんがらかつて、大変なんだが、とにかくさういふ話だつた」

「どう返事したの？」

「困つてしまつてねえ。でも、何ケ月も演説した趣旨と違ふことは言ひにくいし、仕方がないから……紋切り型で行つた」

「楠公精神？」

「さうだな。天子様に命を献げるのは日本人として立派なこと、当然のことだ。お召しがあれば自分もさうする、とか何とか。さうしたら……」

「さうしたら？」

「それから手品みたいなことになつた」

「手品？」

中年女は部屋の隅に置いてある大きなリュックサックを引寄せ、ウィスキーのびんを出した。ガラスのびんのなかで琥珀いろの液が悩ましく、たぷたぷと、挑撥的に揺れるのを前に置き、

「いける口でせう、先生」と言つた。

「ええ、それはもう」と答へようとしたが、ウィスキーなど見るのは本当に久しぶりだし、実を言ふと以前だつてまるごと一びんなど自分のものにしたことはなく、あまりの感銘の深さに言葉が出なかつた。ただうなづいたきりである。そして、必死になつて自制し、この賄賂《わいろ》は受取つてはならないと自分に言ひ聞かせて、無言のまま両手を振り辞退する身ぶりをしたが、したつもりだが、その手つきは弱々しかつた。

生徒の母はリュックサックから、次に缶詰を三つ出した。レッテルに描かれた赤い蟹は、黄金の地色の上で鋏を大きく振りかざし、北の海の美味と栄養を誇つてゐる。玄太郎はこのまぶしいものを見てはならないと思ひながら、しかし見ずにはゐられず、蟹肉を入れたチャーハンとか、フーヨーハイとか、コロッケとか、あるいはただ醬油をちよつとつけて口に入れるとか、そんなイメージが頭のなかを乱れ飛ぶのにじつと耐へ、唾を呑み込みながら、それでも手を振らうとした。手はうまく動かなかつたけれど。リュックサックから次に取出されたのは植

物油の缶で、その銀いろに黒の金属の立方体は、眼前に据ゑられると、天ぷら、精進揚《しようじんあげ》、からあげその他、すばらしい快楽を約束する巨大な記念碑のやうにきらきら光つた。次が紺いろの木綿の袋で、力を入れて持ちあげ、畳の上に置かれたとき、袋の口から米粒がすこし、白く、美しく、あえかに、みだらにこぼれて、さああたしたちを食べて、食べて、食べてと囁《ささや》きながらきらめきつづけた。三升だ、と玄太郎は思つた。米三升といふ概念には何か重々しくてしかも蠱惑《こわく》にみちたもの、大御心《おほみこころ》、万世一系、恋闕《れんけつ》などといふ概念より遥かに心にしみるもの、頭をくらくらさせるものがあつた。

「あら」と中年女は言つたけれど、こぼれた米粒を拾はうとはせず、上に向けて大きく口を開けてゐるリュックサックの内部の闇へまた手を突つ込んだ。そして最後がハムだつた。糸で縛られ燻製された豚肉のかたまりは、つやつやと光る透明な紙のなかで、いかにも快ささうにくつろいでゐて、やがて包装から取出され、切り分けられ、皿に載せられ、口に入れられ、嚙まれそして唾液といつしよに嚥下《えんげ》されるのを心待ちしてゐる風情だつた。女がハムのかたまりを眼の前ですこしゆするやうにして振りかざし、電燈の光にきらびやかに当てるのを、玄太郎はぼうつとして見てゐた。ハムは彼の大好物で、それを三枚とか五枚とかではなく、景気よく一本買ひたいといふのは彼の少年時代からの願望であつた。何十分も経つたやうな気がしたが、せいぜい二分か三分だらう、しばらくして彼はうめくやうに言つた。

「御厚意を無にするのも心苦しいことですから、いただきませう」

「まあ嬉しい。ぢやあ、おつしやつて下さいますね」

「はい」とかすれた声で答へてから、玄太郎はつづけた。「小楠公とはまた一つ違ふ形の忠孝両全もあるといふことを……」

そのとき台所に通じる戸口から母がはいつて来て声をかけた。

「さうですよ。親孝行が一番。第一、戦争だつてこの調子ぢや、さう長く持たないでせう。ほら、腹がへつてはいくさはできぬ、といふ。あれですよ」と母は言つて坐つた。

玄太郎は、今まで自分の前でこんなことを決して口にしなかつた母が、心のなかではかう思つてゐたと知つて茫然としたし、その茫然としてゐる中学教諭の前で、女二人はころころと笑つた。

「つまりお祖母《ばあ》さんは」と安佐子は言つた。「もしも承知しなかつたら出て来るつもりだつたのね」

「さうらしい。お母さんには甘いものを渡してあつた」

「それでどうしたの?」

「空《から》になつたリュックサック番頭にしよはせて、帰つて行つた」

「いや、さうぢやなく、予科練のほう」

「生徒を呼んで、宿直室で、自分でもわけがわからない話をした。悠久の大義に生きるためには死に急いではならぬ、とか、これは神州不滅の国の必勝の戦争であるからお前が出陣しなくても勝てる、とか、それから大楠公だな、大楠公も千早城で討死《うちじに》するのを避けて再起をはかつた、とか、まあいろいろ」

「納得した？」

「不承不承かな？　浮かぬ顔をしてゐたが、翌週また呼び出したら、もうすつかりその気が失せてゐた。熱がさめたといふのか」

「ふーん」

「それから校長の家《うち》へ訪ねて行つた。たしか藤村……名前は思ひ出せない。惜しかつたけれど思ひ切つてウィスキーを進呈して、かう意見具申した。修身の教師で熱血漢なのがおれの役目――アジ演説をする役を、やつかんでゐる。やりづらくて困る。全校一丸となつて邁進《まいしん》すべきこの秋《とき》に当つて、教員室内の融和に欠けることになつては心苦しい。あの係を彼にゆづりたい、なんて言つた。まんざら嘘でもなくてね。倫理を出た平川つて男だが、ひどいやきもちやきだつたし、愛国者をもつて任じてゐた」

「それでやめられたの？」

「それはウィスキー一本だもの。呑平だつたからな、校長」

「よかつたわね」

「よかつた。あのとき予科練へ行つた子で、戦死した子は一人もゐなかつたし」

「ラッキーね。おめでたう、お父さん」

「一人、復員してからグレて、ヤクザの組にはいつたが、まあこれは別の話だらう」

「あたしもさう思ふ」

「ついてた」と玄太郎はもう一ぺん自分を祝福して、それからぼそぼそとつづけた。「でも、本当のこと言へば、ハムや天ぷら油の誘惑に負けたんぢやなくて、自発的に、自分の思想でだな、やめてれば、もつとよかつた。和泉門下の連中はおれのことを、時流を察するに敏で生活史へ鞍がへしたなんて言ふけれど、そんな悪口はちつともこたへない。もともとおれの皇国史観なんて、世間に合せるのをちよつと合せすぎたくらゐのものだつた。でもねえ、あのハムや米三升や蟹缶のせいで演説をやめたのは、あれはどう見てもかなり低級な形の転向だな」

「転向かしら」と安佐子は父をいたはりたくなつて言つた。

「まあ言葉はどうでもいいが、立派なことぢやなかつた」と父は静かに言ひ返した。「あれが、一人で考へて反省したのなら、どんなによかつたか」

「もちろん、そつちがいいけど」と口ごもつてから娘はつづけた。「でも、食べもののことで厭な思ひ出のある人、多いんぢやない？　日本中に……世界中に」

「肉屋でハムの大きなかたまりを見るたびに、醜態だつたな、恥しいなと切実に思ふ。自分を罵りたいやうな気持になる」

父親が眼をつむつてする述懐を聞いて、娘はどう慰めたらいいかわからず、黙つてゐた。父がつづけた。

「しかし切つてあるハムを見ると、まあ、わりに平気でゐられる。あまり感じない。をかしなものだな」

安佐子はここで笑ひ、玄太郎も眼を開けて、笑ひ声を立てた。安佐子が批評した。

「あ、それおもしろい。イメージが心を刺戟するのね」

「うん、おもしろいつて言へば、おもしろいな」と玄太郎は認めてから、「あとで考へてみると、『静岡地方における豚肉の嗜食』、あれを書いたのも、ハムと関係あるかもしれない……」

「あ、きつとさう。ハムが心の底にちらついてるから、インスピレーションがひらめいたのよ」

「インスピレーションもオーバーだが」と玄太郎は苦笑した。

「マイナスの条件をうまく利用したのよ。学ぶべき先人の態度でした」

「ウフフ」と父が喜んだとき、安佐子は遠慮がちに訊ねた。

「あのね、一つ質問していい？」

「うん」

「学問のことぢやなくて、プライヴァシー」

「かまはない」

「予科練志望者のお母さんと、何かあつたんぢやありません？」

玄太郎は枕の上の頭を動かして安佐子のほうに顔を向け、そつと訊ねた。

「どうしてわかつた？」

「さうだつたの」

「さういふことだな。戦後まもないころ、池袋で再会して、向うは未亡人になつてゐて、あのときのお礼に伊東へ御招待したいなんて誘はれて、さういふことになつた」

「ふーん」

「シャーロック・ホームズだな」と玄太郎はまた天井を見ながら評した。「推理？　直感？」

「校長とか修身の先生とかのことは名前言ふのに、生徒の名前は言はないから……かしら。わからない。それでお父さん晩婚だつたのね」

「多少はそのせいもあつたな。何年かつづいた。でも、結婚するからもうおしまひにしようと言つたら、あつさり承知してくれた」

「それで、あたしたちが生れた」

「さういふわけだな」とうなづいてから、父親は妙な所へ話を持つて行つた。「安佐子は中学生のころ、探偵小説に夢中だつたからな。この子は推理作家になるかも、なんてよく話をしてた」

「お母さんと？」

「うん」

さう返事してから、すぐに寝入つたやうなので、安佐子は部屋を出た。

4

一九九六年九月二十一日。土曜日の午後。舞台はシンポジウム会場の壇上で、四人の席が設けられ、それぞれの席の前に、左から、竹中三郎太、杉安佐子、大河原篤子、安西誠（司会）と記した紙が垂れてゐる。そして四人の席の上方には、

日本の幽霊シンポジウム

と横書きに大書した掲示。

壇上には誰もゐない。

舞台は仄暗くなり、観客席の第一列に照明が当る。これがシンポジウムの観客席を代表するこころである。聴衆が三々五々はいつて来て第一列に腰をおろすと、ここも仄暗くなり、一ケ所にだけ強

く照明。一人が立ち、こちらに顔を向ける。

彼は四十八歳の日本文学研究者。グレイの背広に白のシャツでノーネクタイ。いかにも現代の大学教授といふ感じの中途半端な服装である。彼はもともと背広にネクタイといふ服装が会社員みたいで嫌ひだつたし、それに粗末ななりをしてゐるといかにも辺幅《へんぷく》を飾らない学究に見えさうだと思つて、ヨレヨレのジャンパーやセーターにジーパンで暮してゐたが、講師になつて二年目、服装をきちんとしないと古参の同僚の反感を買つて昇進に差支へるといふ噂を聞き、方針を改めた。このため助教授、教授と進んでも、急に背広をやめるわけにゆかず、ネクタイだけしないことにしてゐる。招かれてドイツの大学で教へたときもノーネクタイで通した。もう二三年たつたら、どんな服装でゐるか。

ノーネクタイの大学教授　〔独白〕シンポジウムとは何か。となるとすぐプラトンの『シンポジオン』つまり『饗宴』を引合ひに出して、ソクラテスを囲んで恋愛を論じたあの討論会に由来する、なんて話をはじめるのはアカデミックな悪癖だ。ぼくに言はせれば、ここで大事なのは、あの『饗宴』といふのは飲み会だといふこと。昔教はつた英語の老先生は、たいていのものを英語でしか読まない人だつたが、『饗宴』のことを『飲み会』と言つた。「岡本君はもちろん御存じだらうが、プラトンの『飲み会』のなかでソクラテスは愉快なことを言つてゐた……」なんてね。「先生、それは普通『饗宴』と言ふんぢやありませんか？」と申上げたら、

「岡本君、『エヴリマンズ・ライブラリ』の題では『シンポジウム・オア・ザ・ドリンキング・パーティ』となつてゐる」といふ御返事だつた。あの先生、岩波文庫の題なんか、眼中にないんだ。でも、そのプラトンの飲み会では、出席者のほとんどは飲んでゐない。前の晩、アガトンの書いた悲劇がコンクールで優勝した、その祝ひ酒で二日酔ひになつてたからね。あれは例外中の例外だし、もちろん飲んでる出席者もゐる。議論が一通り終つてからのソクラテスの飲みつぷりなんかすごかつた。だから、シンポジオンでは一杯やるのがむしろ原則なんです。現代日本のシンポジウムで飲まないのは、みんなが岩波文庫でプラトン読んでるせいだ。『飲み会』つて題の本で読んでれば、話が違つてた。〔ポケットからウィスキーびんを出して飲む〕ぼくは今日、もちろんエヴリマンズ・ライブラリでゆく。でも、酒はすこし控へたほうがいいかもしれないな。〔小首をかしげる〕この岡本正彦のことを、杉安佐子は学問的にはずいぶん尊敬してゐる。岡本さんは前田愛先生より偉いかもしれないなんて……いや、言はなかつたかな？　しかしまあ、内心ではさう思つてるにちがひないくらゐ尊敬してるのに、こちらが小当りに当つても素知らぬ顔でゐる。露骨に言つても、ただ笑つてる。ユーモアだと取つてるのかな。それが十年もつづいてる。そのくせほかの男と同棲したり関係したり。詰まらぬ歌舞伎学者とか、それから……現在の男はわからないが。どうしてこんな事態になるのか。ぼくがいつも酒びたりだからぢやないか。嫌ひなんぢやない。酒がいけない。反省しよう。〔とまた飲む〕今日のシンポジウム、これは心配いらない。飲んだつて大丈夫。大河原篤子がやきもちやいてるなんて聞いたが、ぼくが手を打つてある。司会の安西に、『源氏』のことは杉安佐子にしやべらすな、一言も、と言つたんだ。〔笑ふ。ペット・ボトルを出して水をラッパ飲みする〕ここんとこさへ押へて置けば、大河原篤子も何も言はないし、また、言へない。『源氏』しか知らない女だから。しかしあの歌舞伎の男のせいでやきもちやく女がゐるなんて、不思議だなあ。この調子でゆけば、ぼくのことでも、ほうぼうで騒ぎが起つていいはずなのに。〔ゲップをする〕

岡本正彦が着席すると、生紬《なまつむぎ》の単衣《ひとへ》（白茶の地で裾模様に秋草をあしらふ）に帯は焦茶《こげちや》の絽《ろ》つづれといふ凝つた和服で髪を長く垂らした色つぽい女が立ちあがる。一見して踊りか生花の師匠と思はれるが、それは正解で、後者である。しかも家元。ロエベの革のハンドバッグを手にしてゐて、和服とうまく調和してゐる。

白茶の生紬の単衣の女　〔独白〕安佐子ちやんに切符もらつたから来たけれど、幽霊の研究会なんておもしろいのかしら。泉鏡花の小説はよくお化けが出て来る。安佐子ちやんと仲よしになつたのも鏡花のせいでした。「まあ、袖子さん、『春昼《しゆんちゆう》』お好きなんですか、すてき」なんて言はれて。でもあたしが鏡花を読むの幽霊のせいぢやなくて、花を生けるため。あたし、朝倉流の家元ですので。鏡花を読んでると、ひらめくのね。「赤棟蛇《やまかがし》が菜種の中を輝いて通つた」とか「棟に咲いた紫羅傘《いちはつ》の花の紫も手に取るばかり」とか。とつても心を刺戟してくれます。本当よ。しかし、厭ですねえ、隣りの席。酒の匂ひをプンプンさせて。ゲツプをして。〔片手をひらひらさせる〕様子から言つて、学者かもしれない。安佐子ちやんも、こんなのとつきあはなくちやならないから大変よ。いつか紹介した院展の画家、安佐子ちやんのお気に召さなかつたのは残念でした。売れつ子の画家はいいわよ。税金が楽にごまかせるもの。それにちよつといい男だし。でもまあ、相性つてものがありますからね。水の会社の人とうまく行つてるらしいから、それでいいの。独身主義者とわかつたなんて、しよげてたけれど、いいぢやないの独身主義。亭主なんて、女が生きてゆくのに邪魔つけです。でも、見ず知らずの二人がローマ空港で恋に落ちるなんて、ロマンチックねえ。赤棟蛇と菜種の花の出会ひのやう。あ〔首をすくめる〕、男の人を蛇にたとへるのはレトリックが露骨かしら。

朝倉袖子が座席に腰かけると、薄みどりのワンピースの女が立ちあがる。布製のベージュのハンドバッグを持つてゐる。彼女はイタリア帰りなのだが、何年か暮したあの国の風俗はつひに身につかなかつた。それは気質のせいもあるが、彼女が長くつきあつたあげく短い結婚生活を送つた相手の男がイタリア人で、彼女の日本的な物腰を好み、奨励したためもかなりある。このイタリア人はかなり年上で、幼女愛的傾向があつたから、彼女はことさら少女つぽい役を演じつづけた。そのせいで日本に帰つて来ても、子供つぽい口調、言葉を使ひたがる。一人称単数の代りに自分の名前トモヱを使ふのもその一つ。それをみんなは笑つて、一体どんな日本語教へてゐたのかしら、なんて言ふ。文末の語尾をちよつと長く引く癖があるが、それはここではいちいち写さない。

イタリア帰りの女〔独白〕人間が充分に生きるには人生は短かすぎる。だから人間は死んでからお化けになるんですつて。これはダンテを読んでたら、レーオが言つたジョーク。この

『神曲』論、イタリア人の考古学者にしては気のきいた冗談でしよ。あら、さうでもない？　でも、あの結婚は失敗でした。レーオがいろんな女に色目を使ふのを、トモヱ、気にしすぎた。あれはイタリア男なら普通のこと、ちようど日本の幽霊〔両手を前に垂らして、幽霊の身ぶりをする〕なら脚がないのとおんなし、と思へばよかつたのに。でも、ひどかつたなあ。安佐子にだつて気があつて、「オウ、ナイス・レッグズ、アサコ」なんて調子で褒める、トモヱの前でよ。安佐子が水の会社の男とああなつたのも、レーオに何日も刺戟されてたから、準備ができてたせいぢやないかしら。そこへゆくと岡本なんて、ほんとに大味なものね。ただ酒ばかり飲んでて、恋をしたいとぼやく。女に言ひ寄る言ひ寄り方も知らないで。トモヱの脚も褒めないし。昔はちよつといい男だつたけれど、今は詰まらない男になつてしまつた。服装もおんぼろだし。近頃は書く論文だつて話がぼやけてるし。19世紀文学研究グループのリーダー気取りでゐるけれど、もう駄目ね。その点、安佐子の春水と秋声なんて立派なものよ。『奥の細道』の話だつて、いい線いつてる。あれが本にならなかつたのは、里見龍平門下の策謀ね。それに芭蕉の専門家としては、女にあんな新説出されたら、立つ瀬ないもん。日本の学者つて、ほんとにケチな根性なんだから。大手の出版社は怖がりだし、小さい所はもつと臆病だし。『即興詩人』にからめて書いたトモヱのイタリア案内の本も、どこも引受けようとしない。あの変な手紙、安佐子に出したのは誰かしら？　男？　女？　大河原篤子に御用心なんて、予言者がカエサルに言ふ台詞《せりふ》みたいぢやない。大時代ねえ。何人かにちよつと探つてみたけど、見当もつかなかつた。駄目ねえ、みんな。ずつと日本にゐるくせに、情報能力、ちつともない。何もわからないうちに、三月十五日になりました。気をつけるほうがいいなあ。大河原篤子つて、ほんとにイケズなんだから。イヂメで有名なのよね。イケズの語原はお嫁に行けずだつていふけれど、あの女なんか、ピツタシカンカン。その点トモヱなんか一ぺん行つたもん。

田代トモヱが着席すると、暗いスーツを着た暗い顔の女が立ちあがつて、こちらを向く。「毎朝新聞」といふ大新聞の学藝部記者である。法学部を出てから仏文科に学士入学したせいで、広い教養を身につけてゐると自負してゐるが、単に大学が好きなだけにすぎないといふ声もある。夫は参議院議員の秘書をしてゐて、政治家志望で、暴力的な男。彼女は自分では有能で敏腕なつもりでゐるし、さういふ面もないわけではないが、しかし思ひ違ひや勘違ひが多いことは以下の独白でもわかるはず。

暗いスーツの女　〔独白〕本当はこんなシンポ、来たくないけれど、部長命令だから仕方ない。憲法学の大家の何かのお祝ひのパーティで——喜寿？　米寿？　卒寿？　〔小首をかしげる〕——社長と部長がいつしよにゐる所へ杉安佐子が来て、このシンポジウム聞きに来てつて、甘えたんだつて。そしたら社長が、何しろ女に甘いから、記者にゆかせるつて約束したといふの。それで部長が「吉野さん一つ頼むよ」なんて。迷惑ねえ。幽霊のことなんか、「毎朝」のやうな都市的な新聞に向かないのに。ほかの新聞、どこも来てやしない。「新日報」も。それが健全な編集センスですよ。どうせ退屈なシンポに決つてます。でも、杉安佐子は生意気な女で、いつだつたか柿本人麻呂のことで『万葉集』の権威とやりあつたつて前歴があるし、それに彼女は大河原篤子と『奥の細道』に出て来る蟬のことで論争して、犬猿《いぬさる》の仲だつて評判だし、何か書けるかも。〔プログラムを見て〕あ、司会が安西さんぢやない。どうして今まで気がつかなかつたのかしら。びつくりした。気に入らない仕事なので、ろくすつぽ調べてなかつたのがまづかつた。かうなれば話が別。安西さんならいつもあたしに優しくしてくれるし、ときどき能楽堂の切符くださるし、それに国文学者のなかではハンサムなほうだもの。このシンポジウムの記事、ぜひ書かなくちや。

学藝記者、吉野みどりが着席すると、ひよろりと丈《せい》が高く、その体つきを持ち扱ひかねて困つてゐるやうな男が立ちあがる。大手の文藝雑誌「花冠」の編集長で、辣腕《らつわん》をもつて業界に知られてゐる。水いろの背広に赤いネクタイが似合はない。やや吃りながら訥々《とつとつ》と語る男で、これが誠実さうな感じを与へるが、しかし誠実の権化《ごんげ》とは言ひにくい性格である。「既視感」とか「時空間」とか〔「現時点」とか〕を入れる癖がある。右手に数枚の紙を持つてゐるのは、この会が終つてから訪ねてゆく作家の近作のコピーで、まだ一行も読んでないが、絶讃することになつてゐる。

水いろの背広に赤いネクタイの男　〔独白〕竹中先生と新宿の飲み屋で顔を合せたら、「やあ薄田君、切符をあげるから来てくれよ、シンポジウム」なんて言はれて、何だか断れなくて……。どうもぼくはあの先生に弱いな。どうしてだらう。やはり尊敬してるのかもしれない。人間には他者を尊敬したいといふ意識下の欲望がある、といふ話を聞いたことがある。ぼくなんか、つきあふ作家が、大家も、中堅も、新人も、感心しない人格性の持主ばかりだから、その代償作用として、大学時代の恩師を尊敬してるのか。人間嫌ひな競馬好きが馬を尊敬するやうなものか。竹中先生は無器用な生き方で、他者との関係が超常的で、しかし随筆はうまいから、ときどき書いてもらふと評判がいい。「薄田君、今月はあの見開き二ページが一番よかつた」なんて言はれることがある。何か存在感があるんだな。先生にはさつき挨拶したから、途中で帰つたつていい。不具合は生じない。眠つたつていい。行動の選択肢は多いが、ま、終りまでゐるか。おや、「毎朝」の吉野みどりが来てる。何か事情があるのかな？

「花冠」編集長、薄田昭が腰をおろすと、舞台が明るくなり、左から杉安佐子と竹中三郎太、右から大河原篤子と安西誠が入場し、それぞれの席につく。茶いろい替上衣《うはぎ》にグレイのズボン、白いシャツに緑のネクタイの安西誠が立ちあがる。彼は日本中世文学、特に能が専攻の研究者で、早口で口数の多いたちである。吉野みどりに言はせるとハンサムだが、これは彼女の好みのせいもあるけれど過褒の言ではない。今日、司会を頼まれたのも、もちろん能に亡霊がたくさん出て来るせいもあるけれど、見てくれのよさとそれからよくしやべる能力のせいが大きい。聴衆が拍手する。吉野みどりはとりわけ熱心な拍手。

茶いろい替上衣の男　〔につこりと笑つて〕本日は『日本の幽霊』シンポジウムにおいで下さいまして、まことに有難うございます。わたしは司会の安西誠です。パネリストの方々の紹介はあとまはしにして、まづわたしのことを申上げます。わたしは祖父も父も能が大好きで、謡をたしなんでゐましたし、わたしも子供のころから習はされました。能楽堂にも連れてゆかれました。能楽堂から帰ると能の真似《まね》をして遊びました。一番好きなのは『舟弁慶』の「其時、義経、少《すこし》も騒がず」のところで、知盛になつたり義経になつたりして忙しく奮闘しました。〔聴衆笑ふ〕そのせいもあつて、能が専門の研究者になつたわけです。ところで能には、御承知のやうに亡霊がたくさん出て来ます。それでわたしは子供のころからお化けとは友達か親類みたいな関係でありまして……といふ具合におしやべりしてゐますと、パネリストの方々を差置いてわたし一人で独演といふことになつてしまひますね。大体わたしはおしやべりなたちでして、はじめて教職につくとき、恩師である某先生に心得を教へていただきたいとお願ひしましたところ、「安西君、心得はただ一つだけだ。給料分だけしやべればいいんだよ」〔聴衆笑ふ〕とのことでございました。つまり、やんはりとたしなめられたわけですね。これはじつに情ない話でしてね。正確に給料分と言つたら、五分か十分で終つてしまふ〔聴衆笑ふ〕まあその程度の初任給でした。ええと、三人のパネリストの方々には、まづお一人十分くらゐづつ、基調報告をなさつていただきます。最初は民俗学の権威、竹中三郎太先生。多くの著書がおありですが、三冊だけあげるとすれば『江戸＝東京の民俗学』『江戸と上方の民俗誌』『民俗の歴史と記憶』といふことになりませうか。現在、この分野における最高の研究者でありまして、しかもお話がじつにおもしろい。『民俗学的雑談』といふ題のお話です。よろしくお願ひします。

竹中三郎太（七十三歳）は並はづれた長身といふわけではないが、彼の世代の日本人としては大柄で、人のよささうな顔立ちである。白髪。若いころから優秀であつたが、そのためかへつて学界で妬まれたり意地悪されたりした。それなのにさほど気にしないでここまで来られたのは、人間関係について鈍感だつたから、といふ噂もある。当つてゐる所もあるかもしれない。今日はタートル・ネックに紺の背広といふ服装である。タートル・ネックは彼がアメリカの大学に留学してゐたころの流行で、非常に気に入つてゐるし、それに新しいといまだに思つてゐるふしもある。立ちあがつて話をしようとするので、司会者に制止され、着席のままで語り出す。ときどきメモを見るが、そのメモは箇条書き程度にすぎない。

紺の背広にタートル・ネックの男　柳田国男先生の学問について、あれは学問なのか随筆なのかよくわからないといふ批評がありますが、さう言へばたしかにさうで、柳田先生は戦前は随筆家あつかひされてゐました。読みやすい文章だし、おもしろい話題がいつぱい出て来るせいもありますが、読み終つて考へて見ると、結局、何の話なのかよくわからない……ときもある〔聴衆笑ふ〕そのへんが随筆的なんです。さういふ先生がはじめた学問ですので、一体に散漫で、のんびりしてゐて、「だからどうなんだ?」と詰め寄られると困る。これがわたしたちの学問の一般的傾向です。もつとも、随筆みたいだといふ声は西田哲学に対してもあるやうで、とすれば日本の文科系の学問は随筆的なのかもしれません。えーと、今の言ひ方は語弊がありますね。大河原さんや杉さんの御研究、それから安西さんのお仕事、みな多少は存じあげてをりますが、散漫とか、とりとめないとか、さういふことは決して言ふことができない立派なものでありました。随筆的といふのはわたしの学風……も口幅つたい言ひ方ですが、まあさういふもので、今日のお話も大体そんな調子になるでせう。つまり締まりのない雑談になりさうだといふことで、あまり期待なさらないでお聞き下さい。〔聴衆笑ふ〕都市伝説といふものがありますね。同時代の民話とでも言へばいいか、真夜中ヒッチハイカーを乗せてやつて、言はれた目的地に着いて後部座席を見たら影も形もなかつた、とか、どこそこの何といふ食堂で食べさせる肉団子は猫の肉だとか、なんて調子の話です。たいていは怖い話で、実話だといふ触れ込みで語られます。この手の実話仕立ての現代民話が、アメリカの民俗学では都市伝説と名づけられて、収集され、人気を博しました。その一つにかういふのがあります。父親も娘もイースタン航空に勤めてゐて、機長とスチュワーデスでした。ところが父親は、DC-8かDC-10か……「ええと、機種は忘れちやつたなあ」なんて語り手はしやべるわけですね……とにかくそれに乗つてゐて、墜落事故を起し、亡くなつたんです。そこで娘がある日、父親が事故に会つたのと同じ機種に乗り込んだとき、加熱用のオヴンの蓋を開けると父親の亡霊が現れて、飛行機の配線の具合がをかしいぞ、と教へるんですつて。調べてみると、たしかに配線の一部が焼けてゐた。それで事故をまぬかれたといふのです。井上ひさしさんの『父と暮せば』といふ広島原爆を扱つた芝居は、これとよく似た設定になつてゐて、父の幽霊が押入れから現れて、娘の恋愛に助言するといふ筋ですね。御覧になつた方、多いと思ひますが、わたしも見物して、じつにおもしろかつた。感動しました。井上さんは勉強家だし、アメリカ文学に詳しい方ですから、この都市伝説にヒントを得たのかもしれません。民話的なものとアメリカ的なものとが、井上さんの発想にもともとある、とも言へませう。それはともかく、この「父の幽霊が娘をコーチする」といふ説話の型は、現代人と幽霊の関係を、じつにすつきりと示してゐるやうな気がします。普通の幽霊は怖がらせたり、怨み言を言つたり、祟《たた》つたりする、たちの悪いものなのに、この幽霊たちは親切をして人助けする。方向が反対ですね。それが第一です。そして第二の特徴は、昔の幽霊はたいてい何か個人的な犯罪とか情痴のもつれによる自殺とかで死んだ人の霊なのに、この場合には現代の科学技術の犠牲者である。あるいは、国家とか商業主義とかの犠牲者である。どちらもさういふ構図となつてお化けが出て来ます。これは現代生活特有の不安と恐怖を幽霊話によつて緩和し、なだめ、慰めを得たいといふ願望のあらはれですね。昔の、単に怖がりたい、怖がらせたい、刺戟を与へたい、受けたい、キヤーツと言はせたいといふのとは反対になりました。えーと、幽霊といふのは江戸からこちらのものですが、その前は御霊《ごりよう》でして、この御霊は政争の敗者とか、戦争の犠牲者とかの霊で、てあつく祀られないと祟る。菅原道真の霊とか、崇徳院《すとくいん》の霊とか、みんなさうですね。でも、江戸になつても、それから明治維新以後も、日本人の心には底流として御霊に対する怯《おび》え、信仰がありました。北朝の系統である明治天皇が南朝を正統と定めたのも、南朝の帝たち、および将軍たちから祟られるのが怖かつたからなんです。今の靖国神社問題にしても、底のところにはこの御霊信仰があるわけですね。民俗学的に言へば明らかにさうなります。話は変りますが、霊には人の霊のほかに地霊がありますね。土地の霊。これはマイナス方向の性格のものの場合、都市のはづれによく現れるもので、その点、現代生活の都市化現象と関係があります。都市生活による不安のせいで、地霊にちなむ伝説が生じやすい、さういふ傾向があるやうに思はれます。このなかで興味深いのは例の阿部定……昭和十一年、二・二六事件の年、荒川区の尾久《をぐ》の待合で、恋人である男と情交中に首をしめて〔しめる身ぶり〕……しめてくれと頼まれて、しめすぎて、男が死んだ。この、首をしめられながらするのが快感がすごいのださうです。みなさんは、なさらないほうがいいと思ひますよ。〔聴衆笑ふ〕そして男が死んでから、いとしさのあまり彼の一物《いちもつ》を切つて〔切る身ぶり〕逃走した、何日も逃走をつづけたといふ事件の女主人公なのですが、尾久といふのは奥なのでありまして、東京のはづれです。かういふ所は変な事件が起りがちで、昭和初年にも若い女が三人、連続して殺された。その十年後に阿部定事件が起り、尾久が有名になつて、尾久の待合がたいへん繁昌して、お定は福の神として祀られたさうであります。〔聴衆笑ふ〕いささかけしからぬ話になりますが、男女のことのあとで紙で拭く。拭かない人もゐるでせうが、たいていは拭く。〔聴衆笑ふ〕その拭く紙が福の神になる語呂合せでせうな。〔聴衆笑ふ〕日本民俗学は柳田国男以来、エロをしりぞけてきて偽善的だといふ非難がありますので、今日はちよつと伝統に反逆しました。〔拍手〕かういふのは都市と人心との関係を暗示する興味深い例でありまして、つまり都市とそれ以外の地域との境界に何かドラマチックな条件を見ることで、都市を批評しようとしてをります。江戸でも江戸のはづれ、水辺の土地、坂などは怪談に向いてゐました。これは大河原さんの領域ですが、例の『源氏物語』の、光源氏が夕顔を連れて行つた廃院、そこで彼女は六条御息所《ろくじょうのみやすどころ》の生霊《いきりょう》に取り殺されて亡くなるわけですが、あの廃院にしたつて、平安京といふ都市のはづれにあつた。あの建物のモデルはともかく、物語論的にはさういふ地形にあるやうな気がします。夕顔の頓死は、都市化の急激な進み方により、かつての共同体生活の伝統的な安定を失つた市民たちの危機的な意識を反映してゐるでせう。しかも彼らは、貴族階級の場合はとりわけさうですが、末法思想によつて、この世は終末に向つてゐる、もうすぐ亡ぶと思つてゐました。さういふ人々の不安を托するのに絶好の位置にあの廃屋はあつたと言へるでせう。あまり長くなるのも何ですから、このへんで打ち切ります。ね、最初に言つた通りでせう。じつにとりとめのない漫談になりました。〔深ぶかとお辞儀をする。聴衆笑ひながら拍手〕

安西誠　本当におもしろかつたですねえ。お定さんが尾久で祀られたなんて初耳で、びつくりしました。しかも興味津々の話題をつらねながら、重大で新鮮な問題提起をいくつか、たとへば都市性とか現代人の慰めとしての怪談とか、なさつていらつしやいます。有難うございました。次は大河原篤子さんで、『源氏物語』研究の代表者ともいふべき有名な方で、いま最も活躍していらつしやいます。数多くの著書がおありですが、三冊あげるとすれば『「源氏物語」の和歌』『「源氏物語」の基盤と背景』『紫式部とその時代』といふことになるかと存じます。お話の題は『死霊と生霊』です。よろしくお願ひします。

大河原篤子は関西の学者で実業家の娘。四十五歳。地理学者である俳人、アメリカ人の画家、会社員などと関係があり、結婚直前まで行つたこともあるが、結局、独身のままになつた。もともとは里見龍平の門下で、彼を敬慕してゐる。例の元禄文学学会での事件で里見の名声にいささか翳《かげ》りが生じたため、彼女は安佐子を怨んでゐる。あの無署名の手紙を出した者はこのことを知らないのかもしれないし、知つてゐながら色恋のもつれのほうだけ強調したのかもしれない。とすれば発信人は里見門下だと疑ふこともできるだらう。この『源氏』学者は、正統的といふか保守的といふか、地道な研究で成果をあげてきたが、民俗学、文化人類学、精神分析学などへの目くばりも怠らず、学界の評価はかなり高い。フェミニズム論に深入りしないのも賢明だつた。ただし、論敵に対してやや感情的になるのが欠点だとされてゐる。これは里見龍平の影響か、それともまつたくの個性か。ちよつと古風な顔立ちで、十人並と言ふ人もゐれば、美人と見る人もあるが、概して言へば前者のほうが当つてゐるだらう。今日の衣裳は、細かい亀甲縞《じま》の紺地の結城《ゆふき》、もちろん単衣《ひとへ》を、京女らしく裾を長目に着て、帯は白献上の単衣《ひとへ》帯。話の仕方は上方ふうではなく標準語だが、ときどき英語をまぜるのが癖である。

紺地の結城の女　〔立ちあがつて嫣然《えんぜん》と笑みを浮べ、一礼してから腰をおろし、語り出す〕竹中先生のやうなおもしろいお話、学問とエンターテインメントを兼ねたお話はできませんから、あまり期待なさらないで下さい。一口に霊と申しましても、ソウルとスピリットと二つございますね。動植物にも、物にも、土地にも霊がある。スピリットですね。樹木の霊とか、地霊とか。

しかしこのスピリットのほうは今回は扱はないことに致します。人間の霊魂、ソウルのほうに話を限ります。人間は肉体とそれに宿る魂とで出来てゐると古くから考へられてをりまして、これは未開人も、古代人も、プリモダーン、前近代の人々もさう思つてゐました。現代人もさう思つてる方が多いと思ひます。ところで、霊魂については、これがふはふはと遊離して肉体から離れることができるといふ思ひ込みがございます。これは未開人が眠つてゐるとき、遠くへゆく夢を見る、そのせいでソウルがボディから離れると思つたせいなのださうでございます。何だか納得のゆく説明みたいな気が致します。それで、人間は死にますと霊魂だけになりますが、この霊魂が、成仏しないとか、何らかの理由で、発動……活躍することがあります。死霊でございますね。死霊が何か致しますのは、

(1) 怨み
(2) し残したことをするため
(3) 親切

この三つの動機によるものですが、たいていは(1)の怨恨によるものでせう。(3)のカインドネスといふのは、これは先程、竹中先生がおあげになつた例など好例でございませうが、ごくごくすくないやうに存じます。死霊に対しまして生霊も発動することがございます。これはもうほとんど、怨み、怒り、これだけのやうに思ひますが、例外は多少あるかもしれません。『源氏物語』の死霊はいくつかございますが、代表は何と申しましても紫の上を危篤におちいらせる

六条御息所の死霊でございませう。「若菜下」で四十代の光源氏が紫の上を相手にかつての女性関係を語り、女人たちを論評するくだりで、六条御息所のことをかなり悪く言ひますね。ずいぶんいい気な男だなあと読者たちが鼻白んでをりますと〔聴衆笑ふ〕、まづ正妻である女三の宮《みや》を柏木に寝取られてコキュにされ〔聴衆笑ふ〕、これは何も御息所の祟りではありませんが、とにかくさういふことになります。その柏木のラヴ・アフェアとなひまぜにストーリーが進行する形で紫の上が病気になり、やがて危篤状態におちいる。このとき、紫の上に憑いてゐた死霊が、病魔退散のおまじなひを致してをりますマジシャンが連れて参りました「小さき童」、男の子に移りまして、それで紫の上の容態がすこし持ち直します。そしてこの小さき童が、源氏の君に人払ひをお願ひして、髪を振り乱して泣いて、怨み言を申上げ、和歌を一首詠みまして〔聴衆のなかに笑ふ者あり〕、わたしの罪が軽くなるやうな供養をして下さいとお願ひする。それを見て光源氏は思ひ出すのでした。以前、六条御息所が生霊として葵《あふひ》の上に乗り移つたときの様子にそつくりだ、あ、さうだつたのか、と思ふのですね。ここはたいへん怖い場面でございます。そして生霊《いきりよう》……イキスダマとも申します……この生霊の代表も六条御息所でございます。何しろ『源氏物語』の霊《れい》と言へばこの方で、東西の正横綱を一人で兼ねる人ですね。〔聴衆笑ふ〕いま申上げました葵の上に祟る、これは葵の上の出産の折りのことで、そのすこし前に源氏の君が加はる宮中行事の行列を見物にゆきました葵の上、御息所、双方の車の車争ひで、御息所の面目がまるつぶれになります。それ以来、御息所は鬱々として気分がすぐれず、一方、葵の上は容態がよろしくございません。源氏の君は御息所を訪れ、慰めようとなさいますが、お泊りになつてもお二人の仲はしつくりとしません。そして葵の上のお具合がよろしくないのは物《もの》の怪《け》のせいで、その物の怪は六条御息所の生霊、およびその父である亡くなられた大臣《おとど》の死霊……どうもこの大臣は葵の上の父の左大臣に何か含む所があるらしい……物の怪はこの生霊と死霊であるといふ噂が御息所の耳にもはいつて参ります。葵の上の産室のそばにマジシャンであるお坊さんたちが憑坐《よりまし》……ミーディアムを何人も連れてやつて来て、芥子《けし》を焚いて加持……祈禱ですね……それをしてゐますが、いろんな霊がミーディアムである少女や少年に憑いて、大変な騒ぎになつてゐます。それが都の評判になつてゐるわけですね。そして六条御息所は、うとうとなさつてゐるとき、御自分が葵の上らしい姫君のお住ひに行つて暴力をふるふ夢をごらんになるのですが、さうしてゐるうちに……二つの空間が映画みたいに切り替はります、とても映画的……葵の上は急に産気づいてお苦しみになりながら、付添つていらつしやる源氏の君に葵の上が、いや、実は物の怪が……「すこし加減して下さいませ。大将に申上げることがございます」と泣き叫ぶ。それで坊さんたちが加持をやめて法華経を低い声で誦む。そして源氏の君が几帳の帷子《かたびら》をあげてごらんになる、葵の上は……訳しますよ、「まことにお綺麗なお姿で、お腹《なか》がたいへん高くなつてやすんでいらつしやる御様子は、夫でなくてもこれを見れば心が乱れるだらう」。この描写、本当にすばらしいものでございますね。エロチックで、女でもぞくぞく致します。〔聴衆、笑ふ〕そして葵の上は……実は物の怪でございまして、六条御息所なのですが……お泣きになつて、「こんなふうに参上するつもりはございませんでしたが、もの思ふ者の魂は身を離れるのですね」と懐しげにおつしやつて、和歌をお詠みになる。「なげきわび空にみだるるわがたまを結びとどめよしたまへのつま」。訳をつけますと、

悲嘆にかきくれて
空中を飛ぶわたしの魂を
結びとどめておくれ
下前の褄《つま》を折つて
わが夫《つま》よ

そのお声、御様子が別人になつてしまひました。あ、まさしく六条御息所と源氏の君はお気づきになつて、驚き呆れ、恥しくお思ひになる。それから間もなく出産になります。そして一方、御息所はこの出産のニュースを耳にして心おだやかでないのですが、ふと、御自分のお召物に芥子の匂ひがしみついてゐることに気づく。いくら髪をお洗ひになり、衣服をお改めになつても相変らず芥子の匂ひが取れません。さうするとわたしの生霊が葵の上のいらつしやる左大臣家へ行つたせいで匂ひがついたのかしら。ここの所、墨を惜しむこと黄金を惜しむが如しとでも言ひますか、じつに抑制のきいた書き方で、それが効果をあげて、すごみがあります。〔聴衆、シーンとする〕そして結局、容態が急変して、葵の上が亡くなるんです。この展開の、ち

よつといなしたり、不意討ちをしたりする綾のつけ方、うまいですね。えーと、ちよつとお待ち下さい。カンニングを致します。〔ノートを調べたり、メモを見たりする〕

うつむいて、ときどきメモを取りながら聞いてゐた杉安佐子（三十八歳）がここで顔をあげる。眼と口が大きくて、瞳は黒といふよりはむしろ薄墨いろ。緑がかつてゐるとか、鳶いろがかつてゐるとか、人によつていろいろに形容する。眉は描いたのではないが細くて大ぶりで、描いたやうに見える。年齢より若く見えるのは顔立ちのせいか。知的な感じと幼い感じが同居してゐて、色つぽいと言ふよりはむしろ茶目つ気があると言ひたくなる顔である。髪は真中から分けてある。もちろん美容院へ行つたばかり。グレイのシャネルふうのスーツで、ブラウスは水いろ。大きな薄いスカーフを、ワインいろとベージュいろと二枚合せて結び、襟《えり》の外へ垂らしてゐる。

ワインいろとベージュいろのスカーフの女　〔独白〕あたしはこの芥子のエピソードが好きだつた。お母さんの本棚にある与謝野晶子訳の『源氏物語』を読んで、怖くて仕方がなくて、しかも大好きだつた。あの鏡花の真似のつもりの小説、終りの所で、部屋に漂つてゐるトーストの匂ひは、『源氏』「葵」の影響だつたのね。でも、書いてるときも、大きくなつて『源氏』読んでるときも気がつかなくて、今、こんなときに思ひ当る。不思議ねえ。ちようど、外出しようとすると鍵が見つからなくて、オーヴァナイターにも、どの引出しにもなくて、レインコートのポケットにもなくて、さんざん探したあげく、昨日持つて出たハンドバッグにはいつてるやうなものかしら。ちよつと違ふかな？

大河原篤子 〔顔をあげて語り出す〕一人でおしやべり致しまして申しわけございませんが、もうしばらくお時間をいただきたうございます。死霊でも生霊でもない、分類困難と申しますか、さういふ物の怪、スピリットも出て参ります。「夕顔」の巻で、源氏の君が中秋名月の夜、夕顔を連れて廃院へゆき……廃院といふのは荒れ果てた別荘でございませうね、そこで共寝をなさる。実事が終つてすこしうとうとなさつたあと、枕がみに美女が現れて、「あたしの所にはおいでにならずに、こんな女と遠出なさるなんて」と怨み言を言つて、夕顔を引き起さうとする。源氏の君がお目覚めになると明りが消えてゐる。夕顔がぐつたりしてゐる。それから刀を抜いたり、弓の弦を鳴らさせたり……これはみな物の怪を祓《はら》ふマジックでございますが、その他いろいろあつて、やうやく明りが参りますと、夢に見た美女が枕がみの正面にふはりと浮び、消える。夕顔の息はとうに絶えてゐて、その体はぐんぐん冷えてゆくのでございます。この所、狐のせいともほのめかしてますし、夢で見た幻……そのとき偶然の一致で夕顔がたまたま亡くなつた……とも、六条御息所の生霊とも、読めるやうにしてあります。たしかにあのころ平安京は魑魅《ちみ》魍魎《もうりよう》にみちてをりまして、狐その他のあやかしが信じられてをりましたから、狐とも言へるでせう。でも「心の鬼」といふ言葉が当時ございまして、これは「疑心暗鬼」といふ漢語の訳語として生れました。「心の鬼」は「夕顔」には見当りませんが『源氏』には用例がございますし、『紫式部集』、歌の集ですね、そのなかの一首でも使つてあります。この言葉は、国語辞書を引きますと「心の中で疑ひ恐れること」とか「良心の呵責《かしやく》」とか、そんなふうに説明してあるやうです。それがミスリーディングだとは申しませんが、でも紫式部は漢学がよく出来る人でした。そして漢字の「鬼《き》」の第一の意味は死人の魂でございまして、その次に、人に害をなす陰気、または実体、もののけ、ばけもの、といふのがございます。鬼は幽霊なんです。桃太郎が出かけてゆく鬼が島の赤鬼や青鬼ではございません。〔聴衆、笑ふ〕

そこでわたしは、作者、紫式部は、心の迷ひのせいで幽霊が見えるといふいはばモダーンな考へ方をはつきりと持つてゐたと思ひたいのでございます。これは杉安佐子さんのテリトリーでございますが、明治の円朝は神経の作用のせいで怪奇が生ずるといふ新思潮を受入れて『真景《しんけい》累《かさね》が淵』といふ題をつけましたが、紫式部は千年前にさういふ新しい考へ方、合理主義的な思考を致してをりました。しかし彼女は、一方ではさう思つて心の迷ひの具体的な表現である夢を上手《じようず》に活用しながら、他方では当時の俗信、夜の闇に魑魅魍魎のうごめく平安京の人心、一般読者の信じてゐる迷信、さういふものすべてをじつにうまく利用してますね。読者の心理にもたれかかりながら自分の考への筋を通す、その二段構への細工と言ひますか、作戦……それが天才的でございます。山口剛先生が〔ノートを見ながら〕「されば『夕顔』の怪の如き、これをうつして、夢の如く、幻の如く、現《うつつ》の如く、六条御息所の如く、源氏心内の影像の如く、院内の妖怪の如くおもはしむる所、作者の最苦心した所であらう。しかも、事を構へる、一々当時の人々の信ずる所にしたがふ。才筆測り難きものがある」とおつしやつてをりますが、本当にその通りでございます。名作の名評と言はなければなりません。そしてこの技法は、単に夕顔の頓死のくだりだけではなく、葵の上の死のケースも、紫の上の病気のケースも、きれいに用ゐられてゐるやうに存じます。紫式部といふ方は古代人でありながらしかも近代のものの考へ方を身につけた方で、自分のなかにある古代性と近代性とをたいへん上手に使つて、さうして当時の読者……この読者の心のなかにも古代性と僅かながらにしても近代性がある……その読者の心に働きかけました。そして紫式部のなかに近代人がゐたとちようど同じくらゐ、わたしたちの内部には古代人がゐるのでございます。それだからこそ『源氏物語』は千年後のわたしたちをも怖がらせたり魅惑したりすることができるのでございませう。御清聴有難うございました。〔恭しく一礼する。拍手〕

安西　すばらしいお話で、夢中になつてしまひました。学識と話術の結びつきといふか、いやー、怖かつたですねえ。〔聴衆、笑ふ〕紫式部の内部に古代人と近代人がゐて、わたしの内部にも近代人と古代人がゐる。その二つの条件が合致して怖いのだと分析されて、きれいに納得がゆきましたが、しかしいくらわかつても、恐怖と戦慄は残ります。有難うございました。次のお話は杉安佐子さんです。杉さんは泉鏡花が御専攻でして、もちろんその他の文学者についてもお詳しく、昨年は為永春水と徳田秋声の時間を論じた論文で賞をお受けになりました。今、最も注目されてゐる新鋭の研究者と言つてよろしいでせう。どうぞよろしくお願ひします。

杉安佐子　〔一礼して〕泉鏡花の専門家のやうに安西先生は御紹介下さいましたが、子供のときから母の持つてをりました「鏡花全集」……これは祖母が買ひました戦前版のものでしたが、それをくりかへし読んだだけで、研究なんて、そんなことしてをりません。ただ19世紀文学研究グループといふ会がありまして、そこにまぜていただいてをりますので、それには鏡花がちようどいいんですね。鏡花は一八七三年の生れで、代表作の一つ『高野聖《こうやひじり》』を書きましたのが一九〇〇年、十九世紀の最後の年です。つまり十九世紀から二十世紀にかけての作家です。そんなわけでして、一つ二つ鏡花について短いものを書いただけで、本は書いてゐません。その程度なんです。今日のお話もさういふ一愛読者の感想……みたいなことになると思ひます。鏡花が十九世紀の作家だと申上げましたが、同じやうに十九世紀から二十世紀にかけてのイギリス……生れはアメリカ……の作家にヘンリー・ジェイムズがゐまして、あたし、そんなにたくさん読んでないのですが、何かのときにふと、ジェイムズと鏡花、似てるなと思ひました。まづ時代が同じですね。向うは一八四三年生れですから、三十歳年上です。これは三十も違ふと言つてもいいけれど、三十しか違はないとも言へるでせう。森鷗外と芥川龍之介の年の差も三十でした。第二に、どちらもモダニズム文学の先駆者と言ふか、そんな立場にあります。十九世紀の写実主義、自然主義、唯物主義の文学に反対して二十世紀のモダニズム文学が生れたことは説明するまでもありませんが、イギリスでのその潮流はジェイムズからはじまつたと聞いてをります。同様に鏡花は、以前は唯美主義とか耽美派とかロマンチックとか言はれてましたが、今にして思へばモダニズム文学のさきがけで、だからこそ谷崎や芥川があんなに心酔したし、また漱石があんなに影響を受けたりしたのでせう。彼はモダニズムの作家でしたから、モダニズムの作家たちから敬愛されたのです。第三に、これが一番はつきりしてゐる共通点ですが、ジェイムズも鏡花も幽霊が大好きで、怪談めいた趣向が得意です。これは誰にもわかるたいへん印象的な要素ですね。どちらもそれしか書かなかつたわけぢやありませんが、彼らの文学から亡霊を除いたら、うんと寂しくなるでせう。『ねぢの回転』抜きのジェイムズなんて考へられませんもの。鏡花の場合はもつとさうでせう。ところで、いつぞや西洋のジェイムズ論を読んでゐましたら、ジェイムズはなぜあんなに亡霊が気に入つてゐたのかが論じてありまして、あれは過去といふものに魅惑されてゐたせいだとありました。彼はアメリカ人なのにヨーロッパに長いあひだゐて、とうとうイギリスに帰化したことで有名ですが、それも、アメリカには過去がなくてヨーロッパにはあるから、なんですね。さう言へば、思ひ出すことがあります。ジェイムズはホーソーン論を書いてゐて、そのなかで、イギリスの長篇小説にはあつてアメリカの長篇小説にはないものを列挙してゐます。国家がない。君主がない。宮廷がない。貴族がない。教会がない。聖職者がない。外交官がない。田舎の紳士がない。宮殿も城もない。邸がない。古い田舎の家がない。まだまだ長くつづく、ないないづくしのリストでした。これを要約して言へば、つまりアメリカには過去がないと嘆いてゐるのですね。そしてその、わたしが名前を忘れてしまつた、ジェイムズ論を書いたイギリスかそれともアメリカの批評家は、こんなことを言つてゐました。一般に小説家が過去を扱ふ手段は二つある、一つは歴史小説でもう一つは怪談……幽霊話だといふのですね。あたし、この説とてもおもしろかつたんです。歴史小説は過去だけを扱ふけれど、ゴースト・ストーリーは過去が現在のなかに出現する情景を描く。その分だけ後者は味が複雑だし、色調が精妙だなんて論じてゐました。これはちよつと強引な論の進め方ですが、でもゴースト・ストーリーのある面をあざやかに……あざやかすぎるくらゐに表現してゐるんぢやないでせうか。ここからはわたしの説になりますが、十九世紀の末といふのは、敏感な人たちが過去といふものの重要性に気づき、過去に取り憑かれた時代でした。十八世紀の末にイギリスではじまつた産業革命のせいで、工業化、都市化が急速に進み、社会の様相が改まつて、古い共同体の秩序が乱れ、人心が不安におとしいれられた。そのことが百年後にやうやく明らかになつて、みんなが困つた。それが十九世紀の末だつたのでせう。これはイギリスでも日本でもあまり違ひがなかつたのです。何しろイギリスで世界最初の鉄道が開業したのが一八二五年、日本で新橋=横浜間にはじめて汽車が走つたのが一八七二年。日本はほんのすこし遅れて、科学技術がもたらした新時代のなかへはいつてゆき、みんなが心の底で、ついこのあひだまで存在してゐた伝統的な安定を懐しんだのでした。その郷愁を最もよく示すものが死者と心を通じあひたいといふ憧れで、死者は過去の代表、ゴースト・ストーリーは過去を偲ぶ儀式の代用だつたんです。こんなふうに言ふと、こじつけみたいに聞えるかもしれませんが、でも、鏡花の場合にはさういふ局面がとても鮮明に見て取れます。ジェイムズの場合は曖昧で多義的ですが、鏡花の場合は素朴なくらゐです。『白鷺』は一九〇九年に新聞に連載した花柳小説ですが、これは語り手である「私」が、義兄である勝田順一といふ日本画家の留守中、義兄の家……義兄と姉の家……に泊りがけで来てゐる。ちようど盆の十三日、迎へ火を焚くと、小篠といふ義兄の馴染《なじみ》の藝者の亡霊が現れるんです。彼女は義兄の師匠である伊達画伯に岡惚れしてゐましたが、何ぶんお嬢さん育ちで……お嬢さん育ちの藝者といふのもをかしいけれど、でもさうなんです……何もしないでゐるうちにほかの藝者に伊達画伯をさらはれちやひました。画伯の没後、その伊達先生への熱愛を、愛弟子の勝田に語る、彼の家を訪れてまで語る、勝田はそれを聞く役目……なんですが、すくなくとも勝田のほうはちよつとあやしい。小篠に慕情をいだいてゐるやうな気がします。そして、その藝者小篠は五坂といふ成金の言ふことを聞け聞けと抱へ主に責められて亡くなる。その亡霊が現れるんです。

不意《ふい》に、はら〳〵と網《あみ》の目《め》を漏《も》るばかり、木《こ》の葉《は》の雫《しづく》が、迎火《むかへび》に降《ふ》り懸《かゝ》つたので、炎《ほのほ》は弗《ふつ》と消《き》えて、煙《けむり》が焙烙《はうろく》に浪一打《なみひとうち》、むく〳〵と渦《うづ》を巻《ま》いて、苧殻《をがら》を潜《くゞ》つて、浅葱《あさぎ》に這《は》つて、ほの〴〵と濃《こ》い葎《むぐら》を伝《つた》つて、其《そ》の桔梗《ききやう》に絡《まと》ふ時《とき》、花《はな》を薄《うつす》りと藍《あゐ》に包《つゝ》んで、ぱつと広《ひろ》がつて、木戸《きど》を出《で》て、末《すゑ》は茫《ばう》と赤《あか》く色《いろ》づいて、向側《むかうがは》の藁屋《わらや》の棟《むね》を、半《なか》ば幻《まぼろし》のやうに劃《くぎ》つて、やがて当《あて》もなく空《そら》に消《き》える……
煙《けむり》が一幅《ひとはゞ》、心細《こゝろぼそ》く行《ゆ》く路《みち》に、其《そ》ればかり色《いろ》のある桔梗《ききやう》の花《はな》の白《しろ》い影《かげ》に、墨絵《すみゑ》で描《か》いたやうに竹垣《たけがき》が見《み》えた。其《そ》の垣根《かきね》の、内《うち》ともつかず、外《そと》ともなしに、すらりと立《た》つた姿《すがた》があつた。——棕櫚縄《しゆろなは》の結目《ゆひめ》は見《み》えず、竹垣《たけがき》の竹《たけ》に、すら〳〵と笹《さゝ》の葉《は》の影《かげ》が浮《う》いて、煙《けむり》の中《なか》に白地《しろぢ》の浴衣《ゆかた》。裾《すそ》を草《くさ》の葉《は》に隠《かく》したが、足駄《あしだ》を履《は》いたらう、と思《おも》ふほど、すらりと高《たか》い脊《せ》は、丁《ちやう》ど白《しろ》い其《そ》の桔梗《ききやう》の花《はな》が、帯《おび》の模様《もやう》に相応《ふさは》しい。

が、雫《しづく》するのに濡《ぬ》れもせず、きりゝと立《た》つた浴衣《ゆかた》の色《いろ》は、今着下《いまきお》ろしの真新《まあたら》しく、しつとり姿《すがた》よく肉《にく》の透《す》くまで身《み》に着《つ》いたのを、縮緬《ちりめん》であらう、と思《おも》へば、雪《ゆき》の素足《すあし》に爪皮《つまかは》の色《いろ》も鮮《あざや》からしい。雨支度《あまじたく》して宵出《よひで》の人《ひと》。顔《かほ》は見《み》えずに、紺蛇《こんじや》の目《め》の傘《からかさ》。

引用が長くなりまして申しわけございません。とにかくかういふことになるのですが、この『白鷺』では過去がいろいろな具合にあがめられ、祀られてゐます。まづ小篠の面影が偲ばれてますね。それから意気と張りの藝者がゐたかつての花柳界がいとほしまれてゐるし、伊達先生のやうな尊敬に価する立派な男がゐた時代が懐しまれてゐる。一体に古い日本の価値が讃美され、たたへられ、それがなくなつたといふことが悲しまれてゐます。そして今日のシンポジウムの主題から言ひますと、小篠の亡霊は……親しかつた人たちが懐しいから現れるのですね。親しみたいといふ一心で出て来る。もちろんこちらだつて幽霊と出会ふことで死者と再会できて嬉しいのです。怖くなんかない。

「怨めしいツて化けて出るのは、田舎もののお化けに限る。……江戸ツ児の幽霊は、好いた奴の処のほか出やあしない」

と「私」は言ひます。そしてかういふ幽霊……好いた相手のところにしか出ない江戸かたぎのお化けこそ鏡花の好きなお化けで、この場合、幽霊は、現在といふ劣位にあるもの、軽蔑されるもののなかにちらりと姿を見せる過去といふ貴重なもの、有難いものの……代表なのでした。御霊信仰は鏡花は嫌ひだつたやうです。『歌行燈』の作中人物である、高慢の鼻をへし折られて悶死する盲人だつて、あの主人公に祟りはしませんでした。あの若い能楽師が落ちぶれて流転の旅をつづけるのは、盲人の祟りではなく、あくまでも師匠に破門されたせい、とさう受取れるやうに書いてあります。ここで興味深いのは、鏡花の書き方、文体ですね。それが、彼の生きる現在と彼の書く幽霊との関係にパラレルな構造で出来てゐます。現代の散文のなかに絵草紙や滑稽本の七五調がはいる。口語体のなかに文語体がまじる。欧文脈と戯作調とがないまぜになる。それはつまり、雑駁《ざつぱく》で風情《ふぜい》のない現在のなかで奥床しい高貴な過去がとつぜん顕現して輝き、そのせいで日常性が相貌を改めるのでした。かういふスタイルが成立し発明されるのは、加賀友禅とか九谷焼とか漆器とか金箔とか、さういふ故郷の城下町の伝統的な工藝によつて幼いころに刷り込まれた感覚が、ちようどお盆に訪れる幽霊のやうによみがへつたもの……と見立ててもいいでせう。さういふ様式的な文体で描いたからこそ幽霊といふアンリアルなものを存在させることが可能になつたのだと思ひます。何ですか、うまく終ることができませんでしたけど、でもこれで終りにします。〔頭を下げる。そのお辞儀は大河原篤子のそれとくらべ

て三分の一くらゐの短さである。拍手〕

安西　十九世紀といふ「進歩の時代」が極点まで展開しきつたとき、人間は過去の感覚に目覚めた。過去が大切なものだと痛感するやうになりました。ヘンリー・ジェイムズと泉鏡花といふ東西の大作家が、過去の感覚を具体的に表現するために選び出したものが幽霊であつた、といふのが杉安佐子さんの主張ですね。さういふ考へ方を基本にして論を進め、『白鷺』を例に引いて、鏡花の亡霊は怨みで出て来るのぢやなく、懐しさのせいで現れるといふまことに個性的な解釈で、じつにおもしろく伺ひました。三人のパネリストの方が三様に、興味津々の冒頭報告をなさつて下さつたわけですが、ここからの展開がむづかしいですね。あまりにも多様な話題が花やかに提示されてをりまして、目移りがします。司会者の腕が問はれる所でありますが、しかしみなさん、高遠な講義はもう堪能《たんのう》なさつたことでせう。これからさきは、パネリストの方々に、今まで読んだり聞いたりなさつたなかでの最も怖い怪談をお話していただかうと存じます。〔拍手〕つまりシンポジウムといふよりもむしろ百物語といふわけです。〔拍手〕もちろん、わたしもしやべります。〔聴衆笑ふ〕昔の百物語といふのは、蠟燭《ろうそく》を百本ともして百人が怖い話をする。一人すむごとに一本づつ消してゆくのださうですが、それはちよつと何ですけど、でも、照明、もうちよつと暗くして下さい。そのほうが感じが出るでせう、やはり。お願ひします。〔照明すこし暗くなる〕はい有難う。感じが出ましたねえ。〔聴衆笑ふ〕それで、一人の方の話が終るごとに他のパネリストの方が何かちよつとコメントを入れて下さい。

竹中三郎太　つまりあまり長いコメントは困る……。〔笑〕

安西　はい、その通りです。〔聴衆笑ふ。安西も、そしてパネリストたちも〕もちろんコメントなしの方がゐてもかまひません。杉さん、大河原さん、竹中先生の順にお願ひしますが、まづわたしからはじめさせていただきます。前座ですな。わたしの祖父は生れも育ちも新橋で、世田谷に住んでをりまして、「田舎は寂しいなあ」〔笑〕とよく申してをりました。その祖父から聞いた話です。新橋のあたりのことでせうね、ある晩、町に人魂が出ました。ふはふは飛んでゐる。二人の夜まはりの鳶の者が、それを見つけて、鳶口を振りかざして、それをどんどん追ひかけてゆきますと、人魂はふはりふはりと逃げて行つて、ある路地にはいり、突き当りの家の連子《れんじ》窓から家のなかへ、すうつとはいつてしまつたんですつて。するとその家のなかで、「うーん」と低く唸る声があつて、やがてお婆さんの声がして、「お爺さん、ねえお爺さん、何をそんなに魘《うな》されてゐなさるの?」としきりに起してゐるらしい様子。するとお爺さんが、「ああ、怖い夢を見た。道を歩いてゐると二人の鳶職がだしぬけに鳶口を振りかざして追ひかけて来た。それで必死の思ひで、逃げて、逃げて、逃げる夢を見たのさ」と語るのださうです。窓の外で立ち聞きしてゐた二人は、総毛立つ思ひだつたさうです。

竹中　怖い!〔聴衆笑ふ。パネリストたちも〕たしかにこれは肌に粟を生じますな。これは生霊ですね。魂の浮遊性といふのの実例みたいな話でした。

篤子　例の和泉式部が男の愛をつなぎとめようとして貴船神社に詣でて、川に蛍が飛んでゐるのを見て、「もの思へば沢のほたるもわが身よりあくがれ出づるたまかとぞ見る」と詠みましたのを思ひ出します。蛍を人魂……それも自分の人魂にたとへましたのが歌人の手柄なのでせうが、逆に申しますと、ああいふふうに光つて飛ぶものとしてソウルを思ひ描いてゐたわけでございますね。たいへん恐しく、そしておもしろく伺ひました。

安西　では次の方に。

安佐子　これは父親から聞いた話です。戦後五、六年経つたころ、父は大学の助教授でしたが、その勤め先へ、長谷川新一さんといふ中学の同級生から葉書が来て、何月何日に東京へゆくから会ひたいといふことだつたさうです。親友といふほどの仲でもない方だつたさうですが、でも懐しい友達でした。しかしその日はちようど名古屋かどこかの大学へ集中講義に行つてゐる日なので、他日を期すことにしようといふ葉書を出しました。もちろん宛名は、受取つた葉書にある所書を写して書いたのです。ところが、受取人転居先不明といふことで返つて来ました。それで父が、半年か一年経つてから、別の同級生にお目にかかつたときその話をすると、その方が、けげんな顔で、かうおつしやつたのださうです。「長谷川君は捕虜になつて、シベリヤで死んだよ」。それで、たしか状差しに入れてあるはずの葉書二通を見ようとすると、それが、いくら探しても見つかりませんでした。つまり、死者から来た葉書……

安西　合理主義的解釈でゆけば、お父様が夢をごらんになつたといふことになるのでせうが、しかし、哀れの深い話ですね。

篤子　戦争のせいで、さういふ悲しいお話、たくさん伝へられたでせうね。

竹中　わたしたち生き残つた者はみな、戦争の犠牲者に対してすまないと思つてますからね。もし夢だとしたら、民族の見る夢とでもいふか……

安西　なるほど、さうですね。心にしみる要約でした。では大河原さんどうぞ。

篤子　里見龍平先生の奥様から伺つたお話でございます。十年ほど前の夏の夜、あれはどういふわけだつたでせうか、先生はいらつしやらなくて、お友達とわたしと二人で奥様とお話してをりました。そのお友達が何か用があつてお暇《いとま》することになりまして、「ではわたしも」と申上げましたところ、お引止めになりましたので、わたしは残つて、女同士のおしやべりをしてをりました。そのうちに、夏の夜でございますから、怪談じみた話題になりまして、さうしましたら奥様が新婚まもないころの思ひ出話をなさつたのでございます。里見先生は大学院を終へるとすぐに結婚なさつたのですが、その翌年の夏、親しいお友達お二人が近江舞子で、午前中は『古今集』巻二十の輪読、晝《ひる》はスウィミングをなさつてゐる合宿に、二日とか三日とか参加なさるとのことで遊びにいらしたのです。そのお二人は浅倉兄弟といつて当時の文学部の俊秀でした。お揃ひエンシェント・ポエトリーが御専門で、お兄様は中国文学で『詩経』、弟さんのほうは日本文学で『万葉集』が専攻で、この御兄弟によつて古代文学研究はすごいことになると期待されてゐたのださうです。さういふ席に加はるのですから、里見先生が、近世がホーム・グラウンドとはいへ古代にもずいぶん自信がおありであつたことはよくわかります。里見先生が朝、近江舞子の駅でお二人に送られて別れていらしたその日のこと、奥様が何か御用があつてお里にお寄りになつて宵の口にお戻りになりました。青葉がこんもりと茂つてゐるくぐり戸の所までいらつしやると、木戸の上の、青葉のなかに、浅倉さんのお兄様のほうのお顔が、ちようどそのくらゐの……とまだ片づけてないお客様用の座蒲団を指さして……そのくらゐ大きく浮びあがつて、白いきれいな歯並を見せて、につこりと笑つてゐるのださうです。〔歯を見せてにこにこ笑ふ。安佐子が悲鳴をあげる〕あ、浅倉さんだとお思ひになつて、妙なお気持で木の下闇を抜けてゆくと、お家《うち》のなかは真暗で、しーんとしてゐる。急いで電燈をおつけになると、机の上に先生の筆跡で、「浅倉兄弟が死んだ。死体を探しに近江舞子へゆく」と鉛筆の走り書きだつたさうでございます。

安佐子　座蒲団ほどの大きな顔。怖い。〔聴衆笑ふ〕もう亡くなつてたわけですね、そのときは。

篤子　ええ、さうです。

安西　夏は北西の風が強いんださうです、近江舞子。だから流される。それに比良山《ひらさん》からの水が冷たくて。それで心臓がやられたのかも……比良の高嶺《たかね》を西に見て……

竹中　その兄弟がよく出来るといふ噂、東京まで鳴り響いてゐたさうです。何人もの先輩から聞きました。勿体ないことをしたと口々に惜しんでゐました。

安西　ではいよいよ真打の登場ですね。どうぞお願ひします。

竹中　真打なんて、そんな。〔苦笑〕実は前まへからかういふ趣向でするといふ御通知を受けてゐて、いろいろと思案投首……考へたんですよ。しかし皆様のやうに新しい話がないんですね。何十年も生きてゐますから多少の持ち合せはありますが、思ひ出してみると、どうもあまり感心しない。わたしがおもしろがつて集めたのは、みな、民俗学の材料としてであつて、文藝性といふか、説話としての完成度、洗練度から言ふと、不満が残るものばかりでした。それで、改めて、自分が一生のなかで一番怖いと思つた説話は何だらうかと振返つてみました。さうしたら、意外なことに、中学生のときに英語のサイド・リーダーで習つた耳なし芳一、あれがナンバー・ワンだといふことになつたんです。いくら考へてもあれ以上の名作は思ひ浮びませんでした。それで、耳なし芳一の話をします。なーんだなんておつしやらないで、お聞きになつて下さい。赤間が関は今の下関ですね。そこの阿弥陀寺《あみだじ》といふ寺に芳一といふ盲人が世話になつてゐました。食事を供せられ寝泊りしてゐるのですが、居候とも言ひにくい。この寺の住職は音曲が大好きだし、芳一は平家琵琶の名手でしたので、彼がよその家に招かれてゐない夜には住職に平家を語つて聞かせる、さういふことになつてゐたからです。阿弥陀寺は平家の怨霊《おんりよう》を供養するため建立された寺で、安徳天皇の陵《みささぎ》はじめ平家の墓がたくさんありました。そんなわけですから、住職が平曲を好んで聞くのももつともなことだ……とも言へるのですね。ある晩、住職の留守のとき、芳一が縁側で琵琶を弾じてゐると、聞き覚えのない男の声で名前を呼ばれました。自分は、おしのびで近くにいらしてゐる高貴な方の使ひの者だが、その方に琵琶をお聞かせするやうに、とのことでありました。それで男に手を引かれて、御殿と覚しき所へゆき、都の貴族が居並ぶらしい気配のなかで、老女に所望されて壇の浦合戦のくだりを語りました。一座は感に堪えた様子でしたし、老女から、あと六日御滞在だから毎夜参上するやうに、ただし余人にはぜつたい明かしてはならないといふ厳命がありました。この最初の夜は住職が檀家《だんか》の通夜に出かけ、帰りが遅かつたので事なきを得ましたが、第二夜は夜通し寺にゐなかつたことがばれて、理由を訊ねられ、でも芳一は何とか言ひのがれたつもりでゐたのです。しかしその夜、つまり第三夜、住職は何人かの寺男にあとをつけさせたんですね。雨の夜でしたが、芳一の足どりは速く、寺男たちはすぐに見失つてしまつた。それで、芳一が普段よくゆく心当りの家何軒かを探し歩いたあげく、空しく戻つて来ると、何と、芳一は雨の降りしきる墓地で、安徳天皇の陵の前に坐り、琵琶をかき鳴らして壇の浦合戦を語つてゐるではありませんか。彼のまはりには、あまたの鬼火が爛々《らんらん》と燃えてゐる。「芳一さん、芳一さん」といくら呼びかけても気がつかない。やがて寺男たちに引立てられ、寺へ連れ戻される。濡れた服を替へさせられ、食事を与へられ、それから住職は芳一に問ひ訊しました。一部始終を聞き終へると、和尚は言ひました。「お前は琵琶の上手であるばかりに、亡者たちの念力の虜《とりこ》にされてしまつた。このままでゆけば、念力のせいで身を亡ぼす。わたしは今夜も一軒、通夜があつて出かけなければならないが、有難いお経をお前の体に書きつけて、亡者たちから救つてあげよう」。さう言つて和尚と納所坊主は芳一を裸にすると、体中どこもかしこも……足の裏にまで般若心経を書きつけてから、「裏の縁側でじつと待つてゐると迎へが来るが、返事をしてはなりませんぞ。身動き一つしてはなりませんぞ」と懇々と教へました。夜になつて住職たちが出かけ、芳一が端座してをりますと、足音が近づいて来て呼びかけます。芳一は言ひつけ通り、返事はしないし、身じろぎもしないでゐる。やがてその声が言ひました。「ここに琵琶はあるが琵琶法師は見つからない。耳しか見えない。えい、やむを得ぬ。耳を持ち帰つて、殿の仰せに従つたしるしとしよう」と。さうつぶやいて両の耳をつかまへ、ぴりぴりと引き裂いて去つて行つたのですね。その足音が遠のいてゆく。芳一は両方の首筋から、何やらねばねばするものが滴《したた》り落ちるのを覚えたのですが、それでもじつとしてゐました。夜明け前に帰つて来た和尚は、「不憫《ふびん》なことをした」と叫び、耳にも書き落さぬやうにせよと納所坊主に注意しなかつた不覚を悔むのでした。やがて芳一の傷は良医のおかげで本復しました。芳一の名は世に鳴り響いて、多くの人が彼の平家語りを聞きに赤間が関を訪れ、おびただしい黄金を贈る。裕福な身となつた芳一は……耳なし芳一といふ名で通るやうになつたのです。これはじつによく出来た怪談で、円朝のものは長いから別とすれば、日本の怪談の名作と言つていいやうな気がします。ただし、採集の場所が不明なのですね。類話はいくつかありますが、この形の説話は採集されてゐません。ひよつとするとラフカディオ・ハーンの奥さんの家、小泉家に伝はつてゐた話を、ハーンがアレンジして、それでこれだけの傑作が生れたのかもしれません。とにかく一ケ所も疵がなく、前へ前へとぐんぐん進んで行つて、じつに怖い。何と言つても闇の使ひ方が巧妙を極めてますね。昔の日本の夜の漆黒の闇にもう一つ盲人の視界の闇が加はつて、いかにも魑魅魍魎《ちみもうりよう》の暗躍するにふさはしい、怨霊の跋扈《ばつこ》するにふさはしい、恐しい世界なのですね。しかし……じつと考へてみれば、現代人であるわたしたちの心のなかにも、赤間関の芳一が体験した大暗黒がかなりひそんでゐるやうな気がするのであります。このへんで終りにしませう。〔恭しく一礼。今までで一番大きな拍手〕

安西　いやー、すばらしいお話でした。たしかに現代人だつて耳なし芳一と同じ暗黒をかかへて生きてゐる……すごい認識をつきつけられた思ひです。一つ考へましたことは、怪談で大切なのは細部……ディテイルだといふことですね。足の裏まで経文を書いたのに耳だけは忘れる。いかにも忘れさうです。この、耳だけ書き落すといふ所が効果がすごくて、真実味を保證するのですね。大河原さんのお話でも、座蒲団大の顔といふあの比喩、あれが怖かつたでせう。杉さんが「キヤーツ」つて言つたでせう。〔聴衆笑ふ〕あれです。非日常が日常性と衝突して、それでじつになまなましく迫つて来る……

篤子　あ、お褒めいただいたので調子に乗るやうですけど、一つ思ひ出した話がございます。よろしいでせうか？

安西　ぜひ伺ひたいものです。どうぞ、どうぞ。

篤子　ではお言葉に甘えまして。戦後、十年ほど経つて、タクシーが復活したころのことださうでございます。お寺のお住職が、ある日、檀家へ行つて帰り際のこと、仏壇のなかから語りかける声があつて、どうやらその声はお住職様にしか聞えないらしい様子なんださうです。その声が申しますには、「わたしは長らくこの家に厄介になつたあげく、むごい扱ひを受けて亡くなつた者です。もうこんな家にはゐたくありませんので、ごいつしよに連れて帰つていただけませんでせうか。お願ひします。途中、目黒の不動尊のあたりで降りますから、それまでどうぞよしなに」と哀れな声で頼むんださうです。仕方がありませんので、黙つてうなづくと、戸口を出るときにぐつとおぶさつて来ました。重くて仕方がないのですが、そのお宅が呼んでくれたタクシーに、よろよろしながら乗込みますと、運転手が、「お客さんはずいぶん目方のある方ですね。運転しづらくて困る。端に寄らないで、真中に腰かけて下さいませんか」と頼まれました。それで真中の所に腰かけてゐますと、目黒不動を過ぎたとき、運転手が、「あ、軽くなつた」とつぶやいたんださうでございます。〔聴衆笑ふ〕わたし、このお話があんまりおもしろかつたものですから、忘れられなくて、数年前、東京のタクシーのなかでお友達に吹聴しました。あれは高速道路の上でした。さうしましたら運転手さんが振返つて、「お客さん、その通りですよ。いつだつたか、アメリカ大使館から小錦を乗せたことがありましてね。左の端に寄つてますから、車の右側が浮いて、運転しにくくつて。それで閉口したあげく、『関取、申しわけありませんが、中央の所にお掛けいただけないでせうか』とお願ひしたことがありました」と言つたんです。もちろんこれは小錦の幽霊ではございません。本当の小錦……〔聴衆大笑ひ。パネリストも司会者も〕

安西　いいですね。幽霊の重みでタクシーがぐつと傾く。いいなあ。〔笑〕

竹中　〔まだ笑ひつづけながら〕もしも小錦が仏壇の下の引出しから這ひ出して来たら……おもしろいでせうな。〔聴衆笑ふ〕

安西　才女の閑談でした。

篤子　あら、才女だなんて。

安佐子　幽霊の体重といふの、すごいディテイルでした。でも、オーバーねえ。〔笑〕

篤子　〔笑〕

竹中　〔笑〕ところで、ちよつとよろしいですか?

安西　はい、どうぞ。あ、このへんで照明、明るくしていただきませうか。百物語は終りました。〔照明、元に戻る〕はい、有難うございます。

竹中　実は近頃、『源氏物語』を読んでゐます。かういふとき誰も言ふことだけど、読み返してゐます。〔笑〕現代語訳とか、注釈とかを揃へて。さうすると、これが心にしみるんですね。日本語ですからよくわかる……とはかならずしも言ひにくいけれど、ときどきグツと来る。かういふ比較は変かもしれませんが……無意味かもしれないな……谷崎や荷風よりも上の文章みたいですね。一つには、これはまあ専門のせいもありますが、作中にあれだけ妖怪……お化けが出没するのは時代の不安と関係あるのかといふことが興味ありますね。あのころは仏教の末法思想の時代でした。末法思想といふのは……これは一言で申しますと、下降史観的終末論です。お釈迦様が亡くなつてから、正法、像法、末法の三時代を経て、だんだん悪い時代になつて仏教は亡ぶといふ考へ方ですね。数へ方はいろいろありますが、九世紀ごろから末法といふのも、十一世紀の半ばごろから末法といふのもありました。そして末法が終れば仏教が亡ぶ……

安西　仏教が亡ぶといふのが、つまり世界の終末なのですね。

竹中　さうです。あのころは仏教が唯一の宗教みたいなものですから。キリスト教はもちろんないし、神道は仏教の出店みたいなもので。とにかく平安朝では末法の世といふ考へ方がはびこつて、厭世的になり、無常を感じ、浄土経が盛んになり、写経がはやりました。王朝文学といふのは、あれはつまり末法の世のたそがれに染められた文学なんです。あのころの人が、あんなに妖怪変化を信じたのも、これと関係ありますね。重大な関係がある。乱暴に言ひ切つてしまふと、世界が亡ぶから肉体は亡ぶ、しかしせめて霊魂だけは残つてゐたい……残したい……その霊魂は救はれたい……それで仏教に救ひを求める……といふのが基本の構造になつてゐました。この不安感、虚無感は現代人の、環境破壊とか核兵器とか人口爆発とか何やかやによつてもうぢき地球は亡び人類は死滅するといふ考へ方と似てゐます。一脈相通じるものがある。つまりわたしたちは紫式部と似たやうな状況に生きてゐる。現代日本の『源氏』ばやりもそのせいがかなりあるのかもしれません。そこでわたしも、古語辞典を引いたりして読んでゐるのかもしれません。それで……読んでると何か気持いいんですね。それで……今日はせつかく専門家と同席したのですから、大河原さんに質問したいのですが……よろしいでせうか？

篤子　まあ怖い。口頭試問みたい。〔笑〕緊張します。お答できるかしら？

竹中　柏木が光源氏の正室、女三《をんなさん》の宮《みや》と密通して、それがばれますね。そして、光源氏の邸の宴会で主《あるじ》に名ざしでからかはれ、いたぶられて心乱れ、病気になり、やがて亡くなります。修験者たちが占つて女の霊の祟りだと言つたなんてありますが、あれは実はわざとへボ筋を見せて、正解はこれではないのだと読者に暗示してゐる……さういふ仕掛けを施して、実は源氏の生霊に祟られてゐるんだとほのめかしてるんぢやないか。素人考へですよ、もちろん。でも、どうも、源氏の生霊といふ線が気になるんですね。初歩的な質問で恥しいけれど、御教示願ひます。

篤子　まあ先生、そんなふうにおつしやらないで下さいまし。冷汗《ひやあせ》がしとどに流れます。むづかしい御質問でございますね。何しろ相手がソウルでございますから、微妙な問題になりまして、ディサイシヴなことは申し控へなければなりませんが、知つてをります限りでは、在来これを生霊と取つた研究者はなかつたやうな気が致します。やはり柏木のケースは心のやましさ、源氏に対する畏怖の念から病が重くなつたと見るべきではないでせうか。どうも、咄嗟のことで、しどろもどろなお答になつてしまつて……

竹中　いや、それは本当に申しわけなく思つてをりますが、好学心……下手《へた》の横好き……

に免じてお許し下さい。

篤子　たとへば菅家《かんけ》……菅原道真の生霊が出没したとか、あるいは崇徳院の生霊が何か事を起したとかさういふことはたしかなかつたやうな気が致します。お二人とも死霊となつてからはあれだけ祟りましたのに、生霊としては活躍〔笑〕なさいませんでした。をかしな言ひ方になりますが、尊敬に価する立派な方は、生前は、さういふことをなすつて世を乱しはしない……のぢやないでせうか。何だか話がをかしくなりました。〔笑〕でも、光源氏ともあらう方が、そんな、生霊なんて。都中の女たちが悲しみません？〔聴衆笑ふ〕

竹中　〔笑〕なるほど、これはおもしろい線ですな。さう言へばたしかに道真さんの生霊……聞いたことありませんね。崇徳院の生霊も。六条御息所はその点、どうも、はしたなかつた……のかな？〔笑〕

篤子　〔気をよくして〕これは里見龍平先生の御遺訓でございますが、文学の研究はその作品が書かれた時代の意識で解釈するのが本筋で、後世の意識でとらへてはいけないと教へていただきました。平安中期、下つても鎌倉初期の読者はどういふ意識で柏木の懊悩を読んでゐたのでせうか。そのあたりから探つて参りますと、どうも光源氏の生霊ではないやうな気が致しますが、はつきりしたことは申上げられません。何とぞ宿題といふことにさせていただきたうございます。

竹中　なるほど同時代人の意識ですか。たしかにそれは急所を押へた方法論ですな。これはどうも愚問賢答といふ恰好《かつこう》になつてしまつたやうです。

安西　いや、先生、そんなことはございません。たいへんすばらしい応酬で、非常に参考になります。竹中先生のやうな方が『源氏』について別の領域から積極的に発言なさる、これは日本文学研究にとつてまことに意義深いことで、『源氏』研究に資する所、極めて大きいと存じます。

竹中　〔笑〕うまいことを言つて救つて下さつた。有難う。さう言へば能には『葵上』とか『源氏供養』とか、いろいろありますな。

安西　『源氏供養』の巻名づくし、あれは物づくしの傑作でせうね。〔唸り出す〕抑《そもそも》桐壺の、夕の煙速やかに、法性の空に到り、帚木の夜の言の葉はつゐに覚樹の花散りぬ、空蟬の空しき此世《この》を厭ひては、夕顔の、露の命を観じ……。まあこのへんで切上げませう。〔パネリストも聴衆も拍手〕

竹中　安西さんにおだてられて調子に乗るやうですが、実はもう一つ教へていただきたいことがあります。「19世紀通信」といふ薄い雑誌を毎号いただいて愛読してるんですが、杉さんがいつかお書きになつた、昔の後宮のあたりを歩く紀行文、あれはよかつた。

安佐子　有難うございます。

竹中　もうすぐ千年経つでせう、『源氏物語』から。その感じがじつによく伝はりましてね。歴史といふ時間の哀れさがうまく書いてあつて、おもしろく拝見しました。文才ありますねえ。

安佐子　光栄です。

安西　ちよつと先生、これは今日の主題からすこしはづれるやうですから、ここでまた元に戻しまして……幽霊……

竹中　〔いささかも動じない〕さうですか。でもまあ、いいぢやないですか。万事おつとりとゆきませう。〔笑〕

安西　〔不承不承〕はい。

竹中　漢詩でも和歌でも、昔、都だつた所に来て見ると何も残つてなくてただ柳の白い絮《わた》が飛び乱れてゐるとか、昔ながらの山桜かなとか、さういふきれいで寂しい景色を歌ふのが型なのに、あの後宮の跡の叙景は打つて変つて猛烈でした。散文に向いてゐる新式の抒情とでもいふんでせうか。

安佐子　〔小さくなつて〕埋草《うめくさ》みたいな気持で書いた、お恥しいものです。

竹中　大河原さんは、あの桐壺や藤壺の跡のあたり、いらしたことおありでせう?

篤子　もちろん参りましたけれど、筆無精で何も書きませんでした。

竹中　なるほど。それもまた一見識と言はなければなりませんな。

篤子　いいえ、何もそんなことではなくて。

岡本正彦　〔最前列で立ちあがり、こちらを向いて、独白〕何だかキナくさいことになつて来たなあ。それにしても安西がこんなに無能な奴とは思はなかつた。おれの言ひつけ、ちつとも守らない。あいつが学問のほうでおれの言ふことを聞かないのは、学風の相異として、まあ我慢できると思つて勘弁してゐたが、あれは実は、そんな高級な話ぢやなく、単に頭が悪いだけだつたんだ。なーんだ。大体、このシンポジウム、いや、ドリンキング・パーティ、人選が悪いよ。江青女史全盛のころ、訪中日本文学研究者団とかいふのが北京へ行つたとき、六人のうち二人が女の学者で……一人が一ぺんも恋をしたことがない和泉式部の専門家で、もう一人がまだ処女にちがひないと噂される永井荷風学者で……この二人が事ごとに競争して大変な騒ぎになつたといふ学界伝説がある。かういふときには、女は一人しか入れちやいけないのが鉄則なんだ。

朝倉袖子　〔独白〕あの老先生はよほど安佐子ちやんが気に入つてるのね。安佐子ちやんは学者の娘だから、その線で気が合ふのかしら。ほら、料理屋の娘は料理屋へお嫁にゆくと具合がいいつていふでせう。それと同じかも……ちよつと違ふかしら？

安西　〔独白〕傍《はた》迷惑な爺さんだなあ。一体、大学の教師にはかういふおしやべりが多くて困るよ。あれで教授会が長くなる。もつとも、一般論として言へば、一時間二十分ばかり独占的にしやべつていいつてのが、大学教師稼業のたつた一つの取柄なんだけどね。会社員にはさういふ自由はない。政治家にだつて。

竹中　ところで杉さん、「19世紀通信」のいつかの号で『源氏物語』成立論のこと触れておいででしたね。実は前まへからあれに関心あるんですよ。和辻哲郎、阿部秋生なんて方の論文が出たときはもちろん戦前ですから知らなかつたんですが、武田宗俊さんの論文はすこし遅れて読んで、興奮しましたねえ。ほら、ベートーヴェンとかモーツァルトとかああいふ人の交響曲を聴くと、ひどく感動して、いつたい人間がどうすればかういふすごいものを作れるのかと思ふでせう。その秘密をすこしでも探りたいと思ふ。当り前ですね。『源氏』読むと、それと同じやうなこと……大昔だし、世界最初の写実型大長篇小説だし、ベートーヴェン、モーツァルト以上かな？　とにかく不思議で不思議でたまらなくなる。ああいふ調子で分析されると、その『源氏』の秘密の一端を、何かすこしわからせてもらつたやうな、謎がほんのすこし解けかけたやうな気がして、ワクワクするんですね。殊に、これは成立論のなかでは脇筋かもしれませんが、「輝く日の宮」……あの巻があつたかどうかといふ問題、あれがじつにおもしろい。現在われわれが読む『源氏物語』では、光源氏が父である帝の妃……といふか思ひ者、藤壺と最初に関係する情景が書いてないわけですから、どうも納得がゆかない。そんな小説の書き方、常識では考へられないでせう。ところが「輝く日の宮」の巻が前のほうにあつて、そこにその最初の場面が書いてあつたとすれば、きれいに筋が通ります。わたしは「輝く日の宮」のことを読んで以来ずつと、一読者としてさう思つてゐました。でも学界ではあれが少数意見らしい様子ですね。少数意見とすら言へないかもしれないな。ところが杉さんは「輝く日の宮」実在説をお取りになつてゐる。わたしとしては何か味方を得たやうで、嬉しくつてね

え。〔笑〕

安佐子 はい……

安西 あの……　〔同時に〕

安佐子 失礼しました。どうぞ。

安西 ではお先に。〔会釈《えしやく》して〕竹中先生、まことに恐縮ですが、『源氏』成立論や「輝く日の宮」のことは、どうもやはり本日の主題と別筋になりますので、ここは一つ幽霊論のほうにお戻りしていただけましたら、たいへん好都合なのですが、いかがでございませうか。

竹中 〔のんびりと〕いや、追々とそつちへゆきますよ。大丈夫です。学問の話といふのはね、すべての道はローマへ通じる、みたいなものでしてね。

安西 〔茫然として〕ローマですか。

竹中 さうです。あせつてはいけません。ローマは一日にして成らず。〔笑〕

安西 ははあ。ローマ……。〔聴衆笑ふ〕杉さん、何かおつしやることおありだつたやうですが……

安佐子 先生に興味を示していただいたのは嬉しいことですけれど、でもあたしとしては、これもまつたく専門外のことでして、素人が面白半分に書いたものにすぎないと申上げたくて……ですから……

竹中 専門といふ言葉、玄人、素人といふ言葉、わたしも使ひますし、今日も使つたかもしれませんね。でも、ああいふ言ひ方はまつたく便宜的なものでしてね。たとへば、紫式部にとつては、物語を作ることも、和歌を詠むことも、みな専門ぢやなかつたんですよ。それと同じでね、何もそんな固苦しく、遠慮なさる必要ないのになあ。

安西　でも先生、杉さんは気が進まないやうですから、ここは一つ……

竹中　〔首をかしげて〕でも、さつき君は、わたしが『源氏物語』に口を出すのはいいことだと褒めたぢやありませんか。〔安西、ギャフンとなる。聴衆爆笑〕まして日本文学の研究者である杉さんは大いに語るべきだと、わたしは思ふなあ。〔聴衆の拍手、長くつづく〕

安佐子　はい。わかりました。では、申上げることに致します。〔聴衆拍手〕

安西　〔独白〕をかしな方向へぐんぐん進んでゆく。竹中爺さんの我儘と見物の面白がりのせいで、司会者は振りまはされる。この勢ひに逆らふわけにはゆかないな。

安佐子　パネリストの先生方はよく御存じのことですが、まづあらかじめ前置きのやうな説明を致します。一九二〇年代に哲学者の和辻哲郎先生……以下わづらはしいので呼び捨てに致します……この和辻哲郎が、『源氏物語』についての新説を発表しました。それはいはゆる国文学者でないせいで、何にも拘束されずに考へ、述べることができる立場を存分に利用した、斬新な意見でした。一口で言ふと、『源氏』には出だしの巻が二つある、といふのです。第一の巻「桐壺」と第二の巻「帚木」とで二へんはじまるといふ考へ方です。皆様よく御存じの通り、「桐壺」は「どの帝のときでしたかしら、女御更衣あまたいらつしやるなかに」とはじまりますね。ところが「帚木」は「光源氏と言へば評判だけは大層だが、仕へる女房たちがあれこれ取り沙汰するとき言ひよどむやうな、欠点の多い方だといふのに、その色事のかずかずを話の種にし、御自分が内緒にしてゐた隠し事まで語り伝へた人の、本当に意地わるなこと」とはじまる。これはどうも、「桐壺」を受ける書き方、口調ではありません。「桐壺」は光源氏の幼少時代だけを描いたものですから、色好みとして有名な光源氏といきなり言はれても、読者は困つてしまひます。そこで、「桐壺」と「帚木」のあひだに別の巻があつたのではないかといふ発想が生じたわけです。その約十年後、阿部秋生といふ方がこれを発展させ、次に武田宗俊といふ方がもう一つ展開して、『源氏物語』五十四帖のうち、第一帖から第三十三帖「藤裏葉」までにはa系とb系の二系列があるといふ説を立てました。これは耳でお聞きになつてもわかりにくいかもしれませんが……

安西　ちよつと、スライドの方、お渡ししてある『日本文学ガイドブック』のなかに、このa系とb系の表があるでせう。23ページです。そこをスライドでお願ひします。〔パネリストたちの頭上に左記のやうな表が出る〕はい、有難う。

a系	b系
① 桐壺	
	② 帚木 ③ 空蟬 ④ 夕顔 →
⑤ 若紫	
	⑥ 末摘花→
⑦ 紅葉賀 ⑧ 花宴 ⑨ 葵 ⑩ 賢木 ⑪ 花散里 ⑫ 須磨 ⑬ 明石 ⑭ 澪標	
	⑮ 蓬生 ⑯ 関屋 →
⑰ 絵合 ⑱ 松風 ⑲ 薄雲 ⑳ 朝顔 ㉑ 少女	
	㉒ 玉鬘 ㉓ 初音 ㉔ 胡蝶 ㉕ 蛍 ㉖ 常夏 ㉗ 篝火 ㉘ 野分 ㉙ 行幸 ㉚ 藤袴 ㉛ 真木柱 →
㉜ 梅枝 ㉝ 藤裏葉	

安佐子　このa系がまづ書かれ、次にb系が書かれて嵌《は》め込まれた、といふのが武田説です。a系は紫の上にかかはる筋、b系は玉鬘にかかはる筋で、紫の上系、玉鬘系とも言ひますが、ここではa系、b系でゆきませう。a系がかなり進んでから……a系を書きあげてからかもしれませんが……改めてb系が書き足されたから、それでもう一ぺん物語がはじまるやうな口調になるわけですね。a系だけを通して読むと一貫してますし、すつきりしてゐますから、この説は説得力があります。a系列だけでも九割方、筋が通ります。ただしちよつと困る所もございます。

(1)　朝顔の姫君が何の説明もなくとつぜん出て来る。

(2)　六条御息所との関係のはじまり方がわかりません。

(3)　藤壺との最初の関係が朦朧《もうろう》としてゐます。

この三点が抜けてをります。ところが都合のいいことに、この脱落らしい箇所について推理を働かせるための手がかりが一つ与へられてゐるのです。それは藤原定家の書いた『奥入《おくいり》』といふ一種の注釈書、まあノートのやうなものですが、その『奥入』の「空蝉」のところに、

一説には
巻第二　かゝやく日の宮
　このまきもとよりなし

とあるのですね。「もとよりなし」と敢へて言つてゐるといふのは、元はあつたといふ伝承があつたことの證拠になります。つまり『源氏物語』には「輝く日の宮」といふ巻があつて、問題の三点はそこに書いてあるのぢやないか、といふ説が風巻景次郎といふ方によつて出されました。あ、ひよつとすると武田宗俊さんの説のほうが早いかも……どちらにしてもほぼ同時で、タッチの差でせう。あたしは、この「輝く日の宮」が古い形の『源氏』にはあつて、そこにいろいろなことが書いてあつたのに、その巻が散逸した、行方不明になり消えてしまつたといふ推理、理屈に合つてゐて魅力がある、と思ふのでございます。

安西　さうしますと「輝く日の宮」はａ系ですね？

安佐子　はい、a系です。

安西　①′にしませうか？　それとも②′？

安佐子　さうですねえ。どちらかといふと②′ぢやないでせうか。

安西　スライドの方、たびたび恐れ入りますが①桐壺の下に②′輝く日の宮と書き込んで、それを映写して下さい。〔映写される〕はい、有難う。

a系	b系
① 桐壺	
②′ 輝く日の宮	
	② 帚木 } →
	③ 空蟬 } →
	④ 夕顔 } →
⑤ 若紫	
	⑥ 末摘花→
⑦ 紅葉賀	
⑧ 花宴	
⑨ 葵	
⑩ 賢木	
⑪ 花散里	
⑫ 須磨	
⑬ 明石	
⑭ 澪標	
	⑮ 蓬生 } →
	⑯ 関屋 } →
⑰ 絵合	
⑱ 松風	
⑲ 薄雲	
⑳ 朝顔	
㉑ 少女	
	㉒ 玉鬘 } →
	㉓ 初音 } →
	㉔ 胡蝶 } →
	㉕ 蛍 } →
	㉖ 常夏 } →
	㉗ 篝火 } →
	㉘ 野分 } →
	㉙ 行幸 } →
	㉚ 藤袴 } →
	㉛ 真木柱 } →
㉜ 梅枝	
㉝ 藤裏葉	

竹中　なるほど、これは明快です。ところで杉さんはこの「輝く日の宮」が存在すると「帚木」の雨夜の品さだめがぐつと引立つとお書きになつてましたね。あれがじつに興味津々でした。昔、学校で雨夜の品さだめを読まされて……ぼくたちのは「須磨」までもゆかなかつ

たんだけど……雨夜の品さだめ、ちつともおもしろくなかつたんですが、杉さんのやうに読めば話が違ふな、と思ひました。それを一つ説明していただけませんか。あ、安西さん、ごめんなさい。何だか司会みたいなことをして。〔あまり悪いと思つてゐない〕

安西　いいえ、どう致しまして。〔やけくそになつてゐる〕

安佐子　はい、折角のおすすめですので、申上げることに致します。〔聴衆拍手〕a系列を①桐壺、②′輝く日の宮と書き出し、㉝藤裏葉まで進んで行つて、それからb系列を書いてはめ込んで行つたとしますと、b系列の最初の②帚木を書くときは、当然そのすぐ前の②′輝く日の宮を非常に意識して、これとの関係のせいで効果があがる……倍増する……②′輝く日の宮の照り返しのせいでいつそう映える……さういふふうに趣向をこらして書くにちがひない……やうな気がします。もともと作者……たぶん紫式部といふお女中がさうだつたのでせうが、この作者は才能に恵まれてゐましたし、それにa系列を㉝藤裏葉まで書きつづけることで経験を積み、小説家としての腕があがつてゐました。ですから、なほさら、直前の巻との関係を利用して小説的なエネルギーを増したいといふ気持が強かつた……と想像されます。これは空想と言へば空想じみてゐますが、充分にあり得ることと思ひます。ところが、おもしろいことに雨夜の品さだめといふ対話形式の女性論……あれは梅雨の夜、宮廷全体が、物忌《ものいみ》と言つて何日もつづく呪術的な謹慎状態にあるのですが、それが退屈でたまらないので、桐壺にある光源氏の部屋に、頭中将《とうのちゆうじよう》、左馬頭《さまのかみ》、藤式部丞《とうしきぶのじよう》の三人がやつて来て女性論……といふか女関係の体験……

こつちのほうが多い……をいろいろ語ります。女を身分によつて上中下の三つに分けると、上の位の女は親が甘やかしたり、お女中たちが取り繕つたりしてゐるから、いざとなると、男ががつかりする場合が多い。いいのは中の位の女である。などといふのが前半の意見で、それから体験談になり、おしまひはかなり話が落ちて行つたやうです。〔聴衆、笑ふ〕中の位の女がいいといふのは彼をずいぶん刺戟して、好奇心をいだかせ、そのせいで空蟬と夕顔に向ふことになります。これで②帚木は③空蟬と④夕顔にきれいに結びつきます。ところで重要なのは光源氏はもつぱら聞き役で、ほとんど何も語らないといふことです。とつても無口です。いはば主人役なのに、どうしてあんなに口数がすくなくて、沈黙を守つてゐるのかしらといふことは、今まで問題にされませんでした。でも、直前の②′輝く日の宮のなかで、光源氏の、六条御息所および藤壺の中宮との交渉が描かれてゐたとすると話が違ひます。沈黙がアイロニカルな意味を持つて来るわけですね。六条御息所は前《さき》の東宮の妃だつた方で、うんと端折つて言ひますと光源氏の叔母に当るやうな方ですから、もちろん上の位の女人。そして藤壺は先帝の第四皇女で、桐壺の帝の中宮になつた方ですから、これも上の位で、しかも②′輝く日の宮の終り近くはおそらくこの方を光源氏が犯す……藤壺も半ば喜んで犯されるのかもしれませんが……〔聴衆笑ふ〕その挿話で占められてゐたことでせう。三人の男たちが光源氏と六条御息所との仲をこのとき知つてゐたかどうかはわかりませんが、藤壺とのことは知つてゐたはず、ぜつたいありません。その藤壺と彼は、ひよつとすると前夜、あるいは前々夜かもしれませんが、関係してゐました。そんなわけですので、十七歳の光源氏にとつて、上の位の女はとうに経験ずみだつたので……これは頭中将もさうかもしれませんし、違ふかもしれません……左馬頭と藤式部丞の二人が、まだ体験したことのない上の位の女について云々するのを聞くのは、光源氏としてはずいぶん変な感じだつたでせう。黙つて聞いてゐるしかなかつたでせう。だつて、上のなかでも一番上の、いはば最上の女である帝の妃と、つい前夜、あるいは前々夜、共寝したばかりなんですもの。「帚木」の冒頭でこの文は見せられないと光源氏が言ふ手紙は、きつと、藤壺からの後朝《きぬぎぬ》の文だつたのではないでせうか。②帚木と②′輝く日の宮とはこの線できつく……とてもきつく結びついてゐると思ひます。それにもつと大きな理由もあります。現代の恋愛小説でも、一回目の情事を詳しく描いて二回目からはわりにあつさり描く、あるいは省く、といふのが普通ですね。ところがあのころはまだ、写実的な大長篇小説が世界中どこを探してもない時代でした。さういふ時代に、一回目は書かないで置いて二回目をいきなり⑤若紫で書くなんて手を使ふものでせうか。読者に対して不親切ですし、作者の頭の動き方としても不自然でせう。作者も、それから読者のほうも、さういふ小説技法を使ふほど発達してゐなかつたはずです。あたしはこんなふうに推理して、②′輝く日の宮はかつて実在した、それが何らかの理由で散逸した、と考へたのでした。〔軽く一礼する。聴衆、拍手。竹中も安西も。大河原篤子はしぶしぶ拍手〕

安西 〔拍手が終るのを待ち兼ねるやうにして〕たいへんおもしろく拝聴しましたが、ここはやはり『源氏』学者の御意見を伺ひたい所ですね。大河原さん、お願ひします。

篤子　なにぶん難問でございまして、できることならパスしたいやうな気が致しますが、さうも参りませんね。「19世紀通信」のものは拝見してをりませんが、イエス・ノーで申上げますと、あたくしはノーでございます。〔安佐子に向って〕ねえ、玉上琢弥先生の論文、ごらんになつた？

安佐子　いいえ。

篤子　実はあれに、上の品の女との恋は「輝く日の宮」に、中の品の女との恋は「帚木」「空蟬」「夕顔」において扱はれるといふ説が書いてあります。偶然の一致ですね。玉上先生もきつとお喜びになると存じます。ただしあの先生の考へ方は「輝く日の宮」にはじまつて書き進め、「若紫」「末摘花」と書いてから、プロローグとして「桐壺」の巻を書いた、といふお考へでした。〔また安佐子に向ひ〕寺本直彦先生の論文はごらんになりました？

安佐子　いいえ。あたし何しろ不勉強でして……

篤子　有名な文献にはいちおう目を通すやうになさるほうがよろしいですよ。こんなこと申上げると、何か卒論指導みたいな言ひ方になつて、失礼ですけれど。

安佐子　はい。ついうつかりしてをりました。

岡本　〔立ちあがつて観客席に向ひ、独白〕まづい。じつに最悪の事態になつてしまつた。まるで杉安佐子が剽窃《ひょうせつ》したと言はんばかりぢやないか。何しろ向うは雑知識の持合せが多いから困る。

田代トモヱ 〔同じく立ちあがって独白〕『源氏』だの『万葉』だの漱石だのダンテだの、ああいふのは、象に食べさせるくらゐ論文がいつぱいあるんだから。とてもいちいち、目を通してられない。

朝倉袖子 〔これも立ちあがって独白〕あの竹中とかいふ爺さんが安佐子ちやんばかりかはいがるせいで、かういふことになつた。かはいがるのはいいけど、他の女にやきもちやかせちや駄目なのよ、ぜつたい。日本民俗学はやきもちの研究、しないのかしら。

篤子 寺本さんの論文は、これまでの考へ方を上手におまとめになつてましたが、「輝く日の宮」の巻がなかつたといふ説を三つに分けてゐました。(1)は藤壺、六条御息所、朝顔の姫君については先行記事がないほうがかへつて効果があがる……美的効果がある……一体にそんなふうにおぼろげにするのが『源氏物語』の手法で、さういふ調子でアンビギュアスにすればいはゆる幽玄の趣になる……といふお説です。たしかに『源氏』全体の味はひは模糊たる感じがドミナントでございまして、クリアな、明確な、鮮明な感じと対立する筆致が上手に使はれてをります。これは大団円の「夢浮橋」の終り方など代表的でせう。これから浮舟はどうなるのやら、他の人物たちもどうなるのやら、一向にさだかでない……今の小説論用語でいふオープン・エンディング、あれでございますね。そのせいで縹渺《ひょうびょう》としたムードで終ります。それからまた前半といひますか、首巻といひますかの主人公光源氏の亡くなるくだりが、語られてなくて、ただし「雲隠」といふ巻の名だけがある。題で暗示する。あれもさうでございますね。一体にさういふ風情の幽玄美で行つてをりますから、藤壺、六条御息所、朝顔の姫君の「帚木」以前の光源氏との交渉が書いてないのも、このやうなおぼろめく書き方に一脈相通じるもの、と考へるのでございました。先程、杉さんは、この考へ方は作者と読者の双方から考へて無理があると批判なさいましたが、このへんのところ、かなり微妙な感じがございます。何しろあの物語の作者は大変な才能の持主ですし、読者のほうも……むしろ彼らの質が非常に高くて趣味が洗練されてゐたからこそあれだけの文学作品が作られ受入れられたわけでして、さうして見ると、現行の形態のままでかへつて喜ばれたのかもしれない……やうな気も致します。寺本先生のお説は……おぼろおぼろしい記憶で申上げますので、もし間違つてをりましたらお許しいただかなければなりませんが、何となく……言外に……この幽玄性といふ見方に共鳴なさつてゐたやうに思ひます。それから寺本さんの紹介なさつた(2)の説は「輝く日の宮」について、ただいま申上げました「雲隠」と同じやうに題だけあつて本文はなかつたといふ説でございます。しかしこの、名のみあつて実なしといふのは、賛成しにくいやうな気が致します。だつて、もしこれでゆけば、「雲隠」のとき蒸し返しになつてしまひますもの。この手はやはり「雲隠」のときまで大事に大事に〔笑〕取つてあつたにちがひないと存じます。(3)の説は「桐壺」の巻の別名と見る説ですね。さつき杉さんがおつしやつた定家の『奥入』にも「桐壺」は一名「壺前栽《つぼせんざい》」といふとありますが、その巻にはさらにもう一つ「輝く日の宮」といふ名前があつたと見るわけでございます。この言ひ伝へは室町時代の和歌の名人である正徹の書いた注釈書にございます。そしてこの説に同感だと寺本さんはおつしやつてゐます。といふのは、こんな理由によります。「桐壺」といふ巻の名は更衣がのちの光源氏を出産なさつたくだりに「御局《おつぼね》は桐壺なり」とあるゆかりによります。そして「壺前栽」といふ命名は、更衣が亡くなられたのち母君を弔問なさつた靫負《ゆげひ》の命婦《みようぶ》が帝に御報告するあたりに「御前の壺前栽のいとおもしろき盛りなるを」とある、そこから付けたとわかります。ところが藤壺の宮が入内《じゆだい》なさつたあと、人々が若宮を光る君、そして藤壺の宮を輝く日の宮と申上げたといふ箇所がありますこのことは、この巻の異名が「輝く日の宮」だといふことの、確證とまではゆかなくても、傍證くらゐにはなるでせう。そんなわけでございますので、わたしも寺本さんの説がよろしいと考へてをります。

安西　〔大きくうなづいて〕なるほど。大河原さんの立場は(1)と(3)とを結びつける考へ方ですね。学問といふのはじつに奥が深く……おもしろいものですね。傾聴しました。お二人のお話、さながら高段者の将棋のやうで、一手指すごとに指したほうが有利なやうな……そんな比喩が使ひたくなります。

岡本　〔立ちあがつて観客席のほうに向き、独白〕一眠りしてパッと目覚めたら、もうすでに戦争がはじまつてゐた。ああ、万事休す。〔ウィスキーを飲む〕それにしても下手な司会だなあ。高段者の将棋だなんて、ゴマすりのつもりだらうが、両方の戦意をあふるだけぢやないか。〔ゲツプをする〕

トモヱ 〔同じく立ちあがり独白〕大河原篤子は覚悟を決めて、つぶしにかかつてゐるみたい。こんな態度に出るところを見ると、きつと、何か取つて置きの材料、持つてるんぢやないかしら。何でせう、それは？ いつたい何を使ふつもり？

安佐子 〔安西に〕あの、よろしいでせうか？

安西 はい。どうぞどうぞ。

安佐子 あたしの不勉強、考への未熟をいろいろと指摘して補つて下さつて、とても勉強になりました。有難うございます。結局は『源氏物語』といふ大きなテクストの読みに帰着するわけで、そしてテクストの読みには個人個人の趣味や気質その他にゆき着く所がかなりあるわけですから、別に論争とか何とか、さういふつもりはありませんが、でも折角の機会ですので、もうすこし教へていただきたうございます。〔恭しくお辞儀をする〕光源氏と藤壺の二度目のことは「若紫」に書いてあります。邸に下《さ》がつてゐる藤壺と、例によつて王命婦《おうみようぶ》の手びきで逢ふのですね。この箇所、本来ならとても力のこもつた、いい所のはずなのに、あたしにはどうもうまく書けてないやうな気がしてなりません。何度か読み直してみてもさうでした。何か観念的で、心に迫るディテイルがありません。その点「花宴」の朧月夜との出会ひなど、ずつと上です。でも、別人のやうといふわけではなくて、同じ作者の出来不出来の違ひといふ感じが致します。こんなことになるのも、前に一度目の実事を丁寧に書いてしまつたので、もう書きやうがなくなつたのかも、なんて思つてみたのでした。このへんのこと、どうお考へでせうか？

篤子　困りました。実はあたくし、「若紫」でのあそこの所、とてもよく書けてゐると思つてますから。〔聴衆笑ふ〕「あやにくなる短夜にて、あさましうなかなかなり」とあつて、これは「あいにくの短夜。意外なことに、なまじ逢はないのがよかつたほどの逢瀬である」くらゐでせうか。そしてお二人が歌のやりとりをなさる。

見てもまた逢ふ夜まれなる夢のうちにやがてまぎるるわが身ともがな
とむせかへり給ふさまもさすがにいみじければ、
世語りに人や伝へんたぐひなく憂き身をさめぬ夢になしても
思《おぼ》し乱れたるさまもことわりにかたじけなし。

訳をつけますと、「せつかくお逢ひしても／次の機会はいつのことか／この夜に見た夢が現《うつ》つになる／その夢のなかに／このまま消え入つてしまひたい」と源氏の君が泪にむせびながら和歌を贈るのが、やはり胸を打つので、御返《おんかへ》し、「語り草として後の世まで／伝はるにちがひない／比類なく切ないあたしのこと／この辛《つら》い思ひをたとへ／覚めることのない夢に封じこめたとて」。思ひ乱れていらつしやるのも当然のことで、勿体ない極みである……くらゐの所でせうか。そしてそのあとに「王命婦が源氏の君の衣類をとり集めて持つて来た」とございます。哀切きはまりない後朝の歌の交換のすぐあとに、お召物のことが書いてありますのは、夏の夜ですし、つまりお二人ともスツポンポンなのでせう。〔聴衆笑ふ〕あれだけこつてりした二首の恋歌《こひか》のあとに、実は二人とも一糸まとはぬ状態〔笑〕でしたと言ひ添へるわけで、これは花やかなアリアをテノールとソプラノに歌はせるが、しかしその二人はまつたくのヌード、ネイキッド、といふやうな趣向でせう。この抒情性と滑稽、ロマンチックとリアリズム、優雅なものと卑近なもの、それを対立させて複雑な味を出す仕掛け。いかにも小説的な……絶妙の工夫だと思ひますよ。〔聴衆どよめく〕

安佐子　いまのヌードで歌ふデュエットといふ形容はすばらしいし、それに実を申しますと、王命婦が衣類を集めて持つて来るといふところ、あたしには読めてゐませんでした。視界が急に晴れたやうな気が致します。小説の楽しみ方を一つ教へていただいたと思ひました。しかしそれはこの王命婦の動作一つによつて皮肉な効果を出す一行についてのことで、あの藤壺の宮がお病気になつて宮中を退出し、お邸にいらつしやるところから以後のわりかし短い逢引の描写、あたしにはとてもいいとは思へませんでした。

篤子　部分的には認めていただけたやうで〔聴衆笑ふ〕光栄なことでした。おつしやる通り、テクストと読者との関係は複雑で、個人的……めいめいのものですから、鑑賞の仕方、解釈の色調のつけ方が違ふのはやむを得ないこと……当然のことと思ひます。仕方ありませんね。

安西　お二人のまことに意義深い『源氏』論対談を傍聴することができまして、千載一遇ともいふべきしあはせなことでした。スライドの方、a系b系の表を消して下さい。〔スライド消える〕どうも有難う。では、その、テクストと読者との関係の個人差……温度差……といふことの確認を中じきりと致しまして、次に本論の日本の幽霊のほうにふたたび……

篤子　安西さん、申しわけありませんけれど、わたしもうすこし伺ひたいことがありますが、よろしいでせうか？〔聴衆拍手〕

安西　〔不承不承に〕はい、どうぞ。

篤子　〔安佐子に向って〕かりに一歩譲ると致しまして、「輝く日の宮」の巻があつたと仮定しませう。一時は存在してゐたものが、散逸といふか、消滅するわけですね。そんな事態がどんなふうにして起るとお考へなのですか？　わたしは、前まへから、そのことが不思議でなりませんでした。これは杉さんお一人に伺ふべきことではないことをお一人に質問することになつて、本当に申しわけないとは存じますが……

安佐子　これはもちろんあたし一人の考へを申上げることになります。他の方がどうお考へなのかはまつたく存じません。〔篤子に向って〕紫式部が作者だといふことはお認めになりますか？

篤子　はい。ほとんど大部分は……紫式部お一人でせうね。

安佐子　①桐壺がいつ書かれたのかはむづかしいことですが、それはともかく、まづ紫式部が①桐壺②′輝く日の宮⑤若紫⑦紅葉賀とつづくa系の巻をあるところまで書きました。たぶん㉝藤裏葉まで書いたのでせう。そこでb系の②帚木から㉛真木柱までを書いて入れるといふ作業に取りかかつたのですが、その②帚木を書き出す前に②′輝く日の宮を除くといふ作業をした……と推測してをります。

篤子　でも、それはなぜそんなことをしたのでせう？

安佐子　これはいつそう大胆な話になりますが、紫式部当人としては②′輝く日の宮にずいぶん未練がありました。作者ですもの、当り前でせう。ひよつとすると、②′輝く日の宮は最初に書いた部分だつたのではないか、とも考へられます。でもそこを捨てるやうに誰かに勧められたのではないかと思ひます。究極的には紫式部が受入れたわけですから、つまりその意見を認めたことになりますが、でも、ここは除いたほうがよいと忠告……批評……した読者がゐて、その人の意見になかば納得して……従つたのではないでせうか。

篤子　そのある人とは……藤原公任《きんたふ》ですか？『紫式部日記』に、道長の邸の宴会で公任が「このわたりに若紫やさぶらふ」と言つて寄つて来るくだりがございますね。それに公任は、漢詩、和歌、管絃の三つにすぐれてゐて、『拾遺和歌集』の編纂にも関係してましたし、そのほか……

安佐子　いいえ、公任ではなくて道長……

篤子　そこのところ、詳しく説明していただけません？

安佐子　紫式部と藤原道長の関係は多面的……いろいろな性格のものが入りまじつてゐます。まづ(1)雇傭主としての道長がをります。言ふまでもなく道長は当時の政界の大立物で、事実上、一国の支配者でした。一条天皇の中宮彰子《あきこ》は道長の女《むすめ》です。この中宮彰子の周辺を花やかにするため……まはりに優秀な女房がゐればそのお妃様が魅力が増して見えるから……それで道長は才女を集めました。和泉式部も、赤染衛門も、伊勢大輔もさうですが、一番のスターは言ふまでもなく紫式部です。この四人はみな『小倉百人一首』にはいつてますから、つまり後世の……最高の歌人＝批評家、藤原定家が見て逸することのできない歌の上手を四人も揃へてゐたといふことで、道長の眼光の鋭さ、および狙ひをつけた相手を配下に置く、人事能力のすばらしさが察しられます。紫式部は道長の親類でしたし、それに父の藤原為時は道長のおかげで越前の国守になることができたのですから、彰子のところに勤めに出るやうにといふ話を断ることはもちろんできません。それからこれは言葉の選択が厄介なのですが、敢へて言つてしまひますと、(2)性的パートナーといふ立場にありました。多くのパートナーのなかの一人といふ意味です。『尊卑分脈』といふ系図大全集みたいな本がございまして、この藤原為時の家系に、「女子」とあつて「紫式部是《これ》也源氏物語作者」とあり「御堂関白道長妾」とあるのは有力な證拠となります。それに道長は一般に、自分の親類でしかも未亡人になつた女を後宮に勤めさせて、それと関係するといふ傾向がありました。まあ一種のスパイにするわけですね。〔笑〕これは角田文衛先生の説ですが、鋭い御指摘だといふ気が致します。問題なのは『紫式部日記』の一節に、明らかに道長と見える人物から閨の戸を叩かれて、開けなかつたところ、翌朝その人から次のやうな和歌を贈られたので、かういふ返しを贈つた、といふ記述があることです。でもあたしは、開けなかつたのはその一夜だけで、次の夜には開けた〔笑〕と思つてをります。〔篤子に向つて〕いかがでございませう？

篤子　それはもう、開けたに決つてます。あれだけ立派な、いい男ですもの。〔場内爆笑〕

安佐子　珍しく意見が一致しました。〔聴衆笑ふ〕(3)として読者といふ資格があります。道長はたぶんごく早い時期に『源氏』のある部分を読んだごく少数の読者の一人で、そしておそらく全部を読んだにちがひないと思ひます。『源氏』の何帖かを読んで、非常に感心して、それで彰子づきのお女中にしようと企て、そしてその人事に成功した、と推定したい所です。紫式部の歌の才能とか漢学の学識とか、さういふものも多少は作用したかもしれませんが、決定的なのはやはり『源氏物語』だつたでせうね。

篤子　道長が紫式部を採用したのは『源氏』のせいといふお説、賛成です。

安佐子　有難うございます。〔聴衆笑ふ〕(4)として批評家といふ役割があります。いはば連載小説のやうにして読むわけですから、たぶん寝物語にいろいろ読後感を口にするでせうね。あそこの筋の引つくり返し方は見事だつたとか、あの人物描写はおもしろいとか。あれのモデルは誰それぢやないかなんてことも言つたでせう。道長は和歌も上手でしたし、それに漢詩人としても優秀で、文学的教養の豊かな人でした。漢詩をあれだけ作れるのですから、もちろん漢文はすらすら読めたはずで、そこから、これはまつたくあたしの想像になりますが、いはゆる唐宋伝奇……『鶯々伝』とか『杜子春』とかああいふ小説が日本に渡つてゐて、それを……

何しろお金がありますからどんどん手に入れて読んでゐたでせう。ひよつとすると紫式部に貸して読ませて、二人で読後感を語り合つた……さういふこともあり得るでせう。それに、何しろ枕を並べての語り合ひですし、『源氏』は色恋のことがたくさん扱はれてゐる小説ですから、ずいぶん際どい会話になつたと思ひます。それに刺戟されて、道長が過去の自分の女性体験とか、友達から聞いた体験談とか、あるいはさらに友達の体験と称して自分の体験を語るとか〔笑〕さういふこともあつたでせう。角田文衛先生は……この方は数字を平気でずばりとおつしやる方ですが……二人の交渉が生じたとき、道長は四十四歳、紫式部は三十七と考證なさつてをります。この四十男の打明け話はずいぶん聞きごたへがあつたはずで、そこで(5)題材の提供者といふ資格もおのづから生じました。たとへばあの夕顔の女を廃院に連れ出したのに頓死されてしまふ挿話など、何となく、道長の少年時代の実話のやうな気がしてなりません。ディテイルがいちいち的確で、情景がとつてもなまなましいのです。a系の各巻を読むごとにいろいろしやべつたことを、b系の巻で取入れることにした……のかもしれません。その題材の提供者といふ局面をもうすこし延長しますと、(6)モデルといふのが出て来ます。これは言ふまでもなく光源氏のモデルといふ意味で、これは宮仕へして実物の道長と出会つてからいよいよその度合が強まつたと思ひますが、それ以前、もともとの発想のときから、噂に聞く藤原道長といふ男、殊にその少年時代、青年時代の評判のかずかずが小説的想像力を刺戟した……といふことも充分あるでせう。光源氏といふ作中人物を思ひ描くに当つてヒントになる実在の貴公子は、あの時代、まづ道長だつたはずでございます。でも、大切なのは(7)紙の提供者としての道長です。

篤子　ちよつと聞きそこねました。何の提供者?

安佐子　紙です。ペイパー。

篤子　あ、ペイパー。〔聴衆笑ふ。篤子、無表情である〕

安佐子　これは紙の氾濫のなかにゐる現代人としては非常に意外なことですが、当時、紙はたいへん貴重……美しくて高価な……贅沢品でした。『枕草子』のなかで清少納言は「世の中がほとほと厭になつたとき、上等の紙を手に入れると、もうしばらく生きようといふ気になる」と言つてゐます。あれは大好きな所で、あたしも気分がくさくさすると越前の奉書紙を机の上にひろげて、その真白な空間を前にして長いあひだぼんやりしてゐることがあります。さうしてゐると気が晴れる……こともあります。たいてい何とか気がまぎれて、心が落ちつくやうです。あれはいつでしたか……〔気を取直して〕私事《わたくしごと》をつい口にしてしまひました。おゆるし下さい。〔頭を下げる〕王朝の貴族が使つたのはその越前の奉書紙に劣らぬ……善美を盡《つく》した……織物にたとへたくなるやうな紙でした。とにかくそんなふうに、清少納言に生きがひを感じさせるほどのものだつたのです。日本の紙は中国の紙にくらべて段ちがひに上等だつたやうで、これは九世紀のことですが、最澄や空海などの遣唐使の一行が、お土産として黄金十五両と筑紫の斐紙《ひし》……雁皮を使つた紙ですね……二百張……一張は一枚です……を持つて行つて大喜びされたことが唐の文献に載《の》つてゐます。つまり黄金と並ぶほどのものでした。上等の紙を作るには布と雁皮をまぜることになつてゐましたが、紙屋院《かんやいん》といふ国立の製紙所があつて、当時、大体いまの四百字の原稿用紙よりちよつと大き目くらゐの紙を年間二万枚、漉いてゐたやうです。これは材料が指定してある立派な紙でした。ところが『源氏物語』は四百字の原稿用紙に直すと大体、千八百枚になるといふ阿部秋生先生の計算があります。そして比較文学の張競さんは、当時は一枚に二百字書いたとお調べになつて、『源氏』全体で三千六百枚必要だつたと推定してゐます。三千六百枚といふのは一年分の公用の紙の約四分の一で、莫大な出費です。何しろ遣唐使のお土産の十八倍ですもの。しかもこれに写本の分が加はります。この負担に耐へられる人は藤原道長しかゐなかつたはず、といふのが張さんのお考へでした。その通りでせうね。もし万一、誰かさういふお金持がもう一人ゐたとしても、そんな人、紫式部の近くには見当りません。〔聴衆、感銘を受けてざわめく〕

竹中　〔思はず〕なるほど。そこは考へなかつた。

安西　虚を突かれた思ひです。

安佐子　〔反応に気をよくして〕有難うございます。それであたし、考へたことがありました。藤原俊成は和歌を詠むとき、古びた水干を着て、火桶によりかかつて思案した、と息子の定家が書いてますね。あれは第一稿を紙に書くのは勿体ないから、ああいふふうにする……紙の節約……といふ面もあつたと思ひます。〔聴衆笑ふ〕そこから考へてゆきますと、清少納言は、「このノートに何か書いてごらん」と中宮定子からノートを賜はつたのでそれに書いたのが『枕草子』といふ有名な話がありますが、彼女はそのとき、考へに考へて、頭のなかで一節が全部きれいにできあがつて、これでよしとなつてから、それを拝領した紙に書き写したのでせう。あのころの上流の人は、みな、大体かういふふうにして、手紙を書いたはずです。同じやうに紫式部も小説の一区切り……たとへば「桐壺」で言へば「いづれの御時」から、しつかりした後楯がないので心細い、のところまで……あたしの勘定ではほぼ五百字ですが、それをまづ頭のなかできちんと書きあげて、推敲《すいこう》して、これでよしとなつてから筆を取つて一気に紙に書いたのではないでせうか。

篤子　裏文書《うらもんじょ》のことはお考へになりませんでした？

安佐子　〔落ちついた態度で〕はい、紙背文書《しはいもんじょ》ですね。これは考へてはをりましたが、つい言ひ落しました。御注意いただいて有難うございます。話は前後しますが、何しろ紙が貴重ですから、当時の人々は、よそ様からいただいた手紙の裏とか、不用になつた書類の裏とかに、いろいろなことを書き記しました。この再利用された紙の裏にもともと書いてありましたもの、これを研究者は裏文書とか紙背文書とか申します。清少納言も『枕草子』のとき、まづさうして書いたかもしれません。紫式部が第一稿はさうしたといふことは充分にあり得るでせう。でも、その使用ずみの紙さへ非常に貴重なもので、父の藤原為時の邸にはそんなにたくさんなくて難渋してゐたのではないでせうか。さうかうしてゐるうちに、道長から、裏白の紙と新しい紙とを両方たくさん贈られてほつとしたのではないか、といふ気が致します。そして、その裏白の紙の白いほうに書く前に、ちようど俊成が一首をじつと思案するやうに一節づつを考へたのでせう。そしてその第一稿に手を加へ、それをたぶん自分が清書したのでせう。京都の社交界……と言つてもせいぜい百人くらゐでせう……その上流の人たちは、物語そのものの魅力に惹きつけられたことはもちろんですが、しかし、よくもこんなにたくさん裏白の紙、清書用のまつさらの紙があつたものだと感嘆し、次に、こんなに長いものを一区切りづつ頭のなかで考へて書いて行つた……そのことをつづけて行つた……その高度なエネルギーに舌を巻いたのでせう。それは今の小説家が原稿用紙をくしやくしやとまるめたり、やぶいたり、浪費し……校正刷にたくさん手を入れたりなんかして書く書き方とはまるで違ふものでした。〔聴衆シーンとなる〕

篤子 〔軽く手をあげ、安西に〕ちよつと質問してよろしうございますか？

安西 はい、どうぞ。

篤子 杉さんのお話、いろいろとおもしろく伺ひました。紙の提供者についての張さんのお話もユニークですし、紫式部が、ちようど俊成が歌を案ずるときのやうに長い一区切りを全部頭のなかで書いてから、それを紙に写したにちがひないといふ推定も、これまでどなたも考へなかつたことのやうに思ひます。いささか想像に頼りすぎるやうな気も致しますが、でも、たしかにおつしやる通りだつたかもしれませんね。何しろ頭のいい方でしたし、紙が手にはいりにくい時代でしたもの。おつしやるやうな書き方で書いたせいで、あの『源氏』の流麗な、とどこほりのない、いきいきした文章ができたと思はれます。道長を、紫式部の側から見て、
(1) 雇傭主
(2) 性的パートナー
(3) 読者
(4) 批評家
(5) 題材の提供者
(6) モデル
(7) 原稿用紙の提供者

の七項目でとらへることをなさいましたが、先程からの「輝く日の宮」のありなしについて言へば、大事なのは(4)批評家でございませうね。

安佐子　はい。〔うなづく〕

篤子　しかし批評家としての道長が優秀な批評家であつたと推測するための条件はいろいろおつしやいましたが、そしてそれはみな、なるほどと思ふものばかりでしたけれど、その道長が紫式部に、「輝く日の宮」をどういふ理由で除けと言つたのか、それはおつしやいませんでした。その点の御説明がないと「輝く日の宮」が一度はたしかに存在したといふお考へが、受入れにくくなります。いかがですか？

安佐子　はい。おつしやる通りです。何しろむづかしくて、道長がどう言つて削除させたのか、あたしにはまだわかりません。でも、いろんな理由から考へて、やはり「輝く日の宮」がないのはをかしいし、もとはそれが存在してゐた、しかもその巻が位置してゐたのは①桐壺のあと②帚木の前だつたと考へると落ちつくなあと思つてゐるのです。

篤子　その、ないのが変だといふ御意見に対して、わたしは別の考へ方をしてをります。紫式部の物語の書き方……メソッドと言ひますか……それは一体に同じ手を二へん使はないといふことでした。そのことをたいへん意識して、自分で気をつけてゐた方だとわたしは思つてゐます。たとへば……紫の上の亡くなられる直前の衰弱した様子、それから死顔、死顔をめぐるエピソード、それは「御法」にじつに詳しく、堪能するくらゐこつてりと書いてございますね。ところが光源氏自身の死については、「雲隠」といふ題のみあつて本文のない巻……破天《は てん》荒《こう》な着想です……それで暗示させる。じつにすつきりと……口数すくないといふよりもむしろ黙りこくつてゐます。このまつたく対照的な二つの手法で語られます。この別々の手法の使ひ方……心にくい極みでございます。それからまた、たとへば光源氏の幼年時代についてのエピソードでは印象に残る、小説的なものはありませんね。高麗人《こまびと》の人相見が予言したことも、物語全体から言へばたいへん重要な骨格になつてをりますが、場面としてはあまりおもしろい書きぶりではないと思ひます。幼いころの藤壺の宮をしたふお気持にしても、小説的なくつきりした挿話にはなつてをりません。これなども、あまり上手ではないと口さがないことをおつしやる方もあるかもしれませんが、わたしはそんなふうにではなく考へてゐます。「若紫」の北山の聖《ひじり》を訪ねた折りにかはいい女の子……後に紫の上になる女の子を見かけますね。その女の子と雀の子の挿話、それから源氏の君が尼君を見舞つて、ただしお目にかかれないでゐるときにその幼い姫君が、「お祖母《ばあ》様はいつも源氏の君のお声を聞くと非常にいい気持でせいせいするとおつしやるのに、せつかくお見えになつた源氏の君にどうしてお会ひしないの?」と訊ねるのが隣りの部屋から聞えて来る……それで女房たちが困つてゐる……それで光源氏が「かはいいな」と思ふ……あそこのやうな小説的魅惑がいつぱいある場面を引立てるため、源氏の君の幼少のころは筆を控へてゐるのだ、なんて考へるのです。これは贔屓目《ひいきめ》かもしれませんが、しかしほかにもいろいろかういふことがございます。たとへばレイプのことに致しましても……『源氏物語』は一体にレイプがいつぱい書いてある大長篇小説で、一方では王朝貴族の花やかな恋愛風俗……花の枝に、それに合ふ色の紙に書いた和歌を添へて届けさせて言ひ寄つたり、話をするときには引歌《ひきうた》と申しまして古歌の一部分を引用して……それでその歌の全体に代へて、それで恋ごころを伝へたり……洗練の極みと言ひたいくらゐの優雅さ、優美さなのに、その同じ宮廷人士があんなにたくさん暴力づくで女を犯す……不思議なコントラストですね。これが……両者を綜合したものが……あの時代の恋の実相なのでせうね。何しろ十一世紀のはじめですもの。その両方が書いてあるせいで……決してレイプを肯定するわけではありませんが……異様に複雑な味があの物語にはあることになります。それはやはり認めなければなりません。そのいろいろのレイプがみな、いちいち違ふ趣向になつてをりまして……たとへば光源氏と朧月夜とのはじまりも、あれはレイプでせうね、やはり……だつて宮中の通路の真暗闇のなかですれ違ひざまにさういふことになるんですもの……どちらも相手が誰なのか知らない……朧月夜はちつとも厭がつてませんけれど〔聴衆笑ふ〕……むしろ喜んでゐて〔聴衆また笑ふ〕……たきしめてある香で光源氏だと見当がついたのかしら……あゝいふのはレイプとは言はないで、その反対……和姦と言ふのでせうか〔聴衆笑ふ〕……そんな感じで書いてあります……それから、書くといふわけではなく……あるいは仄めかしたり……仄めかしも何もせず読者が必死になつて考へてレイプだつたんぢやないかしらと思ふ……見当をつける……さういふケースもありますね。玉鬘と鬚黒の右大臣とのことなんかそれでせう。あんなに厭がつてゐたのに急に結婚するなんて、何かさういふことがあつたとしか思へません。でも、なんだかそれでもまた変に思ふ……それでかへつて世の中つてさういふものだなんて思ふ……わたしは結局そんなふうに読み解いたのでした。それからレイプ未遂……しかもおそばで乳母がじつと見てゐるのに、夕暮近いころ二時間も上から押へつけて、とうとううまくゆかなかつた……浮舟のほうから言へば助かつた……浮舟つてずいぶん体力が強いんですね……匂宮がお弱いとも言へますけれど〔笑〕……これは匂宮がはじめて浮舟を見かけたときのことですが、さういふ未遂事件まで書いてあります。それから匂宮が薫の声色を使つて薫になりすまし、暗い寝室にはいつて行つて関係する……本当にひどい……あれもレイプですね……わたしはよく言ふのですが

『源氏物語』はレイプづくしになつてゐます。皆様御承知のやうに一体に紫式部は清少納言が嫌ひで、対抗意識が強くて、『紫式部日記』でも悪口を言つてますね。「清少納言こそ、したり顔にいみじう侍《はべ》りける人。さばかりさかしだち、真名書きちらして侍《はべる》ほども、よく見れば、まだいと足らぬこと多かり」。……まだまだつづきますけれど、言ひくたしてをります。〔安西のところへ使ひの者が来て紙を渡す。安西それを見てうなづく〕『源氏物語』のなかにも、素知らぬ顔で『枕草子』に異を立ててゐる箇所がいろいろございますね。たとへば「若紫」で源氏の君に従者たちが諸国の山について申上げるところでも『枕草子』の有名な山づくしに対して張合つて、わざと清少納言のリストにない山を二つ口にします。「富士の山、なにがしの岳《たけ》」などと申上げる者もあります、なんて。このなにがしの岳は古来の注釈書ではたいてい浅間を指すと記してをりますが、富士はもちろん浅間も『枕草子』の山づくしには見当りません。あの随筆集は、「山はをぐら山、かせ山、三笠山」とか「市はたつの市、さとの市、つば市」とか「木の花はこきもうすきも紅梅。桜は花びらおほきに葉の色こきが、枝ほそくて咲《さき》たる」とか、リスト集、ものづくし集がかなりの割合を占める本ですが、紫式部は、それでは一つわたしは別口のものづくし集、レイプ集を作つてお目にかけませうかなんて思つたのかもしれません。すくなくともこちらでさう思ひたくなるくらゐ、手を変へ品を変へてのレイプづくし、レイプ大全でございます。何につけてもさういふ調子で繰返しを極度に嫌ふ小説家がここにゐて、それが光源氏と藤壺の宮の二度の逢瀬を取扱ふと致します。そのとき二回の情事を違ふ趣向で書かなければならないと自分に言ひ聞かせるのは必定《ひつぢやう》のことでございませう。同じのでいいとは思ふはずがありません。しかし、どうしても似たやうなことになりがちで、工夫するのがむづかしかつた。でも、ここに一つ手がありまして、それはどちらかを除いて、片方だけを扱ふことにするといふ解決策でございます。もしさうだとすれば、あの場合、どちらを省くのがよろしいでせうか。普通の作家なら二度目のほうを書かないことにするでせう。何と言つても最初のときの共寝が読者の興味を惹くと判断するでせう。しかし藤壺が懐胎するのは二度目の添臥しの結果でございまして、そしてこの妊娠はそれによつて生れる皇子《みこ》が帝になり、その帝が真実を知つて源氏に准太上《じゆだいじやう》天皇《てんのう》の称号を贈る……高麗人の相人の予言が的中する……といふじつに大切な……全体の骨組にかかはる所です。これはどうしても書かなければなりません。つまり一つには一度目を書かないといふ逆手でゆく、さらにはこのことによる皇子出生といふ線を強調する、それで「輝く日の宮」は書かれなかつた……そんなふうにわたしは考へてをりました。違ふかもしれませんし、論じ足りないとお感じの向きもいらつしやるでせう。でもわたしの考へ方は大体こんなものでございます。この場合に大事なのは作者が最初から幽玄味を狙つて、それを出さうとして、朧化作用と申しますか、おぼろげな効果にしたのではなく、同じ型の繰返しを避けたい、いつも工夫の冴えを見せたいといふ気持で趣向をこらし、その結果、空白になる所も生じたので、おのづから幽玄になつたといふ事情でございます。長々とおしやべりをさせていただいて、恐縮でした。申しわけありませんでした。（恭しくお辞儀をする。聴衆、

大きな拍手。〔パネリストたちも、司会者も〕

袖子　〔立ちあがつて独白〕今の拍手の大きさ。癪にさはるぢやない。一時はあの女、大きく水をあけられてたのに、レイプの話でもり返してしまつたのね。ほんとにみんな、あつちの話が好きねえ。でも安佐子ちやん、どうする？　手はあるのかしら？

岡本　〔これも立ちあがつて独白〕いつの間にやら大河原篤子がじりじりと優勢になつた。何しろ向うには、現行の『源氏物語』には「輝く日の宮」がないといふ事実があつて、これが有利な条件に働く。さて、どう反論すればいいのかな？　ちと酒がまはりすぎて頭が動かなくなつた。〔また飲む〕

安西　〔独白〕今日のこの司会ぶりのまづさは、ほうぼうに伝はつて、あいつは能がないつてことになつて、おれは学部長にも学会の会長にもなれないだらうな。うーん、うまい収拾策が思ひつかない。時間がもうすぐ切れるから、このままはふつて置いて、成行に任せるか。

安佐子　あたしもほんのすこし時間をいただいて、意見を申上げ、それでこの『源氏』論を切上げることにしたいと存じます。只今のお話たいへんおもしろくて、殊にレイプづくしとしての『源氏物語』といふとらへ方はすばらしい見方で、たしかにさういふ要素……さういふ性格……あるなあと思ひました。でも、当面の「輝く日の宮」はあつたかどうかといふ問題との関係となりますと、何だか違ふ気がします。何しろ巻の題が「輝く日の宮」ですので、とかく光源氏と藤壺との最初の共寝のことだけに目がゆきがちになりますけれど、第一夜のことが欠けてる理由が只今の御説明で納得がゆくとしましても……実はあたし、さうぢやないのですが……六条御息所、朝顔の姫君が読者には既知の人物のやうな雰囲気でとつぜん出て来る……何だか映画を途中から見てるやうな気持になる……そのことについては、先程のダブりを嫌ふといふお話ではうまく説明がつきません。この六条御息所と朝顔の姫君については何もおつしやいませんでした。それにこのお姫様の件については、おもしろい事実が一つあつて、これを考へると、紫式部は果してダブりを避け通したかどうか、あやしくなります。〔安西のところへ事務員が来てささやく。安西うなづく〕朝顔の姫君は式部卿の宮の女《むすめ》で、前斎院《さきのさいいん》ですが、「帚木」で光源氏が方違《かたたが》へ……これは外出の際、目的地が禁忌の方向に当ると、前の晩に別の方向へ行つて、そこから出発するといふ風習ですね……この方違へのため紀伊守の邸に行つたとき、隣りの部屋で女房たちが彼の噂をして、式部卿の宮の姫君に朝顔の花に添へて贈つた歌を、すこし文句を間違へて引用するのが聞える、といふ箇所があります。ところがしばらく行つて「葵」では、この方が「朝顔の姫」と呼ばれてゐます。ゴシップに出て来た歌のせいでかういふ呼び方をされるわけですね。歌にちなんでの名前のつけ方は、夕顔や朧月夜のときも同じです。夜が更けて、宴が終つてから光源氏が弘徽殿《こきでん》の細殿を覗くと戸が開いてゐる。そして若い女の声で「朧月夜に似るものぞなき」と口ずさんで近づいて来る者がある。「照りもせず曇りも果てぬ春の夜の朧月夜にしくものぞなき」の引用ですね。誤つて引用したのかもしれませんし、当時かういふ形があつたのかもしれません。それで先程もおつしやつたレイプかもしれないし和姦かもしれないことになるのですが、この引用の古歌にちなんで朧月夜と呼ばれるのです。いはば作者と語り手と読者とで形づくる共同体のなかでの綽名《あだな》と見なすべきものでせう。ところが「槿《あさがほ》」では光源氏が九月の朝、朝顔の花につけて朝顔の歌を……上の句、出て来ません。下の句は、朝顔の花の……

篤子　見しをりの露わすられぬ朝顔の花のさかりは過ぎやしぬらむ……

安佐子　はい、さうです。有難うございました。それを贈ります。とすると、朝顔の歌は同じ女の方に二へん……「葵」以前のどこかと「槿」とで二へん……差上げてゐるわけです。このことについてはたしか風巻景次郎先生も指摘してゐました。これは重複を嫌ふといふのが、いはば原則であつて、それには例外もある、ダブる場合もある、といふことの證拠になるでせう。〔聴衆のなかに拍手する者あり。安佐子それを片手で制して〕紫式部ほどのすごい才女でも、かういふことが起るのは当り前です。だつて、いくら天才でも人間ですもの。そのへんのことを考へに入れますと、藤壺の宮との事柄を二度あつかふのは故意に避けたといふ解釈も、ほんのすこし……といふよりもかなり……説得力を失ふやうな気が致します。こんな調子で、『源氏物語』についてはじつにいろいろな考へ方、論じ方ができます。構造が複雑で多層的ですし、その時代のなかにしつかりと位置を占めてゐながらしかも奇蹟的に孤立してゐる傑作ですし、それに量的にもあれだけ厖大な大長篇小説ですから、これは当然なことでせう。いろいろな方法で、さまざまな道具を使つて、工夫を凝らして研究し、鑑賞してゆかなければならない相手でせう。今日お話をして、わたしの考へ方のぼんやりしてゐた所、あやふやな点に気がつくことになつて、たいへん為になりました。お話を伺ふことができて感謝してゐます。もうすこしじつくりと考へ、考へ直したり、調べたりして、いつか……いつになるかはわかりませんが……まとまつた形にしてお目にかけたいと存じます。有難うございました。〔お辞儀をする。拍手〕

安西　では、すでに時間も超過してをりますので、このへんで……

篤子　〔それを無視して〕楽しみですね。期待してをります。やはり文章の形になさるのがよろしいやうで、かういふ席でのやりとりだけでは、どうしても意を盡しませんもの。わたしの考へ方、申上げ方にもいろいろ至らぬ所が多く、御迷惑をおかけしたのではないかと申しわけなく思つてをります。でも、お説を発表なさる形式については希望が一つございます。杉さんの発想は学問的な着実さよりもむしろ奔放な味が特色になつてをります。イマジネイションを働かせて空想を駆使し、大胆に仮説を立てる所が独特の魅力のやうにお見受け致します。さういふ特質を生かす形式をお選びになるほうが、個性を充分に発揮することができて、望ましいやうな気がします。

安佐子　〔茫然として無言〕

安西　それはつまり小説形式で書くやうにとの御意向ですか？

篤子　はい、差出がましいことを口にするやうですが、そのほうが持ち味が遺憾《いかん》なくお出しになれると思ひますので。

安佐子　〔笑って〕小説なんて、とても無理です、あたしには。そんな才能ありませんもの。

篤子　以前お書きになつたこと、おありでせう。

安佐子　いいえ。

篤子　お隠しにならないで。存じあげてをりますよ。高校生のころ、極左の大学生と女子高校生との恋愛小説をお書きになつたといふことを。

安佐子　〔思ひ出して〕あ、あれは……

篤子　そして問題になつたといふ噂、耳にしましたよ。〔満場シーンと静まり返る〕

安佐子　〔一瞬の間を置いてから〕あれはいたづら書きのやうなもので、小説などといふものではございません。たしか中学三年生のときではなかつたでせうか。それが何か尾ひれがついて、お耳にはいつたのかしら。でも、どうしてそんなこと御存じなのですか？

篤子　人の口に戸は立てられませんもの。杉さんのやうに人気のある、注目される方となればなほさらのことです。

安佐子　でもあれは、女学生のよくする交換日記のやうなもので、子供の遊びでした。小説とか文学とか、そんな立派なものではありません。

篤子　何でもそれが当局の手にはいつたのださうで、警察の尾行がついたり、極左の尾行もついたり、大変だつたと聞きました。極左のリーダーである学生が虐殺される直前、恋人と逢びきするといふ筋だとのことでございました。とても濃厚な恋愛小説ださうで……あ、それからヤクザから輪姦される場面もあるさうで〔聴衆どよめく。安佐子、表情を変へない〕……輪姦なんて……早熟でいらつしやるなあと思つて感心しました。

安佐子　かなり筋がねぢれて伝はつてゐるやうで、まるで電話ゴッコのやうですね。〔笑〕念のため申し添へて置きますと、あれはまつたくのフィクションで、幼稚なもので、それが妙に誤解されて変なことになつたのでした。小説にはかならずモデルがある、モデルがなければ書けるはずがないといふ素朴な、リアリズム的偏見による思ひ込みで、ずいぶん迷惑しました。警察関係の人ならともかく大河原さんのやうな文学の専門家は、さういふ誤解、なさらないと思ひますけど。

篤子　私小説をお書きになつたと邪推してゐるわけではございませんが、フィクションならフィクションで、いつそう、十代の少女の無意識とか欲求とか憧れとかがうかがはれると思ひまして……

安佐子　〔叫ぶ〕あ！

竹中　〔叫ぶ〕さういふ言ひ方、いけない！

岡本　〔立ちあがつて〕下品なこと言ふな！

トモヱ　〔立ちあがつて〕何いつてんのよ、オタンチン！

袖子　〔篤子の当てこすりの意味はわからないが、しかし何か罵らなければならないと感じて、女ターザンのやうに〕アー、アー、アー！

安西　〔立ちあがつて〕これで閉会にします。もうとつくに時間を超過してゐます。〔「もつとやれ！」と叫ぶ者あり。女たちの悲鳴、男たちの怒号。笑ふ者あり〕これで閉会にします。〔叫ぶ〕幕だ、幕だ！

杉安佐子と大河原篤子が立ちあがる。竹中三郎太は腰かけたまま。幕が降りる。暗くなる。

明るくなると幕の前に竹中と安佐子が立つてゐる。ここは楽屋口といふこころである。竹中は帽子をかぶり、バッグを手にしてゐる。上衣をぬぎ、片手にかけてゐる。安佐子はハンドバッグをかかへ、興奮と疲れを隠してほほゑんでゐる。

竹中　今日はわたしが筋ちがひの質問をしたせいで、御迷惑をおかけして、本当にすみませんでした。悪かつた。大体わたしは昔から、変な具合に変な話をはじめる癖がありましてね。あれは何とかいふ日本軍の将校がフィリピンの山のなかから出て来たときだつたかな、教授会で……いや、こんなことはどうでもいいが……とにかく今日は失敗でした。お詫びします。

安佐子　あら先生、そんなこと。よろしいんですよ、もう。お気になさらないで下さい。

竹中　さうおつしやつていただけると助かるが、どうも申しわけなかつた。〔と帽子を取つて頭を下げる〕

安佐子　いいんです、先生。

竹中　まあどこへ行つても変なのはゐるもんだが、特に大学教授のをかしいのは特別でしてね。ところでつかぬことを伺ひますが、歴史の杉玄太郎先生の娘さんださうですな。

安佐子　はい。

竹中　さうですか。昔、何かの会でごいつしよして……あれは福岡だつたでせうか、魚がうまかつた……杯をあげたことがありました。唄をお歌ひになつたな。淡谷のり子……〔笑〕よろしくお伝へ下さい。

安佐子　有難うございます。申し伝へます。〔お辞儀をする〕

竹中、去る。吉野みどりが近寄る。遠く離れた所に薄田昭が立つてゐる。

吉野みどり　〔名刺を出して〕はじめまして。「毎朝新聞」の学藝部の吉野です。十九世紀のスペシャリストでいらつしやるのに王朝文学にお詳しくて、びつくりしました。『源氏』学者の大河原さんとあれだけ論じ合ふことがおできになるなんて、本当にすてきでした。ずいぶんよくお読みになつてらつしやるんですね。

安佐子　とんでもない。不勉強なので……

みどり　『源氏物語』の短篇性といふこと、よく言はれますけれど、明治文学の研究をなさつてゐる方が『源氏』をごらんになると、そのへんいろいろおありでせうね。

安佐子　でも『源氏』はやはり長篇小説で、短篇をつづけたものとは言ひにくいやうな気がしますよ。ただ十九世紀型の長篇小説とくらべるといろいろ違ふ所がありますので、それを簡単に言ふために短篇性なんて……

みどり　さうでせうね。やはり長篇……。十代のころお書きになつたといふ短篇小説は何枚くらゐのものでした？

安佐子　もうすつかり記憶が薄れましたが、二十枚くらゐぢやないでせうか、せいぜい。だつて、子供の遊びですもの。

みどり　題は？

安佐子　つけてなかつたんぢやないでせうか。忘れました。お書きになるの？

みどり　はい。学界のシンポジウムでこれだけ盛りあがることは珍しいので、ぜひとも紹介したいと思つてをります。

安佐子　困つちやふなあ。

みどり　御迷惑がかかるやうには書きませんから……会場の皆さんも杉さんに好意をいだいてゐるやうに見受けました。

安佐子　さうでせうか。〔安心する〕

みどり　『源氏物語』はいま、殊に女性層に人気が高まつてをりますし、とても注目を浴びると思ひます。それに女性研究者の方が中学生時代にお書きになつた短篇小説といふのは話題性に富むと思ひますよ。

安佐子　でも、そんな本式のものぢやなかつたんですよ。ただ友達に見せるための……

みどり　それが当局の手に渡つたわけですね。何ですか、とてもロマネスク。取調べとか、捜査とか、さういふことはございました？

安佐子　いいえ、何も。何だか狐につままれたやうな思ひです。同級生の一人に見せたら、それつきり返つて来なくて……あれがそんなことになるなんて……でも……

みどり　でも？　思ひ当ることおありなんですか？

安佐子　〔思ひ直して〕まあそのへんは、一人になつてから、ゆつくりと考へてみます。

みどり　かういふ展開になりますと、次の段階が楽しみですね。

安佐子　はい？

みどり　お書きになるでせう？

安佐子　それにはいろいろ勉強しなければなりません。

みどり　これで終りにします。有難うございました。〔お辞儀をする〕

安佐子　どうぞお手やはらかに。

みどり　大丈夫ですよ。悪いやうには致しませんから。〔去る〕

舞台下手にゐる薄田昭に照明が当る。彼はしばらく思案の態で、やがて大きくうなづく。暗くなる。

5

水のアクアの営業副本部長、長良《ながら》豊はロサンジェルスを晝《ひる》ごろに出て、成田に着いたのがこれも晝ごろだつた。手荷物引取り所で待つてゐるあひだ、携帯電話を取出すと、会社に連絡するやうにとのメッセージがはいつてゐる。彼の水いろのトランクがゆつくりと近づいて来た。長良はそのトランクを持ちあげ、カートに載《の》せて運び、トランクとベージュいろの汚れたバッグを並べた上に上衣《うはぎ》を置いて、念入りに体操をした。体の凝りがほぐれ、血液が快く流れ、長旅の疲れが取れてゆく。十分間の運動は今日一日分のエネルギーを体にみなぎらせた、ちようど熱帯雨林のパイナップル科の植物のロゼット状に配列されてゐる葉が樹冠から落ちて来る何リットルもの雨水を貯へるやうに、と彼は思つた。きちんと身なりを整へてから電話をかけると、なんと、今朝、社長が食事をすませた直後、居間のソファによりかかつたまま急死した、とのことだつた。役員はほとんど社長宅へ行つてゐる。

「さうか」と間投詞のやうに低くつぶやいてから、「ほかに何かある？」

「はい、三つばかり」

さいはひそれはみな厄介な用件ではなかつた。指示を与へた後に長良は言つた。

「まつすぐ山手町へゆくよ。それから社に戻る」

途中、大丸で買つた黒ネクタイを結んで、灰いろの背広の男がマンションの最上階を訪れると、役員たちもみなネクタイだけ黒で弔意を表してゐたし、すこし遅れて姿を見せた会長は黒の背広だつた。

長良は子供のときから死顔を見るのは嫌ひなたちなので、棺のなかに横たはつてゐる大男に手を合せただけで、顔には視線を向けないやうにした。未亡人はしつかりした態度で、見る見るうちに顔色が菫いろに翳《かげ》つてゆく様子を何度も説明した。長良にも、会長にも、福岡から駆けつけた長男にも。総務部長が、密葬と社葬についての案を遺族と会長に説明し、了承を得たところで、営業副本部長は他の二人の平取《ひらとり》といつしよにタクシーで社に向つた。長良は運転手の横に、研究所長と調査部長はバック・シートに。

六時半、電車のなかで夕刊をひろげ、まづ社会面の下のほうを見ると、死亡記事が出てゐた。写真入りだからよい扱ひである。写真は実際より眉が濃く、そして普段よりおだやかな顔立ち。

赤木正臣さん65歳（あかぎ・まさおみ＝水のアクア社長）24日、心筋梗塞のため死去。社葬の日取りは未定。葬儀委員長は同社会長の橋本泰吉（やすきち）さん。自宅は横浜市中区山手町＊の＊＊の＊の＊＊＊。喪主は長男で日商岩井社員の芳臣（よしおみ）さん。

赤木社長は1960年設立の水のアクアの創業者の一人。80年から社長。85年に東証一部上場を果たした。

本当のことを言へば、社業についてもうすこし書いてもらひたいのだが、まあ仕方がないか、と自分を慰めたあと、あちこちとページを繰つたあげく、学藝欄を見てゐると、ちようど書店の本棚の前に立つたとき「水」といふ字を含む題の本が（「風水」でも「水曜日」でも「清水次郎長」でも）目に飛び込んで来るやうに「杉安佐子」といふ四字が、視線をとらへた。長短二本の鉛筆を並べたカットが題の代りになつてゐるコラムである。

21日、東京・如水会館での「日本の幽霊」シンポジウム（東京民俗学会主催）はこの種の会にしては珍しく盛り上った。竹中三郎太、大河原篤子、杉安佐子の3氏がパネリストで、司会は安西誠氏。

幽霊の話のうちはおだやかだったが、途中、『源氏物語』論になり、19世紀文学専攻の杉氏が『源氏』には「桐壺」と「帚木」の間に「輝く日の宮」の巻があったと主張したため『源氏』学者の大河原氏と激しく対立し、論戦となったもの。

ついには大河原氏が、杉氏が中学生のころ極左の青年と女子高校生の恋愛小説を書いて問題を起し、警察が介入したことをスッパ抜き、杉氏の方法は実証的でないから、「輝く日の宮」についての論文を書くよりも、それを小説の形で書くほうがよいと提案したため、混乱のうちに閉会した。

杉氏は小説執筆に意欲的で、その作品は文芸誌「花冠」が掲載することになる模様。

(吉)

「輝く日の宮」といふ巻のことは前に安佐子から聞いてゐたが、どうもよくわからない。一つには安佐子と話を合せる都合もあるし、興味もなくはないので、実は今度の旅行にも『源氏』の第一巻、上に詳しい注のついてゐる、青い表紙のわりに小ぶりな本を携へて行つて「若紫」のあたりまで何とかたどり着いてゐたが、「桐壺」や「帚木」など実在してゐる巻でもむづかしいのに、消え失せてしまつた(のかもしれないし、もともと存在しないのかもしれない)巻のこととなると素人が考へるのは大変だ。その「輝く日の宮」とそれから安佐子が少女のころに書いた、これは題名がないといふ短いもの(この話も聞いたつけ)との二つのことを、長良は電車のなかで、上方屈折蜃気楼《しんきろう》（たとへば富山湾の蜃気楼）と下方屈折蜃気楼（いはゆる逃げ水）とを一ぺんに見るやうな気持で心に思ひ描いた。あるいは、思ひ描かうと努めた。

上衣を片手に持つた長良がはいつてゆくと、迎へに出た安佐子が、

「お帰りなさい。あら黒いネクタイ」とすぐに気がついた。

「社長が亡くなつてね。明日が密葬。それで、君には悪いけどこんな野暮《やぼ》ななりで……」

「あら、悪いことないぢやない」

「はい、お土産」と長良が差出した包みをあけると、ニュー・ヨークで買つた銀のブラスレットがアール・ヌーヴォーふうの蝶に飾られてゐる。

「きれいね、テプテプ。嬉しい。有難う」と安佐子は礼を述べ、右の手首にはめてから、「シンポジウムに出て、変なことになつたの」

「知つてる。さつき新聞で読んだ。時の人……」

「なのよ。あとでゆつくりおしやべりしませう。これから夕食の支度をします。でも、ごく簡単よ」

その通り、手がかかつてる品は吸物だけだつた。冷奴とトマトとそれから電子レンジであたためた焼鳥で酒を飲みながらの、シンポジウムの話や新聞記者、文藝雑誌編集長のことの合間に、社長の死に方の話、故人の人となりの話がまじつて、ゆきつ戻りつする。たとへば、竹中三郎太が安佐子の書いたものをおもしろがつたせいで大河原篤子を変に刺戟した（面もあつた

らしい）といふ話を聞いて、長良が、

「あ、社長によく似てる、社長もさういふ無器用《ぶきよう》なことする人だつた。それで後で反省する人でね」と言つて、くすくす思ひ出し笑ひをし、それを受けて安佐子が、竹中から詫びられて困つた話をすると、「いい人だね」と批評してから、また社長のことに話を戻した。「ごくたまにだが、おもしろいことを言ふ人でね。いつだつたか、水田の塩害田の話をしてるとき、とつぜん、『ほら、一茶の、今日からは日本の雁ぞ楽に寝よ、といふ句、あれは、稲刈りがすんで田圃に水が張つてないから、雁が寝るのに具合がいいんだ』なんて言つた」

「それつて、いい線いつてるみたい」と安佐子が褒めた。長良は、

「専門家に認められたな、社長。今のはいい供養になる」と喜んだ。

二度ばかり電話が鳴つたけれど、安佐子は出なかつた。夕刊を読んだといふ友達の電話が、長良の訪れる前にかかつて来たのださうで、これもさうでせう、留守電《るすでん》に吹込んでもらふからかまはないの、と平気な顔をしてゐた。

安佐子が、「花冠」といふ大手の雑誌の編集長が一昨日《をととひ》、研究室に訪ねて来たといふ話をした。『源氏物語』「輝く日の宮」の巻を復原する小説を書けとすすめられたので、これは考へて置くと答へたが、もう一つ、『奥の細道』論の原稿を読ませてくれないかと言ふので送らうと思つてる、などと語つた。

「どつちも、いい話ぢやないか」

「さうかしら」

「さうですよ。おめでたう。お母さんが、この子は推理作家になるつて言つてた予言、的中するわけぢやないか。光源氏みたいだ」

「推理ぢやないの」

「似たやうなものだよ」

「二月号に出したいなんて言ふの。時間ない。十二月上旬には渡さなくちやならないんですつて」

「書いたらいいぢやない？」

「でも……」

「でも何？」

「こんな成行で小説書くなんて、をかしいぢやない？」

「成行ね。つまり内発的な動機ぢやないつてこと？」

「さう。やはり変でせう。何か純粋でないみたいな気がする」

「それは気にしすぎだよ。まつたく純粋な動機で小説書いた人なんて、ゐるもんか。金がほしいとか、有名になりたいとか、さういふ要素が何割かまじつてる。誰だつてさうさ。泉鏡花だつてさうだと思ふな」

「鏡花ねえ」

「ほら、君が言つてたぢやないか。泉鏡花が東京に出てからお師匠さんの紅葉に入門する前の二年くらゐ、何をしてたのかちつともわからない。それで、あれは『婦系図《をんなけいづ》』の早瀬主税《ちから》みたいに掏摸《すり》をしてたにちがひないつて説……」

「説つてほどぢやないけど、さういふ乱暴なこと書いた人、ゐるのよ」

「掏摸から足を洗ひたいつて動機、かなりあつたはずだよ。生身の人間だもの。藝術に凝り固つてるわけないだろ」

「あら、鏡花先生、本当に掏摸だつたことにされちやつた」と安佐子は笑つて、レンズ豆のサラダを食べ、それから、「あたしも足、洗はうかしら。学会やシンポジウムで問題起してばかりゐて、厭になつた」

「いいね」

「安易に賛成する」

「いや、さうでもないさ」

「思ひ出したことある。紫式部のお父さん、藤原為時といつて、学者だつたの。学者官僚ね」と安佐子は言つた。「受領《ずりよう》……県知事になりたくてゐたのに、除目《じもく》……つまり地方官人事発表のとき、彼の名前、載つてなかつたんです。それで親しい女官に頼んで帝にお手紙を差上げた。そのなかに……えーと、ちよつと待つてね」とルーズ・リーフのノートを持出し、「『苦学の寒夜紅涙襟《えり》を霑《うるほ》す、除目の後朝蒼天眼に在り』といふ詩句があつて、一条天皇がこれにひどく感動して、まんじりともしなかつた。その翌日、藤原道長が今回の人事を奏上したところ、帝が何もおつしやらない。ただ黙つてゐる。それで、をかしいなと思つて、退出してから女官に訊ねると、さういふ事情でした。そこで道長もこの対句《ついく》を読んで、とつても心をゆすぶられて、人事をやり直し……ひどいぢやない……越前守《えちぜんのかみ》と決つてた人をやめさせて、為時を越前守にしたんですつて」

「天皇が何も言はないでゐるのが意思表示……おもしろいね」と長良が批評した。「昭和天皇なんかも、その手、よく使つたらうな」

「さうよ、きつと。でも、この話、なんだか変なのよね」

「裏があるな」

「詩の功徳《くどく》が主題の説話になつてますけど、でも、実は、道長は漢詩が好きで、邸で何回も漢詩の会を催してゐて、為時はその常連なの。それなのに、ついうつかり……それとも何か事情があつて……為時を落したので、それでこの漢詩を作つて道長に頼み込んだのぢやないかしら？　そこで道長は考へて……何しろいつたん発表したことを手直しするのだから大変でせう……これを天皇にお目にかけるやうにといふ秘策を授けた……」

「そこで例の女官を介して、天皇にこれこれしかじかと……。うん、ありさう」

「ね、さうでせう。『本朝麗藻《ほんちょうれいそう》』つて漢詩のアンソロジーのなかに、このグループの漢詩がはいつてます。もちろん道長のもの多いし、為時のものも」

「上手《じょうず》？」

「むづかしい。道長のは派手好みで、きれいね。為時のは学者の詩」

「しかし取消されたほうは災難だ」

「病気になつちやつたんですつて。次の除目のとき淡路守に任ぜられたけど、病気が治らなくて、死んぢやつた」

「人事といふのは残酷だからな」

「水のアクアは？」

「順ぐりに上つてゆくのさ」と言つてから、千年前のことのほうがずつと関心あるらしく、かうつづけた。「紫式部の親父さん、国守にしてもらつたお礼に、ずいぶんいろんな贈り物したらうな」

「それはさうでせう。あのころの権力者は献上品がいつぱい届いて、すごかつたもの。それをみんな庭に並べて見せびらかすの。夜は倉に収めて、朝になるとまた庭に並べるの」

「悪趣味だな。見せられた他の者も、献上しなくちやならないぢやないか」

「あたしもさう思ふけど」と安佐子は同意した。「それが風俗だつたのね。庭いつぱいに陳列された貢ぎ物。庭実千品なんて言つて。中国から来た風習らしいの」

「ほう」

「道長がそれをしたつてことは書いてないけど、したでせうね」

「それはもちろん」

「ね」と安佐子は言つた。「為時は道長と親しくするため何か伝手《つて》を求めて詩の会にまぜてもらつたのかもしれない……」

「きつとさうだ」と長良が焼鳥の串を振廻しながら賛成した。

「森鷗外が山県有朋に、歌の会で近づいて行つたのとおんなしかも……と思つたの」

「山県有朋と鷗外、さういふ関係だつたのか。知らなかつた。つまり君は、紫式部の親父だつて純粋ぢやなかつたつてこと、言ひたかつた」

「うん」と安佐子は認めてから、「あ」と小さく叫んだ。

「どうした？」

「変なこと気がついた。お食事中に向いてないけど、ごめんなさい。あのころ最高の贈り物は黄金と馬だつたの。黄金は庭に並べることできるけど、馬はどうしたのかしら？　つまり……」

「オシツコする！」

「さう。困るでしよ」

「困る。馬は庭に並べないね、きつと。ジヤーツとやられたら困るもの。さう言へばね」と長良もきたない話をはじめた。それは、前にしやべつたことのある、ニュー・イングランドの湖の氷を切り出して輸出し、大儲けした男の話で、氷を切つたり運んだりするのに馬を使つたといふけれど、馬が湖面の氷の上で小便をしなかつたらうか、したに決つてる、氷が汚れるぢやないか、心配だ、といふのであつた。

「ぼくはあの話を雑誌で読んだときから、それが気にかかつてねえ。何しろヴィクトリア女王が買つた氷だから、汚れてゐてはまづい」と水のアクアの平取は大笑ひした。

「あなたの会社ぢやないし、それに昔のことですもの、ま、いいぢやない？」と十九世紀文学の研究者は無責任になだめた。

夜中、長良は安佐子の腿、といふよりもむしろ臀に触りながら、

「こんなにしつとりしてゐる。以前と大違ひ」と言つた。自分は砂漠を緑化したといふ比喩が心に浮んだけれど、口に出すのは控へた。

「ざらざらしてたでせう、ローマのとき」

「京都のときも、そのあとしばらくも」と長良は答へて、話をつづけた。「あのときは会長のお供だからグリーン車だつた。それが、親類に不幸があつたとかでゆかれなくなつて、ぼく一人になつて。だから、役員でないのにグリーン車」

「偶然のおかげね」

「でも、いつかはきつと会へたさ。地下水が川に流れ、海に戻つてゆくみたいなもんでね」

「気の長い話」

それから二人はしばらく黙つてゐた。

安佐子が別の声を出した。

「去年か一昨年《をととし》の夏」と長良が言つた。「研究所の女の子が桜んぼのブローチをして来てね。本物そつくりのブローチ。触つてみたくて仕方がなかつた」

「触つた？」

「まさか。でも、訊いてみた。本物ぢやなかつた、もちろん」

「変な連想」

長良が笑つた。

密葬から社葬までは人事の噂がささやかれる一週間だつた。会長が車中の独言《ひとりごと》で専務の名を二度つぶやいたと運転手から聞いたとか、会長が銀行の頭取と食事をしたのは了承を求めるためだとか、出身校のバランスを保つためには某大学の卒業生が新役員になるはずだからそれは誰だとか、詰まらぬ情報のかずかずが、勾配《こうばい》に沿つて帯水層を流れる地下水のやうに流れた。創業者三人のうち一人はわりに早く亡くなり、あとの二人は会長と社長で、この二人が代表権を持つ会社だから、会長の動静に関心が集るのは無理もないけれど、しかしさういふ取り沙汰はすべて、先任の専務が社長になるとみんなが思つてゐて、その上での噂であつた。

青山葬儀所での社葬は盛大だつた。式が終つてから控室で遺族の挨拶を受けたあと、会長は帰つた。しばらくして長良が未亡人に呼ばれ、

「橋本さんが今夜九時、社でお会ひになりたいんですつて」と告げられた。

「はい」と答へるだけにしたが、これは場所柄をわきまへてのことで、普段ならきつと、「またお小言ですか」と言ひ添へたにちがひない、そんな伝へ方である。そして、会長が叱るのはいささか大げさだけれど、ちよつとした失態を昨日、長良の部下がしてゐた。

その夜は空《あ》いてゐたので、八時すぎまで映画を見て暇をつぶし、九時ちようどに会長室へ行つた。

会長は読んでゐた「日経サイエンス」を横に置いて、いま雑誌で仕入れたばかりのイルカの話を一しきり披露した。イルカは遊び好きな動物で、鰭《ひれ》で水をかきまはして渦を作り、そこに換気孔（「まあ鼻と思へばいいらしい」）から空気の泡を送り込んで気泡のリングを作るのださうである。そしてそのリングのなかに頭を突つ込んだりする。ある学者の調査によると、十七頭のうち九頭がこの遊びをした。

「ぼくがイルカなら」と会長は変な自慢をした。「きつと上手だらうな」

「水泳が得意でいらつしやるから」

会長はそこで大きくうなづいて、近頃は週に二回プールにゆく、なにがしといふ映画女優とよくいつしよになる、といふ話をした。

「それは羨しいことで」

会長は含み笑ひをしてから、表情は改めずに言つた。

「次は君だよ」

「何ですか？」

「社長。水のアクアの」

長良は默つて会長の顔を見てゐたが、その七十代後半の、十年前とくらべて精悍《せいかん》さがずいぶん薄れた代り、よく言へば枯れて円熟した、率直に言へば老獪《ろうかい》な感じになつた、禿頭の、角張つた顔は、いつまでもおだやかな微笑をつづけてゐる。これは冗談ではないのだと五十二歳の男は確認するやうに考へ、それから、こんな不意討ちをくらつたときこそ見苦しくなく振舞はなければならないと自分に言ひ聞かせた。もうすこし正確に言ふと、その程度のことしか頭に浮ばない。

無言のまま待たれてゐるのに堪へられなくなつたやうに、長良は答へた。

「光栄なことですが、でも、十年早いですよ」

「ぼくは四十だつたかな。四十一だつたか」

「創業者は違ひます」

「しかし十年待つわけにゆかない。明日にも発表しなくちやならないんだよ。新聞記者が待つてゐる。世間が待つてゐる。銀行には話をつけた」

「会長、無理ですよ。何人抜きか、御存じなんですか？」

「六人抜き」

「とてもわたしには……」

「今どき六人くらゐ、何でもない」

「どんなにやりにくいか、おわかりの上ですか？」

「当り前だろ。仕事がしやすい社長なんて、鉦《かね》や太鼓で探したつてゐるはずない。もともとさういふものだ」

「駄目です、わたしには。あの六人を使ひこなすなんて、とても……」

「専務二人は子会社の副社長に出す。それは安心していい。しかし長良君、どうも話の粒が小さいな」

「はい」

「もうすこし次元の高い話をしようや」

「はい」

「ぼくとしては、この会社の将来は君に託《たく》したい。それが一番いいと判断した。君が去年の春、うちの海水淡水化はスグレモノなのに、国内ではうまく活用できない、水のアクアは国外に重点をかけるべきだと提案して、時期尚早といふ形で、事実上、否決されたことがあつたね」

「はい」

「誰ひとり同調しなかつたな。ぼくは君の説に賛成だつた」

「さうだつたんですか。一言もおつしやいませんでした」

「立場があつてね」

「はい、わかります」

「これだけ規制がうるさくて、手続きが面倒くさい国に主力を傾注してゐては、いつまで経つても業界第二位だと思つてゐる。前からさう考へてゐてね。だから君の意見は嬉しかつた」

「有難うございます」

「それに、あれだけ徹底的に負けたあとでの君の態度……引き際がきれいだつた。さつぱりしてゐて、感心した」

「内心、ひどく腐つてました」

「しかもそのあとで、すぐ、カリブ海のホテルの大仕事を持つて来た。あれにはびつくりした。鼻を明かしたね」

「あれはたまたまでした。前からあつた話が、うまく行つただけで……」

「そのあとも、筋がつながつてると聞いた」

「はい、何とかつづいてゆきさうです」

「よかつた」と会長は短くそして効果的に褒めた。

「しかしわたしには荷が重すぎます」と長良は哀願するやうに言つた。「とてもそれだけの力はありません。いろんな意味で。何しろ……不勉強でした。思ひがけないお話をいただいて、後悔してゐます」

「誰だつて最初はさういふものだよ。ぼくもはじめは怖かつた。いや、いつまでも怖かつた。どんな偉い人だつて……大物だつて……さうだと思ひますよ。当り前ぢやないか」

「心構へも何も出来てゐません」

「それは寝耳に水だから」と会長はくすくす笑つてから、長良の顔をみつめて、「でも、今まで何度も、もし自分だつたら、ああする、とか、かうする、とか、考へたでせう」

「夢想とか空想と、心構へとは違ひます」と長良は答へた。「そのときそのときの岡目八目みたいな思ひつきと、責任を伴ふ見通しとはまつたく別でせう」

「うん、違ふよね」と会長は認めてから、「しかし、一人になつてじつくり考へれば、心構へも身構へもおのづから恰好《かつこう》がついてくる。さういふものだ」

「わたしは一匹狼型で、人を束ねてゆく柄ぢやありません。前からさう思つてました。自分でわかつてゐます」

「これからは違ふ立場になるからね。人間は変るものだし。それに束ねると言つたたつて、いろんな流儀があつてね。橋本流もあれば赤木流もある。長良流だつて自然に出来あがるさ」

「しかし会長、わたしの気持は変りません。本当に有難いお話ですが、やはり辞退させていただきます」

「さうかい？」

「はい」

それに対して、八十近い男は、

「謙遜といふのは立派なことだが、それも時と場合でね、さういふ礼儀よりもつと大事なものがあるときもある」と子供に諭《さと》すやうに言つて、それから半ば独言のやうに、「社長になればやりたい仕事ができるんだよ。ならなければ、できない」とつぶやいた。そして一呼吸も二呼吸も置いてから、まつたく別の口調になつた。「ぢやあ、今日はこれで。一つ考へてみて下さい。明日の朝、九時、ここで返事をいただきませう」

長良は黙つて立ちあがり、お辞儀をして部屋を出た。彼の心には、段の違ふ相手にあしらはれたといふ何か屈辱感に似たものと、その相手に認められたといふ喜びとが、ややこしい割合でいりまじつてゐたが、答を明日まで保留するのは会長の顔を立ててのことで、社長就任を拒みつづける意志は堅かつた。

しかし翌朝、寝不足で憔悴《しようすい》しきつてゐる長良は、会長室にはいつた途端、朝の挨拶も抜きにしてかう述べた。

「前言を撤回します。お引受けします」

そして深々とお辞儀をすると、会長は、

「有難う。よかつた」と短く答へ、軽く会釈《えしやく》をしてから、腰をおろすやうにすすめた。

次の話題は人事のことではない。会長は自分の健康のこと、週に二度プールへゆくこと、日曜の朝は自分でオムレツを作ることなどを上機嫌で語つてから、カリブ海のホテルの件はどういふ人脈で手に入れたのかと訊ねた。

「あれは不思議な縁でした」と長良は語り出した。「すこし長くなりますけど、よろしいでせうか？」

「いいよ。手柄話だ。伺ひませう」

「自慢話に聞えさうなので口にしなかつたのですが、今日は特別といふことにして」

「さうだね、まさに特別の日だもの」

それはかういふことだつた。ニュー・ヨークで時間のあいた長良が日本画家である友達に電話をかけて久闊《きゆうかつ》を叙すと、今夜は知人の邸のパーティに招かれてゐるからいつしよにゆかないかと誘はれた。彼の絵を買つてくれる人で、親しい仲だから大丈夫だと言ふ。喜んで同行すると答へ、その、まるでホテルの宴会場みたいな部屋でのシェリー・パーティに顔を出したのだが、一人でぽつんとしてゐるとき、頬ひげの濃い、じつに上手に背広を着こなしてる長身の男に話しかけられた。二言三言しやべつてから、日本人の癖でつい名刺を出して渡すと、社名の AQUA OR WATER を見て、かうつぶやいた。

"Water, water, everywhere"

言ふまでもなくコールリッジの『老水夫譚』の一行で、英米人はこれに幼いころから、ちようどわれわれ日本人が芭蕉や蕪村の名句に対すると同じやうに親しんでゐるせいか、長良の読んだ水関係の本にはすべて、どこかできつと引用されてゐる。序とか、扉とか、最後の章とか。彼は三冊目くらゐでそのことに気がつき、英詩の名作選を手に入れてコピーに取り、ポケットに忍ばせて、暗誦に励んだのだ。今でもときどき、電車のなかや散歩の途中、口にしてみる。それで長良は、相手の、氷だけしか残つてゐないティオ・ペペ・オン・ザ・ロックスのグラスを指さして、

"Nor any drop to drink" と朗誦し、笑ひかけた。

相手も笑つて、グラスを高くあげ、

"The very deep did rot: O Christ!
That ever this should be!"

とつづける。こちらもいつしよに暗誦する。それから十数行、二人が声を揃へて、第二部の終り、老水夫が世を呪ふところまでつづけると、相手が、

「ここで休んで酒を飲まう」と言ひ、長良のグラスを指さして、

"Nor any drop ......"

よかつた。彼が空で言へるのはここまでだつたから。今にして思ふと、向うだつて似たやうなものかもしれないけれど。

二人は酒を飲みながら、コールリッジの話をした。といふよりも、長良が、この詩をここまで暗記してゐる理由を打明けた。

「あなたは正直な方だし、それに仕事熱心ですね」と相手は褒めてくれて、それから何やかや

話のやりとりがあつたあとで、かう言つた。「日本人は詩が好きですね。『源氏物語』で作中人物たちが、男も女も即興的に詩を作る。翻訳ではすくなくしてゐるらしいけど」

「あ、『源氏物語』！」と長良は当惑して言つた。「恥しい。また正直なことを申上げなければなりません。わたしがうんと長い小説で読んだのは『宮本武蔵』……」

「ムサシ！」と長身の男は喜びの声をあげた。「君はムサシが好きか？」

「ええ、大好き」

「わたしは映画で見ました。小説は読んでませんが。ムサシの映画がたいへん気に入つてゐる」

「三船はいい役者ですからね」

「いや、ミフネではなくて……」

「中村錦之助？」

「キンノスケ！　彼がいい」と男はうなづいて、それから、鎖鎌《くさりがま》で向つて来る夫婦者にたぢたぢとなつて、絶体絶命の窮地に陥り、つひに女房がおぶつてゐる子供を人質に取つて戦ふ武蔵の映画を、褒めちぎつた。「あの卑怯なムサシ。すばらしい。あれは偽善的なハリウッド映画には決して出て来ないヒーローですよ」

宍戸《ししど》梅軒とのことだらうが、さういふ凝つた趣向は小説にはない、読んだことがないと長良は言つた。

「あの短い映画は忘れられない」と男は述べ、見たことがないのかと訊ねた。
「見てません。話に聞いたこともありませんよ」と答へると、彼は、
「日本人があれを知らないのか」と慨嘆するやうにつぶやいて、とつぜん、「ゆきませう、わたしの家に」

運転手つきのクライスラーで、同じブロンクス区のマンションの最上階にある住《すま》ひに着いたとき、日本の会社役員をまづ驚かしたのは、入口のホールに飾つてあるセザンヌの大きな水浴図と、それを鑑賞するのに充分な距離のある、ドアから油絵までの空間であつた。それは日本人のいはゆる玄関といふ概念とまるで違ふ。見惚れてゐる彼を執事が小ぶりの部屋に案内したが、その突き当りには、金地に油彩で、そして洛中洛外図を模した構図で、西洋の都市の景観を描いた二枚屏風が立ててあつて、北欧調の低い椅子が三脚、それに向ひ合つてゐる。児童画のやうな、見覚えのある画風で、しかし画家の名は思ひ出せない。

そのとき執事が手早く屏風を畳むと、テレビのセットが現れた。ここはそれ専用の隔離された部屋で、しかもテレビ・セットは普段は隠して置くべきものなのだと長良は悟つた。

ニュー・ヨークの金持はかういふ暮しをしてゐるのかと呆れた思ひでゐると、この家の主人がビデオを押込み、映画がはじまつた。内田吐夢の『真剣勝負』で、英語の題は *With Naked Blades* だつた。台詞《せりふ》は吹き替へになつてゐる。赤ワインが来た。然るべき年代物らしく、いい味だつたが、銘柄を確めてゐるゆとりなどない。武蔵が宍戸梅軒（三国連太郎）の家を訪ね

ると、梅軒は不在で、彼の妻が乳飲み子の見まもる前で鎖鎌の型を示す。奥行と陰翳のある画面がいい。

梅軒は野武士の頭目だ。帰つて来て子供に土産の風車を与へる。それは黄が主で、赤と青がほのかにあしらつてある風車だ。梅軒と武蔵が酒を酌みかはす。武蔵が関ケ原の落武者で、前名タケゾウであることを知ると、梅軒は妻に命じて酒を取りにゆかせ、しかし実は仲間に襲撃の用意をさせる。この旅人は妻の兄、辻風典馬を討つた男なのだ。夜中、ふと目覚めた武蔵は風車が廻るのに気づく。戸がすこし開いてゐる。

ここで主人は、

「じつにきれいだ。すばらしい」と風車を褒める。

“Yes, splendid. I agree with you, Mr. ……”

“Brubaker. Saul Brubaker.”と彼は自分の名前を早口に教へ、そして、「子供のおもちやをこんなに効果的に使つた映画、ほかにあるかしら。『第三の男』の風船なんて、あんなもの」と言ふ。

サンドイッチが来た。本職の料理人がいま作つたばかりの贅沢なものだが、味はつてゐる暇はない。映画を見なきやならないし、それに質問される。武蔵が横たはつたままで新品の草鞋《わらぢ》をそつと引寄せる場面で、

「あれは何?」

「稲の茎で作つた靴」と大急ぎで答へる。

決闘の前に、武蔵は梅軒に事情を訊ね、辻風典馬の塚に手を合せる。「この場面が好きだ」とブルーベイカーがつぶやく。武蔵は多勢に無勢《ぶぜい》を避けるため、走りに走つて闘ふ。八人の野武士を倒してから、朝の光のなかで、鎖鎌で向つて来る梅軒夫婦と相対する。梅軒の妻は乳飲み子をおぶつてゐる。亭主が正面から女房が脇から、鎖鎌で攻めて来る。二人の打ち振る鎖のさきについた分銅が恐しい迫力。危《あや》ふくなつた武蔵は咄嗟《とつさ》に、女房に駈け寄り、おぶひ紐《ひも》を切つて赤子を奪ひ、姿をくらます。折りよく立ちこめた霧のなかへ。

霧が晴れると、赤子を抱いた武蔵が上機嫌で立つてゐる。赤ん坊が泣く。女房が叫ぶ。乳が張つて苦しく、頭がをかしくなりさうだと言つて乳房を出し、乳をしぼる。地面に細くしたたる白い液。

ここでブルーベイカーが拍手する。

「じつに感動的な映像。ドラマチックで官能的で、人間の条件……」

武蔵が腰の竹筒を投げる。

「これに乳を入れて投げ返せ。おれが飲ませる」

赤ん坊が乳を飲み、泣きやむ。子供を取られた女房は戦意が萎《な》える。夫が、わが子を抱く武蔵に鎖を打ち振つて攻め寄らうとするのを阻止する。亭主は女房を鎖で樹に縛りつけ、刀で向つて来る。武蔵は梅軒の腕を斬り、梅軒は去る。武蔵は赤ん坊を、母親のすこし前まで抱いて行つて草地に置く。

「さあ、ここからは自分で這つてゆけ」

母親を縛つてゐた鎖がほどける。

何か唐突な終り方で、あとで調べたら、内田吐夢の死後に編集されたせいとわかつたが、このエンディングについてブルーベイカーは言ふ。

「ゼンだ!」

長良は、禅とはちよつと違ふやうな気がしたが、アメリカふうに言へばさうかもしれないと思ひ返して、同意した。

「ゼンだ!」

気がつくと二人で四本、赤ワインをあけてゐた。酔つたブルーベイカーは立ちあがり、両手をひろげて、二刀流の遣《つか》ひ手を気取る。仕方がないから、長良は梅軒になつて鎖鎌で向ふポーズを取る。走る武蔵が頭にしみついてゐるから、剣豪はすこしふらふらしながら長くて広い廊下へ出て、それから広い部屋へと逃《のが》れてゆく。追つてゆくと、その部屋の壁には大きなピカソ(静物)とマチス(風景)があつた。

「みんな、画集に載つてない絵ばかりですね。展覧会にも出ない……」と長良が感嘆の声をあげると、ブルーベイカーは答へた。

「さういふ絵、たくさんありますよ。でも、うちには、オールド・マスターズが一点もない」

ルネサンスやオランダ派の絵がないことを恥ぢるなんて、と長良は驚いた。

そして翌日の夜、彼がホテルに帰ると、

「この男を訪ねて行つたらどうでせう。ホテルを半ダース持つてゐる人物です。君のことを話したら、会ふと言つてました」といふメッセージがはいつてゐた。

「おもしろい武勇伝」と、途中から自分も二刀流の構へをしてゐた会長が、手はそのままにして褒めた。「英詩と宮本武蔵とが出会ふ。愉快だね。意外性がある。あの二行、水関係の本にはよく出て来るけど、調べるとはねえ」

そこで会長は両手をおろし、そして言つた。

「KBなしといふのが嬉しい」

「はい、大丈夫です」

「あの手のことはどうもね」

「でも、きれいごと言つてられませんから」

「うん」と会長はうなづいて、「昨夜《ゆふべ》はあれを厭がつてるのかと思つた」

「それはありません。飛行機事故と同じですよ」

会長はまたうなづいて、口ずさんだ。

「ウォーター、ウォーター、エヴリウェア。ぼくだつて何度も出会ひましたよ。でも、気にとめなかつたな。恥しい」

「そんな」

「暗記したつてのがすごい。やはりビジネスの世界は努力がものをいふ」

「有難うございます」

「発表は今日の午後だよ。明日の朝刊に出る。そのつもりで」

「はい」

「一つ言ひ落したけれど」と会長は、料理屋に帽子を忘れた話をするやうな口調で言つた。「結婚して下さいよ、それが条件」

長良は反応が遅れた。「あ」と叫びたいのを押へるのに、一瞬か二瞬かかつたのだ。それを取戻さうとしたが、うまい反応が浮ばず、仕方がないから無器用に問ひ返した。

「結婚ですつて？」

「うん」

「条件なんですね？」

「うん、独身ぢやあ何かとね。やはり妻帯者がいい。安定感があるし、普通の感じだし。パーティとか、外国からのお客をもてなす都合もあるし」

「考へてませんでした」

「何しろ近頃は忘れつぽくて」と会長は嘆いた。「プールへゆく話、昨日もしたんぢやなかつたかい？」

「はい」

「途中で気がついた。万事さういふ調子でね。昔のことははつきり覚えてるのに。会社創立の前、赤木、寺崎の二人組と対立して激論を戦はせたこととかね。さういふのは忘れないのに。社長夫人といふ条件、言ひ落した」と吐息をついて、「でも、とにかくさうして下さい。君なら、相手に困りやしないでせう」

長良は心のなかで、「この狸おやぢめ、どうして最初にこれを言はなかつたのか。さうすればすぐに断つたのに。一晩かかつて考へるまでもなく」と怒りながら、しかし表面はさりげなく、恭しく、会長と社員、いや、会長と新社長とが語りあふなごやかな態度でゐた。つまり彼はもう、社長になることを既定の事実として受入れてゐたし、雪解け水が泡立ちながら山の斜面を流れ出したらもう止めることができないのと同じやうに自分の心が元に戻りつこないことを認めてゐる。会長がまた言つた。

「いくらでもゐるでせう」

その品格のある、しかし煮ても焼いても喰へない感じの顔が静かにほほゑんでゐるのに向つて、長良は答へた。

「そんなこと、ありません」

「遊びの相手とは違ふからね」と会長は殊勝な顔でうなづいてから、また別の表情になつて、

「しかし数人はゐる……」

「そんな、数人なんて」

「数人とは何人か、それはむづかしい問題だな」と会長は楽しさうに言つた。「数日間の休養とは二、三日か、五、六日か。いつだつたか、香港で、支払ひを数ケ月待つてくれといふのは十ケ月以下のこと、つまり八ケ月か九ケ月だといふ説を聞いたことがあつた」

「おもしろい冗談ですが……わたしにとつては……」

「わかつてます。一大事だよね。しかし、さうして下さい」と会長はおだやかな、そのくせ貫禄のある声で言つた。顔は微笑してゐるが、眼は笑つてゐない。

その眼を意識しながら、長良は、いつか安佐子が結婚しようかと言ひ出したときの情景を思ひ浮べ、それにすがつてゐた。回想のなかでの女の口調と表情は甘くて切なくて、男の願望を励ます。希望的観測に打つてつけである。長良はためらひながら訊ねた。

「すぐに、しなければいけませんか?」

「まさか」と会長は言つた。「それは無理だらう。先様《さきさま》の都合もあるし。一年以内といふことにしませう」

「はい、わかりました」と長良は答へた。「来年の九月末までに」

「よかつた」と言つて、会長は右手の小指を出した。それは第一関節がふくれて曲つてゐて、第一関節と爪のあひだに小さな痣《あざ》がある。

「ゲンマンですか?」と長良は笑つた。

「さうだ」

会長と新社長は指切りゲンマンをした。

それから会長が内ポケットから新しい役員構成の案を出し、社長は賛成した。会長はこれから専務二人に、ただし一人づつ会つて了承を求めるといふ。長良は下の階の社長室にこもり、きれいに整理してあるのになぜか前社長のレインコートが一つスタンドに掛けてあるその部屋で、記者会見に備へて書類を読んだ。これはまるで一夜漬けの試験勉強だなあと思ひながら。

役員会はとどこほりなく終り、役員たちはみな、内心はともかく表面は長良を祝福してくれた。彼はもつぱら謙虚な態度を心がけた。記者会見は四時から東京大手町のパレスホテルでおこなはれた。急な話だつたため、経団連ビルに部屋が取れなかつたのである。記者会見の幹事社は日経と新日報で、日経の記者がわりあひ懇意な仲なので、気持は楽だつた。長良の挨拶は「非力にもかかはらず」とか「諸先輩をさし置いて」とか「前社長の遺志を引きつぎ」とか、無難なことばかり口にした。社業に関する質問にも支障なく答へることができた。海外進出が持論だと聞いてゐるが、と毎朝の記者が訊ねたのに対しても、海外にも国内にも大いに意欲を燃やしたいといふ答弁にとどめた。六人抜きの抜擢《ばつてき》について質問されたときは、会長が発言し、若返りといふことを強調したあげく、例によつて、自分の社長就任は四十になるやならずだつたといふ話をしてみんなを喜ばせた。四十分ほどで会見が終ると、記者が一人、追つて来て、どうやら最近、社会部か学藝部から移つたばかりで、プライヴェイトなことには触れない

といふ経済記者の約束事を知らないらしく、

「独身主義でいらつしやるんですか？」と訊ねたが、これには、

「そんなことありませんよ。成行きでかうなりました。ぼくの主義は資本主義だけかなあ」と笑はせてごまかした。

「趣味は？」

「テニスと読書だけですが、でも読書と言つたつて……」

あとは例の『宮本武蔵』の話。

「学生時代、学生運動には？」

「苦手でしてね、あの手のこと。まつたく普通の学生でしたから」

さう答へて長良は車に乗り、運転手に、品川へゆくのだけれどまづ高島屋に寄りたいと伝へた。今日は安佐子を訪れる日で、牛肉と赤ワインを買つてゆくと約束してあるのだ。品川のマンションの三階へ行つて、包みを二つ渡すと、食事まですこし休みたいと言つてベッドにはいり、女の匂ひのなかで眠つた。一時間後に起されたとき、頭もすつきりしてゐるし、体も、まるで別人になつたやうにさはやかである。その感じは、カバラ派の信者が丘の麓の冷たい泉の水で身を清め、何時間も歌を歌ひながら礼拝するといふ話を思ひ出させた。彼はこの部屋の衣裳戸棚に置いてあるシャツを着、ズボンをはいて、食卓についた。

ワインの栓を抜いてゐる長良に、安佐子は声をかけた。

かはいさうだつた」

「会長が挨拶で泪声になつてね」と彼は言つた。「年下の友達に先立たれるのは辛《つら》いんだね。

「でも、仕方ないのよね」

「さうね。順序よくつてわけにゆかない」と同意してから長良はまづ味見をし、小さくうなづき、二人のグラスに注いだ。よく言はれる比喩の逆もまた真であるなら、エーゲ海いろかクレタ海いろかそれともイオニア海いろの液体が、目の高さのあたりまで持ちあげたそれぞれのグラスのなかでたぷたぷと揺れた。安佐子が、

「おいしい」と褒めた。

「ぼく、社長になつた」と長良が独言のやうな口調で報告した。

「社長つて、会社の社長？」

「当り前でしよ。盲腸は腹にあり。蝶々は野原にあり。社長は会社にあり」

しかし安佐子はこの無駄口には取合はずに訊ねた。

「何人抜き？」

「六人」

「おめでたう。きつと、さうなると思つてた」

「ほう。単なる直感？」

それに対して安佐子は、前に役員構成の話になつたとき、専務二人が年をとつてゐることを知つて次の社長はうんと若くなると思つたし、それにどの世界だつて優秀な人がそんなに大勢ゐるはずないもの、と答へた。

「するとぼくが優秀？　有難う」

安佐子は、

「やはり身びいきでさう見えるのかも」とふざけたあとで、「ねえ、さういふとき、やはりいちおう辞退するものなの？　それとも二つ返事？」と好奇心を燃やして質問した。

長良は、会長から伝へられてから引受けるまでのことを詳しく物語り、一年前の役員会での敗退の件や、それに先立つての人脈づくりの成功のことを披露した。興味津々といふ様子で聞いてゐた安佐子が、ナイフとフォークを置いて言つた。

「あら、コールリッジの詩も、錦之助の武蔵も初耳」

「さうでせう」

「そんなにおもしろい話、どうして今まで内緒にしてたの？」

「それは……だつて……照れくさいもの」

「ふーん」

「ふーんといふのはどういふ意味？」

「ちよつと恰好いいな、くらゐの意味。意外に恰好つける人だつたのね、くらゐの気持もはいつてます。隠し味として」

「隠し味ねえ」

それから安佐子は、高校のとき英語の先生がアメリカ帰りの人なのでキーツやシェリーの暗誦をさせられた話をしたが、長良はそんな教育を受けてゐない。それなのにコールリッジを十何行も覚えたのは偉い、と安佐子は褒めた。

「だつて、どの本にもどの本にも出て来るんだぜ」と彼は弁解するやうに言つた。「ウォーター、ウォーター……」

しばらくして、長良が訊ねた。

「で、君のほうはどうなの？」

「週刊誌に出るんですつて」と安佐子は顔をしかめた。「花冠」を出してゐる社の「週刊花冠」が、安佐子と大河原篤子の論戦を取上げることになり、記者が訪ねて来たといふのだ。「光源氏をめぐる女の戦ひですなあ、なんて言ふのよ、いやねえ」

「でも、それなら君のこと悪く扱はない」

「さうかしら」

「えげつない書き方にはなるにしても」

「それがいやなのよ」ともう一度、同じ表情を、ただし硬水と軟水との違ひくらゐ差をつけてしてから、安佐子がした話によると、餅は餅屋といふのか、「週刊花冠」の編集部はあつといふ間にすごい情報を集めて来た。

第一に、彼女が例の短篇小説（？）を読ませた武林弘子といふ同級生は、現在、貿易商と結婚し、野村弘子となつてニュー・ヨークにゐるのだが、これが大河原篤子の従姉妹《いとこ》で、篤子はこの者から話を聞いた、と自分で語つた。そして弘子は、別に控へは取つてないけれど、一体にもの覚えのいいたちだし、あの一夜のことを記した奇怪な文書のことは特に鮮明に記憶に残つてゐるのださうである。

第二に、篤子の伯父は警察関係の大物で、地獄耳で有名な人物だから、安佐子の事件に関する公安関係の情報はすべてこの経路で篤子にはいつたのではないかといふ、これは推測。

「いかにもありさう」と長良はうなづいた。

「ねえ」と安佐子も賛成して、しかし、「政界の巨頭なんてずいぶん詰まらないことに首を突つ込むのね。呆れた」

「何にでも詳しいんだつて。どの代議士とどの実業家がホモ関係とか、みんな知つてるらしい」

「ふーん」と吐息のやうな声を出してから安佐子は、これも週刊誌記者から聞いた、『芭蕉はなぜ東北へ行ったのか』がどの出版社でも断られたのは里見龍平門下の圧力のせいだといふ話をして、「でも、それが里見先生の意向かどうかはわからないんですつて」

「つまり弟子たちが勝手に動いた」

「ええ」

「さうかもしれないし、違ふかもしれない。わからないなあ」

「これは『花冠』の編集長が原稿読んで、おもしろいので、どうして出さなかつたのかと調べたら、何となく匂つて来たんですつて。あの編集長、あたしには黙つてて、週刊誌には教へる。変ねえ」

「おもしろいつてことは、言つて来た?」

「ええ、葉書でごく簡単に」

「同じ会社だもの」と長良は弁護して、「だつたら芭蕉論、すぐ出せばいいのに」

「それは『輝く日の宮』をまづ載せて、それから、と言ふの。芭蕉の原稿あづかるときからさう言つてた」

「商業上の問題だね」と社長は軽く納得した。

「それで向うは、あれは学問上の対立だと言ひ張るんですつて」

長良はここで、これは芭蕉論のことではなく『源氏』の話に移つたのだとすぐにわかつて、

「あ、大河原つて女?」

「うん」と安佐子はうなづいて、「でも、それつて変よねえ。読んでない小説のこと引合ひに出して難くせつけるなんて、学問的ぢやないもの。あたし、さう言つてやつた」

「なるほど、その通りだね」と長良はグラスのなかの赤ワインを見ながらつぶやいてから、

「ひよつとするとその小説、残つてるかも。公安調査局の倉庫とか、警察庁の誰かの引出しの一番下の奥とか……」

「まさか」

「官庁つてさういふ所らしい」

「廃棄されないで？　シュレッダーにもかけられず、燃やされもしないで？」

「うん。誰にも読まれない……埃もかぶらない……」

「ふーん」と安佐子は、思ひがけないことを言はれて驚き、闇のなかに眠つてゐる、そして今はおそらく黄ばんでゐる、幼い字で書かれた原稿を心に思ひ描いて、ふとつぶやいた。「過去つていつまでも残るのね」

長良がとつぜん訊ねた。

「その週刊誌に、君の言つたことがどう出るか、念のため確認させてもらひたいつて、頼んだ？」

「言つてない」

「ぢや、すぐ電話かけて」

「あ、さうなの」

「今すぐ」

そこで安佐子は週刊誌の編集部に連絡を取り、その当人は不在だつたが、次長が出て来て、校了前にはかならずさうさせると約束した。長良は、自分が以前、別の週刊誌に取材されたとき、この手続きを怠つたせいでしくじつた話をした。

染付の大皿に盛つた赤飯が食卓に出ると、長良が声をあげた。

「あ！」

それをお祝ひのしるしと取り、どうして社長就任が予知できたのかと驚いたのだ。畏敬の表情に似たものがその顔にはあつた。

安佐子が詫びるやうに言つた。

「違ふの。ひらめいたわけぢやないの。デパートの名店街で、おいしさうだから買つただけ」と笑つて、「でも、テレパシーかしら。あんなに、あ、お赤飯食べたい、と思つたのは」

「びつくりした。何しろ、さつき、きつとかうなると思つてた、なんて言つたから」

「それは嘘ぢやないけれど、でも、今日は人事のことなんか何も考へてなかつた」とお茶をいれながら安佐子は打明けた。「ごめんなさい。ほかのことで頭がいつぱいだつたの」

「週刊誌とか……」

「『源氏物語』とか。今夜、逢へるつてこととか」と言つてから安佐子はつぶやいた。「まだ旧《ふ》りぬものにはあれど君がためふかき心に待つと知らなん」

「何それ？」と長良が訊ねた。

「『源氏』。あたしにもよくわからない歌」と軽くいなしてから、安佐子は海苔《のり》を載せた小皿二つを出し、「包んで召上《めしあが》つて。おいしいから」

そして、手本のやうに、焼海苔の艶やかな黒の上に赤飯の薔薇いろをすこし載せる。長良がそれを真似《まね》て、ただし赤飯の量を倍くらゐにして食べ、

「うまい」と褒めた。

「おいしいでせう、この食べ方」と安佐子が誇らしげに言ふと、

「君の発明？」

「お友達に教はつたの。お料理屋さんの娘。さすがねえ」

「うん、絶妙の取合せ」と長良は褒めて、乾いた海のものとやや湿つた野のものとの思ひがけない出会ひがもたらす味と舌ざはりを喜んだ。

お茶もよかつた。使つた水が富士ミネラルウォーターと聞いて、長良は去年、某大学の水関係の学者を招いたときの話をした。入社したばかりの女の社員が同席してゐたので、

「この先生は水の権威だから、何か水のことでわからないことがあつたら質問するといいよ」

と言つたら、若い娘はあつさりと訊ねた。

「ミネラル・ウォーターでは一番のおすすめは何でせうか？」

水のアクアの役員は、一つには何となくもつと高級な質問を期待してゐたし、さらには、各社への公平といふことも気になるし、難問だなあと心配したが、教授は平然として答へた。

「君はどこの生れ？」

「山形県です」

「ぢやあ、山形の水がいいでせう。出羽三山の水、かな？　子供のころ飲んだ水が一番いいんですよ。体がそれで出来てるわけだから」

それを聞いて、なるほどこれなら角が立たなくていいや、うまい答へ方だなあと感心した、といふ話を長良がすると、安佐子は、

「あたしの場合は父が子供のとき飲んだ水なわけね」と微笑してから、「うまい返事だけど、でも、きつと今まで何度も質問されてる」

「あ、さうか」

「さういふ職業なのよ、大学の教員て。さうでなくちや、大変でせう」

「つまり質問が決つてる。だから答が用意できてる。大臣みたいだ」

「さうなの。文学関係の質問だつて百くらゐかしら。せいぜい百五十。あとは学生、思ひつかない。うちの大学だつて、それから講師で教へてる美術大学だつて」

「たとへば？」

「夏目漱石で一番いいのは何でせう、とか」

「で、どう答へるの？」

「『全部読んだ？』つて訊くんです。もちろん向うは全部なんか読んでない。『ぢやあ、まづ読んで』とおどして、それからかう言ふの。『漱石で一番いいのは書簡集とか、荷風なら日記と

か、答へる人が多いのは、つまり小説は番付つくるのが厄介だからなのよ。書簡集や日記と違つて、小説と読者との関係は複雑だもの。でも、その複雑さが研究のおもしろさなのよ』って」

「さうか。想定質問集がある」

「『源氏物語』で一番おもしろいのはどこ、といふのも訊かれます。『若菜』の上と下、そして『柏木』のところ。とにかくおもしろいから、すぐに現代語訳で読んで、とすすめるの。その前は粗筋《あらすぢ》でいいから、つて」

長良が微笑した。安佐子が、

「でも例外もあつて」と言ひ出しかけたが、長良が話しかけたので譲つた。

長良は、人間は他の動物と違つて水を浪費するやうに出来てゐるといふ話をはじめた。

第一に、人間は尿をうまく濃縮することができないたちなので、老廃物を捨てるのに多量の水を使はなければならない。それにたくさん汗をかくことで体温を冷却する仕組になつてゐる。運動すると一時間に二リットルの水がなくなる。だからマラソンの選手はあんなに水を取る。野球の投手もベンチへ帰るたびタオルで汗を拭いてそれから水を飲む。アフリカの水辺で誕生したせいか、人類はさういふ構造の種なのだ。だから、われわれには水が大事。とても大事。

しかも長良はその話が終るとすぐ、水道水の浄水場のことを論じ出した。欧米の水道水は膜処理に移つてゐるのに日本はまだ旧式の砂濾過で、せいぜいオゾンと活性炭を併用してゐる程度。膜処理による水道水が欧米では一つの浄水場で日量三十万トンから四十万トンなのに、日本では全国で日量十二万トン。全国でだよ。本当に遅れてゐる。日本の膜の技術は進んでゐるのに。

「どうしてそんなに差があるの？」と安佐子が、いささか社交的な態度と口調で質問した。長良が説明した。第一に日本はもともと水道水が安心して飲める珍しい国だつたせいで、それが習性みたいになつて、あまり気にしないこと。第二に、外国と違つて水が民間会社に任せられてゐないこと。お上の仕事だからといふので、みんながわりに信用してる。第三に……

黙つて聞いてゐた安佐子が、ここでとつぜん口を出した。その表情には何か疑ふやうな翳《かげ》がある。

「今日はなんだか違ふみたい」

「え？」

「普段は仕事の話、そんな口調でしないのよ。しても、もつと気楽な感じ。コールリッジの詩と宮本武蔵で人脈を作つた話まで内緒にしたりして。あれは照れがあるから別かもしれないけれど。でも今夜は何か違ふ」

「それは何しろ社長になつたんだもの」と長良がおどけて答へても、安佐子は言ひつづけた。

「ねえ、何かあるのよね。何なの？」

長良は、さつき赤飯を出されたときのやうな畏怖の表情を浮べ、一瞬の躊躇《ちゅうちょ》ののちに言つた。

「もつとあとで話をしようと思つてたんだが、ぢやあ、はじめよう。大事な話」

薄赤く染まつた御飯粒がすこしと小豆が二つ目立つ大皿、海苔が一枚づつ残つてゐる小皿、赤ワインが渇水期のダムの底のやうに僅かばかりあるグラスを前にして、長良が、今までとはまるで違ふ、静かな、むしろしめやかな口調で語りはじめた。昨夜、会長から次期社長になれと言はれて辞退したこと。会社内の人間関係を思ふとその煩はしさに堪へきれない思ひで、自分のしたい仕事がやれると言はれても心が弾まなかつたこと。しかし、一人きりになつて考へてゐるうちに、ニュー・イングランドの湖の氷を熱帯の国々に輸出して大当りを取つたボストンの若い商人の冒険が心に浮び、これだけの機会を与へられた以上、引受けなければきつと後悔することになると思ひ直したこと。しかも今朝、会長におだてられてブルーベイカー氏との出会ひの話をしてゐるうちに浮れてしまひ、それにもともと心が決定的に傾いてゐるため、社長就任の条件を、老獪といふか狡猾な手口で後から出されてもそれを非難することも拒むこともできなかつた……

ほとんど無表情で黙つて聞いてゐる安佐子に長良は言つた。

「いいかい。怒らないでくれよ。身勝手だとか、虫がいいとか、いろいろ言はれても仕方がないんだが、そのことは承知の上でお願ひする。君がいつだつたか結婚してもいいと申し出てくれたとき、ぼくは独身主義だなんて言つて断つた。その方針を変へなくちやならない。さういふことになつた。そこで改めて頼む。結婚してくれないか」

「水のアクアの社長夫人て」と安佐子が冷静な口調で訊ねた。「どういふことするの？」

これを聞いて長良は気持がほんのすこし楽になつた。どうやら怒つてゐないらしく、すくなくとも怒りを押へる気らしいと判断されたし、これなら結婚申し込みを受けてくれるかもしれないと思つたのだ。

「普通はパーティに出るだけみたいだね」と彼は説明した。「もちろん全部のパーティぢやなくて。たいていのパーティは社長だけ出る。よその社長夫妻からのおよばれとか、それから社員やなんかの結婚披露宴とか、さういふのには連れ立つて顔を出さなきやならない。普通は週一回あるかなし、くらゐのものでせう。詳しくは知らないけれど」

「多いときは？」

「それは週二回とか三回とか。もつと多い週も年に何度か……。赤木さんの奥さんに訊いてみるよ」

「かなりの激務なのね」

「でもまあ、そんなこと滅多にないもの」

「パーティだけでいいの？」

「いや、外国の会社の社長夫妻を招くときがあつてね。社長は工場とかダムとかへゆく。そのあひだ社長夫人は京都とか奈良とか。歌舞伎座とか。台湾の社長夫人でディズニーランドへゆきたいつて言つた人もあつた。さういふとき相手をする」

「上方へ行つたりなんかすると、何日もつづくでせう」

「さうなるね」

「さういふこと、しよつちゆう？」

「いや、年に一ぺんあるかないか」と答へてから長良は言ひ添へた。「何年もないつてときもある」

「英語ね！」と安佐子がとつぜん気がついて言つた。

「うん、赤木さんの奥さんは毎週一回、学校へ通つてた。うまくなつてね」

「ふーん」と安佐子が気のなささうな声を出したので、長良は、これはどうも見込みがないなと落胆したが、「英会話習ふにはいいキツカケかも」と安佐子がつづけて、彼を安心させた。

こんな調子での一喜一憂が長くつづく。女が、

「ぢやあ大学はやめなければなりませんね」と軽い口調で言ふと、男は、これは有望だと嬉しがりながら、勤めをやめるとかへつて勉強がはかどるかも、と無責任な予測を口にした。

「まさかそんなことは」と女が打消してから、「でも、研究室がなくなると本の置き場、どうしようかしら？」とつぶやいたので、男は、

「今のこの住ひを書庫にしたら？」と提案しながら、内心、おや、別居したままの結婚を考へ

てゐたのかと呆れ、しかし同居するしないはこの際、問題ではないわけだから、ま、いいかと思ふことにした。

「退屈でせうね、社長や社長夫人とつきあふのは」としみじみとした声で女が言ひ出したとき、男は、それが問題だと思ひ、もう駄目かと半ば諦めながら、

「だつて、ぼくとこれだけつきあつてる。ぼくも社長だよ。それに、いろんな人と会ふのが必要だぜ、作家になるには」と自分でもあまり説得力のないと思ふ理屈を述べたが、意外なことに女は、

「さうかも」と答へて安心させた。

しばらくして、女が、

「約束の日になつても独身のままだつたらどうなるのかしら？」と事の重大さを冗談に包むやうにして訊ねた。男は、最悪の場合のことを口にするのはつまり女が乗り気ぢやないわけだと落胆し、ここは率直に答へるしかないし、それが同情心に訴へることになると判断して言つた。

「橋本の爺さんは仕返しをするだらうね。何しろ指切りゲンマンをしたんだから。意外に約束を守るたちの人だから、他人にもきびしい。紳士協定と称して」

会長から橋本の爺さんへの下落は激しかつたが、それは女に通じた。

「仕返しつて？」

「再来年六月の人事ではふり出される」

「社長ぢやなくなる？」

「うん」

「それでどうなるの？」

「せいぜいよくつて子会社の副社長かな？　それも無理かもしれない。いざとなると、思ひ切つた人事をする人でね。今度だつて専務二人をスパッと」

「どうなつたの？」

「一人は部品メーカーの副社長。一人は不動産管理会社の副社長」

「それも無理つてのは」と女が質問した。「つまり平社員とか？」

「うん、結局やめるしかない立場に追ひ込まれるんぢやないか」

「まさか」

「あり得る、充分に」

「抵抗できません？」

「できない。大株主は、銀行のほかは……会長ともう二人の創業者の遺族だもの」

「でも、有能だから社長にしたのに、そんな些細なことのせいでやめさせるなんて、会社にとつて損でしよ。資本主義の考へ方に背くでしよ」

「それはこちらの論理。向うの論理は違ふだらうな」

女は吐息をついて、

「深刻ねえ」と言つた。

「深刻ですよ」と男はうなづいて、女がまた物思ひに沈むのを見まもりながら、これはアメリカの大平原の地下にあるオガララ帯水層が二〇二〇年に枯渇するといふ予想と同じくらゐきびしい事態だと考へたが、この比喩は口に出さなかつた。

「でも」と女が言ひよどんだ。「もし万一……」

男が言つた。

「会長が死んだら、といふこと？」

「ええ」

「もう遺書に書き込んであるだらうね、きつと」

女はもう一度、深い吐息をついたが、ここでとつぜん話題が変つて、

「そしてあたしに最初に声をかけて下さつた……」とつぶやいた。待ち構へてゐたやうに男は言つた。

「君しかゐないんだよ」

「さう？」と女はじつに優しい、そして複雑な感じの微笑を浮べて言つた。男は黙つてゐる。女が食卓の上を片づけはじめた。

夜中、長良が目覚めると、そばにはあたたかい体はなかつた。隣りの部屋に明りがともつて

ゐて、パジャマの上に薄いガウンを羽織つた安佐子が食卓に向つてノートに書き込んでゐる。本が何冊か開いてある。声をかけるのをためらつて薄闇のなかにたたずんでゐると、向うが気がついた。

「ちようどよかつた。ビールでも飲みません?」と言つて、椅子をすすめ、冷蔵庫から缶ビールを出したが、冷たすぎるので、台所の隅に置いてあるビールで割ることにした。長良もガウンを取りに行つて羽織つた。

「夢のなかで何かひらめいた?」と彼が訊ねると、

「さうなの」と安佐子が説明した。「夢のなかぢやないけど、うとうとしてるとき」

それによると、紫式部の作風には『蜻蛉日記《かげろふ》』の影響が大きいのではないかといふのだ。第一の巻「桐壺」の書き方は童話かロマンスのやうで、写実的な人物描写とは言ひにくい。ところが「帚木」からは調子が変つて、風俗と人情を重んずる近代ふうの本格的な小説に近づく。あるいはその手の小説そのものになる。『源氏』以前にはああいふ書き方はなくて、『竹取物語』だつて『伊勢物語』だつてずつと素朴だから、あの変化は何のせいだらうとかねがね疑問に思つてゐたけれど、さつき、ふと、闇のなかで男の寝息を聞きながら、『蜻蛉日記』の一場面を思ひ出した。

この本は作者である女が晩年になつてからの回想で、ただし日記めかしてほぼ現在形で書いてある。作者は受領《ずりよう》階級の娘で、本朝三美人の一人と称されたといふが、その美少女が上流階級の藤原兼家（後に太政大臣）から求婚されて結婚し、兼家が他の女たちに通ふのに悩み（「嘆きつつひとり寝《ぬ》る夜の明くる間はいかに久しきものとかは知る」は小倉百人一首に取られて有名）、正妻格である時姫に対してはともかく他の妻妾たちに嫉妬しつづけて暮した。安佐子がベッドで思ひ浮べたのは、結婚後十年ばかり経つたときの一挿話。

三月ごろ兼家が彼女の住ひに来てゐるとき、病気になつてひどく苦しんだ。「この家にゐたいのはやまやまだが、何かにつけて不便だから、本邸に移ることにしよう」と言ふ。この本邸に時姫が同居してゐるかどうかは不明だが、どうやらゐないらしい。兼家は今にも死にさうなことを言つて泣く。女も泣く。男はさらに、「ねえ、泣かないでおくれ。わたしが亡くなつたらどうなさるおつもりか？　きつと再婚なさるに決つてるが、わたしの喪《も》の明けぬうちは（一年間は）なさらないで下さいよ。わたしがあなたをどんなに大事に思つてゐたことか。もうお目にかかれないと思ふとたまらない気持」などと嘆く。侍女たちは泣くし、作者も泣く。彼女の兄が兼家を抱きかかへて車に乗せ、邸へ向ふ。こちらから見舞ひの手紙を送る。

十何日か経つうちに、すこし快方に向つたやうで、たよりがあつて、「夜にまぎれて、人目を忍んでおいでになりませんか」と書いてある。そこで「車をお願ひします」と言つてやると迎へが来た。闇のなかに降り立つと兼家が「遅かつたなあ」と手を取つて案内する。屏風の後ろに明りを置いて間接照明にしてから語つて言ふには、療法としての読経や修法《ずほう》のために精進《しようじん》をつづけ、魚を食べないでゐたが、「あなたがいらしたら、いつしよに精進落しをしようと思つて用意させてあります」とのこと。お膳を運ばせて食事をする。修法の僧侶たちが邸に詰めてゐて、夜が更けるとやつて来たけれど、兼家が「今夜はそばにゐなくても大丈夫だ。いくらか気分もいい」と言ふと、僧たちは、「たしかにそんな御様子です」と言つて引下がる。

安佐子が説明した。

「王朝文学の書き方ですから、露骨には言つてませんが、ここで明らかに実事ありですね」

「実事?」と長良が聞き返した。

「ええ、つまり……」

「寝た!」

「だつて、そのため呼んだんぢやない?」

長良は自分のことを言はれたやうにへどもどして、

「それはまあ、さうだが……でも……がんばるもんだな」

「だつて、兼家はまだ四十前ですもの」

「なるほど。すこし持ち直すと、すぐ……」

「さうなのね」

夜が明けて作者が帰り支度をしようとすると、兼家は引き止める。

「二度目をするの?」と長良が口をはさんだ。

「多分さうだと思ふ」と安佐子は答へた。

兼家は召使に蔀《しとみ》（板戸）を上げさせて、前栽《せんざい》（庭の草木）の様子を見せる。庭が自慢なのだ。しかし作者は、「具合の悪い明るさになつてしまつた」と気が気でない。王朝風俗では夜に男が女の家に訪れて、暗いうちに帰ることになつてゐる。その妻問婚《つまどひこん》（夫婦が同居せず夫が妻の家を訪れる形態）の作法を作者＝女主人公は、女が男の家を訪れるといふ破格の場合に当てはめて、どう振舞つたらいいかわからず、弱り切つてゐるのだ。しかし兼家は平気で、「まあいいぢやありませんか。御飯でも一つ」などと言ふ。そして晝になると、「ではいつしよに帰るとしよう。あなたがまたこの邸へいらつしやるのは具合悪いだらうから」などと言ふので、「人の口もうるさいし、あたしが迎へに来たなんて思はれるのは厭です」と答へる（これは女中たちから時姫に告げ口されるのを心配して）。兼家は車を用意させて、「明日か明後日には伺ひませう」などと寂しげに見送る。そして午後には手紙が来て、歌が一首。それに作者は返事をしたため、歌を書いた（これはもちろん後朝《きぬぎぬ》の文）。数日後には兼家がやつて来たし、本復するとまたいつもの間隔で訪ねて来るやうになつた。

この挿話が典型的だが、じつになまなましい。絵空事ではない感じで男女の仲を描く。いちいちディテイルがよくて、小手がきいてゐる。きつと再婚することにならうが、といふ男の台詞は女の容色の美を暗示して遺憾《いかん》がないし、しかし一年は喪に服してくれといふのは男の身勝手をむき出しに出してゐて、滑稽で、哀れが深い。精進落しの魚をいつしよに食べてそれから……といふのも、病みあがりかそれともまだ病中の男の欲情を具体的に写してゐて切ない。一体にかういふ調子で書いてある日記を読んで、紫式部は写実的な人間のとらへ方を学んだのではないか。

などと考へるのは（と安佐子は長良に系図を見せて説明した）、道長が紫式部に『蜻蛉日記』を貸したと推定されるからだ。兼家と正妻格の時姫とのあひだに生れたのが道隆、道兼、道長、超子（冷泉天皇女御）、詮子（円融天皇皇后）であり、兼家と作者とのあひだに生れたのが道綱だから、この作者（普通、道綱母《みちつなのはは》と呼ばれる）の日記が兼家の手許にあつた蓋然性はすこぶる高い。これには道綱母三十九歳の大晦日までのことが記されてゐるので、おそらくその翌年中には完成し、浄書したものがただちに兼家に贈られたと推定される。彼女が五十五歳の年、太政大臣兼家が亡くなつたとき、その厨子《づし》のなかには一本が秘められてゐたはずで、その本ないしその写本を道長が蔵してゐたことは充分にあり得る。紫式部はこれを借覧し、感銘を受け、写本を作り、何度も何度も読んだのではないか。

「その男……兼家……おもしろいやつだね」と長良は喜んで、「一年だけは再婚しないでくれ、なんて。見栄つぱりだなあ。そんなこと、泪ながらに頼むなんて。男ごころつて、さういふものだらうな」と人物評論に興じてから訊ねた。「道長はその親父の女の日記を、紫式部にいつ見せたの？　まだ『源氏物語』書き出さないうち？」

「とてもいい質問」と安佐子は学生に答へるときのやうに褒めて、「そこが問題なのよ。『蜻蛉日記』読んでたら、最初の巻があんなふうにお伽話みたいになるはずないでせう」

「うん。出だしはお伽話で、それが小説になつてゆく。個体発生は系統発生をくりかへすつて感じ」

「何それ？」と安佐子がけげんな顔をした。

「ヘッケルつて動物学者の説。すべての生物はその個体の発達において先祖の歴史を反復する……人間の胎児は魚類、両生類、爬虫《はちゆう》類、鳥類、哺乳類といふ進化の系譜をたどる。異論もあるらしいけど、大筋では認められてるらしいや」

「あ、それにぴつたしね、『源氏』五十四帖。お伽話からはじまつて、近代小説になつて、おしまひはモダニズム小説そつくりのオープン・エンディング」

「オープン・エンディング？」

「主人公や女主人公の運命が結着つかない、宙《ちゆう》ぶらりんの終り方」

「『源氏』がさうなのか」

「ええ、縹渺《ひようびよう》と終るのね、『夢浮橋』つて題そのまま」と答へてから安佐子は、「これ御覧になつて」とノートを差出した。手製の年表が書いてある。

996　長徳二年　一月二十八日、藤原為時、越前の国守に任ぜられる。初夏、紫式部を同行して任地へ。越前の国府、武生《たけふ》に住む。

997　長徳三年　十月、紫式部、都に帰り、中河わたりの家に住む。この家は、為頼、為時兄弟の家。

999 長保元年　一月、紫式部、藤原宣孝と結婚。

1000 長保二年　この年、紫式部、長女賢子を産む。

1001 長保三年　春、為時、越前守の任を果して帰京。四月、宣孝死す。

1004 寛弘元年　三月二十四日、道長、方違《かたたが》へのため藤原伊祐（為頼息）の家、つまり紫式部の住む中河の家に来る。

1005 寛弘二年　十二月二十九日、紫式部、一条天皇中宮彰子（道長女）に仕へる（あるいは1006寛弘三年の同日か）。

1008 寛弘五年　七月、紫式部、道長との関係生ず。式部は三十七歳、道長は四十四歳。九月十一日、彰子、皇子出産。十一月一日、五十日《いか》の祝ひ、この宴のとき、藤原公《きん》任《たふ》、「このわたりに若紫やさぶらふ」と声をかける。

そしてこんなふうに説明した。

武生にあつた紫式部は、はじめての田舎住ひを体験し、京が恋しくてならなかつた。鄙《ひな》に生きる佗しさと都への郷愁のせいで『源氏物語』の想が生れ、書き出したのではないか。これは角田文衞の説だが鋭いと思ふ。それを逃避と見るのは正しくなくて、想像力を用ゐて一回限りの人生を何倍かに増幅し、充実させる冒険であつた。一年とちよつとで武生から帰つたのは、後宮勤めの体験のある知合ひの老女たちに取材するため、と推定される。

そこへ、以前ちよつと話のあつた親類の男、藤原宣孝が言ひ寄つて来て、結婚した。通ひ婚であらう。娘が生れ、夫が亡くなつた。そのあひだも『源氏』を書きつづけた。

為時は任期を終へて京に戻つたとき、黄金や馬はもちろん、越前名産の紙（奉書、鳥の子、雲紙《くもがみ》、薄様《うすやう》、厚紙など）、絹、その他を道長に献上したにちがひない。しかしこれとは別に、道長邸でしばしばおこなはれる作文会《さくもんえ》（漢詩を作る会）や掩韻《えんいん》（韻ふたぎと言つて、隠してある古詩の韻字を当てる文学遊戯）に出席した際に、娘の書いた『源氏物語』の出だしの数巻を呈上したはずである。為時は京に帰つてからはじめて（？）読み、感じ入つて、これなら唐宋小説好きの権力者に見せても恥しくないと考へたのではないか。それを読んだ道長は、自分の娘である中宮彰子《あきこ》のためこの才女を召しかかへようと思ひ立つた。優秀なお女中に取り囲まれてゐるお妃はその分だけ魅力が増し、帝の寵愛がそちらに傾く。それが当時の後宮の習はしであつたからだ。道長は紫式部の出仕を為時に求めただらう。

寛弘元年三月に、道長が方違へのため中河の家に来たのは、この話をさらに固めるためで、紫式部を引見したかどうかは疑はしいが、『蜻蛉日記』を貸し与へたのはこのときかもしれない。

「方違へ！」と長良が叫んだ。「空蟬みたいな事件、なかつたの？」

「さあ、どうかしら。ヒントにはなつてるでせうけど。同じ中河だし。でも、いい仲になるのはずつとあとよ」

「つまりこのときは本を貸しただけ」

「褒めたでせうね。いろいろ批評したり。面と向つてではないにしても」

安佐子の説明がつづく。

宮仕へをはじめて一年半後、五十日《いか》の祝ひで宴が乱れたとき、藤原公任（道長に気に入られようと心を砕いてゐた）が、「ちよつと何ですが、このあたりに若紫がおいでては？」と言つて見渡すしぐさをした、と『紫式部日記』に見える。明らかに『源氏物語』にかけての冗談で、このころ大評判になつてゐたのがわかる。ただし、どの巻のあたりまで読まれてゐたのだらう。⑤「若紫」までか。⑬「明石」までか。⑲「薄雲」（藤壺の死、冷泉帝が、光源氏が実父であることを知る）までか。それにこれにはa系、b系の問題（b系の巻々はおそらくまだ書かれてゐない）がからむので、話が厄介になる。

興味深いのは、七月、道長と式部が親しい仲になつたことと『源氏』の反響との関係である。これには、彼女の名声が確立し、これを完全に自分のものにしなければならないと道長が感じたことも作用してゐたらう。色恋だけのことなら、もつと以前にさうなつてゐるはずだ。

「それで『輝く日の宮』は？」と長良が訊ねた。「書いたの？」

「書きました」と安佐子は断言して、「道長も読んだでせうね。でも、彰子も一条天皇も藤原公任も読まなかつた……」

「ふむ」と長良がうなづくと安佐子は言つた。

「一ぺん書いたことは確かだと思ふ。でも、どうして消えてしまつたのかしら。そのへん、あたしの考へもまだ固まつてませんし、それにお疲れらしいから、次の機会に」

「さうね。ずいぶん勉強した」

「研究の一夜でした。個体発生と系統発生も教はつたし」と安佐子は言つて、「明日はどうなさるの？」

「九時に迎への車が来てね」

「花とか祝電とかいろいろ届くでせう」

「秘書が来てくれることになつてる」

安佐子は、もうすこし起きてゐるから朝は見送れないと詫び、朝食のことを詳しく説明した。長良は、こんなに『源氏』に熱中してるのでは求婚を受入れてくれる見込みは薄いと思つたり、しかし「花冠」に載せるものを早く書きあげて結婚するつもりかもしれないと思ひ直したりした。さらに、一回限りの人生とはつまり社長夫人としての生活を指し、何倍かに増幅するといふのはすなはち……などと考へながら眠りについた。

祝電や花や鯛は秘書が上手に始末してくれた。翌週は挨拶まはりやらインタビューやらでふさがつたし、次の週も地方への出張で忙しい。ほうぼうの県の県庁や市役所に顔を出さなければならなかつた。秘書と息が合はなくて、スケジュールを勝手に決められるのにも当惑した。

女のほうも父の入院その他で時間が取れないため、結局、次に逢つたのは半月ばかり後のことで、それも二人が別々の会で夕食をすませてから、九時近くに安佐子の家で顔を合せた。長良はどこかの元市長の喜寿の祝ひのあとである。安佐子は右肩から左下にかけて白い花模様がつづく葡萄酒いろのブラウスとグレイのスカートで、つまり余所《よそ》行《ゆ》きのまま、居間で待つてゐた。以前に美術大学で教へた女の子が広告賞の新人賞を受けたのでそのパーティに出た、去年は『源氏物語』の広告で落選したけれど、今年は自動車の広告を選んで、うまく行つてよかつた、と語つた。それからお茶を飲みながら、安佐子が暗い顔で父親の容態の話をするのを聞いてゐるうちに、長良は祖父の長わづらひのことを思ひ出して口にした。

倒れてから週に二度か三度、『宮本武藏』を朗読してやつたのだが、高校一年の秋、おしまひの「円明の巻」の最後の「魚歌水心」といふ章、巖流島の決闘のくだりの後半を読んでゐて、武藏の舟がわざと遲れて島に着く。水際に立ちはだかる佐々木小次郎が、「武藏か」と呼びかけるところで友達が呼びに来たので、そこで打切つて、二人でキャッチボールをして、それから友達の家に行つて、いくつもいくつも柿を剝いて食べて、帰つて来ると爺さんは眠つてゐた。それで翌日、いや、翌々日かもしれない、「読まうか、つづき」と声をかけたが、「今日はくたびれがひどいから明日だ」といふ返事で、しかしその翌日からは昏々と眠つてばかりゐて、三日か四日で亡くなつた。葬式の夜、長良は自分の部屋でそつと声を出して、巖流が呼びかけるところから心をこめて読んだ。そこのところは何度も朗読して、まるでお経あげてるみたいだなんて思つた。あのころしばらくは大団円は空で言へた。今はどうだらうか。さう言つて彼ははじめた。

どこへ指して、どこへ小舟は漕ぎ着いたか。

彦島に備えていた巌流方の一門も、彼を途中に擁《よう》して師巌流の弔《とむらい》合戦《がっせん》に及んだというはなしは遂に残っていない。

生ける間は、人間から憎悪《ぞうお》や愛執《あいしゅう》は除けない。

時は経ても、感情の波長《はちょう》はつぎつぎにうねってゆく。武蔵が生きている間は、なお快しとしない人々が、その折の彼の行動を批判して、すぐこういった。

『あの折は、帰りの逃げ途も怖いし、武蔵にせよ、だいぶ狼狽《ろうばい》しておったさ、何となれば、巌流に止刀《とどめ》を刺すのを忘れて行ったのを見てもわかるではないか』――と。

波騒《なみざい》は世の常である。

波にまかせて、泳《およ》ぎ上手《じょうず》に、雑魚《ざこ》は歌い雑魚は躍《おど》る。けれど、誰か知ろう、百尺下の水の心を。

水のふかさを。

暗誦を終へるとすぐ、長良は小さく、

「あ」と叫んだ。「おれはこの刷り込みで水屋になつたのか」

「さうかも。あたしもさう思つた」

「気がつかなかつた、今まで」と長良が複雑な表情でつぶやいた。

「水のアクアの社長になる宿命だつたのよ」と安佐子は優しく批評して、「よかつたぢやない」と祝福し、それから黙り込んだ。

長良は自分の一生がそんな事柄であやつられるのに承服できない気持で、すこし腹を立ててゐた。この解釈でゆくと、自分が暗示にかかりやすいたちだと認めることになりさうで、癪に障つた。

やがて安佐子が訊ねた。

「ねえ、ナミザヰつて言つたわね」

「うん、ナミザヰ」

「そんな言葉はじめて」

「おや」

安佐子は緑いろの『日本国語大辞典』を持出して引き、

「ない」と独言のやうにつぶやいてから紫いろの『角川古語大辞典』を出して調べ、「ないわね」と言ひ、「念のためこれも」と『邦訳日葡辞書』に当つてから、黙つて首を振つた。

長良が言つた。

「ぼくの記憶違ひかもしれない」

「いいえ、そのころ覚えたことははつきり残つてるでしよ。吉川英治の造語ね」

「さういふこと、あるわけ？」

「あります。その造語がみんなに使はれれば辞書に載るし……。それに辞書作りの先生方は、漱石や鷗外からは単語や何か丁寧に拾ふけど、『宮本武蔵』や『大菩薩峠』は相手にしないでしよ。読者がいくら読んでたつて。学者の権威主義があるもの」と説明してから、「でもおもしろいわね……ナミザヰ……ナミザヰ……」と舌でころがすやうにして、今度は逆引き辞典を出す。そして、

「シホサヰ（潮騒）、アヂサヰ（紫陽花）」と読みあげ、そのさきは半ば独言のやうに、半ば講義みたいにして、「アヂサヰのアヂは集るといふ意味で……お魚のアヂ（鰺）はたくさん海に群れるからアヂといふつて語原説、何かで読んだことがある……ほら、あの花もゴチヤゴチヤしてるでせう、だから上にアヂがつく……アヂガモ（阿治鴨）もびつしり集るから。第一アツム（集む）アツマル（集る）がさうね……at- とか ad- とかゴチヤゴチヤつて意味の語根なのね。アヂサヰのサヰはアヰ（藍）と双子関係でせう。ムラサメ（村雨）のサメとアメ（雨）みたいな。スツ（捨つ）とウツ（棄つ）とか、S音が取れても取れなくても意味がおんなしなんです。そしてアヰ（藍）とアヲ（青）は兄弟でせうね。aw- が語根で。あ、マサヲ（真青）のサヲがある。だからもしかするとアヂサヲなんて花の名もあつたのかも。アヂサヲや帷子時《かたびらどき》の

薄浅黄……折角の芭蕉の句も台なしね」

それから『大言海』（これは背が取れたのを継いである）と『岩波古語辞典』とを持出して、

「シホサヰのサヰは……あ、サヰサヰシ（騒々し）がある。『源氏』初音、黒き掻練《かいねり》のサヰサヰしく張りたる一《ひと》かさね。糊づけした衣裳が音を立てるんですつて。サヰサヰシヅミとサヱサヱシヅミがある。未詳とした上で、ざわざわとする落ちつかなさをおししづめての意か、ですつて。あ、サワグ（騒ぐ）、サワガシ（騒がし）、サワサワ、ザワザワ（騒々）がある。サワヱ（騒ゑ）がある。『万葉集』三五五二……」とそこで赤い表紙の『万葉』を出して、「三五五二、松が浦に騒ゑ群立ち真《ま》人言《ひとごと》思ほすなもろわが思ほのすも。波が騒いで波がむら立つやうに人の噂をさわがしいとお思ひでせうね。あたしが思ふと同じやうに」

ここまでは長良は、納得のゆくところはよく出来る生徒がするやうにうなづき、実は腑に落ちないところでもあまり出来ない生徒がするやうにときどきうなづいて聞いてゐたが、安佐子がつづけて、

「東歌《あづまうた》ですね。もちろん恋歌《こひか》。松が浦に」とそこでとつぜん声がうるみ、「騒ゑ群立ち……」と泪声になつたので、男が、

「あ、どうした？」と声をかけると、女は、大粒の雨に打たれる花の樹のやうな風情《ふぜい》で泣きじやくりながら、

「ごめんなさい。有難いお話で、嬉しいけど、駄目なのよ。かういふ調子なんですもの。アヂ

サヰとシホサヰなら向いてるけど、シンガポールの社長夫人を奈良に案内して鹿に煎餅をやるとか、アメリカの社長夫人といつしよに歌舞伎を見て吉兆の食堂でお食事とか、さういふのは無理です。ね。諦めて」

「それは何も」と男はうろたへて、「何も今すぐでなくてもいいので。まだ一年あるから、まづ『輝く日の宮』を書いてそれからゆつくり……」

そしてティシュー・ペイパーを渡すと、女はそれで泪を拭き、鼻をかむ。

「この半月、ずいぶんいろいろ考へました。かういふこと、男の人に言つていただくの、最後でせうしね。もうないと思ふ。結婚して、とあたしが言つたとき、して下さればよかつたのに、なんて怨んだり。でも、駄目でせうね。今までにもう別れてるかもしれない……きつとさう」

「それはわからない。うまく行つてるかも。琴瑟《きんしつ》相和して、ときどき喧嘩して、でもまあ……」

「さう？　調子いい」と女はとつぜんにつこり笑つて、気楽な感じで、それともそれを装つて、「ですから、ほかの方に、おつしやつて」

「うーむ」と唸つてゐると、だしぬけに、

「シャワー使ひません？」

男は、

「ぢやあ、さうする」と、妻を選ぶ件なのかシャワーのことなのか自分でもわからずに答へてから訊ねた。「明日の朝、帰るとき、パジャマやガウン持つてゆかうか？」

女はすぐに言つた。

「そんなこと、なさらなくて、いいんぢやない？」

男は、これは関係をつづけるといふ意味だと取つてうなづいた。

女は黙つて斜めのほうを見てゐた。様子がよくて、泣いたばかりのせいか愁ひのきいた顔立ちで、これならどんな席に出しても恰好がつくのにと惜しまれたけれど。

しかし実を言ふと、長良にはこの二、三年、安佐子以外の女はゐない。別に一人にしぼるつもりはなかつたが、あるいは安佐子が気に入つた結果なのかもしれない、さうなつた。新しい女も現れなかつた。現れても追つてゆく気力が湧かなかつたといふ面もある。かういふ状態なのに別の人に当れと女にすすめられるのはかなり滑稽な事態で、その滑稽さに彼は堪へつづけた。

よく晴れた日曜日の朝、散歩と食事と皿洗ひを終へると、長良は、ほかにもうすることがないからあの厭なことに直面するしかないと自分に言ひ聞かせて、十冊ばかりの手帖を取出し、おしまひの住所録のページから女名前を拾つて行つた。もちろん多少の取捨選択を加へて。

コピー用紙に鉛筆書きされた女たちの名前と電話番号を見てゐるうちに、この、自分と彼女らとの関係のやうに、公表されず、公認されず、たとへ知られてもひそひそとささやかれるだけのものこそ色情にふさはしいといふ、これまで何度もいだいた感想が、またしても浮んできた。

その秘密めかした仲、一切の晴れがましさの欠落、仄暗さ、匿名の男女としての睦み合ひが官能性を高めるので、色事にまつはる匂やかさは、結婚披露宴の案内状、役所への届け出、新婚旅行の見送りなどとは険しく対立する。つまり結婚が社会的な行為であるのに対して恋愛は反社会的なもので、その欲情の中心部に健全な市民であることへの悪意と反逆を持つてゐる。ただしたいていの恋人たちは蜜月のしあはせそれとも多忙にまぎれて、不逞な心情、危険な無意識を捨ててしまふけれども。自分が独身でゐつづけたのは、ひよつとすると、会社員としてみんなに調子を合せ、ぬかりなく挨拶し、愛想を言つたり、へりくだつたりして安全な市民でありつづけることへの代償として、この一点においてだけ反社会的であらうと努めたのかもしれない。それによつて、社会との協調それとも騙《だま》し合ひに傷つき疲れた自分を慰め、癒し、励まさうとしてゐたのかもしれない。とすれば、さういふ者が社長となる条件として結婚を課せられ、承諾し、しかもその相手が見つからなくて当惑してゐるのはかなり皮肉な話と言はなければならない。長良はそんなことを考へたあげく、リストのなかの名に1、2と順位をつけた。3はなかつた。

1は林佐由理《さゆり》である。アメリカの大学を出て水のアクアの社員と結婚したが、十年前、夫が急逝したため、子供は母にあづけて働くことにした。そのとき長良が相談されて商社に勤めてゐる知人に紹介したけれど、これはうまくゆかない。しかしその商社の男が、大手のデパートで英語が得意な若い女を探してゐるといふ話を持つて来てくれて、これがまとまつた。そんなことでつきあつてゐるうち、親しくなつたのだ。

佐由理ははじめ服飾関係の買付けを受持つたが、自分の着るものとなるといい感覚なのに顧客に受ける品が選べなかつた。それで食品のほうに移されたところ、いちいち成功して認められた。今はたしか本社のマネジャー（課長職に当る）のはずである。

頭もいいし、気立てもいいほうだし、美人と言つても差支へなからう。仲がこじれ、途切れたのには、偶然だの運の悪さだのがいつぱいからんでゐた。向うから連絡して来たとき、逢びきを約束して置きながら、二度も取消す羽目になつて、そのあとでこちらから声をかけると佐由理のほうが忙しく、ついそれきりになつたのである。もつともこれは安佐子と新幹線で再会してから二年ほど後のことで、こちらに切替へた気味もすこしあつた。そして佐由理なら英語はお手のものだし、社長夫人たちとの交際も厭がらないと思はれるのに、連絡するのをためらつたのは、久しく絶えてゐた仲ゆゑの気まづさもさることながら、水のアクアの元社員の未亡人との結婚をなるべく避けたいのが大きかつた。

不在にちがひないとなぜか決めてしまつて、留守のときに吹き込む文案を頭のなかで作り、電話したところ、すぐに出て来たので、あわてて何か言つた。佐由理ははじめ愛想のいい、といふよりもむしろ他人行儀の声を出してゐたが、長良が、

「いろいろ話もあるし、久しぶりに食事でもと思つて」と言ふと、さらりと断られた。明日からアメリカへゆくし、今夜もふさがつてゐるし、といふのである。長良が、これは見込みがないなと思ひながら、「あ、さうですか。ぢやあ、そのうちに改めて」と電話を切らうとすると、向うは儀礼的な調子で、

「あ、このたびはおめでたうございます」

「有難う。でも、おめでたくもないのさ。仕方がなかつた」

「さう？　本当？　かうなると思つてましたよ。遅すぎるくらゐ。でも、あたし、びつくりした」

「ぼくだつて驚いてね。それで毎日、辛い日を送つてゐる」

「いえ、さうぢやないの」と佐由理は説明した。「あなたのこと、かういふときに電話をかけて来る人と思つてなかつた。長良さん変つた」

「社長になつたから電話を……？」

「ええ。男の人つて、得意になつたとき、お食事に誘ふものでせう」

「おや」

「かういふことで得意になる人と思つてなかつた」

「これはきびしいな」

「ね」と佐由理は笑つた。

「ちよつと言ひわけしたい気もするけど、やめとく」

長良とすればそれは誤解だと説明したいけれど、大ざつぱな見方をすればまさしく正解で、社長になつてなければこの電話はかけなかつた。彼は這ふ這ふの態で話を打切り、わづかな出世を鼻にかける奴といふ評価を受けたことをくやしがつたあげく、またしても会長との約束を後悔した。

リストを見てゐるうちに昔のことが心に浮んだ。それは、何人かの女に電話をかけてもみな断られるといふ、独身者につきものの辛い思ひ出である。一週間も十日もできなくて、そのあげくに夢精をしたし、さういふときは女の夢は見なくて、ただ体が濡れてゐる。女が出て来る夢のときは、かならず、まだはじまらないうちに目が覚めた。あれはどうも理屈に合はない話だつたと、苦笑ひと自己憐憫が半々くらゐの気分で回想した。

新聞を読み、テレビを見てから、昨日のテニスは楽しかつたなあなどとちらりと思ひ浮べ、やがて心を励まして次に移ることにする。2は平野春子である。これは長良より一つ年上で、病院勤めの内科医だが、同級生の姉なので知合つた。三十代の半ば、接待で六本木の鮨屋にゐると、友達夫婦と姉とがゐて紹介され、その数日後、上野の文化会館で声をかけられたのだ。気さくで、せいが高くて、愛嬌のある顔立ちの女である。双方むづかしく考へないことにしてゐる仲で、一年ばかり間があいても平気でつきあつてきた。今度のやうに四、五年ぶりといふのははじめてだけれど。停年のことも気にしてゐるだらうし、この話を受けてくれる見込みはかなりある、と長良は思つてゐた。姉女房といふのは、これはもう仕方がなからうと自分に言ひ聞かせてある。

春子は今夜、麻布のイタリア料理屋で会ふことを、屈託のない声で承知した。化粧を濃くしたせいかまだ四十代に見える、しかし前よりすこし肥つた女に、長良は名刺を渡した。ベージュいろのブラウス、白い太い縁どりが襟から裾までつづく空いろのロング・ジャケット、そして白のパンタロンの春子は、老眼鏡を出してじつと見てから、

「あら、やだ」とつぶやいた。「豊さんが社長だなんて、年寄りみたいぢやない」

女主人と春子が料理の相談をしてゐるのに長良はときどき口を出し(前菜は三種類を半分づつ、パスタも二種類を二人で分けて、そしてメイン・ディッシュは牛タンの煮こみを半分づつ)、それからワインは、女主人が並べたほぼ同じ値段の四本のうちから、記憶にないものを二本、選んだ。酒も料理もよく、二人は上機嫌で語りつづけ、二本目のワインを抜いたころ、春子が微妙な目つきになつて、

「ねえ、診察してあげようか」とささやいた。

これは二人のあひだの隠語である。十年以上前、横浜のホテルのベッドで、互ひに相手の足の横に枕を置いて戯れたとき、すべてが終つたあとで春子が、

「ねえ、会陰部に固いものがある」

「エインブ?」

「ほら、ここ」

長良も触れてみると豆粒のやうなものがある。

「多分、心配いらないと思ふけど、診てもらふほうがいい。あたし専門ぢやないから」

それで翌々日、泌尿器科へゆくと、淋巴《リンパ》瘤《りゅう》か脂肪瘤のどちらかで、前者ならそのうちに消えるし、後者ならそのまま残るが、悪性のものではないから心配は要らないとのことであった。一月も経たぬうちに失せたから淋巴瘤だつたわけである。このときから、隠語ができた。

とろとろと休んでから、またシャワーを浴び、それから二人で水を飲みながら話をした。男の語る一部始終をじつくりと聞き終へてから、女は、

「ねえ」と言つた。その一声の寂しさを耳にして、男は、これは断られると思つたし、その予測は当つてゐた。「ねえ、あたしには向かない、さういふこと」と女はつづけた。

「さうかな？　さうでもないと思ふけど」

「だつてをかしいでせう、あたしが社長夫人なんて」と女は答へてからつづけた。「それに若い恋人がゐるのよ。今夜こんなことをしたあとで打明けるのは変だけれど」

「さうだらうな」と男が受けたのは、まだまだ女ざかりの身だもの誰かゐるに決つてるといふ気持で、若い恋人といふのはいささか意外だつたが、それは口にしない。女もそれ以上、何も言はない。話題はとつぜん、青竹の節に錐で孔をあけてすする水ようかんのことに移つた。そして、それからそれと菓子の品さだめ。

目が覚めると春子はゐなくて、電話の横のメモ用紙に達筆で、

とても楽しい一夜でした。
でも、もうこれでおしまいにしましょう。
もう誘惑しないでね。私にはやはり女の子の方がいいみたい。
どうぞお元気で。

とある。ひよつとするとこのことを言ふために泊つたのか、さうにちがひないと長良は考へ、長いあひだ迂闊《うかつ》だつたことを恥ぢたり反省したりした。さういふ女だといふことに長良はまつたく気がつかなかつたのである。朝食のコーヒーを飲みながら、改めて記憶を探つてみても、別に思ひ当ることはない。彼は、向うはそれでいいとして、おれは一体どうなるのだらうと思つた。はて、どうなるか。おれはどういふことになるのか。そのとき、とつぜん琵琶湖のことが頭に浮んだ。あの何かの葉つぱのやうな、誰かの足跡のやうな形。それとも、むやみに広いちりめん皺の水いろのひろがり。
この湖は五百万年前、ここにはなくて伊賀上野のへんにあつた。そのころ日本列島にはもちろん人はゐない。アフリカにだつてゐない。アフリカには初期人類がゐて、名前は忘れたな。舌を嚙みさうな学名だつた。脳の大きさは今の人類の四分の一かな？　直立歩行してゐたかど

うか、あやしい。もう百万年か二百万年経つて、やうやく直立歩行するのかもしれない。主に菜食で、それから虫を口に入れてゐた。獣の死体を食つたかも。その伊賀上野の湖が一年に一センチか三センチの速度で、ゆるゆると、じつにゆるゆると北へ……

「ウツソー！」と安佐子は叫んで、それから、はしたない娘ことばを恥ぢて言ひわけした。

「伝染するのね、学生から。でも、ほんとなの？」

二人は京都から大津へ来たのだ。ちようど雨があがつたばかり。

「本当だよ。北へ百キロ移動して来た。それがこの湖。プレートテクトニクス理論といつてね。これがむづかしい」

そのとき安佐子が何か叫んで指さした。ひろびろとした近江の空に大きな弧を描いて虹がかかり、両端の色が薄れかけてゐる。あるいは、邪魔するものがないため褪せてゆく末端までそつくり見える。二人は話をやめて眺めつづけ、虹が消えるまでそこにたたずんでゐたのだが、そのせいで長良は琵琶湖の話の後半を語らずじまひになつた。しかもそのあと、いつも逢ふたびにしやべるのを忘れた。

それは、湖水はまだ北へ進んでゐる最中だといふ説のこと。北へ向つたあげく、これから五十万年かそれとも百万年経つと日本海につながるはずで、そのとき琵琶湖は消え失せる。琵琶湖がなくなる。この湖水の運命を、眼をつむつて思ふことが長良は好きで、それでこのときも、自分の来《き》し方ゆく先《さき》を湖の六百万年間に見立てて、無理やりおもしろがることにした。

6

昴《すばる》女子大で日本文学を教へてゐる杉安佐子が、土曜の午後、殺人事件の被害者たちおよび犯人たちと同じ電車の同じ車輛に乗り合せ、その車輛の、被害者二人と犯人三人以外の唯一の乗客で、それなのに翌日、新聞を読むまでまつたく気づかなかつたのは、よくある類《たぐひ》の話にすぎない。人間は目かくしされて生きてゐる。しかもこの五人は、安佐子が少女期に書いた習作と密接な関係があるのだつた。それは運命的な出会ひとも感じられるが、偶然にすぎないと言ひ張ることもできよう。

その日、安佐子は兄夫婦および姪と甥との五人で静岡へ行つた。師走になると忙《せは》しないから、その前に、すこし早目に父の四十九日をおこなひ、納骨をすることにしたのである。父の葬儀は内輪ですませた。来春、生活史学会の総会のとき、偲ぶ会をしてもらふことになつてゐる。

檀那寺《だんなでら》でお経をあげてもらつてから、料理屋へゆくと、奥の座敷が用意してあつた。お住職も親類も加はらない、家族だけの気楽な晝食である。日銀の審議役になつてゐる春彦は、本当は焼酎を飲みたいのだが、ここは凝つた料理を出す店だから敬意を表して日本酒のぬる燗にしようと言つた。由紀と安佐子もそれにつきあふ。ぐじの細造りも鰆《さはら》の味噌幽庵焼《ゆうあんやき》もいいが、とりわけ生湯葉《なまゆば》（伊勢海老丸）とからすみがおいしかつた。これはずいぶん気張つた法事だと安佐子は思ひ、内心、お寺で兄嫁に渡した御花料はすくなすぎたかもしれないと心配した。

話題はおのづから故人のことになる。家族だけの密葬のつもりだつたのに、新聞に死亡記事が出たせいもあつて、会葬者が多かつたし、中年以上の女がかなりゐた。そのことを由美は、

「お祖父《ぢい》ちやん、人気ある」と評してみんなを喜ばせた。

「派手好みですものね、万事。嬉しかつたでせう、お父様」と由紀が言つた。

「偲ぶ会、にぎやかだよ、きつと」と春彦が請合つて、「安佐子が週刊誌に載《の》つたのなんか、かなり得意だつたらしい」

「あたし朗読した」と由美が言ふと、

「ぼくにも読んでくれと言つて、それから、あ、お前にはまだ無理か、だつてさ。馬鹿にしてる」と健太郎がくやしがつた。

安佐子は、「お前のほうがずつとよく書いてあつたな」と言はれたので、「あら、あんなもの由美ちやんに読ませたの？」と驚いたら、「ふん、おれは病床にあつて『日本書紀』の朗読を聞くやうな立派な学者ぢやない」と威張つたといふ話をした。他の四人もいろいろ愉快な、あるいは下らない思ひ出話をする。風呂のなかで淡谷のり子の唄を歌ふのが好きだつた話とか、ベシャメル・ソースのサンドイッチが好物だつたとか。それを聞き流しながら、安佐子は週刊誌の反響のことを思ひ浮べてゐた。

勤め先ではいろんな人から声をかけられた。学長までが、

「あ、拝見しました。写真、よく撮れてましたな」とをかしな褒め方をした。

別れた夫は、離婚以来はじめて電話をかけてきて（ある学者の祝賀のパーティでほんのちよつと立ち話をしたことはあつたけれど）、週刊誌であれだけ大きく扱はれるのは偉いと持ちあげ、それから、くれぐれも自重するやうに、決して軽挙妄動しないやうにと忠告した。この言葉づかひがをかしくて、こんな男といつしよに暮してなくて本当によかつたと思ひ、しかし口さきでは適当な受け答をしたのだが、さうしたら、

「何しろ日本の小説は自分の恥をさらさなくちや認められないのださうで、文壇はさういふ所だし、女の作家は特にさうだつていふから」と付け足したので、あ、これだ、つまり自分のことを書かれたくない、これは二宮教授だと勘ぐられたくないのだと察しがついた。「週刊花冠」は将来は作家への路を歩むと期待されてゐるなどと調子のいいことを書いてゐたので、それで

心配したのだと思ふと、ほんのちよつと寂しかつた。

何日か後に並木から（これははじめてではないけれど）電話がかかつて来たとき、きつとあれだと思つたら、その通りだつた。ただし彼の論法はすこし違つてゐて、小説に手を出したりすると学界での地位があやふいといふのだ。折角ここまで来たのに勿体ないとか、だいたい君は存在感が派手なので損をするたちだから、もうちよつと控へ目にするとぐつと有利になるとか、そんな忠告を、いろいろな学界ゴシップにまぜて語つたが、自分のことを小説に書かれたくないせいだといふのは見え見えだつた。

その点、岡本正彦からの手紙は立派で、プライヴァシーのことなんか気にしないし、小説を書くのをよせとも言はないで、むしろ励まして、しかもよいヒントを与へてくれた。おもしろい手紙なので何度も読み返したため、まだかなり覚えてゐる。

啓
相変らずお美しくていらっしゃることと存じます。こういうこと、つい書きたくなるから、美人は得だよ。
何だか身辺騒然としているようで同情に堪えません。健康と健筆を祈る。
所でちょっと気がついたことあり。源氏の専門家はとうに言ってることかもしれないが、案外彼ら、いつもの調子でまだぼうっとしてるかもしれない。それは紫式部（でしょう多分）が源氏を書き出したのは公任の拾遺和歌抄が出たちょっと後で、それを増補して花山院拾遺和歌集が出たのは、ちょうど彼女が宮廷勤めをするころだということ。つまりa系b系を言うとすれば、b系は宮廷に出てからの作でしょうから、a系の引歌《ひきうた》には抄の歌が多く、b系の引歌には集だけの（抄にはない）歌が多いはず。このことが立証できれば、a系b系の説は成立することになるし、従って輝く日の宮は存在したと言いやすくなるでしょう。本来ならば小生が調べて御報告すべき筋合なれど、このところ長谷川如是閑に凝っていて忙しく、とてもそんな閑はありません。そこで取りあえずお耳に入れる次第です。

さてこれからは別件ですが、旅順の城はまだ落ちませんか。もれうけたまわる所によれば、すめらみことはたたかいにおおみずから出でます用意ありとやら。

酔中乱筆おゆるしあれ。

以上

某月某日

岡本正彦拝

杉安佐子様

侍女

何がすめらみことよ、と安佐子は心のなかで思ひ出し笑ひをし、それにしても『拾遺抄』と

『拾遺集』といふ、いはば当時の新刊書と新作の大河小説『源氏物語』との関係に目をつけたのはすばらしい、と改めて感心した。最新の勅撰集だから権威も魅力もあつて、お女中たちが飛びついたに決つてる。文学的想像力を駆使した研究法としてなかなかいい。ただし、ちよつと調べてみた感じでは、b系に『集』の引歌（和歌の引用）が多くなることはないみたいだつたけれど。

このとき、ロンドンの牡蠣《かき》の話に熱中してゐた兄が、ひよいとお酌をしてくれて、

「それで雑誌に書く話はどうなつたんだ？」と訊ねた。

「ええ、あれね」と安佐子は答へた。「いまやつてるの。何とか間に合ふんぢやないかしら。でも、うまく書けなくたつていいの。何しろ紫式部が上手に書けなかつた巻なんだもの」

「さう考へれば気が楽だな。でも、まあ、がんばれ」と春彦は激励した。

「あ、さういふ事情だつたの」と由美がつぶやいた。

「出来が悪かつたから、なしにしたの？」と兄嫁が訊ねた。

「多分ね。多分さうだと思ふ」と安佐子は答へたが、春彦は『源氏物語』にはあまり関心がないらしく、またロンドンの魚料理の話に戻つた。

静岡の駅で新幹線に乗るとき、安佐子は、自分は熱海で乗換へて東海道線で帰ると言つた。朝からずつと兄の家族につきあつてゐて、人疲れがしてゐたからである。兄は、

「あ、『膝栗毛』のこと調べるのか」とうなづいた。

「勘がいい」と妹は褒めた。

三時すこし過ぎ、安佐子は熱海駅のプラットフォームで、どの車輛もひどく空《す》いてゐる電車に沿つて歩いて行つたあげく、一輛目は何となく避けることにして、前から二輛目に乗つた。乗客は安佐子一人だけである。プラットフォーム側の左端、つまり一輛目に最も近い席を選んだ。発車間際に五人づれの中年、といふよりも初老と呼ぶほうがいい男女が乗り込んで来て、安佐子からは最も遠い、向ひ合ふ側の右端の席、つまり三輛目に最も近い所に四人が腰かけ、一人は立つてゐる。空席がいくらでもあるのに立つてゐるのが不思議な気がしたので、どうしてもそちらを見ることになつた。

夫婦らしい男と女の左右に、緑いろのハーフコートの男と野球帽の男が腰かけてゐた。その二人がどちらも大きな白いマスクを片耳にかけて垂らしてゐるし、夫婦者の前に立つて吊り革を持つ登山帽の男も、よくは見えないが、マスクを片耳から垂らしてゐるらしい。五人はひそひそ話をしてゐるやうだ。その様子が何となく厭な感じで、安佐子は一輛目へ移らうかとちらりと思つた。しかし彼らに失礼かもしれないと思ひ直して、それはやめ、バッグからノートを出して読むことにした。いつか長良に見せた年表を改めたもので、これをたどりながら、自分の考へてゐる『源氏物語』成立史をおさらひしてみよう、「輝く日の宮」の喪失ないし脱落はそのなかの一章なのだから、かうすれば事情が明らかになる、といふわけだ。お父さんは年表が好きだつた、ポケットから歴史手帖を出して巻末の年表を調べようとし、字が小さいのであたしに読ませた、そんな思ひ出が安佐子の心をかすめた。

995 長徳元年　秋、藤原宣孝、方違《かたたが》へにことよせて藤原為時邸に来《きた》り、紫式部と見合。縁談不成立。

この年、宣孝は四十二、三で、前筑前守《さきのちくぜんのかみ》であつた。つまり為時と同じく受領《ずりよう》（地方官）階級に属するし、それに、わりに近い親類である。宣孝の邸には正室がゐたらしいが、紫式部の父、為時は、この宣孝と婚期の遅れた娘（二十代半ば）との結婚を企てたやうで、男のほうも若い娘との婚姻を望み、そこで方違へといふ迷信を利用して見合をした。当時、方違へはこんなふうにいろいろ使はれてゐた。ところがその夜、何か変なことがあつたらしく、翌朝、紫式部はそれを咎めるきつい歌を朝顔の花につけて送つてゐるが、四十男はしやあしやあとした感じの歌を返してゐる。とにかく、見合はうまくゆかなかつた。

996 長徳二年　一月、為時、越前国守となる。初夏、紫式部を同行して任地へ。越前の国府は武生《たけふ》。

秋から冬にかけて物語の構想が浮ぶ。

はじめての田舎住《ずま》ひは侘しかつたらうし、北国の晩秋と冬は辛い。それに、うまく運ばなかつた縁談が心に傷を残してゐる。寂しさがつのつた。文才に富む娘が、花やかなものを空想し、豪奢なものに憧れるための条件が整つた。孤独や憂愁をそのままぢかに差出すのではなく、それを動力にして美しい世界、輝しいものを創造し、そのことの果てに悲しみや虚無を漂はせようとする方法を、都で生れ都で育つた娘は鄙《ひな》にあつて模索してゐた。しかし彼女の想像力がうまく発揮されるためには、宮廷風俗についての知識と情報が要る。これは彼女が持合せてゐないものだし、父に訊ねても、何しろ学者肌の官吏だから一向に要領を得ない。どうしても、女の視点で見た話を聞かなければならない。全体が、さるお女中がお女中たちに語る話といふ仕組にしようといふのだから、なほさらのこと。親類の老女たちを訪ねる必要が生じた。

997　長徳三年　十月、紫式部帰京。中河わたりの家に住む。これは広い邸で、為頼、為時兄弟の共同の住ひ。

999　長保元年　一月、紫式部、藤原宣孝と結婚。

1000　長保二年　紫式部、長女賢子を産む。

1001　長保三年　四月、宣孝死す。紫式部、一年の喪《も》に服す。

春、越前より為時帰京。

角田文衛の考證によると、為頼の邸は、堤中納言と呼ばれる藤原兼輔から伝来したもので、東京極大路東、正親町小路《おほぎまちこうぢ》南にあつたといふ。ずいぶん広い邸で寝殿造。このため兄弟と親族が同じ邸にあつて、寝殿、東対《ひんがしのたい》、西対《にしのたい》といふ具合に分れて暮してゐたらしい。紫式部はここへ帰つて来て、取材したり想を構へたりしてゐたが、それを聞きつけて宣孝がまた迫つて来た。そして結婚することになる。宣孝の邸には正室がゐた。通ひ婚である。為時の詩に「家旧《ふる》く」とあるその中河に近い家の、紫式部の日記に「あやしう黒み煤《すす》けたる曹司《ざうし》」とあるその部屋で共寝したのだ。おそらく執筆はその曹司でではなく、もつと明るい所に出て。翌年、娘が生れ、その翌年には夫が亡くなつた。わづかな年月の結婚。

1001　長保三年　春、越前から帰任した為時は、紫式部の書き溜めた『源氏物語』のはじめの数巻を読む。

1003　長保五年　為時は『源氏』のはじめの数巻を道長に献じた。「桐壺」「輝く日の宮」「若紫」「紅葉賀」「花宴」「葵」の六巻であつたらう。

武生ではすこししか書いてなくて、父に見せなかつたといふのが安佐子の推定である。長保三年春、どのへんまで進んでゐたかはむづかしいが、「桐壺」と「輝く日の宮」だけだつたはずはない。「若紫」を書いたときにはじめて作者は手ごたへを感じ、自信を得、父親に読ませる気になつたのではないか。夫と死に別れた寂しさをまぎらすといふこともあらう。

為時はまつたく新しい型の読物に接して舌を巻き、自分が前まへからこの子を見込んでゐたのは正しかつたと思ひ、でも、その喜びは、これは果して客観的な評価なのか、子煩悩にすぎないのかも、といふ不安と相半ばしたのではないか。ここで安佐子は思ひ出す。お父さんは「週刊花冠」の記事について、どうも安佐子が得をしてるみたいな感じ、親のひいき目かもしれないが、とつぶやいたことを。あんなことでさへ親はわからなくなる。判断に自信が持てなくなる。まして前例のない作品の出だしの所を娘から差出されたら、すごく困る。道長に見せようか、どうしようかと悩みつづけたにちがひない。もともと道長と為時は小説好きだつた。どちらも唐宋小説の愛読者で、為時は越前にゆく前、道長が手に入れた新着の書を借りて読み、それを紫式部も読んだにちがひない。たとへば『杜陽雑編』のなかの日本の王子の話。日本の王子が来朝して（もちろん中国への来朝）、碁に巧みだとの評判だつたので、帝は当代一の碁の名人某に相手をするやうにと命じた。名人が何十何手目かに、帝の御心に違《たが》ふやうなことがあつてはならぬと、読みに読んだあげく、妙手を見つけたので、日本の王子は投げた。そして、この方はお国で何番目に強い方かと訊ねたところ、本当は第一位なのに第三位と役人が嘘をついたため、王子は、「ああ小国の第一位は大国の第三位に及ばぬのか」と嘆声を発した、といふ話。道長と為時は、本朝《ほんちよう》がかなり重んじられてゐると喜んだり、この皇子《みこ》のモデルは強ひて探すとすれば誰だらうなどと好事家《こうずか》めいたゴシップ的読後感を語り合つたりしたのではないか。また、紫式部は、碁の達人である皇子の話をヒントにして、すべての技能に堪能《たんのう》な主人公を思ひついたのではないか。この空想は奔放にすぎるかもしれないけれど、『杜陽雑編』の作者、蘇鶚《そがく》は光孝天皇、宇多天皇のころの人だから、彼らがこの本に接した可能性は充分にある。

越前守が京に帰ると、小説本の貸し借りが復活する。日本最初の小説批評と言はれる『無名草子《むみょうそうし》』の先駆のやうな対談がまたはじまつた。海外文学中心ではあるけれど。さういふ仲だつたので、為時は娘の作を見せたくて仕方がないが、気おくれして、一年以上もためらひつづけた。何しろ相手の文学的な識見と趣味が大したものなのだ。しかし、もう我慢ができなくなつたし、あるいはつひに確信が生じたし、それとも、もしも駄目なら笑ひものにされてもいいと度胸を決めて、何巻かを献上することにした。父親は、自分で写本を作らうかと思つたけれど、ここはやはり女手のほうがいいと考へ直して、娘に書かせた。紙はもちろん越前紙である。

この場合「桐壺」「輝く日の宮」の二巻は発端だから落すはずがないし、「若紫」は充実してゐて変化に富むから、見せるに決つてゐる。しかし、ここまででよしたとは考へられない。宮廷生活の公的な豪奢な面を描いた「紅葉賀」と私的な色つぽい面の「花宴」を添へて賑やかにしたにちがひないし、それだけではなく、もう一つ変化をつけて怪奇小説的な「葵」を加へ、これで道長をびつくりさせようと企てたはずだ。

道長は驚嘆したし深い感銘を受けたけれど、でも、大事を取つた。慎重を期した。きつとさうだつたと思ふ。何しろこれまで日本の物語でも唐宋の伝奇でも読んだことのない破天荒《はてんこう》なものだから、ひよつとすると眼鏡《めがね》ちがひぢやないかと心配でたまらなかつた。これは当然の話。今の批評家でも新人の第一作を絶讃するときはかなり不安になると聞いたことがあるけれど、小説といふ概念が確立してゐる現代でもさうだから、世界最初の型の小説が現れたとき、いくら鼻つ柱が強くて自信満々の道長だつてずいぶん迷つたらう。多忙のなかで「桐壺」から「葵」まで何度も読み返し、漢詩の会で為時と顔を合せても、空つとぼけて、まだ読んでないやうなふりをしただらう。しかし結局、圧倒的な魅力に逆らふことができなかつた。道長は激賞し、この本が参考になると言つて『蜻蛉日記《かげろふ》』を渡した。ひよつとすると『蜻蛉日記』が世に出たのはこれがはじめてかもしれない。紫式部はもちろん喜んだし、書き進めるの励みになつたけれど、為時の興奮ぶりはそれをしのぐものがあつた。そして道長は紫式部を宮仕へさせることを思ひついた。これには、稀代の才女であること、父の為時が衣裳代を持てること(この衣裳代の件は大切な条件らしい)などのほか、道長の正室倫子と紫式部が又従姉妹《またいとこ》だといふことも……

このとき、真鶴に着いた。五人づれはここで降りた。ごく普通の降り方である。そして安佐子は何となくほつとしたせいか、ノートを見るのをよして、長良のことを思つた。彼は先週の土曜、安佐子の家に泊つた。金曜、つまり昨日、シンガポールへゆき、それからタイ、インド。今度逢ふのは来週の土曜の夜で、王朝の言葉を使へばかなりの夜離《よが》れである。安佐子は、このあひだ彼から聞いたあの人事の話はをかしくて、そして切なかつたと思ひ出す。長良が、アメリカかフランスかどこかの大使館のパーティで、どことかの会社の、十二人抜きで社長になつた人から励まされたといふ話である。

「つらいのは最初の一年間だけです。それを過ぎるとぐつと楽になりますから、がんばりなさいよ、と言はれたけれど、でもねえ。優しい人で、好意は嬉しいけど、こつちはその一年にもう一つ別の条件がつくんだな」とぼやいてから彼は言つた。「その話はできないし」

「当り前でしよ」と安佐子は言つた。「そんな打明け話したら、パツと広まつてしまふ。みんなおもしろがつて、週刊誌が書き立てるでしよ」

それから長良は、ちよつと時間があいたので明治屋で缶詰やなんか買ひ込んでゐると前社長の奥さんに出会つたといふ話をしたのだつた。

「ちようどいい機会ですからお茶でも」と誘はれたけれど、銀行か何かの社長と約束してゐて時間がない。

「もし何でしたら車のなかで伺ひませうか?」と訊ねたら、

「運転手に聞かれますもの」とのことで、結局、缶詰や瓶詰の前での立ち話。「橋本さんがおつしやつたのよ。やはり社長は独身ぢやないほうがいいから身を固めさせようと思つて、本人も承知したんですが、どうもうまくゆかないらしい。誰かいい候補者ゐませんか、なんて。そんな心当りありませんよと言ひましたけど、あれはきつと、誰か押しつけようとしてるのよ。さういふ方よ、橋本さんて」と眉をひそめ、そして、きつと誰とかといふ出戻りを押しつける魂胆でせうから「お気をつけて」とのことだつた、と。

どうやら彼は、会長から何か訊かれて、どうも何でしてね、とか何とか答へて、その結果かういふことになつたのだらうと安佐子は推測した。それで、

「親切な奥様ね」とからかふと、

「どうだか。ぼくを早くしくぢらせて、日商岩井にゐる息子を社長にしたいんぢやないか」

「大変ねえ」

「うん」

「泣きたい気持？」

「ウフフ」と笑つて、それからアラル海の話になつた。

これは中央アジアの塩湖で、塩分の濃度が海水の半分以下だといふから、おそらく、泣きたい気持→泪→塩湖の水といふ連想のせいで湖の水が心に浮んだのだらう。この飛躍は、まるで、「こひ」のヒ（火）の字から富士山の煙を連想し、「わが恋《こひ》のあらはに見ゆるものならば都のふじといはれなましを」と詠むやうなものだとあとで安佐子は思つたけれど。

「アラル湖は綿花畑の灌漑用水に使はれてゐたんだけど、昔の面積の半分になつてしまつた」と長良は嘆いた。「黄河は河口の手前で流れなくなつたし、リオ・グランデ河はメキシコ湾に

届かないうちに涸《か》れて。世界中、ひどいことになつてる。もうすぐ人間は亡ぶね。水がないんだもの」

「さう思ひながら水のため働いてるわけ？」

「昔からさうなんぢやないか、人間て。世界はもうぢき亡ぶと思ひながらやつてきた。健気《けなげ》なものです」

「あ、この世の終り……科学と宗教が違ふだけつてこと？」

「うん、さう思つて働いてる人、大勢ゐると思ふ。今度は多分、本当なんだけどね。二十二世紀までぜつたいもたないと覚悟しながら、インドで雨水の利用法教へたり、南アメリカで熱帯雨林に植林したり……」

「末法思想を信じて、もうすぐ世界は破滅すると思ひながら『源氏物語』書くみたいなものかしら」

彼は黙つて考へてゐた。考へてゐるかどうかわからないけど、黙つてゐた。

ふと気がつくと、窓と外の景色がきれいで、海と空、水いろと空いろの区別がつけにくい。白と薔薇いろの雲が浮んでゐて、あ、いいなと思ふとトンネルの闇になり、またすぐ海と空。たちまちトンネルにはいり、それがまた短くて、灌木と喬木の合間にたそがれどきの海と空が見え、さういふあわただしい繰返しのあげく根府川に着いた。そこでまたノートに見入る。

1004　寛弘元年　道長、方違へのため中河わたりの藤原伊祐宅（従姉妹である紫式部も住む）に赴く。

1005　寛弘二年　十二月二十九日、紫式部はじめて出仕。

当時、貴人が自分より身分の下の者を訪ねるのは不謹慎なことだつたので、道長は方違へに名を借りて紫式部のところへ出向いた。ぢかに人物を見なければ心許《こころもと》なかつたし、好奇心もつのつてゐた。その印象はよくて、つまりテストに合格した。そのとき、対面したか、それとも物越しだつたかはむづかしい問題だが、中宮である娘に仕へる、それも非常に特殊な役目を果すお女中を雇ふのだから、ぢかに話し合つたかもしれない。しかし、何しろ仄暗くて、あまりよく見えなかつたはずだし、それでも紫式部は消え入りさうなくらゐ恥しがつてゐたにちがひない。道長は『源氏』を褒めちぎり、紫式部は『蜻蛉日記』を貸してもらつたことの礼を述べた。もちろん大量の紙のお礼も言上した。宮仕への件はかたはらにある為時に向つて言つたらう。父も娘もこの就職を拒否できる立場ではないけれど、しかし子供がもうすこし大きくなつてから、と猶予を願つたのではないか。それでも、寛弘二年になると道長の督促がきびしく、それで、押し詰まつてからの出仕といふ異例なことになつたのだらう。なほ、この方違への夜、道長と紫式部のあひだには何事も起らなかつたと思ふ。もしあつたら、寛弘五年に交渉がはじまるのがをかしい。などと考へながら、こんなふうに推測に推測を重ねるのは、寝殿造の建物の奥へ、外光や風が、何枚もの戸、簾《すだれ》、障子、几帳、衝立《ついたて》、衣類がかけてある衣桁《いこう》などを透してはいつてゆくのに似てまだるつこしいけれど、千年前に迫つてゆくにはこれしかない、と安佐子は吐息をつく。

1006　寛弘三年　花山院撰『拾遺和歌集』成る。
1007　寛弘四年　道長、『源氏物語』を流布させる。

『拾遺』と『源氏』の関係はたしかに見のがしてはならない。何と言つても勅撰集だから『拾遺集』はみんなの関心を集める。とすれば、同じ時期に『源氏』を発表するのはまづい、一年くらゐ間を置かなければ、と考へたに決つてゐる。誰のが何首はいつたとか、一首もはいらなかつたとか、しきりに噂してゐる最中に『源氏』を出したら、あふりを食つて損をする。道長は日本文学史上最初にして最高の大ジャーナリストだつたから、その辺の計算はしたたかだつた。それに自作が、『拾遺抄』には一首も取られなかつたのに『拾遺集』には二首撰入する。もちろんそのことはとうに知つてゐた。それでやはり自慢したかつたといふこともすこしある。

その二首はもちろん紫式部はそらんじてゐる。とりわけ「岩の上の松にたとへむ君ぎみは世にまれらなる種ぞと思へば」（岩に生えた松にたとへよう、皇子《みこ》たちお二人は世にもまれな尊い血筋を受けた方々だから）といふ賀歌には感銘を受けたはず。と言へるのは、「柏木」でこれに影響を受けた和歌を作つてゐるから。光源氏のもとに降嫁した女《をんな》三の宮《みや》が柏木と通じて子を生《な》す。柏木の没後、女三の宮が仏門に入らうとすると、光源氏はこれを咎める歌を詠んで女三の宮を恥ぢ入らせる。「誰が世にか種はまきしと人問はばいかが岩根の松はこたへむ」（昔、種をまいたのは誰、と人が訊ねましたら、岩の上に生えてゐる松はどう答へるかしら）と。これは表面は『古今』の本歌どりだが、しかし記憶のなかから道長の詠が作用してゐたらう。もちろんこれは後のことだけれど。

物語はまづはじめに中宮、それから帝が読んだ。これは間違ひないが、問題なのはここから。つまり道長はどの巻を最初に流布させたのか。わかりやすくするため、番号を振ると、

① 桐壺
⑤ 若紫
⑦ 紅葉賀
⑧ 花宴
⑨ 葵

の五巻だつたと思ふ。

② 帚木
③ 空蟬

④　夕顔

⑥　末摘花

を読ませなかつたわけだが、これは当り前の話。a系b系論でゆけば（そしてこれは正しいと思ふけれど）まだ書いてなかつたのだから。しかし困るのは、

②′　輝く日の宮

が抜けてるといふこと。

紫式部は……もちろんまださうは呼ばれてなくて藤式部《とうのしきぶ》だけれど……藤式部は『源氏物語』を中宮様に誰かが読んでお聞かせする席につらなつてゐて、何日目かに「桐壺」を読み終へると、その翌日はいきなり「若紫」の冒頭、光源氏が瘧病《わらはやみ》にかかつて北山の聖《ひじり》を訪れるくだりになるので、本当にびつくりした。朗読の係りのお女中にそつと声をかけて訊ねても、「輝く日の宮」の巻はないといふ返事。それで茫然としてゐる作者を置き去りにして「若紫」が読まれ、中宮様もお喜びだし、お女中たちもおもしろがつて、藤式部が変だ、変だと思つてゐるうちに物語は進んでゆく。出だしの二巻目がまるごと失せてしまふなんて、あまりに異様なことなので、これは殿（と彼女は呼んでゐたらう）が故意に除いたのだとはつきり了解するまで、才女にしては珍しく時間がかかつた。あそこを飛ばせば変なことになるのに（しかし聞えて来る評判はよくて、みんなおもしろがつてるし、筋があやふやになるのもあまり気にしてない様子で）作者としては不思議でたまらない。狐につままれたやうな気持。どうしたわけかとあや

しむものの、殿に訊ねるなど、とんでもない話。第一、そんなこと、思ひつかない。道長と藤式部では、王様や女王様とモーツァルトくらゐ身分が違つてゐたし、それに平安朝における物語は十八世紀ヨーロッパにおける世俗音楽よりもずつと位置が低かつた。漢詩や和歌とくらべることもできないほど。『続本朝往生伝』に一条天皇の御代は人物を輩出した、と述べて八十六人の名がずらずら並べてある。文士（漢詩文）は十人で、高階積善《たかしなのもりよし》（『本朝麗藻《れいそう》』の撰者）も藤原為時（言ふまでもなく紫式部の父）もはいつてゐる。和歌は七人で、しかし式部とあるのは和泉式部のこと。これはもつともなことで、歌人としての紫式部が地位を確立するのは御《み》子《こ》左家《ひだりけ》（藤原俊成、定家の家）による文学革命つまり『千載』と『新古今』が『源氏物語』をかついで成功してからだつた。異能といふのは相撲のことで、これは四人。だが物語といふ項目はない。相撲以下の扱ひだつた。向うは呪術的な権威のあるものなのに、こちらは単なる娯楽にすぎない。さういふわけだから、そんなものの一巻や二巻なくなつたつて別にどうつてことはない。さうしてゐるうちに月日が経つてゆく。そのあひだにも稿が進む。ときどきは宿下りして書くこともあつて、寛弘五年の末にはもうとうに光源氏が明石から都に帰つて来てゐる。それを道長は一巻づつ中宮に奉り、中宮は帝に差上げ……やがて写本が出まはる。ちようど連載小説のやうな仕組。

一条天皇が、どのへんの巻かわからないけれど朗読を聞いてゐて、感心し、「この作者はよほど『日本紀《にほんぎ》』に詳しいに相違ない」とつぶやいたので、その朗読係りが藤式部に日本紀の御《お》局《つぼね》と綽名《あだな》をつけた。それを当人はひどく厭がつて、まづ日記に書き、それからb系のかなりあとのほうの「蛍」の巻の物語論で「日本紀などはただ片そばぞかし」(『日本書紀』とか六国史なんかに書いてあるのは人間的現実のごく一部分よ)と憎まれ口を叩いた。かなり執念深い女。「蛍」を書いたときは一条天皇は亡くなつてゐたはずだけれど。でも、たしかに歴史は小説にくらべると部分的真実しかとらへない傾向がある、と安佐子は千年前の女の意見に賛成し、それから、これは父親が病室でぽつりと語つたことと関係があると思つた。病人は右枕にして、顔をこちらに向け、しかし眼はつむつたままで、

「歴史といふものはどうも詰まらないな。結局かうなるに決つてたといふ所からものを見るから、人間の持つてる、馬鹿ばかしい、おもしろいエネルギーをつかまへられない」と言つたのだ。このとき娘のほうは、こんなことを言つていいのかしらと驚いて、黙つてゐたのだが、しかし急所を衝いてゐるやうな気がする。さう言へば、ハクスリーがホメロスの登場人物たちを例に引いて、小説は全体的真実をとらへると言つてゐた。あれを延長して、人間が生きてゆくに当つての、野放図さといふか、多寡《たか》をくくるといふか、怖いもの見たさみたいな、怖いもの知らずみたいな、さういふ所をきちんと把握する、見のがさない、それが小説の有難さだと言つてはいけないだらうか。

ずいぶん長く停車してゐると思つたとき、列車が動き出した。根府川を出ると、海上にたなびく細い薔薇いろの横雲に、灰いろの翳《かげ》が総飾《ふさかざ》りのやうについてゐる。安佐子はその色づかひ

のよさにしばらく見とれた。

1008 寛弘五年　五月末か六月はじめ、中宮彰子の前に『源氏物語』があるのを道長が見て、その席にあつた紫式部をからかふ和歌を詠む。返歌あり。

七月十六日、懐妊の中宮、土御門邸（道長の邸）へ。紫式部も随行。

七月、道長と紫式部の関係が生じる。

五月か六月、といふのは、中宮の身辺に読みかけの『源氏』といつしよにお菓子がはり（？）の梅の実があつたことで見当がつく。懐妊してゐるので酸つぱいものがほしいのである。梅の実が載せてあつた紙を取つて道長は書いた。

「すきものと名にし立てれば見る人の折らで過ぐるはあらじとぞ思ふ」（酸つぱいもの＝好き者と世間では評判だから、手を出さぬ男はあるまいな）。『源氏』には色恋沙汰が多いからその作者もきつと浮気者にちがひないといふ、昔も今も同じ文学と実生活の混同による冗談。それを酸つぱい梅の実にかけて。そしてもちろん裏では、『源氏』の好評を喜んでゐる。その場にゐる当の作者も嬉しがつてゐる。彼女の返歌は、あら、好き者だなんてとんでもないことです、くらゐのもの。これは明らかに道長が言ひ寄つてゐるので、何なら一つ自分が折りませうかといふ歌なのに、今までの注釈はさう見てゐない。どうかしてゐる。一つには、懐妊した娘の周囲を自分の勢力下の者で固めたい、そのためにはしつかり者の女中に手をつけて置くに限る、といふ策略があつた。それにもう一つ、評判の物語の作者は道長の召人《めしうど》（妻妾に準ずる同居者）だとしきりに取り沙汰されてゐる様子なのに何もしないのでは男の沽券《こけん》にかかはる、といふ気持もあつた。そんなあれやこれやでかういふことになつたと思ふ。

　七月に中宮が内裏からお里の土御門殿へ行つたのはお産のため。こんなことをするのは母系制の名残りである。道長と紫式部の仲がはじまるのは、歌に水鶏《くひな》があしらつてあるのを見ると、夏至《げし》のあとと見当がつく。とにかく七月十六日以後のことである。中宮のお供をして土御門殿へ行つてゐて、その寝殿造の渡殿《わたどの》（通路だけれどそこに局《つぼね》とか曹司《ぞうし》とか個室をしつらへることもある）の部屋で、夜、休んでゐると、戸をたたく人があつた。日記ではその者の名を伏せて、しかしそれが道長だと察しがつくやうにしてある。後世の藤原定家は『新勅撰』の作者名を記すとき、はつきり道長だとした。紫式部は怖くつて（と表向きは言ふ）返事もしないでゐる。翌朝、道長から歌が届いた。「夜もすがら水鶏《くひな》よりけになくなくぞ真木の戸口にたたきわびつる」（夜どほし戸をたたきましたよ、水鶏みたいに、鳴いて＝泣いて）。そこで返歌。「ただならじとばかりたたく水鶏ゆゑ開けてはいかにくやしからまし」（一大事みたいにして戸をたたく水鶏を真に受けて開けたりしたら、どんなにくやしい思ひをしたことでせう）。これについてはいろいろ言はれるけれど、求愛されたら一応は拒むといふ型に従つたまでのこと。それがあのころの風俗だし、作法として確立してゐた気配がある。じらすことで色情の趣を深くするのだつた。後世、さまざまの説が生じたなんて聞いたら、きつとびつくりしたにちがひない、紫式部も、道長も。どうしてこんなこと、わからないのだらうなんて。

それで翌日の夜、今度は戸を開けて招じ入れる。寝物語になつて、しばらくしてから女は言つた。

「巻が一つ除いた形で出まはつてをりますので、びつくりしました」と。抗議とか不満とかぢやなく（そんなこと口にできる立場ぢやない）、ごくあつさりと。男は笑つて、

「あのほうがいいと思つてね。どうでした？」なんて訊ねる。何しろ著作権などといふ概念はない時代だから、平気である。そこで女はつぶやく。

「花落林間枝《クワラクリンカンシ》漸空《ゼンクウ》、多看漠々灑舟紅《タカンバクバクレイシウコウ》。季節はづれですけれど」と。上機嫌で笑ふ男の体の動きが女の裸身にいちいち伝はる。これは彼が二年前に作つた漢詩の出だしの所。訓読すれば「花は落ち林間枝《えだ》漸《やうや》く空《むな》しく、多《た》だ看《み》る漠々として舟に灑《そそ》ぐ紅《くれなゐ》」くらゐの感じ。そのころ漢詩人はみな音読してゐただらうし、それも遣唐使を廃止して百年以上経つてゐるから、きつと、本式の中国音ではなくて、日本化した発音だつたはず。「輝く日の宮」が削られたせいでまるで桃の花が散つたみたいに枝（物語それ自体）が寂しくなりましたが、でも紅い花（「輝く日の宮」の巻）がちらちらと舟に降りそそぐやうで、これはこれで風情《ふぜい》がございます、と引用によつて述べた。相手の作つた詩を暗誦して答へるのはもちろん社交的礼節。そしてこの詩は、そのときの作文会《さくもんえ》に出た父親から見せてもらつたもの。

道長は、

「あれは今度の総集にはいる由」と嬉しさうに言ひ、紫式部は、

「きれいな詩でございますもの」とたたへた。よく出来てゐる詩句だから撰者の高階積善《たかしなのもりよし》が『本朝麗藻』に入れるのは当然だといふこころである。

「前越前守《さきのえちぜんのかみ》の作もいくつかはいると耳にした」と道長が言ふと、

「どんなに光栄に思ふことでございませう。これも殿のおかげ」などと受ける。前越前国守はもちろん紫式部の父、為時。

それから男は、飛ばした巻の件は忘れてしまつて、若い娘とのこともよいが年増との共寝はいつそう楽しい味のものなどとお世辞を言ひ、女が笑つて受け流すと、一転して少年のころの思ひ出話をはじめた。頭のいい聞き上手が相手なので、話上手がいよいよ力がこもつて、素姓《すじよう》の知れない娘と知り合つたときの綺譚が巧みに語られる。ひよつとすると何度も披露したことがあるのか。女の住ひは陋巷《ろうこう》にあつて、隣家の物音がうるさいし、瓦屋根でも檜皮葺《ひはだぶ》きでもない板屋根の隙間から枕もとに月の光が洩れ落ちる。その真直《まつすぐ》な白い線のせいで、ふと、今宵は八月十五夜と気づき、長く打ち捨ててある荒れた別荘へ連れ立つて赴いたところ、その出さきで女に頓死されたといふ一部始終を詳しく語つたのだ。そしてひよいと言ひ添へる。

「あれは十七の年だつたか。二十何年も前のこと」などと。

添臥《そひぶし》してゐる三十女は権力者の回想を、テープ・レコーダーのやうになつて聞いてゐた。

幾夜か経つて、また男の若いころの思ひ出。貴い身分の方を夜《よ》一夜《ひとよ》よろこばせ、霧の深いあした、見送ることもおできにならぬほど疲れ寝させた。侍女にせつかれ、形ばかり頭《かしら》もたげて挨拶なさるのをお受けになつたあと、その娘にやはやはと謎をかけると、粋な歌で上手に拒まれたといふおどけ話。歌ものがたり。そして又の夜には、がらりと趣向の違ふ恋がたりを聞かせられる仕儀になつて。さながら「輝く日の宮」の件を避けようとしてのやうに披露なさる問はず語りのかずかず。そしてまた、……

そのとき小田原に着いた。さすがに今までのさびれた駅と違つて繁華な、あるいは乱雑な、感じだと思つた途端、アナウンスがあつた。

「この電車は、事故がありましたため、当駅止りとなります。乗客の皆様は、まことに恐れ入りますが、約二十分後に到着の後続の電車にお乗り下さい」と二度くりかへす。

安佐子はバッグを手にして車輛から出た。どうやら同じプラットフォームの別の側に次の電車が来るらしく、こんなに乗つてゐたのかと思ふほど大勢の人がぼんやり立つてゐる。みんながどやどやと駆けてゆくので、安佐子もついてゆき、背のびして覗く。担架が二つ運んでゆかれるが、よく見えない。

「殺人ですつて」とか、「アナウンスがいい加減だ。誠意がない」とか、そんな会話が耳にはいる。ヤクザの喧嘩だらうけど、しかし拳銃の音は聞えなかつたと安佐子は思つた。やがて電車が来る。今度はずつと乗客が多いが、腰かけることはできたので、またノートをひろげる。

1008 寛弘五年　七月某日夜、道長が紫式部の局を覗く。

九月十一日、皇子誕生。

十月十六日、天皇、土御門邸に行幸。

十一月一日、五十日《いか》の祝宴。このとき藤原公任、「このわたりに若紫やさぶらふ」と声をかけておどける。

中旬、中宮の前でお女中たちが、天皇へのお土産にする『源氏物語』の豪華本を作る。


七月といふのは女郎花《をみなへし》からの推定。関係が生じてからのある朝、道長が庭を散歩してゐる。おそらく他の召人の局を訪ねての朝帰りの途中だつた。咲いてゐた女郎花の一枝を折つて、それを手にして紫式部の部屋を几帳の上から覗く。それがじつに粋で立派な感じで、紫式部が圧倒されてゐると、道長から歌を催促された。即興の才が雅《みや》びなことなのだ。そこで、こちらがまだ化粧してない朝顔（寝起きの顔）なのにかけて、「女郎花さかりの色を見るからに露の分きける身こそ知らるれ」（今を盛りと咲く女郎花の美しさを見ると、朝露の恵みにあづかれない身のあはれさが思ひ知らされます）と、今朝まで道長に添臥ししてゐた若い女をねたむ（ねたむふりをする……ふりをして男への愛を示す）歌を詠むと、

「おや、早いね」と微笑して、硯を所望《しょもう》し、「白露は分きてもおかじ女郎花こころからにや色の染むらん」（露が分け隔てなどするものですか。女郎花は心のありやう一つで色つぽくなりますよ）と返歌を詠んだ。上手に言ひ返し、やきもちを慎しむほうがきれいに見えますよとユーモアに富む言ひ方でたしなめてゐる。情緒纏綿《じょうしょてんめん》。

十一月一日の五十日《いか》の祝ひは、はじめは儀式的でやがて酒がはいると乱れるパーティ。今と同じこと。

藤原公任が几帳のあひだからこちらを覗いて、

「このあたりに若紫がおいでては？」と声をかけた。これは『源氏物語』の評判がよく、とりわけ若紫といふ作中人物の人気が高かつたことを示す。藤式部《とうのしきぶ》が紫式部となるのはこのころからか。

しかし公任は、「若紫」と呼ぶところを見ると、まだ「若紫」のへんまでしか読んでなかつた。この箇所をとらへて寛弘五年十一月には「若紫」のあたりまでしか出来てなかつたと見るのは尾上八郎の説。一九二六年「日本文学大系」本『源氏物語』の解題。すばらしい指摘で、ここはどうしても慧眼《けいがん》といふ言葉を使ひたい。ただし日記のすぐあとに、「源氏に似るべき人も見えたまはぬに、かの上《うへ》は、まいていかでものしたまはむと、聞きゐたり」（源氏の君に似てる方もいらつしやらないのに、ましてあの上がどうしておいでになるものですかと、あたしは聞いてゐた）と書いてゐた。上と呼んでゐる。紫の上と呼ばれるのは「薄雲」（藤壺の死、冷泉帝が出生《しゆつしよう》の秘密を知る、六条院《ろくじよういん》の構想）から。そこでこのころには「薄雲」まで進んでゐた、といふのは武田宗俊説。一九五〇年の論文。四半世紀かかつて学問がぐつと展開した。そしてここから「藤裏葉」まではーグループをなしてゐるから、このころにはもう「藤裏葉」まで書いてゐたらうと見る。つまり明石の姫君が入内《じゆだい》し、紫の上と明石の上は親しくなり、光源氏は准太上天皇《じゆだいじようてんのう》となり、帝は六条院に行幸するといふあたりまで。きつとさうだつた。物語の冒頭の予言が的中して、いいことづくめになつてゐた。このことを考へ合せると、帝にお土産に差上げる御祝儀の本といふのが納得がゆく。慶祝性が強くて時宜《じぎ》にかなつてゐる。もちろん道長の企画。それでたぶん、「梅枝」「藤裏葉」などの巻々は、いや、もつと前の「絵合」「松風」「薄雲」「朝顔」「少女」もさうかもしれないけれど、帝にお目にかけるのが封切りだつたかもしれない。もちろん中宮は別。そのおこぼれにあづかつて取巻きのお女中たちも読んでゐて……聞いてゐて……それにまじつて紫式部も耳かたむけてゐる。読者といふか聴衆といふかの反応を見て、満足したり、喜んだり、当惑したり、軽蔑したりしてゐた。

もちろん全体としては大受けで、中宮彰子の妹、後に三条天皇の中宮になる妍子《きよこ》などは、物語のさきが読みたくて、父親にねだり、それで道長が紫式部の留守中、部屋をあさつて、実家から持つて来てある下書を探し出して娘に渡す。ほんとに困るなんて日記に書いてある。とにかくすごい人気だつた。

公任などはまだ「須磨」「明石」のへんまでも行つてなかつたかもしれない。本を借りるのが大変だから、どのへんを読んでゐるかで序列化される。ちようど左京でも上京《かみぎよう》のほうは地価が高く六条以北なら安いし、右京には落ちぶれた人が住んでゐたと同じやうに。公任は必死になつて道長に取入らうとしてゐたから、その権力者と親しい仲になつたお女中から軽んじられるといふこともあつたらう。しかし「若紫」あたりであの物語を推しはかられては迷惑ですといふ、自負心もあつたのではないか。いいえ、もつとさき、このあひだ書きあげたばかりの「藤裏葉」までで決められるのも困る。あの物語には理想的な主人公を扱ふサクセス・ストーリーといふ側面もあるけれど、でもそれは「藤裏葉」までで、理想主義小説を突きつめたあげくのどんでん返しをこれから書かうとしてゐるのに。これまではむしろ準備、用意、伏線なのに。そんな気持だつたらう。公任は名アンソロジストだけれど、この才女は彼の詞華集の選択眼を古風だなあ、古くさいなあなんて、あまり敬意を表してなかつたと思ふ。定家以前は『拾遺抄』が重んじられてゐたのに、彼が『抄』よりも『拾遺集』を高く買つたせいで、価値の逆転が起つたことでもわかるやうに、公任の趣味と『源氏』=『新古今』的な趣味の系譜とは、ズレがある。

しかしそんなに気負つてゐても、作者としての不安は、寝殿造の邸の下を流れつづける水のやうに絶えなかつたらう。どんな小説家だつてそれが普通かもしれないが、この場合は特別な条件が加はつてゐる。心配になる一番の理由は、道長が、あれほど認め、褒めてくれるくせに「輝く日の宮」を除いた形で流布させ、しかもそれについて、関係が生ずる前はもちろん、親しい仲になつてからも、何も語らないことだつた。あの巻なしの形で読んだのでは、当然、筋はみちのくのをだえの橋さながら、たどりにくくなるのに、不思議なことに読者たちは、脱落ではなく飛躍と取つたやうである。いや、もつと気もそぞろな読み方で、読んだり聞いたりしてゐるのだらうけれど。つまりあの処置はあれでよかつたのか。でもあれではあんまり、などと彼女は悩んだ。

不安がいつそう昂《こう》じたのは、道長の問はず語りめく話を聞くやうになつてからであつた。はじめのうち、その色ばなしのかずかずはまことに興が深く、魅惑された。巧みな絵師の描いた絵巻を、いきを心得たお女中が然るべき速さでくりひろげ、巻いてゆくときのやうで、おもしろくてたまらない語り口だけれど、思ひ出話を裏打ちする現実感の強さにいつも驚かされた。まるであの『蜻蛉日記』の細部のやう、と。かういふ実感、あたしの書いたものにあるかしらと反省すると、たとへば「花宴」の、出会ひがしらに犯す、向うも喜んで犯されるあの場面でも、何か小説的な勘どころをもう一つ押へてゐない。われながらもどかしい。ほかの巻でも似たやうな欠点がいろいろある。とすれば、これだけの材料を寝物語でせつかく手に入れたのに、それきりはふつて置くのは勿体ない。これを取入れれば光源氏が段違ひに颯爽と歩きまはるし、喜劇的な趣も備はるので、いい男がいつそう魅力を増す。今までの書き方では理想の貴公子を描かうといふ狙ひのせいで、どうしても讃美ばかりしてゐて扱ひ方にむごさが足りない。しかし、幾夜もかけて耳にしたかずかずの挿話はみな若いときの話で、これからの、中年以後の光源氏には向かない。どうしよう、どうしたものかしらと思ひあぐねてゐるうちに、あるとき、今までの巻と巻とのあひだに適当に挟《はさ》めばいいといふ案がひらめいた。あ、これいいぢやないの。

と紫式部が思ひつく所まで来て、いつもここでさうするやうに安佐子がほほゑんだとき、もうすぐ品川だといふアナウンスがあつた。それで、もう考へるのをやめ、いい気持でゐる。品川駅で降り、夕闇のなかを歩き出したとき、紫式部が思ひついた書き方はちようど寝殿造で建物と建物を廊でつなぎ、そこにいろいろ局《つぼね》を設けるやうなもの、といふ比喩が浮んだ。

その晩はさすがに疲れたので、すこし本を読み、オペレッタのCDを聴き、それからポルトを二杯飲んで早く休むことにした。翌日、トースト、野菜サラダ、ハム、コーン・スープの朝食をとりながら新聞を読んでゐて、びつくりした。社会面のトップの大きな記事で、「ホームで内ゲバ、男性死亡」といふ白抜きの見出しの横に、「3人組に刺される、女性も重傷」。内ゲバといふのはつまり新左翼？　まだ新左翼あるの？　といふのが最初の感想だつた。地図つきの記事で、薄墨で染めた相模湾の凹みがゆるやかに終ると、真鶴岬が、誰か西洋人の似顔絵の鼻みたいに長く右へ飛び出してゐる。昨日このへんを通つた、と思つて、今までとはまるで違ふ視線で読み出し、あ、これが昨日の殺人事件と気がついて驚き、もつと驚いたことに、この被害者も加害者も自分と同じ車輌に乗り合せた五人とわかつた。

「……JR東海道本線根府川駅に到着した熱海発東京行き上り普通電車内で、中年の男女2人が胸などから血を流して倒れているのを車掌らが発見、119番通報し……病院への搬送は小田原駅が早いと判断し電車を発車させ……2人を病院に運んだが、男性は右胸を刺されており出血多量で間もなく死亡。女性も背中や腹など数カ所を刺される重傷……調べでは男性は住所不詳、過激派アヴァンティ九州派活動家、土橋明さん(51)。女性は43歳でミズノと名乗ったというが詳しい話を拒んで……同派の内ゲバ事件とみて……2人と3人組は同じ電車に乗っていたが、1駅前の真鶴駅で一緒に降りた。2人はホームで3人組と口論になり包丁のようなもので刺され、逃げようと同じ電車の8輌目に乗り込んだ。3人組は2人を追いかけていったんは8輌目に乗ったが、慌てて降り逃走……約10人ほどの乗客がホームに……3人組はいずれも50歳代で、白いマスクをしていた。1人は身長約170センチ、やせ形で緑色のコート、別の1人は身長約160センチ、小肥りで野球帽、重そうなバッグをかかえていて、もう1人は約165センチで中肉……福岡市で15日、同派反主流派幹部が殴られ死亡する事件が起きるなど同派内での内ゲバが続いている……」

安佐子の心は乱れた。一方には、自分が物騒な事件の現場、それとも現場近くに居合せながら平気でゐた鈍感さへの反省と、その滑稽感がかへつてもたらす深い恐怖があつて、日常生活の平穏が実は危険きはまるものだといふことを痛感した。他方には、あの少女期の作品にかかはる人物たちが、四半世紀近く経つても依然として当時の思想にとり憑かれたままで生きてゐるといふ嘘のやうな認識があつて、現在は過去によつてしつこく追ひかけられてゐるし、虚構は現実をあくどく塗つてゐるといふ、めまひに似た感覚を強く押しつけた。

安佐子はその、渦を巻いてゐるやうな感懐から抜け出さうとして、朝食のテーブルから離れ、パン屑《くづ》をすこし目高の鉢に振舞つてやる朝の行事も忘れて、新聞を買ひに出た。喫茶店にはいつて読むと、記事はみなほとんど違ひがなく、あるとすれば一紙に、「真鶴駅前で客待ちをしていて駅を出てきた3人組を目撃したタクシー運転手は、目の下まで隠れる大きなマスクをしていて顔が分からないようにしていて、いかにも怪しかった……」といふのだけ。

読み終つて吐息をつき、あの亡霊はまだ東京の空をさまよつてゐるかしら、一歩一歩ものものしく足を運んで、と宙《ちゆう》乗りを心に思ひ描いた。婆やはもうお寺のお墓のなかに決つてゐる。片眼に眼帯をしてゐる小学生は？　もう三十代になつてゐる。どうしてるだらう？　いまどこに？　多分あのまま革命に深入りして……二つ三つ兇行を犯して……もう眼帯ははづしてゐる、もちろん。名前を改め、顔を整形して生きてゐる。警察の眼をのがれるためもあるが、むしろ、アヴァンティに、それとも叛徒《はんと》の分派に、殺されないために。さうするしかなかつた。鼻を高くして、顔の輪郭を変へて。同志から集めた百万円で手術した。住ひは横浜か。初夏のある日、どうしても東京に出なければならない用があつて、桜木町から電車に乗る。横浜で乗換へ。かなり込んでゐて、彼の腰かけた席の前に、白のブラウスに紺のスカートの少女が吊革につかまつて立つてゐる。赤い桜んぼのブローチをしてゐる。彼はその華奢《きやしや》であえかな果物から眼を離せない。こころもち上目づかひにして、みつめつづける。本物の桜んぼか、それとも造り物かといふ疑問。訊いてみたいといふ気がするが、少女はつんと澄ましてゐて、訊ねにくい。第一、視線が合はない。好奇心と欲情のいりまじつたもの、知的でそして色つぽい渾沌がふつふつと煮えたぎる。謎を解きたい欲求がとめどなく高まる。川崎、大井町。品川で少女は降りる気配を示す。彼もふらふらと立ちあがり、ついて行つて（とても自制できない）、プラットフォームに移るときに右手の指さきで桜んぼに触れる。ビニールだ、やはり、と思つた途端、少女が悲鳴をあげ、彼は二人の男に押へられる。一人は手首を握り、一人は腕をつかまへて。「痴漢だ、痴漢」とどちらかが叫ぶ。その途端、彼は思ふ、あ、指紋が調べられる、と。さあ、逃げなければならない。男たちの手を引き離し、彼は獣のやうに走り出す。プラットフォームを、長い階段を、改札口まで無事に駆けてゆき、そして柵をひらりと跳び越えることができるかどうか？

安佐子はここで、あの三番町に住ひのある女の子、松真佐子はどうしてゐるだらうと思ひ、眼をつむつた。わからない。想像力がまつたく動かなかつた。

その夜、安佐子は寝室兼仕事場で机に向つてゐた。机の上には例の年表のノートがひろげてある。目の前の壁には父の形見の金時計（裏に日本生活史研究学会がこれを贈ると彫つてある）が、フランス菓子の店の包装に使ふ赤、白、青のリボンで吊してあつて、きらきら光つてゐる。そのせいで、寝殿造の邸の池は月を映すための鏡だつたといふ説を思ひ出し、それに引きずられて、それなら自分が書かうとしてゐる（いま書いてゐて半分くらゐまで来た）ものは、いつたい何を入れるための容器なのかとよく考へることがあつた。容器といふよりもむしろ装置で、多分、小説的想像力についていろいろ考へるための仕掛け、といふのが気に入つてゐる答である。

中学生のころ、小説は掛け算でゆくもので、たとへば『宝島』なら、海賊タス宝物タス男の子ではなく、海賊カケル宝物カケル男の子になつてゐるから読者がわくわくする、といふことを思ひついて得意だつたが、高校生になつて『源氏物語』を与謝野晶子訳で読んだとき、引き算もあることに気がついた。もちろん光源氏の死をあつかふ「雲隠」の巻が、題があるだけで本文がないことにびつくりしたのだ。千年も前の人なのによくこんなことができた、とか、光源氏のゐなくなつた空白な世界をどさりと投げ出されたやうで怖い、とか、読者がめいめい自分の好きなやうに主人公の死を思ひ描けて、つまり読者の自由が与へられてゐる、とか、そんなことを、しかしそんなふうに分析できずにただ漠然と感じて、感心してゐた。今にして思ふと、あれは、宮中行事のときお女中たちが御簾際《みすぎは》に出てゐて、そこから見物して、御簾の下から袖口だけ見せる出衣《いだしぎぬ》に似てゐる。あれはあたしたちここにゐますよ、といふしるし。お女中たちの衣裳の花やかさと違つて、こちらはうんと渋く抑へた言葉づかひの題で行つてゐるけれど。

ところが大人になつて原文で読み、研究書や論文に当るやうになると、もつとすごい引き算があることを知つた。光源氏と藤壺の最初のことを書いた「輝く日の宮」の巻がきれいに落ちてゐるといふ。題まで消えてしまつた。はじめから作者がさうしたのか、それとも後世の人が写本を作るときついうつかり（?・）、まさか、それとも意図的に（?）なくしたのかしら。どちらにしても大がかりな引き算だと驚いた。作者がした引き算か、それとも歴史がしたのか、などと。

つまりあたしは『源氏』といふ傑作の急所のところにあるブランクを手がかりにして何かを研究しようとしてゐる。物語を、と言つてもいいかもしれない。もともと、ものごとを整理するときは物語の形ですることが多い。因果関係とか起承転結とか。それを誰かの声（文体）で語つて。神話だつて三面記事だつてさうする。そのうんと洗練、成熟、発達したものが小説だから、そのなかでの抜け落ちてる所、抜け落ち方、なぜ抜け落ちるか、埋めるかそれとも埋めないではふつて置くか、さういふことを調べたり考へたりすると人間が現実を処理する態度、その対応のいろんな型を検討することになる。あたしがしようとしてゐるのはさういふ入口からはいつてゆく人間の研究らしい。

それから安佐子は、今日は新聞のショックで怠けてしまつたと反省し、厭な思ひ出と別れるためには何か気晴らしをするのがいい、と思ひついた。芝居や音楽会は時間を取られるから、久しぶりに自然教育園を歩かう、明日は無理だから明後日、大学の帰りに、と考へ、今度は机の上のノートに向ふ。

1008 寛弘五年　十一月中旬、中宮の発意で内裏《だいり》還御《かんぎょ》に当り、帝へのお土産として、『源氏』の豪華本を御前で作る。

この月、道長より中宮への贈り物あり。見事な細工の品を収めた櫛の箱。手箱が二つあつて、上には藤原行成と延朝の筆蹟による三代集（『古今』『後撰』『拾遺』）、下段には大中臣能宣や清原元輔のやうな歌人の私家集。すばらしい造本。

1009 寛弘六年　三月、為時、左少弁《さしょうべん》に任ぜられる。この年、高階積善撰『本朝麗藻』成る。

『紫式部日記』にはただ物語としか書いてないけれど、これが『源氏』なのは言ふまでもない話だし、それに中宮の発意とはいふものの、道長が発案したに決つてる、と安佐子は考へる。やはりこれはお女中たちが中宮の前で清書してゐたのではなく、ほうぼうに依頼して出来あがつて来た清書を、製本してゐた。道長は顔を出して、はしやいで、冗談を言つたり、上等の紙や硯を持つて来たりした、と日記にある。『源氏』の成功が皇子誕生と重なつて、二重に嬉しい。

この満悦の体《てい》と、翌六年春、為時が左少弁に任ぜられたこととは明らかに関連がある。親交の深さから考へるとちよつと信じられない話だが、為時は越前守をやめて以来、無官のままだつた。荘園の収入があるから暮しには困らないにしても。たぶん道長は、あの人事はすこし無理があつたと後悔して、それで今度は、懇意な漢詩仲間をはふつて置いたのだらう。越前守を取上げられた源国盛がすぐあとに死んでゐるので、祟《たた》りを怖がつた。何しろ菅原道真の祟りが怖くてたまらない人たちだつた。道真の敵、時平の直流ではないが、同族ではあるから、かなり恐れてゐたにちがひない。それに道長としては、為時の息子（紫式部の弟）の惟規《のぶのり》を藏人にしてあるから、ま、いいぢやないかくらゐの気持だつたかも。しかし『源氏』があまり好評なので、為時の功に酬いたくて、それで九年ぶりに官につけた。さう推定して間違ひないと思ふ。左少弁といふのは詔勅を書く役で、いかにも学者あがりの地方官の古手にぴつたりである。それにしても、娘の書いた物語のおかげで浪人生活を切りあげるといふのはおもしろい。とにかく、怨霊《おんりよう》を追ひ払ふほどのベストセラーだつた。

ここで帝への贈り物の件に戻ると、問題なのはこのときの『源氏』がどの巻までかといふことである。いくら考へてみても「藤裏葉」までで、つまり光源氏は准太上天皇になり、六条院に帝の行幸があつて、源氏一族の栄華の極みといふ所まで。これだと区切りがよくて、すつきりしてるし、光源氏が明石から帰つてからここまでは、一気に筆が進みさうな気がする。もちろん「玉鬘」から「真木柱」までのもたもたした十巻は除いての話。あのへんはあとで入れたので、どうも入れ方がうまく行つてない。それから「末摘花」とか「蓬生」とかb系全部もないし、もちろん「輝く日の宮」も道長の判断ではいつてない。つまり、

①　桐壺

⑤　若紫
⑦　紅葉賀
⑧　花宴
⑨　葵
⑩　賢木
⑪　花散里
⑫　須磨
⑬　明石
⑭　澪標
⑰　絵合
⑱　松風
⑲　薄雲
⑳　朝顔
㉑　少女
㉜　梅枝
㉝　藤裏葉

の十七巻を差上げた。そして「澪標」以後のはかどり方は大評判になつて、そのせいで道長の次女妍子は父親にねだつて下書のほうを手に入れたりした。あの挿話は、娘ごころと親ごころの取合せがいいので、何べん思ひ出しても楽しくなる。そのことを日記に書くときの紫式部の文体の嬉しさうなこと。作者冥利《みようり》に盡《つ》きる思ひだつた。

そして同じ時期に、帝への贈り物は『源氏』、中宮への贈り物は三代集としたのも、『源氏』の格をあげるための道長の策略だつた。こんな具合に配慮してもらつて、万事うまくゆき、好評で、紫式部は道長にお礼を言上した。閨の外でも、共寝しながらも。そしてa系の物語の合間合間に、道長の体験談がヒントになつてゐるb系の説話を入れたいといふあの計画を打明けた。道長は、若いころの自分の面影が光源氏と二重写しになるといふ話にいたく満足して、しかし、「おや、また物入りだ」などと紙の消費を嘆く冗談を言つたことだらう。「紙屋院《かんやいん》をもう一つ建てなければ」などと。そして紫式部は、「実はもつと要るのでございます」などと恐縮して、光源氏の一代記を終へたら彼なきあとの世を書くつもりといふ計画を口にしたと思ふ。つまりd系。といふのは、多分このころ物語全体の眺望が見えてきたはずだから。光源氏の魅力によつて、儒仏二教到来以前のこの国の、モラルといふか気風といふかをいはば時代物のやうな調子で書かうとしてゐた彼女が、ここまで書き進めてきて、そして道長から聞いた話を使つて光源氏をもつと生き生きと活躍させることができさうな気になつて、そこで光源氏がゐなくなつたあとの現代物といふ形で古代的なものの喪失を嘆く、世界の衰弱を悲しむ、さういふことを、すなはち「匂宮」から「夢浮橋」までを、心に思ひ描いたのではないか。

光源氏の死後、世の中が小ぶりになるといふ史観は、紫式部の最初の構想の底に予感のやうな形でおぼろげにあつた。事実、さういふふうに書かれてゐる。つまり古代の終焉。そしてこの話を聞いた道長は、わが意を得たみたいな思ひだつたらう。だつて、歴史哲学といふか、史論として、自分の考へ方に近いから。道長はかなり似てゐる史観をいだいてゐたはずだ。伯父に一条摂政伊尹《これただ》がゐて、その家集といふか、ほとんど恋歌《こひか》ばかりの本の冒頭で、近頃の若い貴族は利口になつて、われわれのころと違つて愚かな恋をしなくなつたやうで寂しい、みたいなことを言つて同時代を批判してゐた。あれはつまり色好みがすたれて気風がちんまりとしてきたと嘆いたので、甥の道長のほうも同じことを感じてゐたはず。そしてこの古代的なものの衰弱と仏教の末法思想とが、からみ合ひ、重なり合つて、平安中期の精神史の、世も末だみたいな風潮が形成されて行つた。実際『源氏物語』は、さういふ二つの思想の融合として出来あがつてゐるし、その点でも道長と共通したものを持つ。あの物語はじつにいろいろな意味で、紫式部と道長との合作だつた。

「さう、合作でした。書いた部分も、削り方も」とここで安佐子はつぶやき、ミネラル・ウォーターを飲み、それからまた手製の年表を見る。すると、紫式部は道長に、何かのとき、「輝く日の宮」をなぜ除いたのかと思ひ切つて訊ねたにちがひないといふ思ひが、何度目かに、いや、十何度、もつとかもしれないけれど、押寄せて来た。いくら慎しくしようとしても、どうしても抑へ切れなかつたはずだから。道長は微笑して、待ち構へてゐたやうに答へたはずだ。

あの物語はまことに巧みな書き方だと思ふし、もともと上手だつたのが近頃はとりわけ腕を上げた、と。たとへば「少女」の、内大臣（もとの頭中将《とうのちゅうじょう》）が母である大宮の邸でそこのお女中の一人と関係があるため退出したふりをして実は邸にとどまり、やがて「かい細りて」（身を小さくして）女の部屋から出ると、それと知らないお女中たちが源氏の子夕霧と内大臣の娘雲居の雁の仲について、父親だけが知らないと噂してゐるのを耳にする。それで、娘を東宮妃にしたいと思つてゐた内大臣は腹を立て、くやしがる。内大臣と源氏との仲は、大体のところでは昔も今も悪くなかつたけれど、勢力を張る上での競争相手なのだ。

ここの書き方を道長は褒めちぎつて、

「内大臣が事情を知る段取りのつけ方も、色恋を添へておもしろがらせながらごたごたしてなくて、すつきりしてゐていいが、二人の男の対立感情の微妙な所がじつによく書けてゐる。あいふものですよ、男つて」なんて言つたのぢやないか。それから他の箇所いくつかも例にあげて。

紫式部は嬉しいことは嬉しいけれど、しかし、ははあこれは「輝く日の宮」がうまく書けてないと言ふための前置きなのねと察してゐる。逆に言ふと道長は、そのことをあらかじめ覚悟させるためにあれこれと詳しく褒め立てつづける。とうとう我慢ができなくなつた紫式部が、「つまりあの巻が出来が悪いのでございますね」と言ふと、道長はそれにはすぐに答へずに、「たとへば最初の巻などは、まだ筆が伸びてゐなくて拙と言へば拙だが、しかし巧拙を超えたおもしろさがあつて、それが別種の、何となくお伽話めいた効果をあげてゐた。そのことはおわかりでせう。でも、次の巻は、さういふ特殊なよさもわりあひ薄いやうな気がする。あそこは瑕瑾《かきん》だな。抜いたほうがいいと思つて、さうした」などと説明する。さらには、「おや、伝へてなかつたか」などととぼけたりして。

道長はさらに、除くことによつてかへつて余情《よせい》が出る、余韻が生ずると教へた。絵でも詩でも、名手はこの手をじつに巧みに用ゐる。それをもう一つ派手に仕掛けるだけのことさ、などと。

紫式部は、光源氏の死のくだりではその手を使はうとかねがね思つてゐるくらゐだから、それはわからぬでもないけれど、しかしあの処置は破格にすぎないかしら、と思ひながら、黙つてゐる。

道長が打明け話をはじめた。

「前《さきの》越前から物語を受取つて、読みふけり、感心して、富士の高ねに住む心地とでもいふか、まことにいい気持だつたのに、あんなに長い月日はふつて置いたのは、あの巻をどう直せばいいか、わからなかつたせいでした。あのままではいけないことは明らかだが、しかしどう手を入れたらいいか、わたしには見当もつかなかつた。そのうちにふと、取ればいいのだと気がついた。妙案が浮ぶのはああいふものですね」

「父はずいぶん心配してをりました」

「あなたは？」

「住の江の岸の姫松」と紫式部が答へたのは、『古今』読人しらず「われ見ても久しくなりぬ住の江の岸の姫松いく世へぬらん」を引いたもの。幾世代を経たくらゐ長く感じました、の意。

道長は声を立てて笑つた。そして、

「しかし結局あれでうまく行つた」

「はい」と紫式部は受けて、「でも、削つてわかりますかしら？」とつぶやいたが、これは反論にならなくて、

「みんな何となくわかつてるぢやないか。すくなくともわかつたやうな顔をしてゐる。誰ひとり文句を言はない」と笑ふ。

紫式部は半信半疑の態で、

「さうでせうか」などと独言《ひとりごと》のやうに言ひ、でも実際さうだつたと反省して、ひよつとするとあれでいいのかもしれないといふ気にまたしてもなつた。

1009　寛弘六年　六月、再度懐妊の中宮、土御門邸へ。
　紫式部も随行。十一月、敦良親王誕生。

1010　寛弘七年　二月、妍子、東宮に入侍。

この年b系成立。ただちにc系に取りかかる。

娘である中宮のまはりに、自分と関係のある女を配置するのが道長の常套手段で、とすれば情報を受取るのは共寝のときが多かつたはず、と安佐子は考へる。大勢ゐたわけだし、当然、実事ありになるはずだから（でなければ相手が承知しない）、かなりタフだつた。

政治家は、妥協とか、欺瞞《ぎまん》とか、懐柔とか、恫喝《どうかつ》とか、いろいろ手を使ふ。血を流すのが好きな政権もあるし、嫌ひな政権もある。一般に荒つぽいことをしないのが公卿の流儀だつた。保元の乱からはちよつと別になるけれど。菅原道真の流刑それとも左遷でさへ、あれだけみなに厭がられた。そして道長のやり口は、いざとなると果断であるけれど、むしろ政敵を自滅させる策を選ぶ傾向がある。とすれば「輝く日の宮」を書き直させないで湮滅《いんめつ》するといふ手を思ひついたのは、いかにも彼らしい。ずるくて、しやあしやあとしてゐて、後くされがない。紫式部もかなり感心したのぢやないか。はじめは呆気《あつけ》に取られてゐたが、「帚木」を書き、「空蟬」「夕顔」と進んでゆくと、だんだん気持が変つて、すごい解決策だと思ふやうになつた。現実処理の能力といふか、工夫の才に舌を巻く思ひだつた。

b系の巻々を書いて、すでに出来あがつてゐるa系の巻々のあひだに嵌《は》め込んでゆくとき、どうしたかといふ問題がある。あれはおそらく口づたへで説明した。「並びの巻」といふのは、もとはそのときの言ひ方だと思ふ。「若紫」の並びが「末摘花」よ、とか、「澪標」の並びの一が「蓬生」で並びの二が「関屋」とか、はじめのうちはそんなふうに口づてで。なかには消息通がゐて、本当は「輝く日の宮」といふ巻があつて、その並びの一が「帚木」で二が「空蟬」なのよ、なんてひそひそ話をした。つまり紫式部が仲のよいお女中に何かのときひよいと愚痴をこぼしたせいで噂が広がつた。それがおぼろげに伝はつて行つて、定家の『奥入《おくいり》』のあの記事になつた。定家はわけがわからずに、でも、貴重な伝承だと思つて書き留めた。

　b系の巻々は好評だつた。道長の体験談を使つてあるので妙になまなましいし、それに作者の腕だつてぐつとあがつてゐる。これはもうすこしさきの話だけれど、「玉鬘」にはじまる十帖はすこしもたもたしてゐる。でも、あれだつて、いろんな趣向で釣つてゆく。筋の流れの太い線でぐいぐい引張つてゆくわけではないにしても、部分的にはおもしろいし、うまい。いよいよ人気を博した。

　それで「真木柱」で玉鬘が鬚黒の大将といつしよになつて、光源氏の彼女に対する恋ごころが変な形で結着がついて……何だかあそこの始末のつけ方、強引だなあと思ふけれど……とにかくb系を書きあげ、それがa系の終りの二巻「梅枝」と「藤裏葉」につながる。明石の姫君の入内《じゅだい》が近づき、夕霧と雲居の雁の恋がうまくゆき、源氏は准太上天皇になつて、幼いころ高《こ》麗人《まびと》の相人が述べた予言が、的中といふか、成就した。サクセス・ストーリーの完結。理想主義小説の理想が全部かなつた。a系とb系が合体して、いはばダブル・プロットがきれいにないひ合せられた。そこで紫式部はすぐにc系にとりかかる。これは光源氏の晩年で、女三《をんなさん》の宮《みや》といふ若い姫君の降嫁があつて、もともとは朱雀院《すざくいん》の帝の押しつけだけれど、光源氏もまんざらではなかつた。色情の面でも、貴い初花には関心があるし、それにこの方を引受ければ朱雀院の莫大な財産がついて来る。財政的にいつそう潤ふ。それやこれやで、光源氏は女三の宮を受けることにした。ところが、柏木に寝取られ、柏木の子を自分の子として育てる羽目になる。その姦通事件の一部始終から光源氏の死までをたつぷりと叙述する。紫式部はどうやらかなりしよつちゆう宿下りして、それも中河の邸ではない別の所に仕事場があつて、そこで書きつづけた様子。「若菜上下」と「柏木」は前まへから楽しみにしてゐた巻々で、『源氏物語』全体の急所だし、自分がやうやく、人生のこんな皮肉な局面——人間にとつて理想の叶《かな》ふことがどんなに不しあはせなことか——を書けるやうになつたといふ思ひもある。心が弾んでゐたにちがひない。ちようど都へ向ふ望月の駒や霧原の駒が逢坂の関にさしかかつたときのやうに。

それで多分このあたりで「輝く日の宮」が焼かれた。こんなこと空想するのはあたしの悪い癖だけれど、と安佐子は自分に語りかける。でも、心に浮んだその情景を消し取ることはどうしてもできない。ある日、紫式部は道長に、

「お手許にありますはずのあの草稿をいただきたうございます」と申出る。

道長は黙つてうなづいて、その日か翌日、紐でゆはへてある一束を渡した。「桐壺」と同じ分量とすれば六十枚近い紙。一枚に二百字書いてあるから、四百字の原稿用紙に直せば三十枚。もつとも仮名が多いからこれだけ長くなる、とも言へる。道長はずいぶんよく読んでくれ

たと見えて何ケ所かに付箋がついてゐる。朱の入れてある箇所もある。

「これをどうする？」と訊ねられて、

「火中に致します」と答へると、

「いまここで燃やしてはどうでせう。取つて置くと未練が残るから」と笑つて。

そこで紫式部が一枚目を手に取つて、出だしの所をつい読んでゐると、

「貸してごらん。自分では情《じょう》が移つてやぶけないでせう。昔の人の文よりももつと」と言つて、自分で端から細く裂き、火桶にくべる。焔が燃えさかり、煙が流れると、「浦近く立つ秋霧」とつぶやく。

これは『後撰』読人しらず「浦近く立つ秋霧は藻塩やく煙とのみぞ見えわたりける」を引いたもの。違ふ歌かもしれないけれど、とにかくここは引歌がほしい所。道長のその様子を紫式部がじつと見まもつてゐると、

「おや、どうした？　何を考へてゐるの？」と問はれたので、

「いつかこれを写さうと思ひまして」

「なるほど。光源氏の最晩年だね。姫君たちからの恋文を焼く。いい場面になるでせう」と二人で決めて（事実その通りになるわけだけれど）、また草稿をやぶり、そして焚く。紫式部が二枚目を裂き、火中にくべると、「では煙くらべはこのくらゐにして」とやめさせて、「あとで燃やして置きなさいよ、みんな。この巻はやはり残らないほうがいい」と諭《さと》すやうに言つた。

こちらとしてはいろいろ質問したいのだけれど、怖いのと恥しいのとで、訊ねるわけにゆかない。黙つてゐる。

それを聞くことができたのは、c系の「若菜上下」と「柏木」が出来あがつたとき。道長は、「やはりさうだつたね。藤壺の宮の最初のときの情景をどこかで手直しして使ふつもりだなと見当をつけてゐたけれど。しかし、すばらしい出来でした。恐しいくらゐだつた」と手ばなしの讃辞。

「有難うございます」と礼を述べると、向うからごく自然に語り出す。

「あの二つ目の巻がよくないのを仔細に説明すると、あなたの気力が萎《な》えやしないかと心配して、それで今まで控へてゐました。物語がはじまつていきなり、あんな大変な事柄を書くのは、初心の作者には無理なことですよ。いや、初心でなくたつてむづかしい。あれぢや読者だつて困つてしまふ。どうしたらいいかと幾月も思案したあげく、あの妙案が浮んだ。取つてしまふといふ手。もともとお女中が昔物語で読んだ話を同僚のお女中たちに話して聞かせるといふ仕組だから、あれでいい。古物語の一巻が散逸してゐるのはよくあることだもの。それにあすれば余情があるでせう。大和絵の描法と同じでね。さう思つた。でも、もう大丈夫だよ。あれだけ書けるのですから。すくなくともこの女三の宮と柏木のあたり、大和もろこしを通じて随一の作ぢやないか」

賞讃と批評にぼうつとしてゐる紫式部をあとに残し、急いで立ち去つた。

後ろ姿を紫式部は見送る。それと同じ視線で見送つてゐる自分に安佐子は気がついた。それは当時の男としては大柄で、精悍《せいかん》で、しかも何か優美な風情がある。その深縹《こきはなだ》の直衣《なほし》姿が遠ざかるのを見てゐるうちに、ふと、疑問が一つゆるやかに心に浮んで来たし、それにつづいて、この疑問は長いあひだ心にわだかまつてゐながら自分が敢へて抑圧してゐたものだといふ認識がまつはりついた。ひよつとすると道長は、光源氏と同じやうに帝の后を寝取つたことがあつて、それで「輝く日の宮」を破棄させたのではないかといふ疑惑。おそらくこれは紫式部もいだいてゐただらうし、それを向うが口にしないのは……心のなかでもなるべく思はぬやう努めたのは……権力者に対する畏怖の念のせい。さうに決つてる。自分が今まで、こんなにはつきりと意識しなかつたのは……それは多分、これがあんまり素人つぽい臆測みたいな気がするから、と安佐子は思つた。しかし、ひよつとすると、これは最初に疑ふべきことだつたかもしれない。それをあたしは、文学の専門家でありたい、専門家ぶりたいといふ虚栄心のせいで敢へて押し殺してきたのかも。でも、考へてみると、道長が光源氏と同じ体験をしたせいであの巻を散逸させたといふ推定にも無理がある。だつて、二度目のことがはつきり書いてある巻を平気で流布させた。この線はやはり駄目かもしれない。似たやうな体験はあつたかもしれないが、しかし書かれることを彼は意に介さなかつた。むしろ、よく知つてゐることなので描写に不満だつたのかしら。

それよりも大事なのは、「輝く日の宮」での藤壺の書き方が下手《へた》だつたといふ大ざつぱな話ではなく、もっと詳しく、どんな具合にまづいのかといふこと。そこをうまく推定したり想像したり分析したりできれば、「輝く日の宮」の後半が書ける。それを精細に考へなければならないと安佐子は自分に言ひ聞かせる。

1011 寛弘八年　二月、為時、越後守に任ぜられる。六月、一条天皇、病のため三条天皇に譲位。八月、妍子、三条天皇の女御となる。

1012 長和元年　彰子、皇太后となり、紫式部は引続き仕へた。

1014 長和三年　二月、後一条天皇（敦成＝母は彰子）即位。六月、為時、越後守を辞す。甥にして婿である藤原信経に譲るため。

1017 寛仁元年　八月、敦明親王が東宮を辞し、小一条院の院号を授けられ、准太上天皇となる。

1018 寛仁二年　彰子、太皇太后となり、紫式部は引続き仕へた。紫式部「藤裏葉」に加筆か。

1020 寛仁四年　菅原孝標女《すがはらのたかすゑのむすめ》、京に上り、翌年（？）かねて熱望してゐた『源氏物語』五十余帖を入手、耽読する。

1027 万寿四年　十二月、藤原道長没。

ａ系とｂ系との結合でいよいよ興趣が増し、人気が高まつたので、道長は気をよくして、その結果、為時が越後守になつた。これはもちろん『源氏物語』といふ新しい娯楽をもたらして人心を愉快にし、それで道長の政権を安泰にしてくれた男への論功行賞。この褒美を贈るに当つては、例の、一度は越前の国司に任ずと発表されながら取りやめになつた、かはいさうな源国盛の亡霊がちつとも祟らない……祟る気がないらしい……道長の娘が二人目の皇子を生んだりしていよいよ羽ぶりがいい……それで大丈夫だと安心したせいもあつた。これは言へると思ふ。

敦明親王が准太上天皇となるのは『源氏物語』に示唆を得ての処置といふ清水好子先生のおもしろい説があつて、この策を思ひついたのは道長にちがひないが、これが世に受け入れられると彼が見たことは、この年、寛仁元年には『源氏』はずいぶん広く読まれてゐたことを示す、と安佐子は考へる。もちろん「夢浮橋」まで書きあげてゐた。それは菅原孝標女が東国にゐたころから『源氏』の評判を聞き知つて憧れてゐたことでもわかる。長和三年に為時が越後守を甥であり婿である信経に譲ることを許されたのも、案外、『源氏』の完成と成功を祝ふ意味合のものだつたかもしれない。ただし、それでも折りにふれて加筆してゐたけれども。

しかし「輝く日の宮」抜きで完結はしたものの、紫式部はやはりその巻を書きたいと願つてゐたにちがひない。きつとさうだと思ふ。心残りで、あれこれと思案したり試みたりしたものの、どうしても書けなかつた。そして安佐子は、あたしの書かなければならないのは、第一稿の、道長によつて廃棄をすすめられた、といふよりもむしろ命じられた、そして二人で焼いた「輝く日の宮」ではなく、老後、死の直前の紫式部が心に思ひ描いてゐた第二稿「輝く日の宮」のほう、と考へる。でもしかし、それはどんなふうに書くつもりだつたのか?

翌日の月曜は美術大学に出る日で、午前中は日本文学史の講義をし(この日は『平家物語』だが、スライドを使ふし、平曲のCDを聞かせるので、あつといふ間に時間が経つ)、午後は樋口一葉『たけくらべ』の講読。夜、何となく疲れて、仕事に集中できなくてゐると、田代トモヱから電話がかかつて来て、一時間以上も長話をした。「花冠」に載せる「輝く日の宮」の復原(?)の進み具合を訊ねられて、

「前半だけだとうまく行つたやうな気がする。でも、問題はこれからね」と答へると、

「むづかしさう、六条御息所《ろくじようのみやすどころ》。何しろ安佐子は年下の男との経験ないでせう。十代の男の子なんて」とからかはれた。

思はず笑つてしまつて、

「そんなリアリズム言へば、いちいち無理なのよ。上流階級つて、男も女も知合ひないし、第一、今の日本に上流階級ないもの」と言つて、皇子で臣籍降下した方が前《さき》の東宮妃に言ひ寄るといふ話を現代日本語で書くのがどんなにむづかしいか、説明した。そして、あれこれ想像した結果、平凡だけど惟光を活躍させることにした、と苦心談をはじめると、

「コレミツ? 何それ? トモヱ知らない」

「ほら、夕顔が死んだとき、ゐなくて、翌朝やつて来て、てきぱき面倒みてくれるぢやない」

「あ、あのバトラー」と思ひ出して、「バトラーがどうするの?」

「惟光の母親の、せんに同僚だつた人の娘、六条御息所に仕へてるの。さういふことにした。惟光に言ひつけると、彼、そのお女中といい仲になるのね。それでお女中がいろいろ噂を申上げる。源氏の君の琴《きん》はすばらしいさうでございますよ。一度聞かせていただいてはいかがですか、なんて。もちろん源氏は歌を贈つたりして。和歌も上手だし、筆蹟もきれい。それで六条に伺ふやうになるけれど、簀子《すのこ》……まあ縁側ね……簀子までしか入れてもらへない。お女中がいちいち取次ぐ物越しの語らひどまり。それでお女中に、惟光を介して結構な衣裳を遣《つか》はす。やうやく庇……次の間まであげてもらつて、そこで琴を演奏する。でも、そこまでなので、光源氏は惟光に言ひ含めてお女中に黄金を渡して……とうとう母屋へと手引きさせる。錠をおろしてあるのをはづさせちやふ。つまり、別の視点から言ふと、御息所は、お女中がさうするのを待つてるわけね」

「あ、待つてる」とトモヱは感心して、「さうか。ラヴ・メイキングのとこ、どうしたの?」

「そんな。『源氏』だもの。『ファニー・ヒル』と違ふ。露骨なこと、口にしない」

「でも、それぢや読者わからないでしよ」

「だから一行アキにしたの。一行アキになつてると、ははあ、この空白は意味ありげだな、と思ふでしよ。思はない人もゐるかもしれないけど」

「あ、一行アキ」

「歌の前後の一行アキは別よ。さうぢやない一行アキが暗号」

「あ、頭いい」とトモヱは褒めた。

それに気をよくしたせいもあつて、

「『看聞御記《かんもんぎよき》』つて室町時代の宮様の日記に、帝が絵師に『源氏』を扱ふおそくづの絵、ポルノね、それを上下二巻描かせるやうに言ひつけたとあるんですつて。たしか後花園天皇」と教へると、

「『源氏』ならぴつたしね。上下二巻で足りる？　それ残つてる？　トモヱ見たい」

「知らないけど、ないんぢやない？」

「もしあれば国宝ね」

「もちろんさうでせう」と安佐子は安請合ひした。

それから二人で、空蟬との場面は描いたに決つてる、とか、紫の上との新枕も、とか、匂宮と浮舟はやはり舟のなかでかしら、とか、侍従や船頭がいつしよに乗つてるから具合が悪いけど、でも上《うへ》つ方《かた》は羞恥心がないから、とか、しかし浮舟は恥しがるかも、とか、無責任な推測に熱中した。『源氏』となると何となく神聖視するので、そのポルノをしかも天子が注文したといふ話は衝撃が強く、おもしろくつて、興奮する。途中で安佐子は東海道線の白マスク三人組の話に切替へたけれど、トモヱは興味がないらしく、

「怖かつたでせう。かかはり合ひにならなくてよかつた」とお座なりに言ふだけで、また絵の話に戻つて、「匂宮が浮舟に、男と女の絵を描いてあげるところあつたでせう、できることならいつもかうしてゐたい、なんて」

「うん、あつた」

「あれは宮様がポルノ描いて渡すのね」

「あ、さうかも」と安佐子は感心した。「普通の絵ぢやなくて。いい線いつてる」

トモヱはそれから、最近は神戸のフランス人と遊んでるといふ話をして、でもそのフランス人は男のくせに外反拇指で困つてるのださうで、とつぜん、

「その絵巻が残つてて、藤壺との様子描いてあれば助かるのにねえ。残念でした」と同情して電話を終へた。

安佐子はそれから翌日の準備（一齣目《ひとこまめ》は美術大学と同じ『平家物語』の話だからいいが、二齣目は江戸後期から明治にかけての滑稽文学の講読で、この日は蜀山人）をしながら、今夜は詰まらない電話に時間を取られてしまつて「花冠」の原稿に取りかかることができない、あたしが源氏絵のことをつい口に出したのがまづかつた、と後悔し、ふと、長良のことを思ひ出して、男と逢ひたくなつたのはトモヱの話が変になまなましくて刺戟が強いせいか、と思つたりした。明日は火曜日、そして長良が訪ねて来るのは土曜の夜である。

翌日の正午、研究室にゐると、広告賞新人賞の十河佐久良《さくら》から電話があつた。会ひたいと言

ふから、

「ぢやあ三時半に自然教育園の切符売場の前のベンチで。それでいい？」と訊ねたら、向うも都合がいい。安佐子は卒論の指導をすこし早目にすませて、白金へ行つた。

佐久良は薄薔薇いろのハイ・ネックのセーターに黒い革のジャンパーで、スカートは焦茶《こげちゃ》いろのウール、臙脂《えんじ》いろのスニーカーを履き、小さなリュックサックをしよつてゐる。安佐子はグレイのスーツに青のコートで、大き目の革のバッグ。

二人は切符を買ひ、コイン・ロッカーに荷物をあづけ、胸にリボンをつけて、弥生よりもももつと前の縄文といふ気配がむんむん立ちこめてゐる森のなかへはいつてゆく。右も左も幾層もの樹々の重なりのなかへ。とつぜん空気がよくなつて山のなかのやう。上を仰ぐとあざやかな黄いろい葉の無患子《むくろじ》の樹で、濃い灰いろの幹が大きいのと小さいのと寄り添つてゐる。すこし離れて欅《けやき》の樹も聳えてゐる。右には眼の高さに八手の花の汚れた白い毬《まり》がいくつもいくつもある。黒い木札に白い字で植物名を教へてくれる。「むくろじ」とか「けやき」とか「やつで」とか、みんな平仮名で書いてあるため、ちようど翻刻本で「むかしおとこ有けり人のむすめをぬすみてむさしのへゐでゆくほどにぬす人なりければくにの守にからめられにけり」と読むときに似て、速度がゆるやかになる。

鴉の声がうるさいなあ、例によつて、と気にしながら、

「それで佐久良さん、何かお話あるの？」と訊ねた。安佐子としては、「別に何もないんです。

ただちよつと、先生とおしやべりしたくなつて」みたいな返事を期待してゐた。

さうすると若い娘は、ぽつんと、

「母方の伯父が橋本泰吉なんです」と言つた。何の話かわからないから黙つてゐると、「大伯父ぢやなくて伯父です。八人きようだいの一番上で、母が末つ子で、そしてあたしが五人きょうだいの一番下で。カトリックですから子だくさんで」と言ひわけみたいに説明した。そして、「水のアクアの会長をしてます」と言ひ添へたけれど、安佐子はぼんやりしてゐて、何か聞いたことのある名前ね、くらゐの気持のまま、

「さうなの」とつぶやいた。そして、まだ事情が呑込めないでゐると、

「それで伯父があたしを長良さんに紹介しました」

安佐子はこれでもまだ、よく意味がつかめないまま、自分よりすこし丈《せい》の高い娘と並んでゆるやかな坂道を降りて行つた。坂道は所どころ横木で止めてあるので、段々のやうになつてゐる。枯葉が、黄や赤や黒、白もまじつて、びつしり溜まつてゐる二メートルの段もあれば、落葉が一枚もなく地面がむき出しな段もある。それで安佐子は、どうしてあたしと長良さんが知合ひだといふこと知つてるのかしら、とか、でも紹介されたからつてそんなことといちいち報告しなくたつて、とか、けげんに思つて、

「さう」などとうなづいてゐるうち、やうやく、彼の会社の会長がこの女の子の伯父さんなのだとはつきりと意識した。

「御馳走すると言つて、三田のフランス料理屋に来るやうに言つて」と佐久良が説明した。

「でも自分はドタキャンして、二人だけ初対面のお食事になりました」

安佐子はここでやうやく、あ、こんな若い娘とだつたの、とわかつて、本当にびつくりした。前社長夫人の情報とまるで違ふ。

「あ、お見合？」

「ええ」とうなづき、きれいな笑ひ声を立てて、「厭ねえ、オールド・ファッションでせう」

思はず笑つたけれど、でも小さくしか笑はない。心のなかで、年の差を、三十近くと勘定した。

坂を降り切つた。左手に沼があつて、その広い面積の左半分は黄いろい落葉がびつしり、右半分は黄と白の葉がまばらに。水面は黒くて、沼の上に樹々の枝が大きく覆ひかぶさつてゐる。二人は並んでベンチに腰かけた。鯉がたくさんゐるはずなのに、今日はちつとも姿を見せない。

「さうだつたの」とうなづくと、

「長良さんも困つてました。でも、つまりこれはどういふつもりで引合はせたのか、二人でいろいろ話をするうちに見当がついてきて。社長になる条件として結婚するつてこと約束させられて、ところがそれがうまくゆかないつて愚痴こぼしたら、伯父が変なこと思ひついたんですね。アイディア・マンだなんて思ひ込んでるんです、自分で。それであたしに。そんなことぢやないでせうか。二人で、きつとさうだつて答を出しました。まるでクイズね。それで長良さんがお詫びなさつたんです。申しわけありません、すべてはわたしの不敏の致すところで……なんて」

今度は安佐子が大きな声で笑つた。

「本当に不敏よ、ねえ」などと。

佐久良も笑つて、そして、

「御迷惑おかけして申しわけありません。御放念下さい、なんて頭さげるの。いい人ですね」

と批評した。

「それで縁談は御放念つてことになつたの？」と訊ねると、

「ええ。だつてまだねえ、結婚なんて。ずうつとさきの話」とまた笑ふ。

「さうでせうね」と安佐子は楽しくなつて、気持のいい笑ひ方をする子だなと改めて思つた。

それから、

「第一、社長は独身ぢやいけないといふ伯父の発想が古いんです」といふ佐久良の意見に賛成して、

「さうよねえ」と言つて、「お年もお年でせうから無理もないけれど」

それから料理の話になつた。赤ピーマンのムース、オクステール・シチュー。とてもおいしかつたと言ふ。電話番号を教はらうとしたけれど、二人とも手帖はコイン・ロッカーのなかだ

つた。

「でも、どうしてあたしに報告なさるの？」と、さつきから気になつてゐたことを訊くと、

「ていふか、お願ひですね、むしろ」

「どういふこと？」

「いろいろ考へてみると、先生がやはり一番いいと思ひました。それで……」

「長良さんと結婚するのが？」

「ええ」と答へるまだ少女つぽい感じが残つてゐる顔を中年女は見て、いつぱし大人の女のやうな口をきく、生意気ねえと思つた。それで、

「どうしてあたしがさうしなくちやならないの？」とからかふみたいに訊ねると、

「お節介みたいで変ですけど、でもあれから一人でじつと考へたら、先生がベストだと思つたんです。伯父だつて、長良さんだつて、あたしも助かります。それでお願ひしようと……」

「話に飛躍あつて、わからない。そんな気、ありませんよ」とはつきり言つた。そして、「あたしのこと、長良さんからお聞きになつたの？」

「はい」

「おしやべりねえ」

「さうぢやなくて、勘でわかりましたから、いろいろ質問して行つて、それで……」

「でも、いくら勘がよくたつて」

「女三の宮のせいです」と恥しさうに佐久良が言つた。

「女三の宮がどうしたの？」と訊いたら、くすくす笑つて、

「まるで女三の宮を貰つてくれと頼まれたやうなもので畏れ多い、なんてお世辞つかつたの。それであたし、それはないでしよ、そんな貴い方にたとへないで、と言つて。それに第一、そんなことおつしやると御自分が光源氏つてことになりますよ、つてからかつたの」

「しよつてるわね」

「それで大笑ひして。でもそのうちにふと、あたし気がついて、『源氏物語』お読みになるんですかつて。そしたら、うなづいたから、男の人はたいてい、もつと前のほうでやめるのに、偉いですねつて褒めました。そしたら、いや、女三の宮のところは翻訳で読んだだけで……なんて。それで、ぢやあ前のほうは原文でお読みになつたんですか。まあびつくりした。勉強家ですねつて褒めたら、近頃は女の人と話をするのに『源氏』読まないといけないから、なんて。つきあつてもらへない、なんて。でも、原文で読まうとなさるなんて、ずいぶん高級な読者とお話なさるのね、と感心したら、長良さんがとても嬉しさうにして、ええ、それはもう高級つて。それであたし、ぢやあプロですかつて訊ねたら、あわてて、いや、なんて首を振るから、さうぢやなくて、文学のプロつて言ひ添へたら、ええ、まあ、なんて」

　安佐子は鴉の声がうるさいなあ、これは鴉の国に迷ひ込んだ二人の女だなあと心のどこかでちらりと思ひながら、黙つて聞いてゐた。普段の日なら他の入園者を見かけるのだが、今日は

寒いせいか人影がまつたくない。

佐久良は沼を見ながら、独言を言ふやうにしてつづけた。

「そのときあたし、ひよいと、週刊誌で読んだ先生のことを思ひ出したの。いつもはあまり読まないんですけど、あれは美容院で渡されて読んで、あら、安佐子先生すてき、こんなところに出てる、とてもよく書かれてるつて喜んだんです」

「さうかしら？　よくなんか書かれてなかつたけど」

「さうかしら？　写真もよかつたし、もう一人の先生とくらべてずつと上でした。それで、ひよつとするとこれは安佐子先生かも、とひらめいて、それで、週刊誌に出てましたね、光源氏をめぐる二人の女つて記事つて言つたら、長良さんが……」

「どうしたの？」

「反応したんです」

「反応？」

「ええ、たぢろぐつて言ふのかな、あわてるつて言ふのかな、とぼけるつて言ふのかな、とにかく、あたし、あ、と思つた。それも、お友達よりもつと親しい仲だと……」

安佐子は黙つてゐた。佐久良はつづけた。

「それであたし、実は杉安佐子先生に教へていただきました、受賞式のパーティにもいらして下さいましたつて言つたの。そしたら長良さん、びつくりして、あ、とおつしやつて」

安佐子は思はず吐息をついて、

「ときどき当るものなのね」とつぶやいた。そして、黙つてゐるのも変なので、「週刊誌つてほんとに迷惑」

「だつてそれが仕事なんですもの」と佐久良が取りなしたので、二人で笑つた。しばらくして佐久良が、「ぢやあどうして安佐子先生に申し込まなかつたんですか、つて伺つたの。あの先生なら頭もいいし、きれいだし、年恰好《かつこう》もお似合ひだし、ぴつたしなのに、つて。そしたら、実は断られたつておつしやつたの。そして、まあ仕方ないですよ、めいめい自分の一生を生きるしかないんだもの、なんて」

それで安佐子は、

「さうよね、自分の一生」とうなづいて、しばらくしてから、「すこし歩きませうか」と声をかけた。

右に折れて、細い道をゆく。右が狭い小川といふか、むしろ溝で、左側がすこし広めの溝。その二つにはさまれた平らな道を連れ立つてぶらぶら歩いてゆく。両側の水に、枯れたのや青いのや白い裏葉や、たくさんの落葉。その隙間に青と白の空がじつに無意味な感じで映つてゐる。歩いてゐるうちに右側の狭い水が急に広い池に変つて、人工の小島が二つ三つ。その島の一つに朱いろの紅葉《もみぢ》の樹。

そこで何となく立ち止ると、

「あ、きれいですね、あの赤い色」といふ佐久良の声と、

「伯父様のお気に入りなのね」といふ安佐子の声とが重なつた。それで譲り合つたけれど、娘のほうがまづ答へた。

「母がかはいがられてるんです。末の妹なので。でも、こんな話、困ります」

「それはさうよ」と女がうなづくと、娘が、

「今の仕事、とてもおもしろくて」

「さうでせう。それでいいのよ」と安佐子が励ました。それから、「あの紅葉《こうよう》してる樹ねえ、何かしら。動植物は苦手なの」と言つて、連れ立つて歩き出して、朝顔の姫君の朝顔は何なのか、今の朝顔と同じつて説もあるし、木槿《むくげ》だともいふし、桔梗《ききょう》だとも晝顔《ひるがほ》だともいふし、困つてしまふ、などと。

それを聞いて佐久良が、

「ぢやあ光源氏の小説、やはりお書きになるんですね」

「半分くらゐ行つたの。でも、式部卿の姫君に贈つたといふ朝顔の歌、源氏の君に代つて詠むのはあたしには無理ね。朝顔のイメージがはつきりしないせいもあるけど。よしました」と安佐子は答へた。

さうすると、佐久良は、

「昔の人の恋は大変でしたね。いちいち歌を作らなくちやならない。手間かかるでせうね。昔

のお姫様でなくてよかつた」と溜息をついた。

それで安佐子は笑つて、

「アンチヨコがあるのよ、平気平気。勅撰集つてのはつまり恋歌のアンチヨコなの。マニュアルね。殊にその性格が強いのは『後撰和歌集』ですけど、でも一体にさうなのよね、勅撰集つて」

椹《さはら》の樹と松の樹が二本、斜めに高く立つてゐて、二十メートルくらゐさきで出会つてゐる。二人してそれを振り仰ぐやうにして見た。異形の松は大蛇《をろち》の松といふおどろおどろしい名前。これはもう何度も来たので安佐子は知つてゐる。木立の向うは窪地になつてゐて、茅原《かやはら》で、ぼうつと茶いろに煙つてゐる。水や橋も見える。さういふ景色を横にちらちら見て歩きながら、安佐子は大和ことばの話をした。

大体こんな調子で。

ほら、色事のことつて照れくさいでしよ。それで婉曲に……詩的に言ふの。その言ひまはしが紀州では大正の末まで残つてたんですつて。たとへば女の人が男の人に惚れてるとき、「紺《こう》屋《や》の杓《しやく》と思ひます」と言ふ。これは「藍汲みたい」(相組みたい)といふことなの。

これを聞いて鈴を振るやうな笑ひ方で佐久良が喜んだ。それで安佐子は、妙に嬉しくなつて、はづみがつき、調子に乗つた。

それから、これは男が女に言ふのか、女が男に言ふのかわからないけれど、どつちでもよささうね、「奥山の千本道」なんてささやくのよ。これは「お前様には迷ひました」って意味。

これを聞いて佐久良がしみじみと、

「いいですねえ」と言つた。そして例の特徴的な笑ひ声。

「民間のかういふのが上流に取入れられて」と安佐子はつづけた。「宮廷の恋歌になつたのか、貴族階級の恋歌が民衆のかういふ口説《くど》き方になつたのか、わからないけど。多分どつちもありね」

佐久良が感に堪へた声で、

「今の日本、ずいぶん落ちたんですね」と言つたので、安佐子は嬉しくなつて、

「さうよ、さうよ」などと。

しかしそこからが変なことになつた。右へ折れて、すこし下り坂になつて、視界がぱつと開け、下に大きな池が見えたとき、その広い眺めを見ながら佐久良がかう言ひ出した。

「さういふしやれた台詞《せりふ》、とても無理。あたしたちも……」

それで安佐子は、何となく聞き流しながら段々を降りかけて、一つ二つ降りながら、おや、と気がついた。どうして言ひ淀んだのかしら？「あたしたち」って誰のこと？

「ねえ、縁談は断つたんでしよ」と念を押すと、

「ええ」といふ返事。

「それで、何かあつたの？」と訊ねると、けろりとして、

「はい」と言ふ。

「まあ」と安佐子はびつくりして立ち止り、「彼が誘つた……」と独言みたいにつぶやくと、佐久良は、

「ていふより、あたしのほうかも。わからない」と言つた。

「どういふこと？」

「ごめんなさい」とあまり悪いと思つてない口調で詫びてから、「かういふことでした。梨のコンポートとか食べて、コーヒー飲んで、とてもおいしくてよかつたんです。お話もおもしろかつたし。水の話や何か、いろんなこと。さうしたら、かうおつしやつたの。今夜はとても楽しかつた。あの件での失礼も……ぼくがたくらんだことぢやありませんが、でもまあ失礼……許していただいたし。気が晴れました。若くてきれいで賢い……みんなお世辞ですよ……娘さんとお食事をして、お話も料理もワインもよかつたし、勘定は会長持ちだし……とそこで笑つて、完全試合みたいなものでした。アハハ。もうこれ以上のことは望みませんよつて。それであたし、これ以上つて？　と伺つたら、どこかへ誘ふとか、とおつしやつたの。それであたし、完全試合の上にしませうか、と」

「……」

「そしたら、びつくりなさつて、ちよつとためらつて。あれは翌日シンガポールへいらつしやるせいかしら。それとも伯父に知れるとまづいと思つたのかしら。でも、それから、ぢやあお

言葉に甘えて、なんて」

池と池とのあひだの道を並んで歩いて行つた。水際のへんは池といふよりもむしろ湿地帯。いろんな水生植物が生えてゐる。「なきりすげ」とか「やぶらん」とか「おおはなわらび」とか「だいこんそう」とか、黒地に白で。

すこしゆくと池らしくなつて、風がなくて、池水はひつそりしてゐるけれど、安佐子の心は波立つて。その池に板橋がかけてある。八橋《やつはし》の一部分みたいに橋板を二つ折れ折れに、「く」の字に継いで。「く」の字の下の端に差しかかつたとき、佐久良が安佐子の耳もとでかう言つた。

「でも、おできにならなくて。ワインのせいとおつしやつてましたけど」

これは慰めるつもりなのか、それとも単なる報告？

「さうだつたの」と安佐子はつぶやいた。そして、ほんとに仕方のない人ね、こんなことがあたしの耳にはいること、ぜつたいないやうにしなくちやならないのに、もつと口の固い相手を選んで、と思つた。そして、でもこの娘ならまあいいほうかもしれない、などと思ひ直して、歩き出さうとしたとき、相手は言つた。

「でも、お上手でした」と軽い口調で。

できなくて、しかも上手。安佐子はそのことを、本当はよくわかつてゐるのに、しかし改めて考へ、納得して、

「さう」とうなづいた。
そして、長良のしたことを咎める資格があたしにあるかどうか疑はしいけれど、こんな話を聞くのは嬉しくないなと思ひ、佐久良の打明け話やお節介も困り物だけれど何しろ悪意はないのだから仕方がないし、と思ひ、生きてゆくのはあれこれと面倒で、厄介だし、それがもうしばらくつづくわけだと自分に言ひ聞かせた。まだしばらく。もしかすると何十年も。生きながら堪へつづけなければならない。橋の右の水面を鳥の影が一つよぎり、左の水面に樹々の影が映つてゐる。鴨が二羽、寄り添つて浮んでゐる。そのときとつぜん千年前の男と女の対話が聞えてきた。

女　〔すこししやがれた声のアルト〕長い長い物語をとにかく書きあげることができました。書き出したころの、心細いやうな、辛《つら》いやうな、切なくてそのくせ心《こころをど》躍りする明け暮れを思ひ出しますと、夢のやうでございます。本当に何もかもおかげ様でございました。あつく御礼申上げます。

男　〔深味のあるバリトン〕いや、わたしはただ紙を存分に用意したまでのこと。でも、よかつた。おめでたう。わたしとしても、じつに嬉しいし、いろいろと感慨がある。

女　本当に有難うございます。ただ用意しただけ、などと、あれだけの紙なのに事もなげにおつしやつて。世界中で、これからさきはともかく、今までのところ、こんなに紙に恵まれた果報な作者は、一人だつてゐなかつたでせう。昔いまを通じて、どの国のお妃に仕へる方もおできにならなかつた贅沢をさせていただきました。しかし、それは末の末のこと。もつと大事なところで、あれこれとお助けをいただいてゐます。

男　おや、たとへばどういふこと？

女　十代のころから、お噂は伝へ聞いてをりました。都の奢り、若者の健やかさと強さと花やかさ、人の心をとらへるあざやかな言葉づかひ、音楽の才能、この国のたしなみである色事のたくみを併せ持つ貴公子の評判は、幼い者の耳にまで届いてゐたのでございます。その、京の街の風聞、現代の伝説を核として娘ごころといふ貝に入れ、歳月といふ海に沈めて作りなされた大粒の真珠が、光源氏でございました。はじめは、さうは気づいてゐませんでしたが、いま振返つてみれば、あの主人公の生れ育ちはこの道筋をたどつたとしか思へません。もしもその方がいらつしやらなければ、源氏の君の似姿を、学者の子、地方官の娘が、ひねもす夜もすがら夢みる事態は生じなかつたでせう。

男　心をとろかす褒め言葉のかずかず。これではどうしても、次を聞かなければならない。

女　十代、二十代のころになさつたことの思ひ出話を拝借したことや、国の政治をあづかる者の態度、心がまへを描く際に、いつも面影を心に置かせていただいたことは言ふまでもありません。あれだけの材料を独り占めする形で与へられ、これほどの手本を目《ま》のあたりにして、それを用ゐようとしないなんて、とても考へられないことでした。といふよりも、ごく自然に、寝物語に聞く英雄の冒険譚を語り直し、大物のなかの大物の身のこなし、たたずまひを写してしまつたのでございます。

男　〔満足さうに笑つて〕わたしも多少は思ひ当るふしがあつたけれど。

女　しかし言ひ落してならないのは御本をたくさんお借りしたことです。曾祖父は三十六歌仙の一人で堤中納言、父は儒者、並みの家にくらべれば藏書が多いのは当り前でせうが、それでも、父がお借りした和漢の書に、殿のお許しも得ずに読みふける日々がもしなければ、筋のある話で人間を描き、人々の運命をあやつつて物語を作るおもしろさ、楽しさを、身にしみて知るやうにはならなかつたでせう。『舎人《とねり》の閨』も『いまめきの中将』も『かはほりの宮』も、『枕中録』も『湘中怨辞』も『聞奇録』も、すべて恩借の書。その際に写しました本の数は優《ゆう》に三百を越えるはずでございます。とりわけ、ぢきぢきにお貸しいただいた『蜻蛉日記』は、ちようど絵巻の絵師が邸の屋根と天井を取り払ふやうにして人の心の真実を描く筆法を、つぶさに教へてくれました。人が物語を作りますのは物語に親しんだ果てのことで、あたしの場合もさうでしたが、これまでのものにいささか新味を添へることができましたのは、人に先んじてあの珍しい日記に目を通したしあはせゆゑと思つてをります。

男　たしかに、女ごころのまことをあれほどあからさまに切なく伝へてくれる本も珍しい。それに、言ひ忘れてはいけない、男ごころも。〔楽しさうに笑ふ〕しかしあの方法を取入れることができたのは、やはり才女だからですよ。すべて伝統に学ぶことができるのは、個人の能力がものをいふ。

女　ねんごろなお言葉、お優しいお心づかひ、有難く存じます。

男　第一に紙を差上げた。第二にわたしの放埒《ほうらつ》の噂が源氏の君を心に思ひ描くよすがとなつた。第三に本をお貸しした。なるほど、ずいぶん協力したみたいですね。

女　それだけではございません。励ましたり、褒めそやしたり、それからまた〔忍びやかに笑ふ〕何もおつしやらなかつたりなさることで、いろいろと指導して下さいました。〔男も笑ふ〕あるときは言葉で、あるときは身ぶりで、あるときは表情で、そしてあるときは沈黙を上手にお使ひになつて、巻々の出来ばえについて語り、書き方について指南して下さつたのでございます。そのなかでの最大のものは、言ふまでもなく「輝く日の宮」の巻をお捨てになつたこと。あの処置は、派手で柄が大きくて思ひ切りがよくて、しかも後くされのない見事なものでございました。一言で言へば小気味よい……さうなることかと存じます。物語についての取り沙汰は昔からあれこれの形でなされてをります。あの姫君のことは終生忘れがたい、とか、これこれしかじかの筋立てはまことに興趣が深かつた、とか、あるいはまた、あのどんでん返しは思ひがけない細工で肝がつぶれる思ひがした、とか、そんな素朴な、ごめんなさい、小説の読者としてまことに大切な感想にはじまつて、さらには、写本を作る際に筆を加へたり改めたりするのも、一種の批評でございませう。しかし「輝く日の宮」をああいふふうになさつたあの処置は、物語についての品さだめのなかでの一番の放れ業として、きつと、後の世までの語り草となるのではないでせうか。

男　おそらくこれは前置きでせうね。どうも何かおつしやりたいことがあるらしい。言つてごらん。遠慮なさる必要はちつともない。

女　はい。実は前まへから一つ、伺ひたいと思つてゐたことがございます。礼を失した疑ひで恐れ入りますが、もしや、お若いころ、貴い身分の方を犯し奉つたことがおありではございませんか？

男　なるほど、それで「輝く日の宮」を削らせたと邪推なさつたわけか。理屈はいちおう通つてますね。無理な話ではない。しかし、あからさまに打明けませう。それはなかつた。一度、心に願つた方はあつたけれど、その望みは敢へて押し殺し、耐へ忍ぶことにした。

女　え？

男　男の一生は入り組んでゐて、いろいろなことがある。

女　まあ、御気性にも似合はない……

男　一国の政治をあづかる身になりたいといふ願ひの筋が遥かに強かつた。これはやはり環境のせいかもしれませんね。自分が政治家になることを別に不思議とも思はなかつた。当り前のことのやうに受け止めてゐた。国の運命を、一方では長い目で見て遠いさきのことまでじつくりと考へ、他方では目さきのことを器用にさばいてゆく。もちろん予測のなかにはいつてゐない思ひがけない事柄が次々に起るのを、そのたびごとに処理してゆく。その腕前には外ケ浜から鬼界ケ島までの運命がかかつてゐる。自分自身の現在と未来は言ふまでもない話。さういふ大がかりな賭けのおもしろさ、知性と運動神経とを同時に試すことの快楽に、わたしは子供のころから憧れてゐたらしい。ちようどあなたが幼ごころに、物語の作者になりたいと願つてゐたと同じやうに。違つたかしら？

女　恐れ入ります。まつたくおつしやる通りでした。

男　そんな望みをいだく者にとつて、それはあまりにあやふい恋でありすぎた。前《さき》の東宮妃であつた方に恋歌を送るとか、貴い血筋を引くもののしかし今は落ちぶれていらつしやる姫君を訪ねるとかいふ遊びとは違つて。そして打割つて言ふと、このことがわたしの心の傷となつたやうな気がしてなりません。あの恋はやはり、思ひとどまらないのが大和だましひの筋であつたらしい。人の心のまことを盡す方《かた》へと進まねばならなかつたのに。

女　それでは、唐《から》ごころにとらへられて、儒教の戒めに従つたのでございますか？

男　いや、さういふわけでもなかつたやうな気がします。詩文は美しくて好きだけれど、儒教は窮屈で偽善的で好みに合はないし、とりわけ男女の仲のことをめぐるうるさい取り決めは感心しない。

女　やはりさうでしたか。

男　さう、世間の聞えもあるので、なるべく口に出さないやうにしてゐたけれど、儒は嫌ひです。〔低く笑ふ〕ただし、かういふことは言へるでせう。あのときのわたしの恋の思ひは、政治への志ほど激しく燃えさかつてはゐなかつた。わたしの大和だましひをしつかりと動かすほどの方にめぐり逢へなかつたことの不しあはせを、今にしてわたしは嘆いてゐます。悲しんでゐる。

女　まあ、らしくない、ややこしい話のなさり方。

男　わたしの人柄にふさはしくない？〔寂しく〕さうかもしれませんが、しかし人の生き方の真実の姿をつぶさに限なくとらへるためには、わづらはしい言葉づかひも必要でせう。大目に見ていただくしかない。とにかくわたしが言ひたいのは、そんなことのせいで「輝く日の宮」を除いたのではなく、あくまでもあの物語のためを思つて取り去つたのだといふこと。その理由は大きく分けると二つありました。

女　一つには深手《ふかで》を擦《す》り傷や掠《かす》り傷に見せかけるために。さらにもう一つは余白の効果によつてかへつて味を濃くし、趣を深めるために……さうでございませう？

男　その通りですが、しかし二つ目についてはもうすこし説明が要る。すべてすぐれた典籍が崇《あが》められ、讃へられつづけるためには、大きく謎をしつらへて世々《よよ》の学者たちをいつまでも騒がせなければなりません。惑はせなければならない。たとへばあの孔子の言行録のやうに、前後の説明を添へず、わざときれぎれにして。

女　まあ！

男　また『万葉集』のやうに、梨壺の五人ですら読めぬ難訓の箇所をことさらに設けて。

女　さうなのでせうか。

男　〔苦笑して〕あなたのやうに賢い人が、どうしてそんな……まあいい。『竹取』の作者はそのあたりのことに気づくゆとりはなかつたらしく、整へてばかりゐるが、『伊勢』はどういふわけか、そのへんがうまく行つてますね。

女　はい。よく納得がゆきます。

男　この国のつづく限り、人々は「輝く日の宮」の巻の不思議を解かうと努めることでせう。その力くらべと骨折りが、この物語にいつそう陰翳を与へ、作の構へを重々しくし、姿に風格を加へるはず。惣じて、ものを読む人の心とはさういふものではありませんか。

女　〔茫然として〕思つても見ないことでした。

男　〔笑つて〕と知つてもやはり、「輝く日の宮」は書きたいのでせうね。無理もない話だけれど。

女　はい。手に負へぬむづかしい箇所とは承知してをりますが、何とかして、命あるうちに、もしできることなら……などと考へますのは、おつしやるやうな効果は作者があらかじめ作るものではなく、作者が万全を期して完成させたその上で、思ひがけなく……歴史がもたらすもの、と思ふのでございます。

男　なるほど。さうかもしれないし、違ふかもしれない。第一、それ自体で完璧な作品があるだらうか。

女　おつしやる通りでございます。

男　〔笑つて〕それに、わたしを歴史そのものと見なすこともできるでせう。

女　まあ！

男　〔一笑ひしてから気を取直して〕書くとすれば、さうですね、一度目の逢瀬と二度目とが、がらりと変るやうに仕組むことが大切でせう。

女　〔独言のやうに〕繰返しにならないやうに。

男　その通り。ちようど前世《ぜんぜ》と現世《げんぜ》とがまるで異るやうに、そんな具合にしなければならない。

女　前生《さきしよう》と今生《こんじよう》とが違ふやうに。〔大きくうなづいて〕まあおもしろい比喩ですこと。いつもながら心惹かれる説明のなさり方。それでは、やはり前世はあつたとお考へなのでございますか？

男　あつたと思ひたい。さう思ふことは、後世《ごぜ》があると信じることの支へになるでせう。

女　〔愕然として〕あれほどきらびやかな堂塔をあまたお建てになつた方が、そんなことをおつしやるなんて。

男　〔晴れやかに笑つて〕賢い女だから、とうに見抜いてゐると思つたのに。

女　まあ。それでは、もし後世があるとしましたら、どのやうに生きるおつもりですの？

男　さうだな。猪にでもなつて諸国の荘園を荒らさうか。〔笑ふ〕

女　〔笑つて〕おや、粋なお答のなさりやう。さういふやり取りの巧みさは、源氏の君にも恵まれてゐない才でございます。

男　嬉しいことを言つて下さる。そして、もしもあなたに後世が、気前のよい贈り物として贈られるとすれば？

女　もしもさういふしあはせな目に会ひましたならば……「輝く日の宮」を書き直すことに致しませう。

「あ、先生、先生。どうなさつたの？」と佐久良が耳もとで叫んだ。継橋《つぎばし》の真中で、しつかりと腕をつかまへてゐる。

「ええ、さうね。何をしてゐたのかしら？　考へごとしてたの、千年前のことを」と安佐子は言つた。

「先生、大丈夫？　ぼうつとしてゐた」

「どのくらゐの時間？」

「ほんのちよつと。鴉がこの広い庭を一周するくらゐのあひだ」

7

お目覚めになつた源氏の君は、しばらくのあひだ雨の音を聞くともなしに聞きながら、七日《なぬか》ふるといはれる五月《さつき》の空ではあるにしてもこんなに雨がつづいては、あのなにがしの院の柴の庵《いほり》など、ぐつたりと傾いてゐるやもしれぬなどと、久しくいらしてゐない庭のことを哀れ深くお案じになる。

そして今日も明日も物忌《ものいみ》かと思ひ浮べたとたん、御自分がその物忌を利して何をなさつたのか、今どこにおいでなのか、はたとお気づきになつて、あわてて傍らをおさぐりになると、そこには藤壺の女御があやめのやうに横たはり、すすり泣きしていらつしやる。君はこのみじか夜の逢瀬について順を追うてたどることをなされた。早く死に別れたためまつたく記憶のない母君によく似ておいでの方と噂に聞いて幼いころからお慕ひしてゐたこと、子供ごころに父の帝をおねたみになつたこと、折りにふれて差上げたつたない歌のかずかずにはみな、深山《みやま》がくれの草のやうに知る人のない恋の思ひがこめられてゐたことなどを泪ながらにお話になり、そしてかう語りつづけるうちに、はじめはかたくなでいらした方が次第に心をお開きになつたことを思ひ返しなされたのである。君はそれから、泣き濡れていらつしやる方を、言葉を盡《つく》してお慰めになる。

藤壺の宮の御機嫌は変りやすく、たちまちまた深い憂愁にお沈みになる。君もまたお嘆きのあまり、

あかときの枕にくやむ泪かな逢ふを限りとなど誓ひてし

（共寝のあとの暁、悔む泪が枕を濡らします、一度だけお逢ひすればもうそれでいいなどとどうして誓つたのかといふ後悔のせいで）とお詠みになると、消え入るやうなお声で、

限りぞと思ひたえなむ逢ひ見てし夢のなごりの身をせむる闇

（これでおしまひと思ひ切ることにしませう、共寝した夢心地のあとの呵責《かしやく》の闇のなかで）とおつしやる。源氏の君は嗚咽《おえつ》して、ああ、こんなに切ない思ひをするなんて、とお悲しみになり、そこで眠りからお覚めになつた。そばには藤壺の宮はいらつしやらない。何やら様子が違つて、御自分お一人だけで臥していらつしやる。おや、どうしたことだらうとしばし怪しみ、それから、ここはどこかしらとけげんにお思ひになると、一瞬ののち淑景舎《しげいしや》（桐壺）にある御自分の曹司《ぞうし》とお気づきになつた。とすると、飛香舎《ひぎようしや》（藤壺）での語らひは夢の契りであつたのかと驚き呆れる思ひである。実は王命婦《おうみようぶ》と曹司を共にするなにがしの内侍《ないし》がこのところ里にさがつてゐるといふしらせを手に入れて、しかも物忌ゆゑ、帝はお召しにならないので、今宵はまたとないよい折りと思ひ、それでもさすがにためらつてゐるうちに、うたた寝なさつたのであつた。

しかし源氏の君はすぐさま、この夢じらせには従はねばならぬと心をお決めになつた。これは気の迷ひでも、身の衰へのしるしでもなく、運命を告げられたものである。昔、比企真木人《ひきのまきと》なる者、郡司の子として生れ育つたが、国の守《かみ》の子の見たおぼろげな夢をかたり取つて大臣《おとど》になつたとやら。いまわたしはこれほど直接にそしてあからさまに伝へられながら、それを無にしてよいものかとみづからを励ましたのである。

しかしお心はとうに定まつてゐながらも、なほも念を押すやうにして、先程いはば生霊《いきりよう》になつて帝の妃の閨を訪れたのは誰も咎めぬ仕業だけれど、いま、現《うつ》し人《びと》として赴くのは世の掟に違《たが》ふよからぬこと、禁忌を破る罪、ゆく末どのやうにならうと悔いはないかと改めて御自分にお問ひになる。答は、ない、であつたし、その答を追ふやうにしてゆるやかに浮んで来たのは、洛陽《らくよう》にある白《はく》の枕に汝州《じょしゅう》の劉《りゅう》が立つたとき、翌朝、白の詠んだ詩句のこと。いはく、具合はどうです、眠りと食事とどちらも好調か、病気が治つたあと詩作のほうはいかが、今年になつてから酒はやつたかね。年寄りが遠い土地にある友達に対してかうするのならば、若者がごく近くにゐる女人《にょにん》の面影を夢みたとき、どう振舞はねばならぬかは言はずと知れたこと。源氏の君はそんな無体な理をお立てになつて、手早く身仕度をなさつた。

王命婦は当惑しながらも、君をお入れして、闇のなかを曹司の闇へとひそかに御案内した。君は、かねてから頼んであるやうに事を運んでもらひたいとしきりにせがみ、かきくどくが、相手は、そのやうな恐しいことへのお力添へは致しかねますと、わななくわななく申上げる。「錦の唐衣《からぎぬ》と裳《も》を差上げようと取りはからつたのに、話によるとお断りになつた由。あたら志を」と君がお嘆きになると、相手は失礼を詫びた上で、

「そのやうな綺羅《きら》を磨いたお品などいただく筋合ではございません。お心づかひは御無用でございます」と重ねて辞退し、その上で、「本当に危険なことでございますよ。このやうな向う見ずな企みは思ひ止まつて下さいませ、御自身のためにも、お妃様のためにも」とお願ひする。

「わたしのことをどうお思ひだらう？」とお訊ねになるのに釣られて、つい、

「かはいらしい方がお立派におなりになつたといつぞや」と口をすべらすと、夢中になつてお問ひになる。「それはいつのこと？」とか「お立派とおつしやつたつて？」とか、

「しかしそれはお申し越しの筋とはまつたく違ふことでございます」と何度も申上げなければならない。

君がなほも言ひかけるのを制して、

「ほんのしばらくお待ち下さいませ」とお願ひして立ち去り、灯台《あかしだい》を持ちきたる。乏しい明りの置き方をあれこれと工夫するのは、若々しくてあでやかな、花のやうなお顔に見入りたいため。そして、言ひわけするやうに、

「われはただ」（『拾遺』「春の田を人にまかせてわれはただ花に心をつくるころかな」＝春の田に水を引いて作るのは人まかせにして、わたしはひたすら花に心を寄せてゐます）としみじみと。

君はうつとりと見まもられることには慣れていらつしやるゆゑ、照れたりなさらずに大様《おほやう》に構へ、

「頼みになる方がおいでになるらしいのに、衣裳のことなど口にして申しわけないことでした」とおつしやつた上で、「では、あづまなるみちのく山はいかがです？」（『万葉』「すめろぎの御代さかえむとあづまなるみちのく山にくがね花さく」）と黄金のことを。

王命婦は思はず微笑して、

「折角でございますが」と固辞した。

君は涼しくお笑ひになり、その笑顔によつて女ごころをひとしほ乱してから、

「では、同じみちのくでもゆふかげの駒はどうでせう」と半ば冗談のやうにおつしやると、

「あら、厩《うまや》もございませんのに」

「これは失礼」とお詫びになつて、「それでは何がよからう？　ここは一つ、ぜひとも贈り物をしたい所。何を差上げたらよいものか」と優しい目でごらんになる。

女は黙りこくつて、その目づかひの美しさに耐へてゐたが、やがて、

「お遣《つか》ひ物などいただくつもりはございません。何とぞ御容赦願ひます。固く禁じられてをりますことのお手伝ひなんて、そんな怖いこと、心弱い者にどうしてできませう。どうぞお許し下さいませ」とひたすらに乞ふ。

君は態度を改め、ややきついお声で、

「おや、こんなにすげなくお断りになるのなら、どうしてわたしを案内なさつたのか？　禁じられたことはなさらないさうだが、それなら、物忌の夜に男を入れたのはどういふおつもりです？」

「あら、そんなことを」と答へたきり、あとはただ黙つてゐると、君は愁ひを帯びたしめやかな口調になつて、

「十年以上も前のこと、あの方が、亡くなられた母君に生き写しと教へてくれたなかのお一人があなたでした。忘れもしない。わたしはその口々に語られる噂によつて、思ひに燃える幼い蛍とされ、そして今、その火は胸に燃えさかつてゐる。それなのにわたしの願ひをかなへようとして下さらないのは、もののあはれを解さない情しらずななさりやう。お困りなのはわかるけれど、わたしの悩みを察して、手引きしていただけないかしら」

そのとき王命婦の居ずまひが改まつて、何かたけだけしい様子に変り、じつとお顔をみつめながら忍びやかにつぶやいたのは、

「関のこなたに」

『古今』「おとはやま音に聞きつつ逢坂の関のこなたに年をふるかな」（音羽山の音のやうにお噂のみ耳にしながら、逢坂の関のこちらで逢ふこともなく年月をすごしてをります）の一首全体を引く代りに、一句をもつて多年の慕情を訴へたのである。

君は大きくうなづいて、晴れやかな笑みを浮べ、

「をを」とお受けになる。

夢一つだにない短い眠りのあとで、君はあれこれとおどけたことをお語らひになる。王命婦も今は心を決めたのか、面倒なことは口にせず、このごろ世を騒がせた女盗人《ぬすびと》の話などをする。君もそれに合せて、賊の頭目なにがし丸の噂などを。やがて力がみなぎつてきたとお感じ

になつて、手引きのことの催促をなさつた。

答は短く、

「をを」である。

若者は女に導かれて、長くつづく濃い暗闇のなかを、そろそろと一足づつ歩みを運び、未来
といふあやふくてあやしい、心いさみするもののなかへはいつてゆく。

2003.10.12 JUNKO

輝《かがや》く日《ひ》の宮《みや》

2003年6月10日　第1刷発行

著者　丸谷《まるや》才一《さいいち》

発行者　野間佐和子

発行所　株式会社講談社

東京都文京区音羽二―一二―二一／郵便番号一一二―八〇〇一

電話　文芸図書第一出版部（〇三）五三九五―三五〇四

書籍第一販売部（〇三）五三九五―三六二二

書籍業務部（〇三）五三九五―三六一五

印刷所　豊国印刷株式会社

製本所　黒柳製本株式会社

定価はカバーに表示してあります。

ISBN4-06-211849-1